勝負2

승부2

초판 1쇄 발행 2023년 12월 15일

지 은 이   조세래
펴 낸 이   한승수
펴 낸 곳   문예춘추사

편   집   이상실, 구본영
디 자 인   박소윤
마 케 팅   박건원, 김홍주

등록번호   제300-1994-16
등록일자   1994년 1월 24일

주   소   서울특별시 마포구 동교로 27길 53, 309호
전   화   02 338 0084
팩   스   02 338 0087
메   일   moonchusa@naver.com

I S B N   978-89-7604-590-4 04810
              978-89-7604-588-1 (전 2권)

잇혀진 영웅들 3대에 걸친
파란만장한 드라마

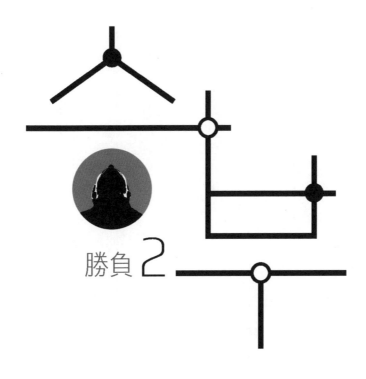

勝負 2

조세래 장편소설

문예춘추사

나라 없는 시대에 민족의 자존심만은 지키고 싶었던
진정한 승부를 향한 바둑 영웅들의 거대 서사!

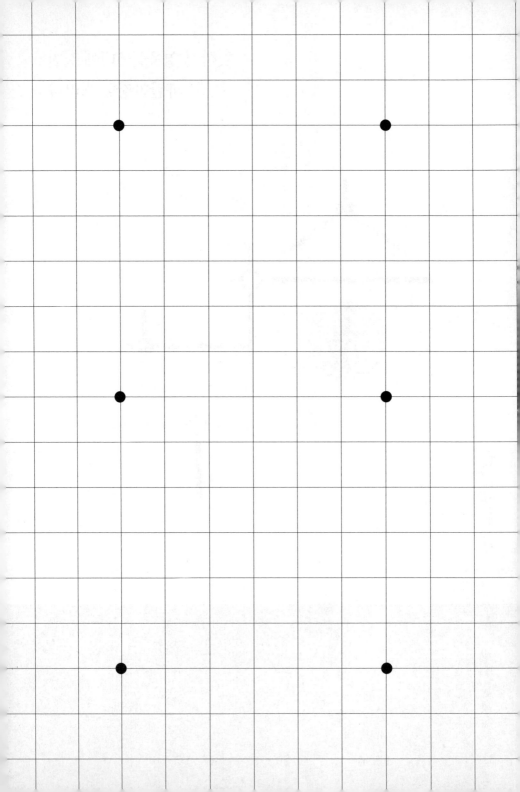

차례

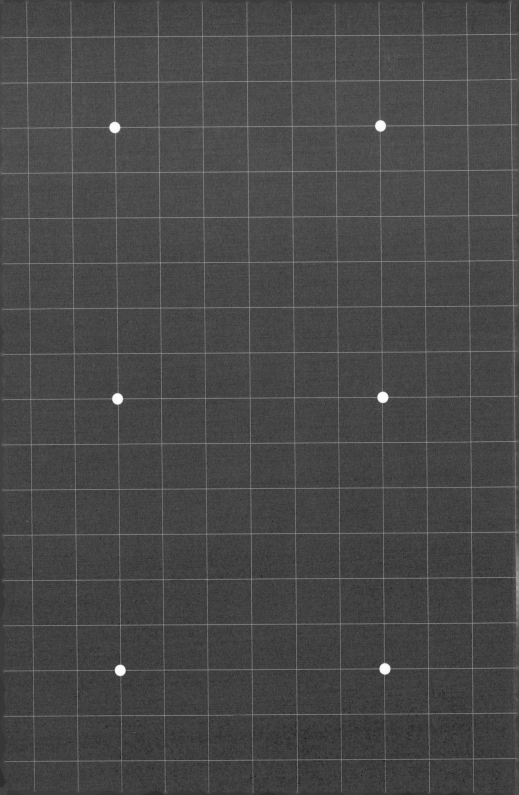

21   변방에 우짖는 새

박 화백은 자신도 모르게 흘러내린 눈물을 손바닥으로 훔쳤다.

"추평사 선생이 죽고 난 뒤 당대의 승부사들은 한결같이 추평사 선생이야말로 역사상 가장 강한 승부사였다는 평가를 내렸네."

전 생애가 승부로 얼룩진 그의 삶이었다.

박 화백은 격해지는 감정을 억누르고 평정을 되찾는다.

"이해가 가지 않는 점이 있습니다."

"뭔가?"

"바둑의 승부는 수와 기량에 의해 결정되는 걸로 알고 있습니다. 추평사 선생의 바둑이 그토록 강했다면, 왜 말년에 그렇게 패배의 나락으로 굴렀습니까?"

"바둑을 진 게 아닐세…… 추평사 선생은 삶에 패착을 놓았던 것이지."

박 화백으로선 그 말뜻을 알 것도 같고 모를 것도 같다.

"흔히들 9단을 입신(入神)이라고 추켜세우지. 그러나 생각해보게. 과연 수천 년 바둑사에서 진정으로 입신의 경지에 도달한 사람이 몇 명이나 될까?"

"······."

"그런 점에서 추평사 선생이야말로 부끄럽지 않은 바둑을 둔 몇 안 되는 사람 중 한 사람일 것이네."

대학 3학년이 되던 해 한 학기를 마친 민수는 뚜렷한 이유 없이 휴학계를 내고 집으로 내려와버렸다. 굳이 이유를 찾는다면 여자 친구인 민혜(旼惠)와의 관계가 멀어진 것, 그리고 두서없는 대학 생활에 대한 회의가 그나마 이유라면 이유였다.

지금 와서 생각해보면 그것은 어쩌면 그 나이에 누구에게나 찾아드는 존재의 상실감이나 사회에 대한 부정적 시각, 혹은 순수와 진리를 향한 무모한 열망이었는지도 모른다.

민수는 내려와서 화필을 아예 던져버리고 어머니의 시장일을 도왔다. 시기적으로 볼 때 휴학은 했으나 개인적으로라도 습작은 계속 해나가야만 했다. 그러나 민수는 과감히 붓을 꺾고 태어나서 처음 세상과 주변의 논리를 거역했다.

동성대학교 앞 사거리에서 육교를 건너 시장 쪽으로 붙어 있는 동남(東南)기원에 민수가 드나들기 시작한 것은 한 달 전쯤이었다. 그 대학에 다니는 친구를 찾아갔다가 우연히 한 번 발길을 한 것이 계기가 되어 언제부턴가 민수는 거의 매일 그 기원으로 나갔다.

30평이 넘어 보이는 기원은 꽤 손님이 많은 편이었으며, 기원 안에 베니어판으로 룸을 만들어놓아 한눈에 봐도 야통기원(24시간 영업하는 곳)으로서는 손색이 없었다. 그때 민수의 기력은 평범한 1급이었다. 고등학교를 졸업할 무렵 민수는 1급에 가까워져 있었고, 대학에 들어와 바둑부에서 활동하며 대학패왕전 등 여러 대회에 참가하면서 기력은 더디지만 꾸준히 향상되어갔다.

동남기원 장(張) 원장(院長)은 처음 며칠간 민수에게 기료를 받았으나 시간이 지나면서 민수의 기력이 의외로 높다는 것을 눈치 채고, 특히 민수가 주로 하급자를 상대한 날은 기료 면제는 물론 밥도 한 그릇씩 사주며 민수를 독려했다. 그리고 원장의 후원에 힘입어 기원 사범 비슷하게 된 게 민수가 기원에 나온 지 한 달 만의 일이었다.

그렇게 되다 보니 민수는 자연스레 독립군(기원에서 거의 살다시피 하는 사람)에 속하게 되었고, 독립군들과의 관계가 깊어져 함께 술자리 같은 데 어울리는 일이 잦아졌다.

기원에서 독립군들의 역할은 크다. 독립군들이 어떻게 기원 분위기를 잡아가느냐에 따라 그 기원의 성향이 결정되었다.

독립군들은 매일 기원에 출퇴근하는 단골손님과도 구별된다. 단골손님은 표현 그대로 단골손님에 불과하지만 독립군들은 기원을 기원으로 생각지 않고 집으로 생각하는 것부터가 단골손님들과는 그 뜻이 다르다. 독립군들에게 기원은 삶의 터전이요 호구지책 수단이었다.

어느 기원이든 각 기원마다 독립군들이 우글우글했고, 그 기원에서 독립군들은 기원을 상징하는 꽃이었다.

동남기원에서 거론되어야 할 독립군은 단연 송강(松江) 김송백(金松伯)과 마공(魔功) 김월출(金月出)이었다. 두 사람은 기원의 실세로서 독립군들을 주도하는 중심인물이었다. 그러나 민수가 근자에 독립군으로 편입되면서 알게 된 새로운 사실은 기원의 실세인 두 사람이 오랜 세월 서로가 앙숙지간이라는 점이었다.

몇 번의 술자리를 통해 느낀 것이지만 두 사람은 같은 독립군으로 어울리면서 사사건건 서로에게 시비를 걸었고 상대 논리를 반박하기 일쑤였다. 이미 두 사람 사이에 골은 깊었고 그로 인한 쌍방 간의 적대 관계는 심화되어 다른 독립군 입에까지 심심찮게 오르내리며 화제가 되었다.

흔히 독립군들은 서로의 처지를 생각해 동료의식을 가지는 게 일반적인 경우인데 민수의 눈에 비친 두 사람의 관계는 특이하다면 특이했고, 어떻게 보면 동남기원 자체가 일반 야통기원에 비해 예사롭지 못한 구석이 많았다.

성품이 수호지에 나오는 송강을 닮았다 하여 송강으로 불리는 미남형의 김송백과 반상의 무법자로 별명이 마공인, 얼굴에 곰보자국이 가득한 김월출은 외모에서 풍겨나오는 이미지부터가 제각기 다른 포석을 놓을 수밖에 없었다.

바둑이 1급인 것, 30대 중후반의 비슷한 연령, 그리고 김씨 성을 같이 쓰는 것 이외에 두 사람의 공통점은 없었다. 기력이 같이 1급이라 하나 두 사람의 기풍은 판이했다. 호선 바둑에 가까울수록 송강이 마공보다 우위였고 석 점 이상 접바둑은 마공이 송강을 앞섰다.

예를 들어 호선, 선, 두 점까지는 송강이 판을 잘 짰으나 석 점이 넘어가면 마공의 마검(魔劍)이 빛을 발했다. 실로 마공의 하수 다루는 기술은 타의 추종을 불허했다. 원래 떠돌이 독립군 시절 마공은 전문 방내기꾼이었다.

방내기는 한 판, 한 판 계산하는 판내기 승부와는 달리 한 집, 한 집, 열 집 단위의 집으로 계산을 하다 보니 바둑 형태가 정형에서 변질되는 경우가 허다하다.

그때 습득한 방내기 기술로 마공은 하수들에게 공포의 제왕으로 군림했으며, 마공 하면 하수들은 겁에 질려 무제한 방(만방(91집) 이상의 차이)을 연상했다. 그리고 마공은 당구를 쳐도 꼭 당구 방내기만 쳤다.

송강에게 다섯 점을 놓는 3급짜리 잔내기꾼이 한 명 있었다. 3급치고는 나름대로 돈독하게 두는 편이라 곧잘 송강을 애먹이곤 했다. 하수가 고수에게 보태주지는 못할지언정 간간이 재미까지 봤으니 독립군들에게 그 3급은 눈엣가시였다. 그러다가 한번은 송강이 자리를 비운 사이 마공에게 같은 다섯 점으로 걸려들었다. 바둑이 시작되자마자 마공이 대번에 방내기로 서너 판 크게 때려버렸더니 앉은 자리에서 양빵을 맞고 생지갑을 빼앗긴 3급은 지금까지 저지른 자신의 잘못을 크게 뉘우치고 울면서 기원을 떠난 사건이 있었다.

두 사람의 실력이 기원에서는 최고 기량에 속했고, 그런 관계로 두 사람의 대국에 관심을 보이는 사람들이 적잖았으나, 쌍방 승부를 꺼려했는지 지금까지 두 판을 두었는데 서로 한 판씩 주고받아 승부는 다시 원점으로 돌아왔을 뿐 세 번째 대국의 날은 기약이 없었다. 왜 두 사람이 대국을 꺼려하는지 알 수는 없으나 서로가 서로의 바둑을 시답잖게 보는 것만은 분명했다. 마공의 바둑에 대한 이야기가 나오면 송강은 주저 없이,

"그 바둑이야 깡패 바둑이지. 정석도, 포석도 없는 바둑이 무슨 바둑이고!"

라고 했고, 반대로 마공은 송강의 바둑을,

"동네 바둑도 한참 동네 바둑이지! 모양만 갖춘다고 다 바둑이가!"

하며 서로가 상대를 깎아내리기에 바빴다.

두 사람은 성격도 달랐다. 송강이 매끄럽고 섬세한 반면 마공은 거칠고 투박했다. 일류 대학 법대를 중퇴한 송강이 주도면밀하고 논리적이라면, 학교라고는 거의 다녀본 적 없는 마공은 경험을 중시하는 실전파의 대가였다.

"아둔한 놈! 아는 것도 없는 놈이 고집만 세가지고. 세상이 어디 고집으로 되던가. 순리를 모르는 놈은 결국 패가망신하는 기라."

"짜잔한 놈! 지가 공부를 했으마 얼매나 했다꼬. 고상한 척하는 놈치고 제대로 되는 놈 못 봤다. 법학관가 다녔으마 어데 가서 사법서사라도 해묵지 지랄한다꼬 이런 데 와서 생양아치 맨치로 사나."

매사에 이런 식으로 송강과 마공은 서로를 비난했고 틈만 보이면 상대를 씹었다. 보다 못해 독립군 중 제일 연장자인 노(老) 독립군 이인수(李仁秀) 영감이,

"이 사람들아, 젊은 사람들이 와 이카노!"

하면서 여러 번 중재에 나섰으나 중재는 번번이 실패로 돌아갔고 근간에 와서 두 사람의 갈등은 더욱 심화됐다.

"겁씹하네!"

기력 7급의 독립군 쪼쭘바리 조팔수(趙八修)의 대마가 일방적으로 몰리자 그는 연신 '겁씹'을 외친다(기원에서는 보통 바둑에 관련된 용어를 거꾸로 표현하는 경우가 많다. 예를 들어 씹겁은 겁씹으로, 치중을 중치, 장문을 문장, 불안을 안불, 개털은 털개 등).

마작판에서 돈이 거덜나자 새벽에, 남들은 한 번도 하기 힘든 쪼쭘바리(돈 구해 가지고 오는 일)를 세 번씩이나 했다고 해서 그날 이후 조팔수는 쪼쭘바리라는 직함을 가지게 되었다. 조 쪼쭘바리 맞은편에 앉은 삼류 시인 이병태(李秉泰)는 3급만 30년을 두며 집을 두어 채 날린 호구 독립군이다. 선대에 물려받은 유산이 만만찮았던지 이 시인은 예나 지금이나 한결같이 호구의 길을 마다 않고 많은 방내기꾼들의 살림밑천이 되어주고 있었다.

그러나 호구일지언정 긴 세월 들은 풍월은 있어 쪼쭘바리가 방내기로 이 시인을 넘보기에는 한참 역부족이었다.

옛날에 자신의 시가 문예지에 발표되자 시단에 일대 파문이 일어나 하도 시끄러워서 은퇴를 했다는 믿을 수 없는 말을 이 시인은 곧잘 했다. 술집에 가면 이브 몽탕의 '고엽'을 원어로 부르는 것으로 봐서는 책 몇 권 본 것은 틀림없는 것 같은데, 평소 술에 취하면 즐겨 읊어대는 그가 좋아하

는 시들을 정리해보면 그의 시에 대한 식견은 그의 바둑 수준 정도지 않겠느냐는 것이 전직 학원강사 출신의 편 교수가 내린 결론이었다.

그런 이 시인에게 희한한 약점이 하나 있었다. 이 시인을 상대로 대국 도중 바둑이 불리해지면 시침을 떼고 혼잣말로, '사실 이 선생님은 이런 데서 바둑을 두실 분이 아이고 어디 조용한 시골에 가서 시나 쓰시고 살아야 할 긴데……' 하면서 시인이라고 슬쩍 추어주면 그다음 순간 이 시인은 빠른 속도로 이성을 잃는다.

맨 먼저 우선적으로 일어나는 현상은 다 이겨놓은 바둑을 멋대로 두기 시작하며 얼굴이 서서히 달아오르는 것이다. 끝내 '오늘따라 마음이 와이리 허전한지 모르겠다. 바둑 이기가 뭐하겠노. 어디 가서 술이나 한잔하자.' 하면서 일어난다. 그것으로 상대는 승부에 걸린 돈도 챙기고 덤으로 술까지 얻어먹는다. 대신 술을 얻어먹는 동안 말도 안 되는 그의 시론과 반복되는 그의 화려했던 과거를 참을성 있게 들어주어야 한다.

이 시인의 약점을 누구보다도 잘 알고 있는 조팔수는 대마가 거의 빈 사지경에 이르자 마지막 승부수를 띄운다.

"내가 할 말은 아이지만…… 이 선생님은…… 이런 데서 바둑을 두실 게 아이고 어디 시골에 가서…… 시나 쓰고 살으셔야 할 긴데……."

사전에 연습을 여러 번 했는데도 불구하고 워낙 무식하고 발음이 서툰 조팔수인지라 듣기가 아슬아슬하다. 장 원장을 비롯한 독립군들이 이 시인과 쪼쭘바리를 흘깃흘깃 쳐다보는데 마음들이 조마조마하다.

이 시인의 반응이 의외로 길어진다. 언제부턴가 '시나 쓰고 사셔야 하는데' 하면 가세(家勢)에 문제가 생겼는지 옛날만큼 반응이 빠르지 못했다. 얼마 전에 꼰충호가 똑같은 상황에서,

"이 선생님은 이런 데보다 어디 조용한 시골에 가서 농사나 짓고 살아야 되는데……."

변방에 우짖는 새

했는데, 말을 하다 보니 충호가 시를 농사로 잘못 표현했다. 그 말에 이 시인이 버럭 화를 냈다.

"뭐? 농사! 야, 이 자슥아! 니나 농사짓고 살아라! 내가 미쳤나, 그 지랄 하고 살게!"

충호가 뒤늦게 '농사가 아이고 시를 쓰셔야 되는데' 하면서 여러 번 사과했지만 결국 용서를 받지 못했다.

팔수가 한 수를 아무 곳에나 두고 초조하게 기다린다. 이 시인을 바라보는 팔수의 갈망하는 눈이 애처롭다. 이 시인이 계속 두게 되면 팔수가 열다섯 방은 족히 져 보인다.

팔수는 승부에는 젬병이다. 마작을 쳐도 신통치 못하고 포커나 화투를 쳐도 그렇고 바둑은 말할 것도 없이 하수요, 기박(技博)엔 인연이 없는지 엎친 데 덮친 격으로 며칠 전에는 다른 기원에서 괜히 1급짜리에게 여섯 점 놓고 무제한 방내기(축방)를 붙였다가 전판에 걸쳐 대마란 대마는 다 때려죽이고 무려 스물여덟 방을 맞았다. 한쪽 귀퉁이만 걸레처럼 두 집 내고 살아 실성한 놈처럼 앉아 있는데, 그 기원 독립군 한 명이 팔수를 보고 기원 생활 40년에 세상에 그런 기가 막힌 일은 처음 본다는 것이었다.

결국 꽁짓돈까지 다 털리고 개가 되어 기원으로 돌아왔는데 소식을 들은 장 원장이 생고함을 질러댔다.

"뭐 한다꼬 여기저기 돌아다니노! 그렇게 터지고도 정신을 못 차리나! 도대체 스물여덟 방이 뭐꼬!"

원장의 호통에 팔수는 닭똥 같은 눈물만 뚝뚝 흘렸다.

어쩌다가 그렇게 됐는지, 어쩌다가 여기까지 왔는지. 노름하다 돈 떨어지면 밤이고 새벽이고 시도 때도 없이 일가친척, 친구들, 학교 선후배…… 팔수는 안면 트고 1주일만 지나면 돈을 빌리러 다녔다. 심지어 동네 사람까지 찾아다니면서 별의별 짓을 다해 미친 듯이 돈을 구해 왔건만 남은 건 빈 껍데기뿐. 꽁지 빠진 달구새끼 신세가 되어 이제는 신용이 떨어져 쪼쭘바리도 한계가 있고…… 팔수가 바둑판을 물끄러미 내려다본다. 아무리 봐도 열다섯 방은 넘어 보인다. 많이도 죽여놨다.

이 판이라도 어떻게 건져야 하는데. 팔수의 간절한 염원이다. 눈을 감고 마음을 졸이고 있는데 위에서 감동했는지 마침내 기별이 온다. 돌을 놓는 이 시인의 착점이 갑자기 중심을 잃더니,

"팔수야, 오늘따라 마음이 와 이리 허전하노. 어디가 텅 빈 것만 같다."

한다. 이에 팔수가 한숨을 돌린다. 딴에 잔재주까지 부린다.

"날씨도 흐리구마요."

"비는 안 오나?"

"비도 온다 카던데……."

"가자."

이 시인이 자리에서 벌떡 일어났다. 팔수도 엉겁결에 같이 따라 일어난다.

"어디를 말인교?"

알면서 물어본다.

"잔말 말고 따라온나. 이런 날은 술로 마음을 달래는 기라."

이 시인이 앞서 나가자 팔수가 바둑판 밑에 깔린 돈을 얼른 챙겨 넣고 뒤따라 나가며 독립군들에게 눈을 찡긋했다.

시장 순대국 집에서 이 시인이 쪼쭘바리 팔수에게 막걸리를 손수 한잔 부어준다.

"당구 삼 년 폐풍월(서당개 삼 년이면 풍월을 읊는다)이라고 팔수 니 바둑도 많이 늘었더라."

"당구 삼 년 폐풍월도 풍월이지만 오늘 수가 잘 보이더마요."

"팔수야."

"야."

"니 당구 삼 년 폐풍월이 무슨 말인지는 아나?"

팔수가 버럭 화를 낸다.

"사람을 뭐로 보는교!"

"알긴 아는구나."

"그라문요. 학교 다닌 기 있는데."

팔수가 한숨을 돌렸다.

"학교는 많이 댕겼나?"

"우리 집안이 교육자 집안 아인교."

"니 얼굴은 교육하고는 관계가 없는데."

"공부를 너무 많이 하마 얼굴이 이래 된다꼬요."

"팔수야."

"야."

"그라마 뭔데?"

"뭐 말인교?"

"당구 삼 년 폐풍월."

"에이, 참! 안다 카이요!"

"말해봐라."

"안다 카는데 와 자꾸 물어보는교!"

"그라이 말해보라 안 카나."

"꼭 해야 되겠는교?"

"솔직히 이야기해봐라. 니 모르제?"

"사람을 뭘로 아는교! 대학물까지 묵은 사람을."

팔수는 중학교 중퇴다.

"그라마 말해봐라."

팔수가 더 버티지 못하고 어리석게도 대충 때려잡는다.

"내기 당구 3년 만에 폐가망신했다는 이야기 아인교."

이 시인이 팔수를 빤히 본다.

팔수는 괜스레 생담배를 뻑뻑 빨아댄다.

"팔수야."

"와 자꾸 부르는교!"

팔수가 진짜 화를 낸다.

"니 이마에 점이 복점이다."

이 시인과 조 쪼쭘바리가 막걸리를 세 통 비웠을 때 송강과 마공을 비롯한 독립군들이 연례행사 치르듯 우르르 몰려와 합석을 했다. 물론 술값은 전부 이 시인이 낸다.

"이 선생님, 마음은 좀 괜찮은교?"

결정적인 순간에 꼰(패착)을 둔다 하여 이름 앞에 꼰자가 붙은 꼰충호는 지난번 농사 사건 이후로 이 시인에게 말조심을 하는 편이나 천성이 워낙 괄괄하고 시끄러운지라 너스레를 떠는 버릇은 여전하다.

"비가 와서 그런 거 아인교?"

저녁 무렵에 정말 비가 내리기 시작했다.

"비가 오이 울리기는 더 울리네."

이 시인은 고뇌에 젖어 괴로워한다.

"마음이 그래가 우짜마 좋겠소. 아지매요, 막걸리나 몇 통 더 주소."

"그래 비 올 땐 술이 최곤 기라. 고기도 좀 시키라."

노 독립군 이 영감이 맞바람을 잡는다.

"충호야, 개는 없나?"

"아이고 영감님도. 비싼 개를 어디서 찾는교. 돼지머리라도 닥상이지."

술과 고기가 들어오고 술판이 다시 벌어졌다. 술이 몇 순배 돌아가자 마공이 민수에게 묻는다.

"박 사범, 신문 봤나? 주류회사 사장집에 폭발물 장치하고 돈 뜯어낼라 카던 아들 말이야. 글마들 머리 기차게 좋제. 그런 폭탄은 우째 만들었겠노. 좌우간 있는 놈들한텐 그기 약인 기라."

지역 신문에 며칠 전부터 사회면 톱을 장식하던 사건이었다. 범인은 벌써 주류회사 사장집 현관에 사제폭탄을 터뜨리고 노골적으로 돈을 요구하며 불응할 시 다음엔 집을 폭파해버리겠다고 협박하고 나섰다. 경찰 쪽에는 초비상이 걸렸고 주류회사 사장은 범인 소재를 제공하는 사람에게 그 당시로선 거액에 속하는 200만 원 현상금까지 걸었다.

"공산당도 아이고 폭탄을 진짜 우째 만들었겠노."

"그라이 기찬 놈들이라 안 카는교."

이 영감의 말에 팔수가 대꾸한다.

마공이 술을 한잔 비운 뒤 다시 민수에게 말한다.

"박 사범. 우리도 하나 만들어가꼬 들이대까? 만날 바둑만 둔다꼬 돈이 나오나 쌀이 나오나."

마공의 말투가 농 비슷하다. 송강의 안색이 불편해진다.

"근데 글마들 와 그런 짓을 했겠노?"

꼰충호가 걸신들린 놈처럼 안주를 집어먹다가 무안한지 젓가락을 놓으며 물어본다.

"와 그라기는 세상이 좆같아서 그랬겠지."

"세상이 좆같아도 그런 방법은 안 되지."

서서히 송강과 마공의 싸움이 시작된다.

"안 될 거 있나! 어차피 막가는 세상인데! 개 좆같은 세상에 무슨 짓인들 못하겠노!"

마공의 말투는 니글니글하다. 그냥 하는 욕도 질근질근 씹어서 한다.

"세상 탓하지 마라. 세상이 뭐 어쨌길래 세상 탓이고."

송강의 어법은 정확하다. 어떠한 경우라도 좀체 흥분하지 않는다.

"세상 탓 좀 하자. 좆같은 세상 좆같다 카는데, 내 말이 뭐 잘못됐나."

"그래 좆같은 세상이라도 자꾸 세상 들먹이지 마라. 사내가 세상이 어떻고 하면 구역질이 난다."

송강이 한 시비 올린다. 마공이 담배를 물고 천천히 불을 붙인다. 사람들이 마공을 주시했다.

"좆도 아인 놈들이 도통한 척하면서 폼 잡는 기 요즘 세상 아이가. 돌아서마 돈밖에 모르는 놈들이 알고 보이 천하에 둘도 없는 도덕군자같이 행세하더라꼬."

송강은 마공의 말에 전혀 개의치 않는다.

"마공, 뭐 눈에는 뭐밖에 안 보인다고 자네 마음에 따라 그만큼 보일 뿐이야. 생각 한 번 잘못하면 집안 망치고 몸 망치고 종국에는 폐인이 되는 기라."

"용담도사가 또 나왔구만. 학창 시절에 데모까지 했다 카는 사람이 와 그 모양이고. 볼썽사납게."

"마공, 말은 함부로 하는 게 아니다. 젊은 후배(민수) 앞에서 체신을 지켜라."

"체신이 밥 먹여주나. 체신 같은 거는 우리한테 어울리지도 않는다. 고고한 놈들은 고고하게 살고 우리거치 무식한 놈들은 방내기나 두고 그런 거 아이가."

송강이 계속 받아치려는데 이 시인이 송강을 가로막는다.

"이 사람들아 그만해라. 안 그래도 마음이 그런데 너거까지 그카마 우짜노."

"마음이 아직도 그런교?"

꼰충호가 안주가 떨어지자 슬슬 시동을 건다. 이 영감이 재빨리 눈치를 챈다.

"충호야."

"말씀하이소."

두 사람의 손발이 척척 들어맞는다.

"마음 그런 사람한테 자꾸 물어보는 기 아이다. 오죽하마 시인 선생님께서 후배들이 막 씨부리는데도 가만히 보고만 있겠노. 오늘처럼 비가 내리고 바람이 불마 아무 생각이 없는 기라. 시인 선생 같은 분은 그게 다른 사람보다 몇 배 더하다꼬. 다른 놈들은 몰라도 그 허전하고 쓸쓸한 마음을 충호 니만은 이해해야만 된다 카이."

충호가 고개를 떨구는 척한다.

"자꾸 그카이 내 마음까지 그래 될라 카네. 안주나 한 접시 더 시키라 충호야."

충호가 못 이기는 척 안주를 더 시키는데 독립군 박 총알과 서 중사가 들어섰다. 두 사람은 합석을 마다하고 다른 자리에 가서 앉는다.

전직 총알택시 기사였던 박 총알과 월남 참전 용사였던 서 중사는 같은 불구의 몸이다. 박 총알은 다리가 하나 없고 서 중사는 팔이 한쪽 없다. 박 총알은 총알택시로 인해 다리를 하나 잃었고 서 중사는 제대를 한 달 앞두고 나트랑 전투에서 왼쪽 팔을 잃었다.

동병상련이라고 두 사람은 끼리끼리 잘 어울렸다. 다른 독립군들하고의 관계도 원만했으나 애써 사람들을 가까이하지 않았다. 바둑은 서 중사가 1급, 박 총알이 3급으로 기원에서는 상수에 속하는 편인데, 마땅한 호구가 없으면 저희들끼리 자주 대국을 했고 하루걸러 벌어지는 마작판엔 지금까지 한 번도 빠진 적이 없는 완벽한 고정 멤버였다.

마공이 일어나 그쪽으로 자리를 옮기자 이제까지 잠자코 있던 편 교수가 한마디 입을 열었다. 자기 말로는 대학에서 부교수까지 하다가 퇴직했다는데, 소문엔 학원에 강사로 있었다는 설도 있고 친한 친구가 전문대학 교수라는 이야기도 있어 그도 여느 독립군처럼 믿을 수 없는 인물이었다.

"마공은 사고방식에 문제가 있는 기라. 모든 것을 부정적으로 보마 끝이 없다꼬. 생각해봐라. 잘사는 놈들은 전부 개새끼고 도둑놈인데 그기 말이 되나. 열심히 노력해서 부자가 된 사람도 얼마든지 있다꼬. 안 그러나 박 사범?"

술집 밖에서는 비 내리는 소리가 제법 크게 들린다.

대학생으로 보이는 젊은 남녀가 비를 피해 들어왔다. 여자는 비에 젖은 남자의 머리카락을 손수건으로 닦아준다. 그들은 마주 보고 앉아 소주에 순대국을 시킨다.

민수는 얼마 전에 온 민혜의 편지가 생각났다.

요즘 날씨가 유난스럽네, 바람도 많고.

니가 내려간 지 두 달인데 길게 느껴져.

학교는 하루건너 연일 휴강이야.

군인들이 정문에 진을 치고 살벌해.

니 말처럼 우린 너무 일찍 절망을 배우나봐.

난 선배 화실에 묻혀 살아. 작업에 몰두하면 마음이 편해. 모든 것을 잊을 수 있거든.

부모님은 여전히 유학을 원해. 미국에 있는 오빠까지 매일 전화를 걸어와.

어쩌니.

마음이 흔들려.

무엇이 현명한 것인지 구별이 안 돼.

자아 상실이야.

사막의 모래밭을 혼자 걷는 기분이야.

너랑 잘 가던 삼청동 공원엘 가보려다 그만뒀어.

화랑에 들러 그냥 집으로 돌아왔어.

주말엔 선배 언니 따라 강화도에 다녀올까 해.

어쩜 안 갈지도 몰라. 마음이 그래. 들쑥날쑥이야.

가을인가봐.

추억처럼 귀뚜라미 소리가 들리네.

…….

보고 싶어.

민혜.

오후 두 시가 넘어서야 꼰충호는 눈을 비비며 기원 골방에서 어슬렁어슬렁 기어나왔다. 머리는 산발이고 눈동자는 벌겋게 충혈되어 흐느적흐느적 정신없이 걸어 나오는 꼴이 천상 잡귀의 몰골이다.

기원 실내엔 벌써 손님들이 절반 이상 가득 차 있다. 때마침 얼마 전부터 기원을 들락거리며 충호에게 돈을 보태주던 호구가 상대를 만나지 못해 두리번거리고 있었다. 순간 호구를 발견한 충호의 느린 발길이 먹이를 향해 돌진하는 매의 속도보다 더 빨라진다.

"안녕하슈. 어제는 안 보이더니."

"집안에 일이 있어 못 나왔다 아인교."

호구가 의외로 충호를 보고 반가워한다.

"걱정했다 아인교. 어디 몸이라도 아픈 줄 알았다 카이."

두 사람은 거두절미하고 방내기로 나간다. 두 판을 중간방 이상으로 맞은 호구가 한 호흡 가다듬는다.

"도대체 우째야 바둑이 느는교?"

충호가 호구를 대뜸 나무란다.

"우짜다니. 나 같은 고수하고 계속 두마 는다 카이."

호구는 두 판을 더 보태주고 돌을 거두며 괴로움을 토로했다.

"진짜 바둑 세지는 비결이 뭔교. 내가 지금 4급인데 내 소원이 더도 덜도 말고 딱 1급이라 카이요."

충호가 점잖게 호구를 타이른다.

"1급이 어디 장난도 아이고. 그냥 두어가지고는 절대 1급이 안 된다 카이요. 1급이 될라 카마 고생을 많이 해야제."

"책을 보마 는다 카던데?"

"책 그거 아무리 봐도 안 늘구마. 우짜다가 책 보고 1급 됐다 카는 사람도 있는데 그거 말짱 황이라요. 그카다가 잘못하면 어디 가서 개망신당한다꼬. 일 저지르기 전에 책 보고 그런 짓 하지 마라 카이."

"그라마 우째야 되능교?"

"그라이 내가 안 카나. 야통을 하라꼬. 바둑의 시작이 야통이라 카이. 바둑 1급 두는 놈치고 기원에서 야통 1, 2년 안 했는 놈 어디 있는교. 바둑 두는 놈이 집에나 들어갈 생각하마 큰일 난다꼬. 기원을 내 집처럼 생각해야 된다 카이. 안 그런교 원장님?"

장 원장이 충호 말에 좋아서 어쩔 줄 몰라 했다.

"충호 니 말 중에 기원을 내 집처럼 생각하라 카는 그 말은 참 내 가슴을 울리네. 사실 바둑 두는 사람이 그런 각오는 있어야제. 충호 니는 잘 알겠지만 그 길이 얼마나 힘들고 외롭노. 충호가 오늘 최고 학부 출신답게 말을 신중히 잘하네. 서양아! 충호 커피 한 잔만 갖다조라."

"내가 이바구 하나 하께 들어보소."

충호는 원장의 커피 한 잔에 신바람이 났다.

"내가 아는 사람 중에 임(林)이라고 기원에서 매일 내기바둑을 두는 사람이 있었제. 하도 집에를 안 들어가이 하루는 그 사람 마누라가 애들을 데리고 기원까지 찾아온 기라. 남자가 그래도 정신을 못 차리고 계속 바둑만 두자 마누라가 홧김에 애들을 기원에 내팽개치고 혼자 가버렸는 기라. 애들이 옆에 앉아 있으이 보기가 뭐해 누가 남자한테 옆에를 신경쓰라 캤더니 남자가 옆에 애들을 보더니 뭐라 캤는지 아는교?"

"뭐라 캤능교?"

호구가 잔뜩 긴장을 한다.

"너거들 어서 집에 가라. 엄마 아빠 기다린다. 그랬다 카이."

"진짠교!"

"바둑에 미치마 그래 된다 카이. 지 자식도 못 알아본다꼬. 내 이바구 나온 김에 하나 더 하께. 이 양반도 바둑에 환장했던 사람인데, 하도 집에를 안 들어가이 이번에는 여자가 기원에 와서 남자 멱살을 잡고 집으로 끌고 갔다 카이. 집에 끌리간 남자가 밤이 되자 잠이 오나. 기원에 가고 싶어 미치고 환장하는 기라. 거기다가 마누라가 혹시나 싶어 남자 옷을 모조리 장농 속에 처집어넣고 장농 문을 열쇠로 걸어났다꼬. 그라이 남자는 빼도 박도 못하고 생겁썹하는 기라. 그러다가 남자가 도저히 참지 못하고 내복 바람으로 야밤에 기원으로 튀었다 카이. 그런데 문제는 마누라가 남자 튀는 걸 눈치 채고 부엌칼을 들고 뒤쫓아온 기라. 밤에 남자는 내복 바람으로 튀고 여자는 속옷 차림으로 부엌칼을 들고 뒤쫓아가고, 그기 사람이 할 짓이가. 헐레벌떡 기원으로 들어서는 남자를 보고 웬 독립군이 동네 사람 보기 안 부끄럽던교 하니까 남자 말이."

"남자 말이!"

호구가 침을 꿀꺽 삼킨다.

"캄캄한 밤이라서 아무도 못 봤다 카더라꼬. 그라고 내복 차림으로 몇 날 며칠을 기원에서 짜장면 먹어가며 바둑을 뒀다 카이. 나중에 보이 내 복이 새카맣더라꼬."

"진짠교!"

"진짜나 마나 충호 니 이야기를 들어보이 그 사람들 정성이 갸륵하네. 이런 사람 이야기는 어떻노."

원장이 나서는데 기원 여급인 서양이 커피를 가져온다. 예쁘장한 얼굴에 작은 키지만 다리가 미끈하다.

"내가 구청 앞에서 기원할 땐데 그 사람도 매일 기원에서 방내기만 두었제. 그러다가 한번은 집엘 갔다 오겠다 카길래, 그래 처자식 보고 싶을 때도 됐다 싶어 내가 갔다 오라 캤지. 근데 집에 간다꼬 나간 사람이 얼마 안 되가 초저녁에 다시 돌아왔더라꼬. 그래서 내가 집에 간다 캐놓고 와 이래 빨리 왔노 카이 그 사람 말이."

"말이!"

호구가 다시 바짝 매달린다.

"집이 이사를 갔다 카더라꼬."

"진짠교!"

"진짠교? 진짠교. 이 양반이 어디서 속고만 살았나. 그거 내가 거짓말 시키가 뭐 하겠노."

"진짜 집이 이사를 갔다꼬요!"

"예수 믿는 사람들 예배당 가는 거 그거 여기 비하마 아무것도 아이라 카이."

충호의 가슴이 뜨끔했다. 원장이 꼭 자기 이야기를 하는 것 같다. 언젠가 자신도 간만에 집에 들어갔더니 마누라가 애들을 데리고 이사를 가버렸다. 여기저기 수소문해 간신히 이사 간 곳을 찾긴 찾았으나 자칫하면 처자식과 생이별을 할 뻔했다.

"모든 기 다 정성인 기라. 오로지 기도정진을 위해 기원을 거쳐간 수많은 사람들을 생각하마 맨정신으로 다 이야기 못한다 카이. 그거마 생각하마 내가 밤에 잠을 못 잔다꼬. 처자식까지 헤어져서 수많은 날을 고통으로 살았으이. 하늘은 스스로 돕는 자를 돕는다꼬 그 사람들 언젠가는 복 받을 끼라."

말을 마친 원장이 입술을 지그시 문다.

장 원장은 천의무봉이다. 누가 어떤 말을 해도 전부 맞는 말이요, 경우에 따라선 전부가 틀린 말이 된다. 여기 가서는 이 말이 맞고 저기 가서는 저 말이 맞다. 얼렁뚱땅 넘어가는 언변은 타의 추종을 불허한다. 그게 너무 심해 독립군들에게 장 원장은 힘든 상대다. 그러나 독립군들도 원장을 무시하고는 독립군 생활에 막대한 지장이 있는 관계로 가급적 서로 시비를 피했다.

한번은 사까다와 임해봉 이야기가 나왔는데 나이가 들어 보이는 노 기객이 원장과 독립군들 앞에서,

"임해봉이가 아무리 세다 하나 아직 사까다 기력엔 못 미치지 않겠소, 장 원장?"

하니, 그 말에 원장이,

"그라문요. 경륜이 있는데 그기 함부로 됩니까. 해봉이가 뛰어봐야 사까다 앞엔 개발에 다갈인 기라요."

했는데, 노 기객이 사라진 뒤 1분도 안 돼 단골 기객이 한 명 들어와 하필 또 사까다와 임해봉 이야기를 했다.

"면도날(사까다)도 한물갔어. 이젠 임해봉이가 사까다보다 바둑이 더 센 것 같습디다, 원장님."

그 말이 떨어지기가 무섭게 원장은 독립군들을 보고 소리쳤다.

"봐라! 뭐라 카더노. 내가 해봉이가 더 세다 안 카더나!"

원장 말에 독립군들이 서로 얼굴을 쳐다보며 아연실색, 이게 꿈인가 생시인가 한참을 넋이 빠진 채 가만히들 있었다.

갈수록 원장의 그 버릇이 심해질 무렵, 멋도 모르는 애송이 기객 한 명이 원장의 행동에 울분을 참지 못하고 원장을 몰아붙였다.

"원장님. 여기 가서는 이카고, 저기 가서는 저카고 도대체 와 그카능교!"

그 말에 대한 원장의 대답은 너무나 간단했다. 원장은 담배 한 대 피워 물고 한 모금 길게 내뿜더니 쓸쓸한 목소리로 말했다.

"우리 집 큰아이가 내년에 대학을 졸업하네."

원장은 고개를 떨구고 기원 밖으로 걸어 나갔다. 그 후로 원장에게 그런 말을 물어보는 사람은 아무도 없었다.

"형씨는 도대체 야통을 얼마나 했는교?"

호구가 궁금한지 충호에게 물어본다.

"내야 오래됐지. 10년은 넘었을 꺼로. 야통을 하도 오래 하다 보이 계산이 잘 안 되구마."

"정말 대단하구마."

호구가 존경스러운 눈으로 충호를 올려다본다. 이제 40에 가까운 충호의 나이가 오늘따라 유독 더 들어 보여 보통 때 50으로 보이던 것이 오늘은 60이 다 되어 보인다. 충호와 호구의 방내기가 다시 벌어졌다. 그때 기원 문이 열리고 잘생긴 미남 청년 삼보가 들어왔다.

'삼보실업'이라는 모자를 늘상 쓰고 다녀 이름 대신 삼보로 불리는, 막 스물이 넘은 그는 천성이 착하고 온순해 기원 선배들 중 누구 하나 그를 싫어하는 사람이 없었다. 매주 주말과 휴일에는 꼭 기원에 들렀는데 이즈음에 와서는 통 그의 모습을 대하기가 힘들었다.

기원에 나타난 지 반년이 채 못 되어 초급자에서 중급자 기력을 갖추었으니 머리도 괜찮은 편이었고, 바둑도 그의 성격만큼이나 승패를 떠나 항상 배우는 자세로 임했기에 요즘 보기 드문 건실한 청년이라 하여 독립 군들 사이에 칭송이 자자했다.

독립군들에게 대충 인사를 한 삼보는 편 교수 앞에 앉았다. 삼보는 편 교수에게 지도대국을 수차례 받은 경험이 있다. 지도대국이라고는 하나 생판 그냥 둘 수는 없고 30원짜리(판에 300원) 내기바둑이었다. 편 교수가 삼보의 처지를 감안하여 교육지책으로 금액을 하한가로 조정했는데, 사실 30원짜리는 내기바둑에선 거의 찾아보기 힘든, 소멸되다시피 한 풍속 이었다.

삼보가 편 교수에게 넉 점을 놓으며 계면쩍게 웃는다.

"얼굴 보기가 힘들어."

"일했심더."

"많이 늘었어?"

"그대롭니다."

"한 판 해야지."

"예."

"30원짜리?"

"죄송합니다."

바둑이 빠른 속도로 진행되었다. 삼보의 신중한 장고바둑이 오늘은 편 교수의 손 따라 쉽게 쉽게 두어진다. 그런데 시간이 지날수록 전에 없이 삼보의 행동거지가 이상해 보인다. 대국을 하며 히죽히죽 웃는 모습이라 든지, 왼손을 주머니에 푹 찌른 채 한 손으로 바둑을 두는 건방진 자세가 예전 같지 않다. 대국이 끝나고 계가를 하는데 여전히 삼보의 한 손이 주 머니에 들어가 있다.

지난 몇 달 동안 무엇을 하고 다녔는지 짐작할 수는 없으나 독립군들

눈에 지금의 삼보는 전혀 아니다. 삼보의 행동이 많이 거슬린다. 편 교수는 고수인 데다가 한참 연장자가 아닌가. 그것은 바둑의 매너가 아닐 뿐더러 후배로서의 예의도 아니다.

보다 못해 옆에서 바둑을 두던 송강이 삼보를 나무랐다.

"삼보가 그사이 장족의 발전이 있었구만. 한동안 안 보이더니 어디 가서 좋은 거 배워왔구나."

그래도 삼보는 못 들은 척 계속 한 손으로 계가를 한다.

"삼보. 왼손은 가시나들 손목 잡을 때만 쓰는 손이가."

마침내 편 교수가 화가 나서 삼보를 나무랐다.

삼보가 머리를 긁적이며 왼손을 주머니에서 끄집어내는데 삼보의 왼손은 엄지손가락에서부터 차례로 세 개가 무참하게 절단되어 있었다.

"삼보! 어떻게 된 거냐!"

송강이 놀라 물었다. 삼보는 대답이 없다. 얼굴만 붉어지는데 아무리 봐도 선량한 백성이다.

"야, 삼보! 말해봐! 어떻게 됐어?"

송강이 계속 다그쳐 물었다.

"작업하다가 그렇게 됐심더."

"어떻게 했길래 그렇게 됐단 말이냐?"

"밤새미하다가 그만 깜빡 조는 바람에……."

삼보가 오히려 무안해한다.

기가 막힌다. 그 건강한 젊은이가 하루아침에 손가락 병신이 되어 돌아왔다.

"피해 보상은 받았나?"

편 교수가 혀를 차며 삼보에게 물었다.

"30만 원 받았심더. 개당 10씩 쳐갖고 30만 원 주데요. 뭐, 군대도 안 간다 카데요."

순간 송강과 마공의 눈이 마주쳤다. 바둑돌을 쥔 마공의 손이 부르르 떨린다.

잠시 후.

밖에 볼일 보러 나갔던 원장이 돌아와서 삼보의 손을 발견했다.

"아이고! 삼보 손이 와 이카노! 우짜다가 이래 됐노!"

원장은 대번에 대성통곡을 했다.

"이기 사람 손이가 개 손이가! 세상에 우째 이런 일이 다 있겠노!"

삼보가 머쓱해한다. 말려봐야 들을 사람도 아니고, 사람들은 원장의 모양새를 가만히 지켜볼 뿐이다. 한참을 시끄럽게 떠들던 원장이 제풀에 지쳐버렸다.

"이걸 우짜마 좋겠노. 손이 이래 되가 뭐하고 살겠노. 내가 뭐라 카더노 삼보야. 여기저기 돌아다니지 말고 기원에서 조용히 바둑만 뚜라 안 카더나. 뭐한다꼬 그카고 다니노!"

원장의 과잉반응인 줄 알면서도 사람들은 묘한 카타르시스를 느꼈다. 그렇게 말하는 원장의 마음도 비슷하다.

"내 말 안 들으마 이래 된다 카이. 불쌍해서 우짜마 좋겠노. 서양아! 삼보 짜장면 하나 시키조라…… 보통으로."

그날 밤 술집에서 또다시 송강과 마공이 대판으로 싸웠다. 삼보 사건으로 독립군들이 모여 앉아 밤늦도록 술에 취해 횡설수설 말들이 많았는데, 갑자기 마공이 송강을 향해 욕설을 퍼부었다.

"야! 송강. 너그들이 삼보를 어찌 아노! 가들이 어떻게 사는 줄 알기나 아나! 가들을 이해한다꼬? 하기 쉬운 말이라고 함부로 지껄이지 마라! 너그들이 우째 가들을 이해하노. 세상에 듣다 듣다 개 좆같은 소리 다 들어 보겠다. 송강, 모르면 좆통수 불지 말고 아가리 닫고 술이나 처묵는 기라.

알겠나!"

마공은 송강, 편 교수 이하 독립군들이 삼보 사건을 이러쿵저러쿵 언급하자 속이 뒤틀렸다.

마공을 바라보는 송강의 시선이 심상찮다.

"마공, 자네가 화낼 일이 아니야. 우리가 삼보에 대해 어떤 말을 하든지 그게 자네와 무슨 상관이 있나. 자넨 바둑으로 남의 등이나 치고 살아. 그게 자네한텐 어울려. 이런 일은 자네완 무관한 일일세. 자네 혹시 사회를 좀먹는 기생충이란 말 들어봤나. 인간쓰레기들 말이야. 언제 시간이 나면 가슴에 손을 얹고 잘 한번 생각해봐."

송강의 말이 끝나자 술잔이 날아가고 서로 멱살을 잡고 엎치락뒤치락, 독립군들은 뜯어말리고 술집이 난장판이 됐다.

송강과 마공은 끊임없는 평행선이었다.

얼마 전 기원 서양 사건 때도 송강은 마공의 행동을 비난했다. 기원 건물 주인인 신 사장이 돈을 앞세워 서양을 건드린 사건이었다. 오래전부터 서양을 집적거리던 신 사장이 마침내 술을 먹여 서양을 여관으로 끌고 가 강제로 덮친 사건이었다.

사건 며칠 후, 술에 취해 가던 신 사장을 누군가가 흠씬 두들겨 패주었는데 독립군들은 누구나 심증적으로 마공의 짓일 거라 생각했다. 송강은 사석에서 마공의 방법이 극단적인 사고라고 못을 박았다.

한번은 차씨 성을 쓰는 떠돌이 독립군 한 명이 치수를 속이고 돈을 기만 원 챙겨 기원을 뜰 참이었는데 막판에 실력이 탄로가 났다. 독립군들이 격렬하게 그를 성토했다. 그때 마공이 나서서 그가 딴 돈을 그대로 돌려주고 선선히 그를 놓아주었다. 그때도 송강은 마공의 방식을 못마땅해했다.

민수의 판단으로는 송강과 마공의 대립은 그 진원지가 신분과 출신의 벽이었고, 그로 인한 사고방식 차이였다.

　일류 대학 법대 출신으로 고시 1차까지 합격했으나 어떤 이유에서인지 중도 포기하고 기원으로 흘러들어온 송강 김송백.

　발길 닿는 대로 이곳저곳 반평생을 홀로 떠돌아다녔던, 배운 것 하나 없는 일자무식의 떠돌이 독립군 마공 김월출.

　송강이 재사(才士)라면 마공은 술사(術士)였고, 송강이 장수(將帥)라면 마공은 자객(刺客)이었다. 동질의 이념을 표방하고서도 그 맥은 결코 일치하지 못했고, 그 방법론 또한 방식을 달리했다. 마공은 송강의 철저한 논리주의적 경향을 못 미더워했으며 송강은 마공의 급진적 냉소주의를 지극히 꺼려했다. 두 사람이 필연적으로 평행선을 가는 이유는 결국 근본적인 삶의 방식에 문제가 있었다.

　아무튼 삼보 사건 이후 그들 사이는 급속히 냉각되어갔다.

　한 달이 넘게 민혜에게선 소식이 없었다. 내려와서 간간이 열흘이나 보름 단위로 민혜에게서 편지가 오곤 했으나 한 달 전부터는 감감무소식이었다. 그사이 가을이 갔고 겨울이 시작되었다.

　정월의 혹독한 추위가 계속 기승을 부리더니 어느 틈에 그 추위도 서서히 흐름을 달리했다. 민혜의 일상이 궁금했으나 진공상태로 방치한 채 민수는 꾸준히 기원에만 드나들었다. 사랑은 멀어져가고 있었고 삶은 방향감각을 상실한 채 깊이를 알 수 없는 세상과 이념의 무게에 눌려 어디론가 난파하고 있었다.

　"아이고! 이 썹할 놈아!"

　충호가 생욕을 하며 들고 있던 돌을 통 속에 집어던진다.

　충호는 악수를 놓으면 자기 스스로에게 욕을 하는 버릇이 있다. 스스로를 자책하는 묘한 습성인데 듣기에 따라 상대편에게 욕을 하는 것 같아 이따금씩 오해의 소지가 발생하기도 한다. 다행히 지금 상대는 충호의 호적수인 편 교수다. 편 교수는 충호가 또 시작했구나 하는 정도로만 생각하며 씨부리든지 말든지 관심이 없다.

듣기조차 민망한 별의별 욕을 한 시간 가까이 해대던 충호가 판을 거두고 난롯가에 앉아 꾸벅꾸벅 졸고 있는 이 영감 곁으로 다가왔다.

이 영감은 요사이 와서 시들시들하다. 근력이 떨어지는지 그 좋아하던 바둑도 판수가 많이 줄었고 근간엔 남의 바둑을 구경하거나 난롯가에 앉아 있는 시간이 더 많았다.

"졌나?"

"졌구마."

"편 바둑이 보기보다 실하더마."

"실하긴요. 쑤시마 들어가는 바둑인데 내가 착각을 했다꼬요."

"옛날엔 한두 수 보는 것 같더니 니 바둑도 다 됐다."

"아이라요. 내가 마음만 먹으마 편은 내한테 안 되는구마."

"충호야."

"말하소."

"몸이 오슬오슬한 기 어디 가서 개나 한 마리 했으마 딱 좋겠다."

"개 좋은 거야 누가 모르요. 쩐이 문제지."

이 영감은 눈을 지그시 감았다. 개 이야기만 나오면 이 영감은 감회에 젖는다.

개와 이 영감은 불가분의 관계였다.

피난 시절.

이 영감은 주린 배를 움켜쥐고 미친 듯이 거리를 헤매다가 우연히 길거리에 나돌아다니는 개를 몇 마리 잡아먹은 일이 있는데 그것이 인연이었다. 그때 맛을 들인 이 영감은 그 후 줄기차게 개를 가까이했다. 자다가도 개 이야기만 나오면 벌떡 일어날 정도로 이 영감은 개를 좋아했다.

그러나 세월이 흘러 살림은 궁색해지고 설상가상으로 개값마저 폭등하고부터는 마음은 항상 그곳을 향하고 있었지만 현실은 어찌해볼 방도가 없었다.

이 영감의 개에 대한 경륜은 상상을 초월했다.

며칠 전 시장에서 어린아이가 사나운 맹견에게 다리를 물려 까무러치면서 시장 안이 온통 난리가 난 일이 있었다. 사람들이 몽둥이로 개를 때리고 뜨거운 물을 퍼부었건만 개는 끈질기게 아이를 물고 늘어졌다.

때마침 이 영감이 충호와 그 앞을 지나치다가 그 광경을 목격했다. 이 영감이 어슬렁어슬렁 개 앞으로 다가갔다. 개와 이 영감의 눈이 마주쳤다. 이 영감은 이미 개의 마음을 훤히 꿰뚫어보고 있었다. 이 영감은 빙그레 웃으며 개를 회유했다.

(이보시게.

개는 개의 본분이 있고

사람은 사람의 본분이 있다.

개가 사람을 물면 하늘이 노한다.)

이 영감의 손이 물고 있는 개의 두상으로 가는 순간 희한하게도 사나운 개가 양처럼 온순해지더니 물고 있는 아이를 놓고 곧바로 튀어버렸다. 시장터를 벗어날 즈음 이 영감이 입맛을 쩍 다셨다.

"웬 입맛이오?"

충호가 물었다.

"사람을 무는 개가 진짠기라."

"뭐가 진짜란 말인교?"

"몰라서 묻나."

충호가 씩 웃었다.

"개가 영감님을 알아보더마요."

"사람으로 태어났으마 영락없이 방내기꾼인기라."

그 일이 있은 후 며칠 동안 이 영감은 식욕이 떨어지는지 바둑을 두다가도 어떤 생각에 한눈을 파는 일이 잦아졌다.

"충호야."

"와요."

"어떻게 안 되겠나."

"뭐 말인교?"

"개."

"자꾸 그카지 마소. 내 사정 뻔히 알믄서."

충호가 신경질적으로 반응했다. 이 영감이 개고기를 먹을 수 있는 길은 이 시인을 홀치는 게 유일한 방법이었으나 불행하게도 이 시인은 개고기라면 딱 질색이다.

"죽은 마누라 생각난다."

"새삼스런 소리요."

"그래도 마누라밖에 없었다."

"자식들은 대관절 뭐하는 놈들이오. 아직도 연락이 없소?"

"연락은 무신, 저거들 살기도 어려울 낀데."

"치우소."

창밖에 눈이 내린다. 오후부터 내리기 시작한 눈발이 저녁이 되자 제법 굵어졌다.

문이 열리고 눈을 털며 낯익은 손님이 들어섰다. 난로 옆 자리에서 박총알과 서 중사의 바둑을 구경하던 사람이 이미 약속이 된 듯 방금 들어서는 손님을 맞이한다. 손님이 바둑판 앞으로 앉으며 말했다.

"자네하고 약속 지키려고 140, 150 막 밟았어."

"세게 밟았구만."

"160까지 올라가니까 등골이 오싹해지더라고."

말투로 보아 겁도 난 모양이었지만 은근히 자신의 운전 솜씨를 자랑하는 눈치다. 옆에서 바둑을 두던 박 총알의 입가에 희미한 웃음이 지나간다.

한때는 박성대(朴盛大) 하면 박 총알 혹은 왕총알(총알기사 중 제일 빠른 총알기사를 지칭함)로, 서울역 일대에서 최고의 기량을 인정받던 그 방면의 대가였다. 경남 사천(泗川)이 고향인 박 총알은 십 수 년 전 젊음과 타고난 운전 솜씨 하나만 믿고 단신 상경했다.

그때는 일반 대중교통 수단이 턱없이 부족했고 통행금지까지 있던 시절이라, 밤이 늦어지면 시민들이 이동할 수 있는 유일한 수단은 총알택시 밖에 없었다. 그런 관계로 운전기사들 사이에 총알택시를 선호하는 사람들이 많았고, 총알 자리를 얻기 위해 전국 각지에서 올라온 총알 후보들이 주야로 조합에 진을 치고 있었다. 워낙 수익성이 높은 편이라 지역을 놓고 깡패 조직까지 이권 다툼에 연루되기도 했다.

어려운 집안을 살리고 입신양명을 꿈꾸었던 그였기에 그는 물불을 가리지 않고 핸들을 잡았다. 왕총알 자리를 놓고 수많은 총알들이 앞 다투어 자리다툼을 하던 시절. 총알로서는 비교적 신참에 가까운 박 총알의 운전 솜씨는 동료 총알들 사이에 심심찮게 화제가 되었다.

선천적으로 운동신경이 뛰어났고 팔과 다리 힘이 유난히 강했으며, 거기다가 도로 중앙을 치고 들어가는 담력과 어떤 위급한 순간에도 냉정하게 상황을 보는 판단력까지 갖추었으니 총알기사로서는 거의 완벽한 조건이었다. 그러나 박 총알은 주위 찬사에도 불구하고 항상 배우는 자세로 꾸준히 기술을 연마해나갔다.

그런 박 총알의 솜씨가 한창 빛을 발하던 무렵.

한번은 은퇴한 왕년의 노(老) 총알이 소문을 듣고 박 총알의 차를 시험 삼아 한번 타본 후 그날 밤 술자리에서 개판으로 취해 이런 평을 남겼다.

"대단한 총알이로고! 기세는 하늘을 찌르고 담력은 산천초목도 벌벌 떠니, 총알계의 경사로세! 총알계의 경사로세!"

그 말을 입증이라도 하듯 얼마 후 박 총알은 개가를 올렸다.

총알택시 반년 만에 공포의 구간으로 소문이 자자하던 서울-인천 간을 평균 시속 200킬로, 그것도 비가 내리는 미끄러운 길을 21분이라는 전무후무한 기록을 세우고 들어오던 날 동료 총알기사들은 기립박수로 박 총알을 환영했고, 박 총알은 운전대를 부여잡고 한동안 말이 없었다.

그 사건 이후 박 총알은 총알 세계에서 일약 스타가 됐으며, 서울역을 비롯해 용산, 영등포까지 그 명성이 널리 퍼졌다. 파란의 주역으로 등장한 박 총알의 행보는 거기에 그치지 않고 그 여세를 몰아 서울-수원, 서울-오산, 서울-평택 구간까지 모조리 평정하자 비로소 총알시대에 왕총알로 급부상하며 파란만장한 그의 시대를 열었다.

박 총알은 명성에 걸맞게 돈벌이도 좋았고, 그사이 가깝게 지내던 총알 선배의 주선으로 결혼도 했다. 가정을 가진 박 총알은 사랑하는 아내와 자식을 위해 더욱더 있는 힘을 다해 차를 몰았다.

그러나 세상 일이 다 그러하듯 오르막이 있으면 내리막이 있고, 절대권력은 절대 부패하듯이 영원한 승자도 패자도 없는 인간사 만고불변의 진리 앞에 긴 세월 전성기를 구가하던 박 총알의 화려한 아성은 일시에 무너졌다.

'죽음의 질주'라는 기사로 그 당시 신문 사회면 톱을 장식했던 사건의 개요는 이러했다.

교통사고로 수술이 시급한 RH- 혈액을 필요로 하는 환자가 송탄에서 애타게 피를 기다리고 있었고, 마침 용산병원에서 그 혈액을 비축해둔 것이 있어 송탄까지 혈액을 급히 공수해야 할 상황이었다.

병원측에서는 일 분 일 초를 다투는 일이라 구급차로 옮기기에도 시간이 꽤 소요될 것 같아 생각 끝에 평소 총알택시를 자주 애용하던 병원 서무과장이 혈액을 들고 용산 총알택시 조합으로 급히 달려와서 사정 이야기를 했다.

사건의 내용상 당연히 박 총알에게 임무가 맡겨졌는데, 그와 비슷한 일을 여러 번 처리해온 박 총알인지라 별 생각 없이 어두워지는 고속도로를 최대 시속으로 파고들었다. 그날따라 도로에 안개가 조금 끼긴 했으나 박 총알은 늘 하던 대로 1차선과 2차선 사이에서 절묘한 곡예를 펼쳤다.

사고가 발생한 건 차가 거의 송탄에 가까워서였다. 반대편 도로에서 앞서거니 뒤서거니 하던 승용차들이 서로 추돌하는 순간, 뒤에서 달려오는 차들이 엉겁결에 중앙선을 뛰어넘어 들어왔다.

박 총알은 본능적으로 핸들을 꺾었다. 절체절명 순간에 두 대의 승용차는 가까스로 피했으나 뒤따라 들어오던 봉고차를 미처 보지 못하고 박 총알의 차는 봉고차 옆을 들이박고 도로 밖으로 튀어나가 언덕길을 굴렀다.

대형 참사였다.

그 사고로 박 총알은 온몸에 수백 바늘을 깁고 왼쪽 다리를 절단당하는 비운을 겪으면서도 불사조처럼 다시 살아났다. 그러나 목숨은 요행히 건졌으나 이미 총알기사로서의 생명은 끝이었다. 그 후 다리 한쪽을 고속도로에 헌납한 박 총알이 눈물을 머금고 쓸쓸히 낙향하니 실로 총알 8년만의 덧없는 영화(榮華)였다.

고향에 내려온 박 총알은 모든 것을 잊어버리고 살기 위해 몸부림쳤으나 불구의 몸으로 삶이 수월찮았고, 그때 자신의 사고로 인해 혈액을 공급받지 못한 환자가 끝내 목숨을 잃었다는 이야기를 전해 듣고 오랜 세월 박 총알은 죄책감과 괴로움에 시달려야 했다.

그나마 기원으로 흘러들어와 바둑에 젖어들고부터는 마음의 상처가 조금씩 치유되어갔다. 언젠가 딱 한 번 총알 시절에 자신과 쌍벽을 이루던 전남 여수(麗水) 출신 이동식(李銅式) 총알의 사고 소식을 듣고 목발을 짚은 채 서울로 올라갔다.

대학병원 영안실에 당도하니 난다 긴다 하는 당대의 총알들이 총집합하여 영안실은 북새통을 이루고 있었다. 목발을 짚은 채 절룩거리며 박 총알이 영안실에 들어서자 일순 장내는 숙연해졌다.

박 총알을 알아보는 베테랑 총알 몇 명이 쫓아나와 박 총알의 손을 잡으며 설움에 북받치는지 울음을 터뜨렸다. 박 총알은 절룩거리며 빈소로 갔다.

이 총알의 초상화가 걸려 있는 빈소에는 부인과 중학생쯤 되어 보이는 자식이 망연자실 앉아 있었다. 박 총알이 불편한 몸으로 향에 불을 붙이고 절을 2배 했다. 타오르는 연기가 빈소를 가득 메운다.

초상화 속의 이 총알은 웃고 있었다.

생전의 이 총알은 어찌 보면 불운한 총알이었다. 빠르기로 따지면 유일하게 박 총알과 버금가는 이 총알이었으나 그 능력을 인정받지 못해 늘 찬밥 신세였다. 총알택시에서 가장 중요하게 취급되는 구역 확보와 특이하게 들어오는 큰 건수는 대부분 박 총알이 차지하고 상대적으로 영업하기가 취약한 구역과 잔잔한 일들만 이 총알에게 돌아갔다. 그렇게 되자 자연 두 사람 관계는 소원해졌고 어쩌다 서로가 마주쳐도 말 한마디 나누는 법이 없었다.

그때부터 이 총알은 틈만 나면 박 총알을 씹고 다녔으며 박 총알도 그 못잖게 이 총알을 비난했다. 동료 총알기사들도 마침내 박 총알계와 이 총알계로, 엄밀히 따지면 경상도 총알과 전라도 총알로 편이 갈라져 한 치의 양보도 없는 세력 다툼이 시작됐다. 서로의 이권을 위해서라면 주먹다짐도 서슴지 않았고 자기편에서 누가 불이익을 당하면 패싸움도 마다 않는 살벌한 사태가 연일 계속됐다.

그렇게 총알시대를 이끌어온 양대 총알의 갈등이 눈에 띄게 심화될 무렵 결국 박 총알의 사고가 터지고 총알시대는 순식간에 역사의 저편으로 사라졌다.

초상화 속의 이 총알은 계속 웃고 있었다.

사고가 나고 장기간 병원에 입원해 있을 때 그나마 쌀말이라도 팔아준 사람은 이 총알밖에 없었다.

언젠가 이 총알이 병실에 찾아와 말했다.

"박 총알, 다아 먹고 살자고 하는 것인디, 인생도 그런개비여. 총알처럼 살다가 총알처럼 간단 말이시."

그는 자신을 보고 쓸쓸히 웃었다. 그는 정말 총알처럼 살다가 총알처럼 가고 말았다.

박 총알이 반상을 물끄러미 바라본다. 지나온 세월들이 물처럼 굽이굽이 흘러갔다.

맞은편에 앉은 서 중사는 월남전에서 충무무공훈장까지 받은 일등 용사였으나 제대를 한 달 앞둔 마지막 전투에서 팔 한쪽을 잃었다. 귀국하여 그는 상이용사로 분류돼 나라에서 매달 지급하는 연금으로 하루하루를 살아왔다. 그도 여느 기객처럼 1급이 소원이었는데 그가 1급이 되기까지는 우여곡절이 많았다.

서 중사는 살림만 차리면 여자가 도망을 쳤다. 그것도 신접살림이라 하여 가전제품 이하 부엌살림을 새것으로 깨끗하게 장만해놓고 어떻게 잘 살아볼라치면 여자가 튀었다. 기원에서 한 이틀 야통하고 돌아오면 어김없이 여자들은 값이 나가는 물건들을 모조리 들고 날라버렸다.

두 번째 여자가 튀고 서 중사는 여자가 도망갈 것에 대비해 살림살이를 모조리 중고품으로 바꿔버렸다. 그런데 이상하게 중고품으로 행마를 달리했는데도 여자들의 도주는 계속됐다. 참으로 불가사의한 일이었다.

용하다는 점쟁이들을 다 찾아다녔지만 쪽집게 무당들도 도망가는 여자들에 대해서는 속수무책이었다. 점괘가 안 나온다는 것이었다.

니나노 집에서 만났던 여섯 번째 여자가 야반도주하던, 유난히 눈이 많이 내렸던 그해 겨울, 서 중사는 학수고대하던 대망의 1급이 되었다.

1급이 되고 난 후 서 중사는 살림을 중단했다. 그의 말을 빌리면 자신은 이제 바둑과 결혼을 했고 바둑과 더불어 살아가겠다는 것이었다.

그 후 서 중사의 바둑은 세기를 더해 독립군 가운데 송강과 마공을 제외하고는 그다음 서열이었다. 박 총알이 두 점으로 왔다 갔다 하지만, 서 중사가 마음만 먹는다면 두 점에는 시쳇말로 쨉이 안 된다. 마작은 박 총알이 조금 고수였고, 바둑은 서 중사가 몇 수 위였다.

바둑이 끝나고 두 사람이 나란히 술집으로 향하는데, 어느 틈에 삼보가 뒤따라 나간다. 언제부턴가 손가락 사건 이후 삼보는 두 사람 뒤를 그림자처럼 졸졸 따라다녔다.

그들이 나가고 얼마 안 있어 문제의 사나이 허파 장이 등장했다. 독립군들 시선이 일제히 허파 장에게 집중되었다.

허파 장은 적수가 없어 쉬고 있는 어느 기객 앞으로 가서 조용히 앉는다.

"선생, 나와 바둑 한번 두시겠소?"

허파 장의 정중한 요구에 손님이 승낙을 한다.

"그럽시다."

"1·2빵(기본방 2에 방당 1의 방내기바둑)이면 어떻소?"

"만 이천 원(만 방에)짜리?"

"아무거나 상관없소. 더 크게 해도 좋고."

"축방(무제한 방)으로?"

"물론이오."

"근데 얼마나 두시오?"

"그런 거 알아 뭐하겠소. 자신이 없으면 흑을 쥐시오."

손님이 잠시 생각하더니,

"까짓거 좋소이다. 어차피 승부니까."

하자 독립군들이 허파 장 주위로 살금살금 몰려들었다. 바둑이 시작되기 전에 허파 장이 손님에게 양해를 구한다.

"바둑이 조금 거치니 이해하시오."

허파 장의 바둑은 황당했다. 허파 장의 바둑은 바둑이라기보다 일종의 절규였다. 허파 장은 끊을 수 있는 자리는 모두 끊었다. 한 판의 바둑에서 허파 장은 무려 스물여섯 번을 끊었다.

손님은 기가 막혀 허파 장을 힐끗힐끗 쳐다본다. 수읽기가 깊은 허파 장이긴 하나 무리하게 끊는 수로 일관하니 승부가 될 턱이 없었다. 바둑이 끝나자 허파 장은 아홉 방을 졌다. 허파 장은 공손히 아홉 방에 해당하는 금액을 손님에게 지불했다.

"미안하오, 선생. 언젠가는 나 자신을 찾을 날이 있지 않겠소."

허파 장은 손님에게 사과를 하고 말없이 기원 밖으로 나갔다. 독립군들이 혀를 끌끌 찬다.

무슨 영문인지 몰라 얼떨떨해하는 손님에게 허파 장과 한때 단짝이었던 송강 계보의 반독립군 허류(許流: 본명이 허경준인데 허류라는 이상한 필명을 쓰고 다니면서 여러 사람들을 신경 쓰이게 했다)가 부연 설명을 했다.

"형씨가 이해하소. 원래 그런 사람이 아닌데 1년 전 큰 내기바둑에서 사고를 치고부터는 사람이 그렇게 변했소. 집 한 채 값이 왔다 갔다 하는 큰 판에서 끊으면 대마 잡고 넉넉하게 이기는 바둑을 글쎄 괜히 들여다봐서 상대편 돌을 연결시켜주는 바람에 다 이겨논 바둑을 져버렸지 않았겠소. 그 후 바둑을 두기만 하면 끊는 데 한이 맺힌 사람처럼 앞뒤 없이 무조건 끊어놓고 자기 자신을 학대하는 거요. 뼈에 사무친 비통하고 절통한 그 양반의 심정을 형씨 같은 점잖은 분은 이해를 해야 하는 거요. 게다가 그 심한 충격으로 인해 허파가 뒤집어져 수술까지 하고…….”

허파 장의 행동에 대해 기원 사람들 의견은 분분했다. 그도 그럴 것이 이틀에 한 번 꼴로 기원에 나타나는 허파 장은 매번 이런 식으로 자신을 학대하고 돈을 버리고 가기 때문이었다. 소문엔 그 당시 잃은 돈도 돈이지만 이렇게 해서 버린 돈도 벌써 꽤나 된다는 것이었다.

허파 장이 나가고 원장 이하 몇몇 독립군들이 허파 장을 애석해했다.

“아쉽기는 하지만 잊어뿌야지. 저래 가지고 사람이 어떻게 사노.”

바둑 4급을 두는 건물 지하다방 주인의 말에,

“말이 쉽지 돈이 걸리보소. 사람 환장하구마.”

하고, 허파 장을 잘 아는 길 건너 사거리에 있는 남해기원 독립군이 놀러 왔다가 다방 주인의 말에 비위가 상하는지 한마디 했다. 모처럼 타 기원 독립군이 놀러 왔으니 장 원장이 보조를 안 맞춰줄 수가 없다.

“자네 말이 맞네. 사람이 돈 문제가 걸리마 마음겉이 안 되는 기라. 우리 아부지도 팔십 평생을 돈 때문에 시달리다가 안 죽었나.”

장 원장 뒤는 항상 충호 차례다.

“오래도 시달렸구마. 그기 비하마 성팔(허파 장 본명)이는 아무것도 아이네.”

전직 은행원이었던 어느 호구가 대화에 끼어들었다.

“아무리 큰돈이라 하나 바둑 한 판에 그렇게까지 행동하는 건 이해가 가지 않는군요.”

이발소를 하다가 말아먹고 근간에 독립군으로 편입된 어느 초짜 독립군이 그 말을 받아 폼을 잡는다.

“남의 일 가지고 함부로 말하는 게 아니구마. 오죽하면 사람이 그렇게까지 됐겠능교.”

난롯가에서 꾸벅꾸벅 졸고 있던 박 총알이 초짜의 말에 공감한다.

“옳은 말이야. 그 돈이면 택시가 몇 댄데…….”

박 총알 옆에서 바둑을 두고 있던 팔수가 혼잣말로 중얼거렸다.

“그때 끊어버리지…….”

팔수 맞은편에는 이병태가 앉아 있다.

“마음이 또 허전해질라 카네.”

누군가 지겨운지 한마디 물어보았다.

“본인은 뭐라 캅니까?”

사람들 시선이 허파 장의 단짝이었던 허류에게 쏠리고 허류가 허파 장의 심정을 대변한다.

“나한테라고 무슨 할 말이 있겠소. 전에 포장마차에서 술 마시다가 혼잣말로 이캅디다.”

“뭐라 카던데?”

충호가 허류를 쳐다보며 들고 있던 담배에 불을 붙였다.

“군대 있을 때 월남 못 간 게 후회스럽다 하더마요.”

허류의 말에 사람들이 머리를 싸매고, 평소 말수가 적은 편인 교수가,

“시간이 더 가마 다 잊어뿐다꼬.”

하자, 누군가,

“시간이라 켓나?”

한다. 마지막은 동남기원의 거물 이 영감이다.

"와요?"

"사람한테는 시간으로 되는 기 있고 안 되는 기 있는기라. 차라리 죽은 자식을 잊어뿌는 기 낫지 그걸 우째 잊겠노."

잠시 목청을 가다듬은 이 영감이 원로답게 허파 장 사건을 마무리했다.

"30년 전에도 그와 유사한 사건이 있었는기라……."

장 원장을 비롯한 여러 독립군들이 순간적으로 긴장한다.

"그때 당사자는 결국 무덤 속으로 들어갈 때까지 그 고통을 가져가더 마……."

그것으로 더 이상 반론을 제기하는 사람은 없었다.

"어이 박 사범! 폭발물 사건 현상금이 100만 원 올랐더라."

마공은 그 사건에 유독 관심이 많았다. 틈만 나면 그 사건 이야기다.

"우리 그 사람 찾아다니자."

"왜요. 찾아서 신고하게요?"

민수는 송강을 좋아했으나 마공도 결코 싫어할 수 없는 인물이었다. 빈자와 약자에게 마공은 도량이 넓었고 그 반대편 사람들은 애써 싫어했다. 민수가 보기에 성품은 삐뚤어져 괴팍했으나 마공은 천성이 선량한 사람이었다.

"신고야 할 수 있나. 그 사람들 찾아갖고 같이 동참해야지."

"동참을 해요?"

"가들한테 폭탄 만드는 법을 배워 돈이 더 많은 놈들을 치자꼬."

"에이, 선배님도. 선배님과 저는 바둑이나 두는 게 제일 어울립니다."

"바둑도 두고, 뒤도 때리고…… 통쾌하잖아."

마공은 뭐가 좋은지 말을 하다 말고 저 혼자 실실 쪼갠다.

"박 사범, 전화!"

원장이 카운터에 앉아 빙그레 웃었다.

"목소리가 기차게 예쁜 서울 아가씬데!"

전화 속 주인공은 뜻밖에도 민혜였다.

민혜는 새벽 첫차를 타고 내려왔다. 몇 달 만에 만난 그녀는 무척 수척해 보였다.

"그렇잖아도 연락이 없어 궁금했는데."

"지난 학기 종강하고 지금까지 계속 작업했어."

"그랬군. 작업은 잘돼?"

"그냥 열심히 해. 민수씬 어때?"

"그저 그래."

"왜 아까운 시간을 기원에서 보내?"

"혜숙이와 통화했어?"

"혜숙씨가 민수씨 매일 기원에 다닌다고 그러더라."

민수의 여동생 혜숙이는 지난해 상업계 고등학교를 졸업하고 농협에 취직을 했다. 어머니를 도와 가난한 살림과 어린 동생들을 보살펴온 누이에게 민수는 늘 미안한 마음을 가지고 있었다.

"계속 기원에 다닐 거야?"

"지금은."

"학교는 어떡하구?"

"군대 문제도 있고. 더 두고 봐야 할까봐."

"이해가 안 가."

"뭐가?"

"……한 번은 연락이 올 줄 알았는데."

"……."

민혜와의 사이에 갈등이 생긴 것은 그녀의 유학 문제가 거론되고부터였다.

　외무부에 고급 공무원으로 재직중인 민혜 아버지는 지난여름부터 민혜에게 꾸준히 유학을 종용했다. 시국이 혼란스러워지자 고위층 자녀들에게는 유학이 유행병처럼 번지고 있었고, 민혜 부모는 외딸인 민혜의 장래를 고려해서 이미 유학중인 그녀의 오빠 곁으로 민혜를 보내는 데 합의를 봤다.

　막상 민혜에게 그 말을 들었을 때 민수는 막막했다. 막연하게나마 민수가 꿈꾸어온 삶과 민혜의 유학은 별개 모습이었다. 아버지의 권유에 못 이겨 민혜가 자신에게 동반 유학을 제의했을 때 민수는 그때 빈한했던 자신의 어린 시절과 지방에 계신 어머니와 어린 동생들을 생각했다.

　민혜를 만난 지 2년 만에 처음으로 민수는 신분 차이를 실감했고, 민혜와 같이 보냈던 지난날들이, 가령 캠퍼스의 벤치라든지 학교 부근 카페, 둘이서 자주 가던 삼청공원, 인사동 화랑가, 어두워지는 민혜의 집 동네 길, 헤어지기 아쉬워 조금이라도 더 시간을 보냈던 근처 놀이터 등이 추억이나 기억으로 화했다.

　대학을 졸업하고 구석진 시골 중학교에서라도 교편을 잡아 생업에 종사하는 것이 민수에겐 우선 목표였고, 민혜와 결혼을 하면 시골집에 화실을 만들어 그녀가 작품 활동을 하는 데 최대한 협조하리라는 것이 그 나름의 복안이었으나, 시대의 조류와 급변하는 가치관 혹은 사랑만으로는 불가능한 그 무엇이 민수의 그런 은밀한 행마를 쉽게 잠재워버렸다.

　그러나 한 가지 확실한 것은 민혜는 틀림없이 자신이 최초로 사랑한 여자였고 그녀로 인해 아르바이트로 얼룩진 대학 생활도 즐거웠고, 자칫 자신처럼 살아온 사람이 놓치기 쉬운 젊은 시절의 낭만과 열정을 비교적 손쉽게 가져보았으며, 가난만큼이나 애틋한 사랑을 경험해보았다는 사실이었다.

그리고 민수가 마지막으로 선택한 길은 떠나는 여자를 잡는 것보다 늘 살아오던 방식대로 뒤처리를 어떻게 할 것인가, 그녀를 보내고 어떻게 살아남을 것인가 하는 문제였다.

　식당 아줌마가 아나고와 빙어가 섞인 회를 한 접시 가져왔다. 민수는 식탁 위의 초고추장을 민혜 앞에 놓인 작은 접시에 옮겨 담았다. 민혜는 그저 바다만 바라보고 있었다. 지난겨울 방학 때도 그녀와 같이 와본 적 있는 바닷가 간이횟집은 바다를 구경하기에 적합한 위치였다.

　창문 밖으로 탁 트인 바다가 끝없이 펼쳐져 있고, 바다 기슭에 있는 바위들이 드문드문 밀려드는 파도에 휩싸이곤 했다.

　민혜가 굳이 자신을 이곳으로 불러낸 이유가 무엇일까. 우리의 이별이 가까워졌다는 것을 의미하는 것일까.

　언제나처럼 축 늘어뜨린 머리칼에 약간은 야윈 얼굴이 눈앞에 있었다.

　2년 전 선배의 개인전에 갔다가 선배의 여동생 친구로 참석한 그녀를 우연히 알게 되었고, 같은 미술학도로서 그녀와 민수는 자연스럽게 가까워질 수 있었다. 민수는 그녀의 풀어헤친 머리와 검고 깊은 눈에 쉽게 공감했고 그녀도 민수의 촌스럽긴 하나 털털한 성격을 거부감 없이 받아들였다. 그때부터 둘은 서로 좋아했고 하루가 멀다 하고 만났다. 그리고 2년의 세월이 흘렀을 뿐인데, 민수는 소주를 마시고 민혜는 바다를 바라보고 있다. 정말 이런 날이 올 줄은 상상도 못했다.

　"뭘 생각해?"

　"우리."

　"우리라고?"

　"응."

　"……."

　"나 어쩌면…… 이번 방학중에…… 떠나게 될지 몰라."

"……."

"왜 아무 말이 없어?"

"그럴 것 같았으니까."

"……."

"아무튼 가게 되면 열심히 해."

"나중에 올 거지?"

"글쎄, 내가 그럴 수 있을까."

"내가 힘이 되어줄게."

"우리 건배하자."

"건배?"

"너의 유학을 위해."

"정말이야?"

"그래."

"미안해."

"아냐."

바다 기슭 위로 겨울 철새가 무리를 지어 날아갔다. 그날 민혜는 내내 바다만 바라보다가 저녁 기차로 올라가버렸다.

역에서 기차가 멀어질 때, 사랑한다는 말이라도 해볼걸…… 민수는 후회했다. 역 광장을 걸어 나오며 문득 민혜와 같이 자주 드나들던 학교 앞 분식집과 자정이 가까운 시각에 항상 민혜를 바래다주고 돌아오던 콘크리트 바닥의 담 높은 동네가 생각났다.

그녀와 헤어지고 며칠 동안 방구석에 틀어박혀 두문불출한 채 황순원의 『일월』, 『나무들 비탈에 서다』, 『카인의 후예』 등의 장편 소설과 김동리, 오영수의 여러 작품들을 온종일 읽었다. 그리고 다시 기원에 나갔을 때 이인수 영감이 죽었다는 갑작스런 소식을 접했다.

사흘 전 이 영감은 바둑을 두는 도중에 쓰러졌다. 의식불명이었다. 마공이 쓰러진 이 영감을 업고 병원으로 달려갔으나 이 영감의 의식은 다시 돌아오지 못했다. 병명은 뇌출혈이었다. 노화로 인한 허약체질이 주 원인이었고 그 이전에 이미 몸 상태가 전반적으로 기울었다는 것이 의사가 내린 결론이었다.

이 영감의 죽음에도 불구하고 연고자가 나타나지 않았다. 장 원장과 독립군들은 상의 끝에 이 영감 시신을 화장하여 강물에 뿌리기로 결정했다. 충호가 이 영감이 살던 사글세 집을 찾아가서 그의 자식들을 수소문했으나 허사였다.

주인을 비롯한 동네 사람들 중 그 누구도 자식들 연고를 아는 사람이 없었다. 냉기가 가득 도는 싸늘한 방에 거적때기 같은 담요 한 장, 그리고 먹다 남은 소주 반병이 이 영감이 살아온 전부였다.

5년 전, 마누라가 저세상으로 가자 이 영감은 같이 살던 큰아들 집을 나왔다. 며느리와의 불화로 집을 나왔다는 설도 있고, 자식과의 관계가 원만치 못해 스스로 나왔다는 이야기도 있었다.

그 뒤 혼자 살고부터는 봉제공장을 하던 작은아들이 간혹 찾아와서 생활비를 일부 보태주었으나, 그나마 2년 전 그 자식이 브라질로 이민을 가버리자 그날로 이 영감은 졸지에 오뉴월 개터래기 신세가 되어 그 좋아하던 방내기도 제대로 못 두고 하루하루를 빈곤과 고통 속에 살아왔다.

'개고기는 무병장수요 만사형통이라' 하는 개고기 찬양론자였고 술만 취하면 '너거들 마누라한테 잘해라, 잘해라.' 입버릇처럼 되뇌던 애처가이기도 했던 이 영감은 노 기객으로 비참한 말년을 기원에서 보내던 중 결국 바둑판 위에서 쓰러져 한 많은 생을 마감했다.

장례식 날.

눈발이 휘날리는 가운데 이 영감의 유골은 강가에 뿌려졌다.

"차라리 잘됐구마. 죽어 저세상에 가마 마누라도 만나고. 우리끼리 하는 말로 그기 낫다 카이."

원장이 넋두리를 했다. 독립군들이 돌아가며 이 영감에게 소주를 한 잔씩 따른다. 마지막으로 유독 이 영감과 친했던 충호가 술을 올리며 준비해온 개고기를 뜯어내어 한 점 강물에 던졌다.

충호는 우두커니 강을 바라보았다. 생전에 무리를 해서라도 한번 대접해드릴걸, 충호는 후회를 했다.

언젠가 시장 보신탕집 앞에서 멍하니 서 있던 그 모습이 떠오른다. 주름이 가득한 얼굴에 힘없이 돌아서던 그 무거운 발길이…….

충호는 목이 메었다.

"잘 가소, 이 영감…… 흐흐흐흣…….."

충호의 눈에서 눈물이 흘러내린다.

"충호야, 그만해라. 니 눈에 눈물이 나마 내 눈에 피눈물이 난다 카이."

말은 그렇게 했으나 원장의 눈가엔 아무런 기척이 없고, 풀어헤친 갈대숲 사이로 불어오는 세찬 바람이 강어귀를 지나간다.

장례식은 그렇게 끝이 났다.

그날 밤 독립군들은 기원에서 밤을 새워 술을 마셨다. 한 가지 특이한 일은 술만 마시면 꼭 시비가 붙던 송강과 마공이 그날만은 별일 없이 그냥 넘어갔다는 사실이다. 마공은 그날 단 한마디 말도 없이 술만 마셨다.

그로부터 사흘간 마공은 기원을 비웠다. 나흘째 되던 날 나타난 그는 대뜸 송강에게 승부를 제의했다. 돌연한 마공의 제의가 이상스럽긴 했으나 그렇다고 해서 송강 입장에서 굳이 피할 이유는 없었다.

지금까지 총 두 판을 두어 1승 1패를 한 두 사람에게 이 한 판은 쌍방 승부의 분수령이었다. 독립군들이 지켜보는 가운데 판 밑에 지폐 몇 장을 묻고 돌을 가리자 송강의 흑번, 마공의 백번이었다.

대국이 시작되어 송강은 늘 하던 대로 세력과 실리의 배합을 적절히 구사했고, 마공 역시 그 특유의 넓고 화려한 행마로 맞섰다. 두 사람은 한수 한 수 그 어떤 대국보다 심혈을 기울였다. 어떻게 하든 이겨보겠다는 의지가 두 사람 얼굴에 비장하게 드러났다. 초반부터 서로가 한 치의 양보도 없이 승부에 집착하는 것은 평소 두 사람 관계로 보아 하등 이상할 게 없었고, 누가 보더라도 두 사람에겐 숙명의 한 판같이 생각되었다.

승부는 꾸준히 평행선을 달렸다. 중반에 이르러 송강의 실리가 잠시 돋보였으나 마공의 영역 또한 만만찮아 형세는 어김없이 불명이었다. 대국 도중 송강은 마공이 갑작스레 승부를 결하자고 하는 의도를 헤아려본다.

의식의 대립이 팽배해 있는 두 사람 사이에 먼저 대국을 원하는 쪽이 자연 기세가 한풀 꺾이게 마련이다. 서로가 대국에 대해서 계속 침묵을 지킨 것도 그 때문이다. 그것을 누구보다도 잘 알고 있는 마공이기에 마공의 제의가 송강은 이상했다.

기실 송강은 지금까지 마공과의 대국을 원하는 쪽이었다. 이유는 간단했다. 송강은 마공을 이길 자신이 있었다. 송강은 바둑으로 마공의 콧대를 납작하게 눌러주고 싶었다.

기풍으로 보나 기량으로 보나 송강은 마공에 비해 자신의 바둑이 한수 위라고 생각했다. 전에 둔 두 판 중에 한 판을 진 것도 내용면에서는 많이 우세한 바둑을 종반에 어이없는 착각으로 내주고 만 것이었다.

송강은 바둑으로 일단 기선을 제압한 뒤 그의 그릇된 사고방식에 쐐기를 박아 그의 기를 꺾고 싶었다. 마공이 기원에서 독자적 세력을 유지하는 비결은 그의 기력이었다. 바둑 두는 세계에서는 기력이 높은 자가 주위 신망을 받는다. 흡사 당구장에 가면 당구 잘 치는 사람이 모든 일에 달통한 것처럼, 그만큼 고수의 말 한마디는 무게가 있었다. 그 무게를 무력화시키기 위해선 정식 승부에서 그를 제압하는 길뿐이었다. 그런 송강에게 마공이 먼저 시비를 걸어왔으니 이 바둑이야말로 송강에겐 절호의 기회였다.

바둑은 송강의 의도대로 종반에 접어들어서야 근소하나마 덤을 고려해도 송강이 좋아 보였다. 마공이 심각하게 반상을 내려다봤다. 맹수의 발톱처럼 사나운 눈이 오늘은 왠지 나약해 보인다. 끝까지 승부를 붙들었건만 바둑은 서서히 기울어진다.

송강의 눈에 전에 없이 마공이 처량했다. 이긴 자의 아량이 아닌 연민 같은 것이 불쑥 일어난다. 집에 있는 아내 생각이 났다.

고시촌에서 공부는 팽개치고 매일 술에 취해 살던 시절, 매번 술에 곤드레만드레되어 고시촌 지나 산 아래 종점까지 송강은 버스 안에서 잠을 잤다. 그런 송강을 깨워주고 몇 차례 약수물까지 떠다 바친 시골에서 올라온 어느 버스 차장과 송강은 그 이듬해 결혼을 했다.

불현듯 마공이 아내의 먼 친척 오라비같이 느껴지기도 한다. 송강은 애써 고개를 흔들었다.

자신을 알량한 지식인으로 몰아붙여 사사건건 시비를 걸었고 배운 놈, 가진 놈들은 전부 사이비요 부정 축재자라 하며 사회의 보편적 양심이나 가치마저도 모조리 부정하던, 제도를 비난하는 방식마저 철저하게 무모하고 비논리적인 놈이었다. 그리고 자신은 무슨 빈민계급의 대변자라도 된 것처럼 가식과 허구에 물든 자신의 행위가 얼마나 주위를 기만하고 있는지 모른 채 스스로 자기도취에 빠져 세상을 얕잡아보고 거들먹거렸다.

그는 실리를 위하여 모든 명분을 버릴 수 있거나 민중을 등에 업고 그 민중의 피를 빨아 다시 기생하는 음흉한 위정자에 불과했다. 그는 자신이 지금까지 보아온 그런 부류의 사람들과 조금도 다를 바 없는 가면을 뒤집어쓴 비열한 자임이 분명했다.

그러나 무엇보다 송강이 참을 수 없는 건 그놈의 극단적인 이기주의적

습성이었다. 그는 상대가 누구든지 간에 물불을 가리지 않았다. 겉으로는 가난한 기객들에게 관대한 것같이 행동하지만, 자세히 보면 그는 돈을 챙기는 데 주도면밀했다.

알게 모르게 그는 하수들의 돈을 매정하리만큼 날마다 훑어갔다. 고수가 대접받는 곳이 기원이라고는 하나 그가 하는 짓을 냉정하게 종합해보면, 그가 기원에 나오는 궁극적인 목표는 오로지 돈을 따기 위해서일 뿐 다른 의미는 전혀 없었다. 그렇게 돈을 챙기고도 그는 불쌍한 독립군들에게 술 한잔 사는 법이 없었고 오히려 얻어먹는 자리는 빠짐없이 참석했다.

그러고도 그는 남을 위하는 체하고 행여 자신의 그런 약점이 노출될까 두려워 그럴 때마다 기이한 언변으로 자신을 은폐하려 했으니, 애써 그를 적대시하는 것은 송강으로선 어쩌면 당연한 일이었다.

생각이 거기까지 미치다 말고 송강은 반상을 쏘아보았다. 반상엔 이제 끝내기만 몇 군데 남았다. 송강은 냉정하게 끝내기를 마무리했다. 마지막으로 반패를 마공이 이어가고 공배가 모두 메워지자 바둑은 끝이 났다.

돌발사태가 발생한 건 바로 그때였다. 죽은 돌을 들어내고 계가를 시작한 지 10초가 지났을까. 갑자기 기원 문이 확 열리며 가죽점퍼를 입은 형사들이 들이닥쳤다.

형사들은 마공의 인상착의를 확인한 뒤 양쪽에서 대번에 마공의 옆구리를 낚아챘다. 마공은 별 저항 없이 선선히 따라나섰다.

"계가나 보고 갑시다."

마공의 말에 잠시 어리둥절하던 송강이 빠른 속도로 계가를 마무리하자 흑의 반면 아홉 집 승으로 덤을 제하고도 송강이 석 집 반을 남겼다.

끌려가면서 마공이 말했다.

"역시 우리는 방내기 체질이라 카이!"

그리고 마공은 독립군들이 지켜보는 가운데 개처럼 끌려갔다.

다음 날 텔레비전을 비롯한 각 일간지에 마공의 기사가 대서 특필됐다. 기가 막히게도 마공이 꾸준히 관심을 보여왔던 주류회사 폭발물 사건의 주범은 바로 마공 김월출이었다. 수사중인 형사들이 한 시민의 제보를 받고 기원으로 몰려들어 폭발물 사건의 주범으로 마공을 검거한 것이다.

그 며칠 동안 마공은 연일 매스컴에 오르내리며 세인의 관심을 집중시켰다. 카메라 앞에서 고개를 치켜든 채 냉소적인 그의 미소는 그 당시 세간의 화제가 되었다. 마공의 행동은 흡사 양심수나 민주 투사를 방불케 했다.

그러나 마공은 결정적인 패착을 놓고 말았다. 조사 과정에서 사람들이 몰랐던 마공의 패착은 드러났고, 마공이 노렸던 마지막 승부수는 결국 무위로 돌아갔다.

3년 전 마공은 오다가다 만난 여자와 살림을 차렸다. 비교적 늦은 나이에 가정을 꾸리게 된 마공은 심기일전 떠돌이 독립군 생활을 청산하고 한곳에 정착했다. 마공은 변두리에 조그마한 기원을 월세로 인수하여 영업을 했고, 마공의 아내가 된 여자는 문제의 주류회사에 직공으로 다니며 부부가 맞벌이를 했다.

처음 1년은 전세방 한 칸도 마련했고 살림살이도 점차 틀이 잡혀 가정은 그런대로 행복했다. 사건이 터진 건 아내가 일하러 나간 지 1년이 조금 지난 후였다.

마공의 아내는 일하던 도중 사고를 당했다. 야간 작업중 쌓아둔 소주 상자가 무너져내리는 바람에 같은 조의 여공 두 명과 함께 그 밑에 깔렸다. 연일 계속되는 과중한 작업으로 인한 불의의 사고였다. 그 사고로 인해 마공의 아내는 척추가 부러지는 중상을 입었다. 병원에서는 마공의 아내에게 정상적인 생활이 어려울 것이라는 진단을 내렸다.

마공은 회사측을 상대로 산재보상을 청구했다. 그러나 회사측은 마공의 요구를 한마디로 묵살했다. 본인이 부주의하여 일어난 사고는 회사측에 책임이 없다는 주장이었다.

마공은 회사 간부를 찾아다니며 통사정을 했으나 별무신통이었다. 오히려 회사에서는 병원에 누워 있는 마공의 아내에게 그 달치 봉급과 소액의 위로금을 지불하고 일방적으로 해고 조치를 취해버렸다.

마공은 막막했다. 기원에서 나오는 수입으로는 아내의 병원비를 감당할 수 없었고, 큰 회사를 상대해 법적으로 대항할 수도, 싸울 수 있는 힘도 없었다. 생각다 못한 마공은 기원을 그만두고 다시 독립군으로 돌아갔다.

마공은 독립군 생활 시절 가깝게 지내던 동료 한 명을 찾아갔다. 그는 사기 바둑꾼이자 도박 전문가로서 무전기와 약품을 이용해 도박에 필요한 물건을 만드는 데 일급 기술자였다. 그를 찾아간 마공은 그간의 사정을 이야기했고, 그의 도움을 빌려 사제폭탄을 만들었다. 그 후 마공은 지금까지의 수순을 밟아 여기까지 온 것이다.

이 영감의 장례식 날, 마공은 늦도록 술을 마시고 집으로 돌아갔다.

아내는 누워 있었다. 술에 취한 마공이 아내의 손을 잡았다. 마공은 열 살이나 아래인 아내를 끔찍이 사랑했다.

달동네에 살던 시절, 마공의 끈질긴 구애에도 불구하고 처녀는 마공에게 전혀 관심을 보이지 않았다. 어느 날 밤 마공은 마구잡이로 술을 마시고 처녀의 방에 쳐들어갔다. 말로 설득되지 않으면 덮칠 요량으로 마공은 단단히 마음을 먹고 있었다.

처녀는 바닥에 이부자리를 깔아놓고 다소곳이 누워 있었다.

"이것 보쇼, 아가씨! 사람 너무 괄시하지 마소. 나 이래 봬도 알아주는 승부사구마. 승부사를 무시하마 예의가 아닌 기라요. 알겠능교?"

처녀가 예상대로 반응이 없다.

"내 말이 말 같지 않소! 뭐라 대답 좀 해보소!"

그러나 처녀는 여전히 그대로 누워 있었다. 마공은 화가 나서 이불을 확 들췄다. 처녀는 눈을 감은 채 움직이지 않았다. 마공이 기가 막혀 처녀의 팔을 끌어당기는데 팔이 축 늘어진다. 마공은 화들짝 놀랐다. 처녀의 눈에 초점이 없고 동공이 허옇게 떠 있다.

마공은 술이 확 깼다. 마공은 여자를 들쳐 업고 병원으로 뛰었다. 다행히 병원에서 여자는 깨어났다.

일찍이 조실부모하고 오빠와 같이 자란 처녀는 1년 전 트럭 운전을 하던 오빠를 사고로 잃고 하루아침에 천애고아가 되었다. 그 후 처녀는 여기저기 전전하며 온갖 고생을 다했다. 그리고 세파에 지칠 대로 지친 처녀는 스스로 목숨을 버리고자 다량의 수면제를 복용했다.

병원에서 마공이 처녀를 타일렀다.

"사람 목숨을 가벼이 생각하는 건 죄악이라요. 세상에 부질없는 목숨은 없다 카이요. 외롭고 힘든 삶이라 캐도 소중하기는 마찬가지라요. 나 같은 건달까지 당신을 괴롭게 했으이 오죽했겠능교. 미안하구마. 인자 다시는 그런 일이 없을 꺼구마. 용기를 가지고 잘 사시오."

마공은 그날로 달동네를 떠났다.

몇 달 후 처녀는 이 기원 저 기원 수소문 끝에 마공을 찾아왔다. 그 처녀가 지금 마공의 아내였다.

마공이 잠들어 있는 아내를 본다. 창백한 아내의 얼굴이 애처롭다. 마공은 아내의 얼굴을 쓰다듬었다. 속이 쓰라리다. 아내를 속수무책 방관할 수밖에 없는 자신의 무력한 처지가 원망스럽다. 마공은 어떻게 하든 아내의 병을 자신의 힘으로 고칠 것이라 마음먹었다.

다음 날 마공은 부두에서 노역을 하는 고향 친구를 찾아갔다. 마공은 친구에게 전후 사정을 설명한 뒤 마침내 오래전부터 생각해왔던 승부수를 결행했다. 승부수란 다름 아닌 친구가 자신을 고발하여 현상금을 타게

21 　　　　　　변방에 우짖는 새

한 후 사건이 잠잠해지기를 기다렸다가 친구가 그 돈을 다시 자신의 아내에게 몰래 전달하는 수법이었다.

그렇게 결정을 내린 마공은 동남기원에서 태연하게 형사들을 기다렸고, 끌려가기 전 그간 미루어왔던 송강과의 세 번째 대국을 마지막으로 두었던 것이다.

그러나 집부족증에 걸린 마공이 던진 수는 착각이요 속수였다. 검찰 조사 과정에서 고향 친구가 공범으로 몰리자 친구는 마공의 사주를 실토했고 졸지에 현상금은 공중에 떠버렸다. 결국 아내를 살리기 위한 마공의 암수는 패신에 홀린 나머지 자멸을 초래하는 꼴이 되고 말았다.

화려한 방내기꾼으로서 세인의 가슴을 울렸던 마공 김월출.

그는 전성기 때의 그 화려한 행마를 시도조차 해보지 못한 채 제도와 보수의 칼날 앞에 여지없이 무너졌다.

참으로 허망한 종국이었다.

송강이 소주 한잔을 쭉 들이켠다.

마공 사건의 전말이 밝혀진 후 송강은 하루도 거르지 않고 술을 마셨다. 오늘도 초저녁부터 술을 마시는데 민수가 찾아와서 동석을 했다. 민수는 송강의 마음을 헤아리기가 어려웠다. 마공은 그와 사이가 불편했고 밝혀진 바대로 마공의 방식은 송강이 지향하는 방식과는 거리가 멀었다. 그러나 송강은 마공에 대해 그 어떤 비난이나 옹호도 없었다.

"이념의 끝은 인간에게 묘한 여운을 남기지. 우리가 꿈꾸어왔던 세상도 그렇고, 우리가 열병을 앓았던 지난 젊은 시절이 그랬어. 그러나 다 부질없는 짓이야. 사람이 궁극적으로 돌아가는 곳은 사람이 사는 곳이지, 이념과 공평(公平)이 횡행하는 세계가 아니거든. 인간의 희로애락이 결여된 이념은 인간 개인을 제한하고 억압하는 도구에 지나지 않으며, 공평이란 삶의 정당성을 말함이지 그릇된 욕구 불만을 평준화하는 도깨비 방망이가 아니라네. 삶에 대한 자각이 있어야 해. 혁신(革新)이라는 낡은 관념에서 벗어나 세상을 보는 지혜가 필요하네. 마공의 패착도 바로 그런 것이야. 마공이 추구했던 자유는 날고자 하는 염원이지 결코 날아갈 수 없는 허구의 날개에 불과했어. 그것이 역사고 본질이라네."

송강이 다시 소주잔의 술을 비운다. 벌써 세 병째다. 마공이 없는 송강이 왠지 외로워 보인다.

"……난 떠날 수밖에 없었어…… 거리의 함성도 차가운 철창 안의 피 끓는 용기도……. 다 지난 젊음의 피였어……. 남은 건 아무것도 없어. 그나마 나를 지탱시켜주는 건 순수한 열망으로 몸부림치던 그들의 얼굴과, 그들과 마신 몇 잔의 술이야……. 난 모든 것을 버리고 진실로 자신을 찾고 싶었어……. 평생 외롭게 살더라도 어쩌면 이젠 내 삶을 사랑할 수 있을 것 같아……."

송강의 얼굴에 고뇌의 그림자가 지나간다.

"한 판의 바둑에서 낙관도 금물이나 비관도 금물이다. 박 사범, 자넨 학교로 돌아가. 방황이 젊음의 특권이긴 하나 방황만으로 해결되는 건 아무것도 없어. 힘들겠지만 부닥치고 헤쳐나가야 해. 인간이란 어차피 어딘가를 향해 갈 수밖에 없는 존재야."

그리고 송강은 염불하듯 중얼거린다.

"……여기 줄이 하나 있다. 가늘고 허약해 곧 끊어질 듯하지만 어떤 두터움이나 세력에도 견딜 수 있고, 어떤 슬픔이나 외로움도 이겨낼 수가 있어. 그것이 진정한 고수의 행마야……."

송강이 비틀거리며 일어났다. 민수가 송강을 붙잡는다. 송강은 민수를 뿌리치며 흐느적흐느적 술집 밖으로 걸어 나갔다. 민수가 뒤따라 나가 송강을 부축한다. 거리에서 송강이 민수를 끌어안았다. 밤바람이 그들 옆으로 지나갔다.

"잘 있어."

송강은 돌아서서 어둠 속으로 밀려들어갔다. 길 건너편 레코드 가게에서 애조를 띤 노랫가락이 흘러나온다.

여기에 당신의 모습이 보인다. 가슴에 기대어 수줍던 그 모습이.
세월은 흘러서 당신은 떠나고 남겨진 마음에 눈물이 흐르는데…….

훗날 충호를 통해 전해져 내려오는 송강의 후일담은 이러하다.
송강은 세 들어 살던 전셋돈의 일부를 마공의 아내에게 치료비로 내놓고 식솔들을 데리고 남해안의 어떤 섬으로 떠났다고 했다.
결국 송강과 마공, 그들은 모두 떠났다.
얼마 후 민수가 기원에 들렀을 때 기원 우측 벽면에 삼류 시인 이병태가 시를 한 수 적어놓았다.
아무리 봐도 어디서 베낀 것 같은데 삼류 시인은 한사코 자작시라 우겼다.

바람소리 쓸쓸하고
역수는 차갑구나.
마공(魔功) 이제 가면
어이 올거나.

공항에 도착했을 때 비행기는 이미 시야에서 멀어지고 있었다.
"……잘 가. 민혜…… 잘 가…… 잘 가…….'

22　　　　　설숙도장

평상 주위로 문하생들이 모여 있는 넓은 뜨락에 김개원이 들어섰다. 머리를 맞대고 무언가 골몰해 있는 문하생들은 그가 나타난 줄도 모르고 있었다. 한쪽 귀에 사활 문제가 놓여 있는 바둑판을 아이들은 정신없이 들여다보고 있었다. 꽤나 난해한 사활 문제였다.

설숙도장의 문하생 대부분이 그 자리에 있었다. 장형(長兄)격인 최해수(崔海秀)를 비롯해 유민재(柳敏在), 김재석(金在析), 정명운(鄭明雲) 등이 모두 나와 있었다. 한 발 떨어져 최해수 뒤편으로는 도장에서 허드렛일을 하는 소년이 보였다. 소년의 손에는 싸리 빗자루가 들려 있었는데 발치에는 낙엽이 수북이 쌓여 있었다. 소년 역시 바둑판에 정신이 팔려 있긴 마찬가지였다.

김개원 시야에 정명운의 단정한 모습이 들어왔다. 1년 가까이 못 본 사이에 명운은 많이 어른스러워져 있었다.

명운을 설숙도장에 처음 데리고 온 사람은 김개원이었다.

명운의 집은 윗대에서 여러 명이 벼슬을 지낸 바 있는 뼈대 있는 가문이었다. 농촌에서는 아직도 옛날 풍습이 남아 있어 양반에 대한 마을 사람들 예우로 명운의 아버지는 정 진사로 불리었다. 가문도 가문이려니와 정 진사는 천석지기가 넘는 용인의 손꼽히는 갑부였다.

명운은 정 진사의 세 아들 중 막내였다. 유복한 집안의 막내로 태어난 명운은 다섯 살 때 천자문을 깨칠 정도로 총기가 비상했다. 정 진사 부부에게는 눈에 넣어도 아프지 않을 귀한 아들이었다.

그런 명운의 기재를 맨 처음 발견한 사람은 여목의 마지막 제자 김개원(金介源)이었다.

김개원은 스승 여목이 타계한 후 도장을 나와 일정한 거처 없이 세상을 떠돌아다녔다. 사람을 사귀는 데 격의가 없는 김개원은 조선 팔도를 돌아다니며 많은 인사들과 교분을 맺었다. 정 진사도 그 중 한 사람이었다.

몇 년 전, 어느 화창하게 갠 봄날 오후 정 진사 집 사랑에 들른 김개원은 그곳에서 한 어린아이가 바둑을 두는 모습을 우연히 목격했다.

소년은 첫눈에 영특하고 총명해 보였다. 꽉 다문 입매에서 투지가 넘쳐흘렀다. 침술에 일가견이 있는 읍내 조 의원과 소년은 두 점 접바둑을 두고 있었는데 행마 품새가 나름대로 소신이 있어 보였다.

투지만만한 소년의 바둑을 보며 김개원은 느닷없이 그 옛날 스승 여목과 자신의 첫 대면이 생각났다. 자신도 그만한 나이에 백부의 손에 이끌려 여목도장을 찾았다.

일찍이 조실부모한 개원은 백부의 손에서 자랐다. 아무도 구박을 하거나 눈치 주는 사람은 없었지만 넉넉잖은 집안 형편으로 인해 개원은 손위 사촌들을 대하기가 안쓰러웠다. 그러다 보니 본의 아니게 개원은 집 밖으로 나돌았고 우연한 기회에 바둑을 접했다. 1년 가까이 지났을 때 개원은 그 동네에서 적수를 찾을 수 없게 되었다.

인근에 개원에 대한 소문이 자자할 무렵, 하루는 밤늦게 백부가 개원을 불렀다. 늘 엄하기만 하던 백부가 처음으로 자상하게 물었다.

"바둑을 공부하고 싶으냐?"

"예."

"집을 떠나 있어도 좋겠느냐?"

"……."

다음 날 백부의 손을 잡고 개원은 여목도장으로 향했다. 시골에 묻힌 일개 서생에 불과한 백부였지만 여목 스승은 백부를 환대했다.

여목도장의 촉망받는 문하생 중 한 사람인 동설에게 개원은 자신만만했다. 동네에서 신동으로 소문난 자신이 아닌가. 선학처럼 보이는 어른 앞에서 반드시 이겨 문하로 들고 싶었다.

그러나 넉 점을 놓고 둔 대국에서 개원은 참패했다. 개원은 태어나서 그런 바둑은 처음 보았다. 화려하면서도 날카롭고 동에 번쩍 서에 번쩍…… 도저히 자신의 능력으로는 감당할 수 없는 수들이었다. 어떻게 하든 입문을 하겠다는 일념으로 이를 악물고 승부에 임했지만 불가항력이었다.

개원은 눈앞이 캄캄했다. 백부를 대하기가 민망스러워 개원은 바둑돌을 거두며 슬며시 자리에서 벗어났다.

개원이 밖으로 나가자 여목 스승이 동설에게 명했다.

"저 아이가 거처할 방을 마련해주어라."

백부가 당황했다.

"하릴없는 자식에게 과분한 처사가 아닐는지요."

여목의 흰 눈썹이 꼿꼿이 섰다.

"기재란 갈고 닦은 이후에 솟아나는 법이외다."

개원은 새삼 그 당시를 생각하며 가슴이 벅찼다.

바둑이 끝난 후 조 의원에게 개원이 물었다.

"못 보던 아이인데, 뉘 집 자제요?"

"이 집 막내아들입니다. 재기가 승(勝)한 편이지요."

조 의원이 아이에 대해 설명했다.

"이제 열한 살인데 어린아이가 보통 고집이 아니외다. 부잣집 막내아들로 자라서 그러한지…… 오늘만 해도 어지간하면 던질 만한데 끝까지 물고 늘어지지 않더이까. 전엔 이런 일도 있었지요. 중반에 대마 수상전이 붙었는데 한 수 빠른 걸 수읽기 착각으로 되레 자신의 대마가 잡히게 되었지요. 대마가 죽자 그제사 한 수 착각한 걸 알고 아이가 그만 혼이 빠져 앉아 있는데…… 참 당혹스러웠소이다."

어린 나이에도 불구하고 승부에 집착하는 아이가 신통했다.

개원이 사랑에 머무는 동안 소년은 내내 그의 주위를 맴돌았다. 며칠을 지낸 개원이 떠날 때가 되어 이른 아침부터 먼 길을 떠날 채비를 하는데 소년이 개원을 찾아왔다.

"어르신네. 저에게 바둑 한 판 가르쳐주십시오."

소년은 당돌했다.

개원은 스스럼없이 그 청을 받아들였다. 막상 바둑을 두어보니 재주도 재주려니와 승부에 대한 소년의 집착이 남달랐다. 떠나면서 개원이 아이에게 일렀다.

"처음부터 다시 놓아보면 승패 연유를 알게 될 것이다."

개원은 소년의 근성이 마음에 들었다. 여섯 점 접바둑이었지만 오랫동안 기억에 남는 대국이었다.

3개월 후 다시 용인에 들른 개원의 숙소로 밤늦게 소년이 찾아왔다. 소년의 손에는 조그마한 소반이 들려 있었다.

"늦은 시간에 어쩐 일이냐?"

"조금 전 어르신께서 오셨다는 소식을 들었습니다."

공손하게 절을 하며 소년은 손에 들린 소반을 개원 앞에 내밀었다. 여름철이라 제사상에나 겨우 올릴 만큼 귀한 곶감이 가득 들어 있었다.

"그래, 바둑 공부는 좀 했는고?"

"……."

"패인이 무엇이더냐?"

소년을 떠볼 요량으로 개원이 물었다.

"변에 있는 제 돌을 살린 게 패인입니다."

소년은 정확하게 패인을 짚었다.

"그래 바로 보았다. 바둑은 사는 것만이 능사가 아니다. 자신의 돌을 버릴 줄 알아야 한다."

개원의 대답에 소년이 되물었다.

"버림으로써 득을 취하라는 뜻이온지?"

"돌에 대해 집착하지 말라는 것이다."

"매사가 그러합니까?"

"아니다. 돌을 가벼이 보되 업수이 여기면 안 된다. 버려야 할 때가 있고 반드시 취해야 할 때가 있다."

소년의 눈빛은 초롱초롱했다. 개원은 소년이 자신의 말을 대부분 이해한다고 생각했다.

그날 밤 개원은 소년과 밤늦도록 한 판의 바둑을 두었다. 지난번과 같이 여섯 점 접바둑이었는데 100여 수 남짓에서 개원은 결과를 보지 않고 돌을 거두었다. 소년의 기력은 불과 3개월 만에 비약적으로 발전해 있었다. 딱히 가르쳐주는 사람이 있는 것도 아니건만 불가사의한 일이었다.

다음 날, 개원은 정 진사를 만나 자식의 자질이 출중함을 알리고 설숙도장으로 보낼 것을 종용했다.

"뜻은 고맙소만 아이가 너무 어려서……."

정 진사는 거절했다. 애지중지하는 아들을 타관으로 보내기 싫었던 것이다. 그러나 반나절 만에 정 진사의 마음이 돌아섰다.

"듣자 하니 설숙도장에 입문하기가 쉽지 않다고 하더이다."

"입문이 어려운 게 아니라 재주 있는 사람이 드물지요."

"혹시라도 거절당해 아이의 마음에 상처나 주지 않을는지……. 애가 하도 졸라 승낙하긴 했으나……."

정 진사가 말끝을 흐린다. 자식의 고집에 아버지가 진 것이다.

설숙은 처음부터 명운에게 호감이 갔다.

귀골스러운 용모와 진지한 대국 자세, 번득이는 재치와 넘치는 기백, 설숙은 명운을 흔쾌히 제자로 받아들였다. 설숙과 개원의 기대에 부응하듯 입문 후 명운의 기력은 일취월장하여 불과 2년 만에 고수의 반열에 들어섰고 지금은 스승에게 석 점으로도 버티어낼 만큼 성장했다.

"풀었다!"

명운의 고함소리에 개원은 상념에서 깨어났다.

"어디 놓아봐."

최해수의 말이 떨어지기가 무섭게 명운이 한 수를 놓았다. 그러나 명운의 착수는 이맥(異脈)이었다. 최해수가 정확하게 응수하자 명운은 몇 수 못 가 실패하고 물러났다.

그때였다. 개원은 뜻밖의 광경을 목격했다. 빗자루를 든 채 우두커니 바둑판을 바라보던 일하는 소년이 난데없이 바둑판 앞으로 다가가더니 돌을 들어 한 수 놓았다.

기이하게도 소년은 정맥(正脈)을 짚고 있었다.

웬일인지 문제를 낸 최해수가 소년의 착수에 머뭇거린다. 정작 소년의 착수를 받아준 사람은 명운이었다. 소년은 이미 정확한 수순을 보아두었는지 스스럼없이 다음 수를 놓았다. 개원의 가슴이 조마조마하다. 그러나 소년의 정확한 수순은 거기까지였다. 먹여치지 않아야 할 자리를 먹여친 소년의 수는 교묘한 명운의 응수로 인해 결국 실패로 끝이 났다.

"바둑도 모르는 하수 주제에 이 자리가 어디라고 끼어드나!"

명운이 소년에게 무안을 주었다. 소년은 못 들은 척 비질을 시작한다.

"마당이나 깨끗이 쓸 일이지."

심통이 난 명운이 한 번 더 쏘아붙였다.

소년은 묵묵히 비질을 한다. 바람이 불어 소년이 모아놓은 낙엽이 한 잎 두 잎 흩어진다.

개원이 문하생들 앞으로 다가섰다. 개원을 발견한 최해수가 벌떡 일어선다.

"오셨습니까."

문하생들이 한꺼번에 개원에게 인사를 했다. 비질을 하던 소년도 일손을 멈추고 목례를 했다. 개원은 소년을 똑바로 바라보았다. 도장에 드나들면서 소년을 주의 깊게 보기는 처음이었다.

허드렛일을 하는 아이치고는 얼굴 윤곽이 뚜렷하고 소년의 눈매가 어딘지 낯이 익었다. 소년은 개원의 유장한 시선이 거북스러운지 서둘러 하던 일을 계속했다.

"여기 일하는 애 말입니다."

난에 물을 주고 있는 설숙에게 개원이 허두를 뗐다. 물기를 머금은 난 이파리가 한결 싱싱해졌다.

"당구 삼년 폐풍월(堂狗 三年 吠風月)이라고, 여기서는 일하는 애까지도 바둑을 알더군요."

개원은 앞서 목격했던 자초지종을 설숙에게 전했다. 설숙이 손에 들고 있는 물조리개를 바닥에 놓았다.

"그 아이 아비가 추평사네."

개원이 깜짝 놀랐다.

"그래요? 그런데 왜 그 사실을 진작 말씀해주지 않았습니까?"

"……."

개원은 소년의 눈매가 왜 낯이 익었는지 그제서야 알 수 있었다. 소년의 눈매는 평사를 닮아 있었다. 한때는 여목 스승의 가장 촉망받는 제자였던 평사를 떠올리며 개원은 소년에게 까닭 모를 연민이 느껴졌다.

제 아버지와는 달리 바둑에 자질이 없어서 그냥 두는 것인가?

자질이 없으면 설숙은 그 누가 청을 해도 제자로 받아들이는 법이 없었다. 연전에 의친왕의 소개장을 가지고 도장을 찾아온 사람이 있었다. 무너진 왕조라지만 아직도 왕가에 대한 숭배사상이 뿌리 깊게 남아 있어 그 신망과 영향력이 대단하던 때였다. 3·1운동이 일어난 것도 고종의 승하가 그 도화선이었고 6·10만세운동도 순종의 국장이 그 원인이었다.

설숙은 소년의 재(才)와 상(相)을 본 후 잘라 말했다.

"이 아이를 데리고 가시오."

거절당하리라고는 꿈에도 생각지 못했던 소년의 아비는 적이 당황했다.

"의친왕께서 특별히 부탁한 아이외다."

설숙이 아이의 아비를 타일렀다.

"이 아이의 바둑은 평생 낙(樂)에서 벗어나지 못할 바둑이오."

아이의 아비는 크게 낙담하여 아이를 데리고 나가버렸다.

개원은 설숙의 그런 모습을 수차례 보았다. 추평사의 아들도 같은 맥락에서 제자로 받아들이기를 거부했다면 새삼스러울 바도 없으련만, 하지만…….

"아이의 이름은 무엇입니까?"

"……동삼일세."

"추평사 그분의 소식은 모르십니까?"

"애를 맡겨놓고 사라진 후 소식이 없네."

"그러고 보니 그분 소식을 들은 지도 오래되었군요. 일본에 갔다는 이야기는 들었습니다."

설숙은 가타부타 말이 없다.

"왜 그분 자식을 그렇게 두는 겁니까? 보아하니 바둑에 관심이 많은 듯한데."

개원이 기어이 말을 끄집어냈다. 어쨌거나 추평사의 자식이 아닌가. 개원은 동삼에 대한 설숙의 생각이 자못 궁금하다.

"아이에게 어떤 문제가 있습니까?"

개원이 보다 노골적으로 물었다. 설숙은 끝내 대답이 없다. 머쓱해진 개원이 슬며시 화제를 돌린다.

"그건 그렇고, 정 노인(정 역관)을 한번 만나보시지요. 일간 한번 들러주십사 하더군요."

개원이 느닷없이 정 노인을 거론하자 설숙은 의아해했다. 본시 친분이 있는 사이도 아니었을 뿐더러 못 본 지가 10년이 넘었다. 평사와 어울려 내기바둑을 둔다는 소문을 들은 이후로 설숙은 정 노인을 탐탁지 않게 여겼다.

"몇 년 못 본 새 많이 쇠약해져 있더군요. 몸이 불편해 일본까지 가서 치료를 받았다는 말을 들었습니다."

개원이 슬쩍 정 노인의 근황을 밝혔다.

설숙은 난을 들여다보았다. 오후의 투명한 햇살이 길게 방안을 비춘다. 물기를 흠뻑 머금은 풍란 하나가 막 철 늦은 꽃망울을 터뜨리려 하고 있었다.

동삼은 자신의 경솔한 행동을 깊이 후회했다.

분명 그 자리는 자신이 나설 자리가 아니었다. 문제를 내놓은 당사자인 최해수가 머뭇거린 것도 그 이유였고, 명운이 비아냥거린 이유도 그 때문이었다.

언젠가 책에서 보았던 문제와 비슷한 형태였다. 비록 외곽이 한 수 비어 있긴 했으나 그 당시 워낙 어렵게 문제를 풀었기에 오랫동안 기억에 남아 있었다. 명운이 실패하는 순간 자신은 풀 수 있을 것 같아 무의식중에 저지른 행동이었다.

그러나 또 다른 함정이 있을 줄이야. 새삼 바둑의 오묘한 변화가 무궁무진하다는 것을 실감했다. 어쨌든 자신의 섣부른 행동엔 변명의 여지가 없었다.

도대체 언제까지 이런 기약 없는 세월을 보내야 하나. 이곳에 온 지도 벌써 3년이 지났건만…….

동삼은 방문을 벌컥 열어젖혔다. 높다란 가을 하늘에 하얀 새털구름 한 무리가 그림처럼 걸려 있다.

설숙은 지난 3년 동안 동삼에게 철저히 무관심했다. 속마음을 좀체 드러내지 않는 사람이라고는 하나 유독 동삼에게는 단 한 번의 내색도 없었다. 동삼이 혼자 바둑 공부를 하기 위해 서가에서 바둑책을 빼내 가도 개의치 않았고 틈나는 대로 문하생들이 두는 바둑을 구경해도 아무런 제재를 가하지 않았다. 설숙의 냉담한 모습에 동삼은 도장이 짐스러웠다.

동삼이 이곳을 떠나지 못하는 이유는 크게 두 가지였다. 그 중 하나는 개인적인 소망이긴 하나 기회가 닿으면 설숙의 문하에 들어 바둑을 배우고자 하는 것이었다. 그것이 동삼의 가장 큰 목적이었다.

언제부터인지 모르게 바둑은 동삼의 삶 속으로 깊숙이 들어와 있었다. 법고 스님으로부터 생전 처음 바둑을 접했을 때, 그때 동삼은 이유도 없이 가슴이 두근두근했다. 그때는 무심코 지나쳤지만 돌이켜 생각해보면 그것은 가슴속 깊은 곳에서 울려나오는 영혼의 공명(共鳴)이었다.

법고 스님은 자신에게 최초로 바둑을 가르쳐준 사람이었다. 동삼은 스님을 통해 이기고 지는 승부의 법칙을 배웠다. 스님은 매번 자신을 곤경에 빠뜨렸다. 자신의 돌을 시침 뚝 떼고 잡아먹는 스님을 볼 때마다 그 순간만은 스님의 울퉁불퉁한 맨머리가 밉살스럽게 보였다.

"너의 아버지는 조선 제일의 국순데 넌 왜 이 모양이냐."
하고 스님이 자신을 놀리면, 어서 빨리 바둑을 배워 스님의 코를 납작하게 해주리라 동삼은 다짐하곤 했다.

동삼은 날이면 날마다 가슴속에서 치밀어오르는 열망의 소리를 들었다.

바둑을 두고 싶다…… 바둑을 두고 싶다…….

그러나 그 애틋한 소망은 언제나 되돌아오지 않는 메아리가 된다. 아무도 없는 산 위에서 동삼은 진종일 갈망과 고뇌의 소리를 질러대는 것이다.

동삼이 도장을 떠나지 못하는 또 한 가지 이유는 아버지였다. 동삼은 늘 꿈속에서 아버지가 도장 문을 밀고 들어서는 것을 본다. 준열한 기세를 온몸에서 뿜어내며 도장 문을 밀고 들어서는 아버지 입가에는 한 번도 본 적이 없는 미소가 있다. 동삼은 쫓아나가 아버지 손을 잡는다. 그러나 그 손은 순식간에 형체가 없는 바람이 되고 동삼은 놀라 화들짝 잠에서 깨어났다.

그리고 동삼은 스스로 최면에 걸려 미친 듯이 주문을 외운다.

아버지는 돌아온다. 아버지는 돌아온다…….

그래서 동삼은 식객도 아니고 정식으로 세경을 받는 마름도 아닌 어중간한 신분인 채 하루하루를 보냈다. 그러면서 아버지가 돌아오리라는 한 가닥 희망의 끈을 조심스레 부여잡고 있었다. 그날이 오면 동삼은 미련 없이 아버지를 따라서 설숙도장을 떠날 생각이었다.

그러나 그것은 희망일 뿐, 무의미한 기다림일 뿐, 기약 없는 세월은 쏜살같이 흘러만 갔다. 봄인가 하면 어느 결에 여름이 가고 뒷마당 뜰에 우수수 낙엽이 쌓인다. 간밤엔 무서리가 내렸다.

동삼은 한숨을 푹 내쉬었다.

떠날 수 없다. 지금 떠나면 지나온 세월이 너무나 허망하고, 뿐이랴, 그 길로 영원히 바둑하고의 인연이 끊어질지도 모른다.

동삼은 읽다 만 바둑책을 다시 들었다. 어쨌든 여기에는 바둑이 있고 혼자서라도 공부할 수 있는 길이 있었다.

사나흘에 한 번씩 마주치는 유민재와 명운의 대국은 매번 주위를 압도하는 살벌한 기운을 자아낸다. 단 한 번의 예외도 없이 두 사람의 대국은 항상 불꽃이 튄다. 가끔은 두 사람의 승부에 대한 집착이 도를 넘을 때가 있어 보는 사람으로 하여금 눈살을 찌푸리게 한다.

설숙은 자신도 모르게 명운의 바둑에 자꾸만 눈이 갔다. 보면 볼수록 재기와 근기를 타고난 기재였다. 한 번도 그런 자신의 속마음을 드러낸 적이 없지만 여러 가지를 고려해볼 때 제일 대성할 수 있는 재목으로 생각했다.

유민재의 섬세한 손에서 떨어지는 흑돌이 중앙 백대마를 날카롭게 추궁한다. 사뭇 비장하기까지 한 민재의 창백한 얼굴에 오기가 서려 있다. 설숙이 보기에 민재는 몸이 약하고 선병질적이나 명운에 비해 재주는 그리 뒤떨어지는 편이 아니다.

명운이 중앙 백대마를 두텁게 잇는다. 설숙은 흰자위와 검은 동자의 윤곽이 뚜렷한 명운의 옹골찬 눈을 그윽한 눈길로 바라보며 흡족해한다.

얼마 전 명운은 조부의 제사를 모시러 용인에 다니러 간 적이 있었다. 그곳에서 용인 고수로 명성이 자자한 유달하를 흑·백을 번갈아 쥐고 일사천리로 밀어붙인 적이 있었다.

아직은 호승심이 강하고 뽐내기를 좋아하는 어린 나이인지라 명운은 도장에 돌아오자마자 동문들에게 그 사실을 떠벌리고 다녔다. 명운이 자랑삼아 복기하는 것을 설숙이 먼발치에서 본 적이 있었는데, 그 착수가 범상치 않음에 어느새 명운이 저렇게 성장했나 싶어 새삼 아이가 대견스러워 보였다.

꽃놀이패가 났다. 명운으로서는 패를 양보해도 큰 손해가 없고 민재 입장에선 패를 지면 치명타를 입기에 유민재는 입술을 깨물며 눈을 부릅뜨고 반상을 노려본다. 승부는 어떻게 변화해도 명운 쪽으로 기울어질 조짐이다.

설숙은 자리를 떠나 안채 자신의 처소로 발길을 돌렸다. 드물게 오래도록 지켜본 제자들의 대국이었다.

안채에 들어선 설숙은 잠시 걸음을 멈추었다. 서가 한켠에 있는 난초에 동삼이 물을 주고 있었다. 동삼은 성심을 다해 물을 주는 일에만 몰두해 있었다. 행여 물이 바깥으로 튈까 조심스럽게 물을 주는 동삼의 행동이 침착해 보였다. 열린 봉창 사이로 스며드는 햇살에 양철 물조리개가 반짝반짝 빛을 반사했다. 물조리개를 들고 있는 동삼의 거친 손과 조리개가 선명하게 대비되었다.

설숙이 들어서자 동삼이 일손을 멈추었다.

"물을 너무 자주 주면 뿌리가 상한다. 그러나 난에 물을 주는 일을 잠시도 게을리해서는 안 된다."

평사가 동삼을 맡기고 간 후 지금까지 설숙은 여간해서 동삼에게 말을 붙인 적이 없었다. 설숙이 그나마 동삼과 대화를 나누는 때는 주로 난을 돌보는 시간이었다. 뒤뜰과 서가 한켠에 가지런히 놓인 난들은 설숙이 무척이나 아끼는 것들이었다.

일을 끝낸 동삼이 서가에서 나간다. 초를 알맞게 먹인 여닫이문은 소음이 없이 열리고 닫힌다. 난 앞에 간당간당하게 맺혀 있던 물방울 하나가 기름 먹인 장판지 위에 뚝 떨어진다.

설숙은 동삼이 나가버린 방문을 물끄러미 바라보았다. 어쩐지 동삼을 대할 때마다 마음이 착잡하다.

동삼은 집안의 궂은일을 도맡아 처리했다. 장작을 패고, 불을 때고, 물을 길어오는 잡일은 거의 동삼 차지였다. 동삼은 마치 그것 때문에 도장에 붙어 있기라도 하는 양 하루 종일 일만 했다. 이제 동삼은 도장에서 일을 하는 사람으로 굳어졌고, 문하생들이나 안채 식구까지 누구나 동삼을 그렇게 생각했다.

처음 설숙은 동삼에게 기대를 했다. 평사가 워낙 탁월한 준재였기에 막연히 핏줄을 의식했다. 그러나 동삼의 대국을 몇 번 지켜본 설숙은 동삼의 바둑에서 별다른 기재를 발견하지 못했다. 혹시나 하는 기대 때문에 좀 더 관심을 가져보았으나 결론은 마찬가지였다.

설숙이 보기에 동삼의 재질은 바둑과는 거리가 멀었다. 설숙은 문하를 받아들이는 데 자질이 있느냐 없느냐로 판단하지 개인적인 친분 관계로 그 기준을 흐트러뜨린 적이 없었다. 평사의 아들인 동삼도 예외는 아니었다.

정확한 언질은 없었으나 평사가 자신에게 동삼을 맡긴 뜻만은 자명했다. 그러나 설숙은 한 아이의 장래에 대해 책임지지 못할 짓은 하기 싫었다.

설숙은 나이가 들어 더 늦기 전에 동삼이 스스로 이 집을 나가줬으면 하고 바랐다. 결코 동삼이 미워서가 아니라 동삼 자신을 위해서도 그 편이 나을 것 같았다.

시키지도 않는 집안일을 도맡아 하는 동삼에게 설숙은 연민을 가졌고, 때로는 자신의 내자가 마치 하인 부리듯 하는데도 묵묵히 일만 하는 동삼을 보며 설숙은 일말의 부담을 느꼈다. 설숙은 동삼의 행동거지를 보며 동삼의 자질이 어쩌면 물산을 일으키는 상공업 쪽에 있는 것이 아닌가 하는 생각이 들었다.

그렇게 세월만 보내다가 설숙은 뜻밖에 아무 생각 없이 일만 하는 줄 알았던 동삼이 실제로는 나름대로 바둑에 엄청난 열과 성의를 기울이고 있다는 사실을 알게 되었다.

지난해 이맘때쯤이었다. 나뭇잎이 마당에 후둑후둑 떨어지던 을씨년스러운 날이었다. 설숙은 그날 대청 끝에 앉아 있었다. 어디선가 빗자루를 든 동삼이 나타나 마당의 낙엽을 쓸기 시작했다. 흙먼지가 날리지 않도록 찬찬히 비질을 하는 동삼을 보며 설숙은 그의 성격이 침착할 것이라 생각했다.

그때였다. 마루를 내려오는 문하생들이 황급히 서두르다가 바둑돌통이 한 아이의 발에 걸려 마루 아래로 쏟아졌다. 통 속의 돌들이 주위로 흩어졌다. 아이들이 주섬주섬 흩어진 돌들을 주워 담았다.

돌 하나가 동삼의 발치에 데구르르 굴러왔다. 비질을 하던 동삼은 동작을 멈추고 바둑돌을 주워들었다. 동삼은 그 돌을 자신의 옷으로 정성스레 닦았다. 돌을 통에 주워 담은 아이들이 우르르 몰려갔다. 댓돌 끝에 미처 주워 담지 못한 바둑돌이 두어 개 있었다. 동삼이 다시 그 돌을 주워 옷으로 닦아 먼저 주운 돌과 함께 돌통에 담았다. 동삼의 행동은 담백했지만 그의 행동거지엔 어딘가 모르게 바둑에 대한 깊은 애정이 서려 있었다. 설숙은 왠지 가슴이 덜컥했다.

그 후로 설숙은 문득문득 동삼의 바둑에 대한 집착과 열성을 보곤 했다. 일이 없는 한가한 오후에는 문하생들의 대국을 어깨 너머로 구경했다. 서가에 있는 중국이나 일본에서 발간된 바둑책을 아무도 모르게 제방으로 가져가 밤새워 공부를 했고, 꼭 필요한 부분은 필사를 하기도 했다. 드물게는 스승 여목이 손수 엮은 기보나 책이 며칠씩 사라졌다가 어느새 제자리에 돌아와 있는 것을 발견하고 동삼의 짓이라 짐작했다.

그러나 설숙은 동삼의 그러한 행위에 대해 일체 간섭하지 않았다. 동삼이 스스로 공부하는 것을 애써 막을 필요도 없었고, 막고 싶은 생각도 없었다.

이제 활짝 꽃망울을 터뜨린 풍란을 바라보며 설숙은 불원간 정 노인을 만나야겠다고 생각했다. 김개원으로부터 정 노인의 전언을 들었지만 설숙은 어쩐지 내키지 않아 차일피일 미루기만 했었다. 동삼을 보니 자연히 평사가 떠올랐고, 평사와 정 노인의 각별한 사이를 익히 아는 설숙은 어쩌면 정 노인이 자신을 만나고자 하는 이유가 평사와 연관이 있을지도 모른다는 생각이 들었다.

그렇다면 굳이 정 노인과의 대면을 미룰 필요가 없었다.

설숙이 출타하여 돌아온 후 벌써 사흘째 도장은 깊은 적막에 싸여 있었다.

설숙은 사흘 밤낮을 방안에서 두문불출했다. 설숙의 방은 밤새도록 불이 밝혀져 있었다. 문하생들은 이러한 스승의 침묵에 모두 초조해했다.

스승의 주위를 얼씬거리는 제자는 아무도 없었다. 대낮이건 밤이건 도장은 고요했고, 항상 청아하게 울리던 바둑돌 놓는 소리조차 들리지 않았다. 간혹 불어오는 바람이 마당을 쓸고 지나갈 뿐 시간마저 정지되어버린 듯 도장은 괴괴한 침묵 속에 잠겨 있었다.

사흘 동안 뜬눈으로 밤을 지샌 설숙은 벽송을 마주하고 있었다. 벽송 위에는 반면 가득히 흑백의 돌들이 놓여 있다. 설숙은 반면을 뚫어져라 쳐다보았다. 설숙의 눈은 움푹 꺼진 채 충혈되어 있었다. 입술도 허옇게 부르텄고 수염 난 자리가 꺼뭇꺼뭇했다.

벽송 위에 여러 사람의 얼굴이 두서없이 지나갔다. 여목 스승, 평사, 스승의 임종 직후 어디론가 떠나버린 동설, 자운 선생…….

며칠 전 만난 정 역관은 다짜고짜 자신에게 기보 한 장을 내밀었다.

"어쩐지 이 기보를 전해줘야 할 것 같았소. 그것이 죽은 사람에 대한 내 마지막 도리라는 생각이 드오."

정 역관은 전에 비해 근력이 못해 보였다.

"어떻게 이 기보가 내 손에 들어왔는지는 묻지 마시오. 다만 그 기보가 추평사의 마지막 대국이었다는 것만 알아두시오."

설숙은 기보를 받아들었다. 손에 들린 기보가 한줌의 재와 같다. 기보 용지에 빽빽하게 표기된 수순들이 어지럽게 교차한다. 희고 검은 기보의 수순들이 음울한 평사의 눈이 된다. 가슴이 서늘하다. 마지막 대국이라…… 결국…….

정 노인 집 넓은 안마당에 서 있는 감나무 한 그루가 눈에 들어왔다.

"그는 북해도 근처 어느 길에서 객사했소."

철 지난 감나무에 가지가 앙상하다.

설숙은 손에 들고 있던 기보를 집어 품속에 넣었다.

"반평생 이어져왔던 스승에 대한 애증은 어이했을꼬……."

정 노인의 목소리가 허허롭다.

"그렇게 갈 것을……."

정 노인의 목이 잠긴다. 주름지고 퇴색한 얼굴, 탁한 눈망울에 물기가 번진다.

설숙은 말없이 그 자리를 떠났다.

그날 설숙은 정 역관의 집을 떠나 걸어서 도장으로 돌아왔다.

결국 이것이란 말인가…….

지난 사흘 내내 설숙은 벽송 앞에 앉아 자신을 책망했다. 벽송 위에는 평사의 살아생전 마지막 대국이 놓여 있었다. 수십 번 검토를 해보아도 결과는 매한가지였다.

그동안…… 나는 무엇을 하고 있었더란 말인가.

나름대로 최선을 다해 살아왔다고 자부했건만 평사가 남기고 간 바둑을 보고 난 설숙의 심정은 참담했다.

눈앞에 놓인 바둑돌들이 무슨 오르지 못할 거대한 벼랑 같았다. 설숙은 눈을 감았다. 거칠고 메마른 평사의 얼굴이 선명해진다. 바라보기만 해도 날카롭게 파고드는 평사의 눈이 가슴을 찌른다.

"모름지기 승부사의 눈빛이 저쯤은 되어야지!"

평사의 눈을 보고 허허거리며 자운 선생은 웃었다. 스승 여목은 평사의 그 눈을 좋아했다.

평사의 눈과 동삼의 눈이 겹쳐진다. 관골이 불거진 평사와는 달리 선이 뚜렷한 동삼이었지만 왠지 그 어두운 눈빛만은 제 아비를 닮아 있었다.

서방님…….

그가 동삼을 맡기러 왔을 때 그는 그렇게 자신을 불렀다. 그가 자신을 서방님으로 부르게 했던 단 하나의 이유, 그것은 그의 자식 동삼이었다. 다시는 돌아오지 못할 길을 떠나며 그는 평생 처음 자식을 위해 고개를 숙였다.

창호지가 석양에 붉게 물든다. 설숙은 다시 눈을 뜨고 바둑판을 바라보았다. 바둑판 위에는 깊은 절망이 숨쉬고 있었고 스승의 질책이 흐르고 있었다. 영혼을 혹사하는 아픔이 묻어 있었다.

절망의 시간은 길고도 치열했다. 그러나 그 절망의 시간은 차후 설숙의 바둑을 한 단계 높이는 데 중요한 계기가 되었다.

"스승님께서 널 찾으신다."

최해수의 얼굴이 딱딱하게 굳어 있다. 동삼은 보던 바둑책을 덮고 자리에서 일어났다. 시각은 이미 새벽 두 시를 넘어서고 있었다. 동삼은 댓돌 아래 놓여 있는 신발을 신었다.

무슨 일일까. 이 늦은 시각에.

설숙은 단 한 번도 밤늦은 시간에 자신을 부른 적이 없다.

설숙의 거처에는 불이 환하게 켜져 있었다.

"들어오너라."

동삼이 방문을 열고 들어섰을 때 설숙은 뜻밖에 벽송을 앞에 두고 곧은 자세로 앉아 있었다. 설숙의 얼굴은 창백하고 부스스했다. 불빛을 정면으로 받아 눈 주위로 음영이 짙게 드리워져 있었다.

바람에 불빛이 흔들린다. 흔들리는 불빛을 따라 설숙의 그림자가 좌우로 일렁거린다. 동삼은 조심스럽게 여닫이문을 닫았다. 어디선가 찌르르르 여치 울음소리가 적막을 깬다.

"게 앉거라."

설숙이 손을 들어 가리켰다. 설숙이 가리키는 곳은 명반 벽송의 건너편 자리였다. 나무 막대기처럼 뻣뻣하게 서 있던 동삼이 흠칫했다.

무슨 뜻인가.

동삼의 다리가 후들후들 떨린다. 동삼은 벽송 앞에 꿇어앉았다. 수백 년 세월을 내려온 벽송의 자태가 고색창연하다. 맑고 곧은 옻줄이 불빛 아래 뚜렷하고 뭐라 형언할 수 없는 향기가 코끝에 스민다. 동삼은 숨을 죽였다.

꼿꼿하게 앉아 있던 설숙이 평사의 기보를 집어서 벽송 위에 놓았다.

"그 기보를 판 위에 놓아보아라."

설숙의 음성에 온기라곤 한 점도 없다. 동삼은 설숙을 올려다보았다. 두 사람의 눈이 정면으로 마주친다. 설숙의 눈은 맹렬하게 타오르는 불꽃 같았다.

동삼은 설숙의 시선을 피해 기보를 집어들었다.

黑: 白石光秀

白: 秋平斜

귀퉁이 부분이 낡아 너덜너덜해진 종이 맨 위에 아버지 추평사의 이름이 적혀 있었다.

아버지…… 이젠 아슴푸레해져 꿈속에서나 더러 보이던 얼굴. 언제부턴가 그 외롭고 어둡던 얼굴은 기억 속에서 차츰차츰 잊혀져갔다.

기보를 든 동삼의 손끝이 떨렸다.

하나밖에 없는 자식이 그 아비가 마지막으로 둔 바둑을 복기한다. 절세의 명반 위에 절세의 명국이 재현되었다.

"명반 위에 놓일 자격이 있는 바둑은 세상에 드물거니……."

설숙은 두 눈을 감고 반석같이 앉아 있다. 천년 세월 비바람에 씻겨도 한 점 흔들림이 없을 것 같은 오연한 모습이었다.

"네 아비는 죽었다."

동삼의 심장이 덜컥한다. 설숙의 말이 멀리 아득하게 들린다.

눈앞이 부옇게 흐려오고 열네 살 난 소년의 눈에서 눈물이 떨어진다. 판 위에 놓인 흑과 백의 돌들이 눈물 속에서 어른어른거린다.

한 식경이나 지났을까. 돌 놓는 소리가 다시 들린다.

방 안은 무겁게 가라앉아 일체의 정적으로 침묵하고 있었다.

마침내 복기는 끝이 났다.

"그 기보는 너의 아비가 생전에 마지막으로 둔 것이니 네가 간직하도록 하여라."

"……."

"이제부터 너도 바둑을 배우도록 해라."

백랍처럼 굳어 있던 동삼의 얼굴에 전혀 기색이 없다. 고대하던 그의 제자가 되었건만 아무런 감동이 없다. 5년 만에 비로소 맺어진 스승과 제자 사이에 어색한 기류가 흐른다.

동삼은 벽송 위의 흑백 돌들을 갈라 돌통 속에 쓸어담았다. 그리고 동삼은 기보를 들고 자리에서 일어나 방을 나왔다. 먹장 같은 어둠을 헤치고 눈발이 조금씩 비치기 시작한다. 첫눈이었다.

멀어져가는 동삼의 발걸음소리를 들으며 설숙은 동삼을 받아들이길 잘했다고 생각했다. 설혹 기재가 떨어진다 하더라도 동삼의 바둑에 대한 남다른 애착만은 이미 알고 있는 설숙이기에 자신의 결정에 후회는 없었다.

어쩐지 그래야만 할 것 같았다. 그 빼어난 기재로 거인 여목 스승의 마음을 흔들었던 추평사의 아들이 아닌가. 그 옛날 한때는 그로 인해 숱한 좌절과 고통 속에 몸부림쳤다. 그것은 벽송을 물려받은 이래로 지금까지 자신을 놓아주지 않았다. 그러나 이제 그의 죽음 앞에서 그동안 자신의 가슴속에 남아 있던 열패감의 사슬은 그 질긴 고리를 끊어버렸다. 허탈감과 회한의 물결이 온몸 가득히 차올랐다.

설숙은 평사와의 마지막 만남을 생각했다. 병이 깊은 몸으로 동삼을 맡기고자 찾아온 추평사. 스승 여목에게 내쫓김을 당했지만 이 도장이야말로 그의 영원한 고향이었다.

그는…… 아마도 죽는 순간에 스승을 생각했을 것이다. 그것이 아니라고 수백 수천 번 발버둥쳤지만 평사의 삶, 그 시작도 여목이었고 그 마지막도 여목이었다. 그 애증의 평행선 위에서 한평생 몸부림쳤지만 결코 한 발짝도 거기에서 벗어나지 못한 평사였다.

애초부터 평사의 바둑은 비극을 내포한 바둑이었다. 도장에서 쫓겨난 것은 빌미에 불과했다. 비극의 서막은 스승과의 결별이 아닌 스승과의 만남이었다. 스승 여목은 평사에게 희망을 심어주었고 끝내는 그것을 거둬들인 것이다.

그래 잘한 일이야.

지난 사흘간 뜬눈으로 지새운 번민의 끝은 평사의 자식 동삼에게 바둑을 한번 시켜보자는 결심이었다.

"물유본말(物有本沫)하고, 사유종시(事有終始)하니, 지소선후(知所先後)면, 즉근도의(卽近道矣)라."

설숙은 『대학(大學)』의 한 구절을 읊은 후 좌중을 주욱 둘러보았다.

설숙은 제자들에게 틈틈이 한학을 가르쳤다. 학문적인 가치도 가치려니와 한학은 바둑의 논리와 일맥상통하는 바가 적잖아 정신 수양에 많은 도움이 되었다.

문하생들이 모두 자신을 바라보고 있는데 유독 동삼만은 딴 곳에 정신을 팔고 있었다. 필경 바둑 생각을 하고 있을 것이다.

동삼은 한학 공부에 관심이 없었다. 입문한 그날부터 동삼은 종일 바둑에만 매달렸다. 바둑 이외에는 모든 것에 둔감했다. 한학도 마찬가지였다. 처음에는 그러려니 했지만 날로 그 도가 더해가는 것 같았다.

"방금 그 구절의 뜻을 새겨보아라."

설숙이 동삼을 거명했다. 거명당한 동삼은 어쩔 줄을 모른다.

설숙은 잠시 동안 동삼을 노려보더니 훈독(訓讀)을 계속했다.

"물(物)에는 본(本)과 말(末)이 있고, 일에는 종(終)과 시(始)가 있으니, 먼저 하고 뒤에 할 바를 알면 곧 도에 가까운 법이다."

문하에 든 지 1년이 지났건만 설숙은 동삼에게 전에처럼 시종 냉담했다. 단 한 번도 동삼에게 관심을 보인 적이 없었다. 동삼이 누구보다 열심히 노력해도 설숙의 동삼을 대하는 태도는 입문하기 전이나 다를 바 없었다. 명운을 바라볼 때의 따뜻함도 없었고 최해수를 대할 때의 엄격함도 없었다.

스승에게 꾸지람을 듣고 고개를 떨구고 있는 동삼을 명운은 차갑게 쏘아보았다.

명운은 동삼을 볼 때마다 아니꼬웠다. 우선, 집안일이나 하던 주제에 같은 동문이 된 것부터가 불쾌했다. 입문하기 전부터 명운은 동삼이 밉살스러웠다. 하인이나 별반 차이도 없는 주제에 뻣뻣하기만 한 동삼의 태도가 도무지 싫었다. 동삼이 문하에 들고 나자 명운의 그런 감정은 점점 더 깊어졌다. 차츰 명운은 자신만 그런 것이 아니라 일부 문하생들의 심정도 자신과 비슷하리라 생각했다.

입문 때 넉 점 접바둑이었던 동삼이 어느새 슬그머니 석 점으로 따라붙은 점도 명운을 거북하게 했다. 물론 고수가 될수록 바둑이 느는 속도는 늦추어지게 마련이고, 같은 양의 공부를 하더라도 하수의 발전 속도가 빠른 법이다. 문제는 동삼이 자질이 있는 것인지 없는 것인지조차 불분명하다는 점이었다.

겉으로 보기엔 동삼은 평범했다. 그러나 동삼의 바둑은 여간해서 잘 무너지지 않는 끈기가 있었다. 겉보기와는 달리 실제로 맞부딪쳐보면 의외로 녹록치 않아 쉽게 이길 수 없는 상대였다. 숨이 길고 우직한 데다 밟아도 밟아도 되살아나는 투박한 생명력이 있었다. 그런 것들이 알게 모르게 동삼과 대국하는 상대에게는 부담감으로 작용했다.

최근에 스승으로부터 책망을 당한 것도 명운의 심기를 불편하게 했다. 발단은 동삼 때문이었다.

정식으로 도장에 입문한 후 동삼은 행랑채에서 문하생들이 거주하는 별채로 거처를 옮겼다. 동삼의 방은 명운의 바로 옆방이었다. 동삼이 방을 옮긴 그날부터 명운은 밤마다 돌 놓는 소리에 시달렸다. 동삼의 방에선 끊임없이 돌 놓는 소리가 들렸다. 처음 얼마간은 대수롭지 않게 넘겼으나 근래 들어 밤낮으로 들려오는 돌 소리에 점차 신경이 곤두섰다.

그날도 새벽 두 시가 넘도록 동삼의 방에서 돌 놓는 소리가 들려왔다. 저녁 늦게 끝이 난 유민재와의 대국으로 명운은 기분이 상해 있었다. 초반 포석에 무리를 범해 중종반까지 계속 밀리다가 막판에 들어서야 유민재의 과수를 낚아채 판을 뒤집었다. 승패 여부를 떠나 스스로 만족치 못한 대국이었다.

그러던 차에 동삼의 방에서 들려오는 바둑돌 소리는 평소보다 한층 더 신경을 건드렸다.

따악. 따악.

명운은 방문을 열고 동삼에게 고함을 쳤다.

"야, 동삼! 시끄러워!"

동삼의 방에서 돌 놓는 소리가 그쳤다. 명운은 방문을 닫다 말고 깜짝 놀랐다. 처마 끝 어둠 속에 한 사람이 장승처럼 서 있었다. 스승이었다. 명운은 가슴이 덜컥했다.

입문 후 자신에겐 항상 따스했던 스승의 눈에 처음으로 노기가 비쳤다.

스승이 나를 질책하고 있구나.

명운의 다리가 후들후들 떨렸다.

설숙 스승이 사라지자 명운은 일시에 맥이 탁 풀렸다. 불현듯이 동삼이 미웠다. 입문하고 한 번도 스승의 눈 밖에 난 적이 없는 명운이었다.

이 모든 이유가 동삼 때문이었다.

그날 이후 명운은 동삼과 대국하면 더욱더 모질게 승부를 탐했다. 명운은 수단과 방법을 가리지 않고 모든 수를 동원해 동삼에게만은 기어이 이겼다. 이기고도 명운은 항상 뒷맛이 나빴다.

명운은 옆 자리의 동삼을 꼬나보았다. 보면 볼수록 동삼이 밉살스러웠다.

명운은 아직 홍안의 소년이었다.

"현현기경(玄玄碁經)에 이르기를…… 바둑은 천지방원(天地方圜: 바둑판과 바둑돌)의 상징이며, 음양(陰陽)과 동정(動靜)의 이치를 갖추었을 뿐 아니라 성신분포(星辰分布: 포석)의 질서를 나타내고, 풍운기미(風雲機微: 바둑의 변화)를 간직하고 춘추변천(春秋變遷: 바둑의 사활)의 원리를 내포하며 산하지형(山河地形)의 기세(氣勢: 바둑의 성쇠)도 남김없이 거기에서 나타난다 했다."

김개원은 거기서 일단 말을 끊고 좌중을 돌아보았다. 원생들은 엄숙히 개원의 말을 경청하고 있었다.

"그리하여 바둑에 정통한 자만이 인(仁)에 의해 자신을 삼가할 줄 알고 의(義)에 의해 행동하며 예(禮)에 의해 마음가짐을 바르게 갖추고 지(智)에 의해 사물을 올바로 판단할 수 있다. 그러므로 보통 일반의 여러 가지 예(藝)와 동등시하고 있으니 어찌 이를 가볍다 할 수 있으리오!"

개원의 음성이 우렁차게 도장 안에 울려퍼진다. 동삼이 입문하고 처음 도장에 나타난 개원은 동삼이 설숙의 문하생이 되어 앉아 있는 것을 보고 흐뭇해했다.

며칠 전 설숙에게 평사의 이야기를 전해들은 개원은 밤이 이슥할 무렵 동삼이 거처하는 방으로 찾아갔다.

"선친의 기보를 보여다오."

동삼이 기보를 개원 앞에 내놓았다. 개원은 피로 물든 기보를 받아들고 복기를 시작했다. 시간이 지날수록 개원의 눈이 충혈되었다. 중반을 지나자 개원의 눈에서 눈물이 뚝뚝 떨어진다.

바둑이 끝났을 때 개원의 얼굴은 온통 눈물투성이였다. 그날 개원은 복기를 수차례 하며 밤새도록 울었다. 지난번 동삼이 추평사의 자식임을 알고 난 후 개원은 돌아다니면서 마음 한구석이 허전했다. 한때 자신이 우러러보았던 추평사의 자식이 하인처럼 일만 하고 있다니, 개원은 추평사를 생각하면 울적한 기분을 지울 수가 없었다. 평사가 여목 스승에게 쫓겨날 때도 개원은 내심으로 스승의 처사가 너무 과하다고 생각했다. 평사가 도장에서 쫓겨나던 날은 바람이 몹시 불던 초겨울이었다. 도장 뒤채 담벼락을 끼고 멀어져가던 평사의 뒷모습을 개원은 오랫동안 잊지 못했다. 그래서인지 개원은 평사의 자식인 동삼에게 더욱더 연민이 갔다. 다행히 설숙의 심경에 변화가 있어 동삼이 정식으로 도장에 입문하자 개원은 큰 짐을 던 듯 마음이 홀가분했다.

미묘한 국면이었다. 반상에 착점된 수는 불과 열여섯 수. 흑의 입장에서 걸칠 수도 있고, 벌릴 수도 있으며, 갈라칠 수도 있고, 손 뺀 곳을 협공할 수도 있었다. 걸친다면 일자도 있고, 한 칸도 있으며, 눈목자도 좋아 보였다. 협공의 방법도 다양했고, 갈라침의 자리도 커 보였으며, 벌리는 자리도 좁고 넓고의 차이가 있었다. 주변의 배석 관계가 워낙 미묘했기 때문에 모든 수가 다 최선의 수로 보였고 또 모든 것이 흡족치 않게도 보였다.

내실 한쪽에 앉아 있는 설숙은 무슨 생각을 하는지 바위처럼 꿈쩍도 안 했고 평소 부드러웠던 개원의 모습에선 예기가 흘렀다.

수십 분이 지난 후 도장에서 가장 나이가 많은 최해수가 앞으로 나와 한 수를 놓았다.

"날카로움은 있으나 조화가 오리무중이다!"

개원이 가차없이 해수의 수를 비판했다. 어지간하면 쑥스러워하거나 안색이 붉어질 법도 하건만 해수는 흔들림이 없다. 설숙은 해수를 보며 안도했다.

늘상 느껴온 바지만 해수는 항상 너그러웠고 소나무처럼 높고 푸른 기상이 돋보였다.

비록 바둑에 대한 자질은 못 미치나 기상만을 놓고 볼 때 어쩌면 해수 저 아이야말로 스승 여목에 가장 가까운 인물인지도 모른다.

설숙은 해수를 문하로 받아들이길 참으로 잘했다는 생각이 든다. 처음에는 재주가 없어 보여 망설였으나 결과적으로 설숙의 판단은 매우 정확했다.

해수는 스승 여목 밑에서 잠시 동문수학한 친구의 아들이었다. 해수의 아버지는 이상주의자였고 독립운동가였다. 여목 스승의 문하로 2년 가까이 바둑 공부를 한 적이 있었지만 그의 근기(根氣)는 바둑보다는 학문에 가까웠고 학문보다는 조국의 미래를 더 염려했다.

학문적인 기질로 유난히 설숙과 가까웠던 그가 5년 전 불쑥 설숙 앞에 나타났다. 그때 그가 데려온 아이가 해수였다.

"만주로 가야겠으이. 유일하게 내 발길을 붙잡고 있는 아이일세. 자네 문하로 거두어주었으면 하네."

그 후 해수의 맑은 눈과 인간 됨됨이, 그리고 학문적 기질은 이내 설숙의 마음을 흡족하게 했고, 큰 갈등 없이 제자로 받아들이게 했다. 그때부터 동문들 중 제일 연배인 해수는 문하생들의 맏형으로 동문들을 이끌어나가는 주축이 되었다. 떠나버린 아버지로부터 단 한 줄의 소식도 없어 마음의 고통이 적지 않을 터인데도 해수는 한 번도 그 고통을 겉으로 표현한 바 없었고 늘 푸른 소나무처럼 청정했다.

최해수의 착수를 기점으로 유민재가 앞으로 나가 두 칸 벌리는 수를 착수했다. 통상적인 벌림보다 한 줄 더 나아간 자리다. 막상 착점을 하고 보니 그런대로 한 수의 가치는 충분하다. 그러나 개원의 얼굴이 일그러진다.

"욕심은 화를 자초하고 자만은 어리석음을 낳는다! 기분으로 두는 것은 수가 아니다! 자기도취일 뿐이다."

유민재가 쑥스러워하며 물러났다.

"잔 수 몇 개 알았다고 해서 이치를 터득했다 할 수 없으며, 책 몇 권 본 것이 무어 그리 대수겠느냐!"

문하생들은 한 명씩 나아가 착수를 하고는 어김없이 그의 질타를 감수해야만 했다. 이제 남은 사람은 명운과 동삼이었다. 명운이 힐끔 동삼을 바라본 후 앞으로 나갔다. 잠시 호흡을 가다듬은 명운이 귀에 눈목자를 걸치는 수를 놓는다.

이제까지 사정없이 비판과 질타를 퍼붓던 개원의 고개가 처음으로 다소곳해졌다. 꾸지람을 각오하고 나갔던 명운은 개원의 질책이 없자 흡족한 심정으로 자리로 돌아갔다.

이제 남은 사람은 동삼밖에 없었다. 동삼은 천천히 자리에서 일어나 바둑판 앞으로 걸어 나갔다. 동삼은 돌을 들어 담담하게 한 수를 놓았다.

그러나 동삼의 착점은 안이한 발상이라 하여 호된 비판을 받은 김재석과 동일한 지점이었다.

개원을 비롯한 동문들이 모두 놀랐다.

"무슨 뜻이냐?"

개원이 동삼에게 물었다. 개원 입장에선 동삼이 자신의 가르침을 정면으로 반박하고 나섰다고 생각할 수도 있는 상황이었다.

"그 수가 좋아 보였기 때문입니다."

동삼이 공손히 인사를 하고 제자리로 돌아갔다. 실내에는 팽팽한 긴장감이 흘렀다. 동삼을 바라보던 개원의 얼굴이 조금 상기되었다. 이제까지 묵묵히 사태 추이를 주시하던 설숙이 입을 열었다.

"바둑은……."

설숙이 나서자 개원이 뒤로 물러섰다. 문하생들 시선이 모두 설숙에게 향했다.

"세상의 이치와 같은 것이다. 기리에 순응하여 운석을 적절히 하면 승부가 따를 것이나 기리를 망각하여 행마를 소홀히 하는 자에겐 승부가 없다."

설숙의 말은 애매했다. 해석하기에 따라 동삼의 수를 비판한다고 볼 수도 있었고, 그의 발상을 지지한다고 볼 수도 있었다. 또 다른 관점에서는 바둑 전반에 걸친 본질을 언급했다고도 할 수 있었다.

개원의 강의가 끝나고 문하생들 간에 실전대국이 벌어졌다.

설숙은 늘 그렇듯이 명운과 민재의 대국을 멀리서 지켜보았다. 꼭 그런 것은 아니지만 대체로 대국자의 표정이나 소비하는 시간을 보면 대강 유불리가 짐작이 가는 법이다. 오늘도 명운의 얼굴은 자신만만해 보였고 민재의 표정은 밝지 못했다. 그 옆에서 수읽기에 골몰해 있는 김재석의 미끈한 얼굴이 싱그럽다.

설숙은 여러 제자를 생각해본다.

김재석의 경우는 특이했다. 제자로 입문하게 된 경위가 특이한 것이 아니라 재석의 집안에서 보면 그가 특이한 존재였다. 원래 그의 집안은 무반(武班) 출신 계급이었다. 큰 재산을 모으지는 못했지만 재석의 아버지는 상당히 개명된 사람이었다. 그는 자식들을 소학교만 졸업하면 일본으로 보내 신교육을 받게 했다. 소학교 2학년까지만 해도 재석은 평범한 학생이었다.

소학교 2학년 여름 방학을 이용해 재석은 아버지와 같이 일본에 있는 형들을 만나러 갔다. 거기에서 재석은 처음으로 바둑을 만났고 바둑에 깊이 빠져들었다.

한번 바둑에 몰입된 재석은 헤어날 줄 몰랐다. 조선에 돌아온 재석은 학교 공부를 내팽개치고 장안의 고수들을 찾아다니며 스스로 기예를 연마했다. 그 소식을 들은 재석의 부친은 불같이 노했다. 부친은 재석의 종아리를 치며 호되게 나무랐다.

"지금 세상이 어떤 세상이냐! 왜놈들 세상이다. 어찌하여 왜놈들 세상이 되었느냐? 그들이 일찍이 개화된 문명을 받아들이고 발전시켰기 때문이다. 조선이 쇄국이니 당파니 하고 싸울 때 그들은 명치유신을 통해 서양의 문물을 수입하고 전 국민이 일치단결하여 지금의 대제국을 만든 것이다. 그 힘의 근원은 그들이 받아들인 신교육이다. 그런데 지금 네 꼴이 뭐냐? 아무 짝에도 쓸모없는 바둑 때문에 공부를 내팽개치고 허송세월만 보내고 있지 않느냐!"

재석이 눈물로 아버지에게 호소했다.

"아버지께서 일본을 배우라고 하셨잖아요?"

"일본과 바둑이 무슨 상관이냐? 바둑이 중국에서 생겨나 조선을 거쳐 일본으로 전파되었다는 사실은 삼척동자도 익히 아는 사실."

"그러나 지금 일본은 국가의 원로대신들까지 나서서 전 국민에게 바둑을 배우라고 호소하고 있습니다."

그런 사실에 금시초문인 재석의 아버지는 당황했다.

"네가 그런 사실은 어떻게 알았느냐?"

상해사변이 일어나던 해, 이누카이(犬養) 수상이 암살되고 마키노(牧野) 원로대신이 습격당했다. 이누카이는 고 혼인보 슈에이의 막역지우로서 일본기원의 명예 회원이었고 마키노는 권력의 핵심 세력으로서 당시 일본기원의 총재였다. 그들을 추모하는 추도사에는 이렇게 적혀 있었다.

세상이 험악하다. 이 혼탁한 분위기를 쇄신하기 위해서는 국민 모두가 기리(碁理)를 터득하여 몸소 실행하는 길이 있을 뿐이다. 만고(萬古)의 명세가(名世家)들이여! 바둑을 배워라!

이렇듯 일본은 바둑으로 국난을 극복하고자 했다.

"아버지."

"말해보아라."

"앞으로는 보다 다양한 세상이 옵니다. 한 방면에 뛰어난 사람이 이기는 세상이 옵니다."

"누가 너에게 그렇게 가르치더냐?"

재석이 쑥스러워하며 대답했다.

"큰형님입니다."

일본에서 유학중인 재석의 형은 매우 현명한 사람이었고 아버지는 큰 아들을 깊이 신뢰했다. 재석의 친부는 더 이상 아무런 말이 없었다. 그날 이후 재석은 자유롭게 바둑을 공부했다.

한 달 후 재석은 다시 친부 앞에 불려갔다.

"바둑을 계속하겠느냐?"

"예."

"한 방면에 뛰어난 인재가 되려면 그에 걸맞은 재질이 필요한 법. 그만한 이치는 알고 있으렸다?"

"예."

"우선은 너의 재질을 시험해보도록 하자. 듣자하니 조선에도 설숙도장이란 게 있어 바둑을 가르친다 하더구나. 소질이 있는 사람만 받아들인다 하니 그곳에서 너의 재주를 알아보자. 다행히 거기서 받아들인다면 네가 하고자 하는 공부를 막지 않으마. 그러나."

친부는 재석에게 단단히 다짐을 받는다.

"그곳에서 너의 재주를 인정받지 못하면 그길로 바둑을 잊고 공부에 전념해야 할 것이다. 약조할 수 있겠느냐?"

"약속드리겠습니다."

그길로 김재석은 설숙도장을 찾아왔고 정식으로 문하생이 되었다.

김재석은 부지런히 공부했고 기력도 큰 기복 없이 꾸준히 늘었다. 설숙은 그를 볼 때마다 언젠가는 제 몫을 충분히 할 재목이라고 여겼다.

정명운과 유민재는 비슷한 시기에 입문했는데 언제부턴가 정명운이 앞섰다. 유민재의 피나는 노력과 집념에도 불구하고 좀체 그 간격은 좁혀지지 않았다. 좁혀지지 않을 뿐 아니라 그 간격은 점점 더 벌어져 근래 와서는 유민재가 정명운에게 선으로 두는 형편이었고, 그런 민재의 고통과 광기에 찬 얼굴을 대할 때마다 설숙은 심히 염려스러웠다.

설숙은 맨 마지막에 앉은 최해수와 동삼을 바라본다. 동삼이 두 점을 놓았는데 중반을 넘어서는 그 시점까지도 두 점의 위력은 여전히 살아 있었다. 최해수의 한 수가 반상 위로 떨어진다. 굴복을 강요한 수로서 기세상 굴복하고 싶지 않은 자리다. 동삼은 한참 장고하더니 반발하지 않고 묵묵히 웅크린다.

개원에게 질타당할 것을 번연히 알면서, 김재석이 착수했던 곳을 굳이 고수하며 태연자약하던 모습이 생각난다. 비굴하지도, 교만하지도 않던 침착한 행동거지가 함께 떠오른다.

묘한 아이다. 저만한 나이, 저만한 기력에서는 있기 어려운 자기 나름대로의 우직한 고집이 엿보인다. 제 아비 추평사의 그 화려하면서도 어둡고, 날카로우면서도 음산한 행마는 찾아볼 수 없지만, 어쩐지 동삼은 제 갈 길을 꾸준히 가고 있는 것 같다.

구체적으로 그것을 증명해주거나 반증할 징후가 아직 보이지 않았지만 설숙은 그런 느낌을 강하게 받았다. 빛나는 기재와는 분명 격이 다른 불가해한 평범함이 그의 바둑에 숨어 있다는 생각이 들었다.

상상을 뛰어넘는 피나는 노력 탓인가.

처음 입문할 때보다 동삼은 확실히 진보해 있었다. 최해수나 정명운에게 정확히 한 점을 접근하고 있었다. 고수의 한 걸음 전진은 황소걸음처럼 더딘 법이고 하수의(그들에 비해) 한 걸음은 승냥이처럼 빠른 법이다. 동삼의 기력 향상은 빠른 편도 아니고 느린 편도 아니다. 나름대로 기재가 있는 사람들이 모여 있는 이곳의 일반적인 발전 속도로 보면 약간은 더딘 편이었다.

그러나 설숙 입장에서 보면 놀라운 발전이었다. 그렇게 기력이 향상되리라고는 애초부터 기대하지 않았고, 그런 만큼 예상치 못한 일이기도 했다. 설숙은 그 이유가 동삼의 피나는 노력이라고 이해했다.

설숙이 그것을 발견한 것은 명운과 동삼의 대국에서였다.

전날 밤을 새워 공부한 탓인지 동삼의 눈에는 벌겋게 핏발이 서 있었다. 석 점을 접고 두는 바둑이라 명운은 이곳저곳을 찔러보며 난해한 바둑으로 판을 몰아갔다. 하수의 심리를 이용하기 위한 측면도 있었지만 그날따라 과도할 정도로 판을 흔들어댔다.

그때 설숙은 일순 동삼이 비틀하며 바둑판 앞으로 쓰러지는 듯한 모습을 보았다. 순간적인 일이었으나 설숙은 직감적으로 동삼이 지나친 공부와 과도한 체력 소모로 한순간 정신을 놓쳤다는 사실을 알 수 있었다. 설숙은 제자들의 생활을 손바닥 들여다보듯 훤히 알고 있었다.

재기는 떨어지나 승부의 집념만은 제 아비를 닮았구나.

평사가 얼마나 독하게 공부했는지를 설숙은 기억하고 있었다. 가슴 밑바닥에 영혼을 불사르는 승부의 기질이 없다면 결코 있을 수 없는 피나는 수련이었다. 최소한 그 점에서 동삼은 제 아비의 피를 그대로 이어

받았다.

솔직히 그때까지 설숙은 동삼에게 무관심했다. 어쩌면 불세출의 천재인 평사와는 판이한 동삼의 재질 때문에 오히려 기울여야 할 관심을 애써 외면해왔는지도 몰랐다.

그날 이후 설숙은 조금씩 동삼에게 관심을 기울였다. 거기다가 설숙은 오늘 또 다른 동삼의 일면을 발견했다. 뿌리가 든든한 고집이었다.

바둑은 동삼이 두 집으로 졌다.

너무나 부족하다. 그리고 길이…… 멀다.

동삼은 가슴이 답답했다. 최해수와의 복기 과정에서 검토되던 바였지만 중반을 넘어서까지 최소한 다섯 집 이상 유리했던 바둑이 막판 끝내기에서 몇 차례 당한 끝에 결국 승부가 뒤집어지고 말았다.

복잡한 변화를 피해 한 발 물러선 동삼의 착수를 최해수가 지적했다.

"이 수가 문제였어. 패가 날 수도 있지만 과감하게 막아야 할 자리였어."

예리한 지적이었다.

최해수는 동삼의 의도를 정확히 파악하고 있었다.

"막는다고 이긴다는 보장은 없소."

동삼은 심사가 뒤틀렸다. 만형격인 최해수를 속으로는 좋아하면서 괜히 그래본다.

"이기는 게 중요한 게 아닐세."

"그럼 무엇이 중요하단 말이오?"

"너무 자기 틀에 얽매이지 말라는 것이네."

동삼은 피식 웃었다.

"그렇다면 바둑에서 기풍이란 게 존재할 이유가 없잖소."

"자기류의 바둑은 필요하지. 다만……."

"다만 뭐란 말씀이오?"

"지금은 승부보다 기량 연마에 더욱 힘을 기울여야 할 때가 아닌가 싶네."

"……."

"변화를 피하기보다는 오히려 추구하는 자세가 필요하다는 뜻일세."

동삼은 가슴이 뜨끔했다. 사실 승부에 집착하지 않았다면 그런 식으로 물러서는 일은 없었을 것이다.

"져서 기분 좋은 사람은 없소."

동삼은 끝까지 심술을 부렸고 최해수는 쓰게 웃었다. 말은 그랬지만 동삼은 최해수의 말을 수긍했다. 승부보다는 기량 연마가 필요하다는 최해수의 지적은 정곡을 찔렀다.

수원을 떠나 인사동 정 역관 집으로 가던 도중 아버지는 안양 못 미쳐 어느 객줏집에서 어떤 사람을 상대로 넉 점을 접고 바둑을 한 판 두었다.

그날 동삼은 아버지가 틀림없이 지는 줄 알았다. 아버지의 말이 도처에서 죽었다. 그런데 종국 후 계가를 해보니 아버지가 석 집인가 넉 집인가를 이겼다. 불가사의한 일이었다. 바둑을 진 상대는 기가 막혀 집수를 세어보고 또 세어봤다.

그날 밤 아버지가 말했다.

"한 판 바둑에서 승부의 기회는 한 번 아니면 두 번이다. 그때 판을 결정짓지 못하면 승부사가 될 수 없다. 판을 결정하는 힘은 수읽기와 형세 판단이다."

아버지 입에서 진한 술냄새가 났다.

"……승부사는 결코 감각에 의존해선 안 된다…… 함부로 승부를 포기해선 더욱 안 된다."

동삼은 그때 아버지의 말을 되새겨본다.

판을 결정하는 힘…… 감각에 의존하지 말라…….

알 듯도 하고 모를 듯도 하다. 가슴으로는 와 닿는데 명쾌하게 이해가 되지 않는다.

갑자기 몰아친 철 이른 한풍으로 문고리가 덜그덕거리며 흔들린다. 사흘 후면 한가위다. 대부분 문하생들은 추석을 지내러 집으로 갔고, 도장에 남아 있는 사람은 오갈 데 없는 최해수와 유민재 그리고 동삼이었다.

마당에 우뚝 선 키 큰 나무가 바람에 우수수 떤다. 동삼은 방문을 열었다. 찬 공기로 실내가 금방 서늘해진다. 어둠 속에서 나뭇가지가 흔들리는 모습이 어렴풋이 보인다.

동삼은 툇마루를 내려와 마당 한중간으로 나갔다. 금세 한기가 몸 구석구석 파고든다. 사위는 적막했고 이미 최해수와 유민재의 방은 불이 꺼져 있었다. 문하생들이 없는 탓인지 오늘따라 도장이 횅뎅그렁하게 느껴진다.

이제 얼마 안 있어 열일곱이 되는데…… 그토록 죽기 살기로 바둑에 매달렸건만 1년이 다 되도록 답보를 면하지 못하고 있다니…… 어느 세월에…… 갈 길은 멀건만……. 바둑은 여전히 그 오묘한 수의 경지를 보여주지 않는다.

동삼은 하늘을 올려다보았다. 보름이 가까워서인지 하늘은 밝다. 한 줄기 뭉게구름이 가지 끝에 걸려 있다. 외따로 떨어진 구름이 멀고 먼 세월 같다.

"무얼 하느냐."

스승이었다. 달빛 아래서 스승이 제자를 쳐다보았다. 말이 사제지간이지 평생 말 한마디 주고받는 법이 없는 스승과 제자였다.

설숙은 오후에 원주에서 올라온 한 기객을 통해 자운 선생이 타계했다는 소식을 전해들었다.

이제 선대 여목 스승의 시대가 자운 선생마저 세상을 떠남으로써 완전히 종지부를 찍었다 생각하니 마음이 무거웠다.

평생을 부운처럼 떠돌다가 만년엔 금강산에 묻혀서 노승들과 더불어 바둑으로 여생을 보냈다는 자운 선생. 향년 74세로 천수를 누렸다 하나 왠지 자운 선생의 죽음은 남다른 감회로 설숙의 마음을 고적하게 했다. 평사가 내쫓긴 이유가 마치 자신에게 있는 양 한탄했던 자운 선생은 경성에 들르면서도 거의 도장을 찾지 않았다.

어디선가 푸른 달빛을 가르고 자운 선생의 대금소리가 들려오는 것 같다.

한풍이 설숙의 적삼자락을 휘몰고 지나갔다. 동삼의 가슴이 조마조마하다. 지난 7년 세월 단 한 번도 곁을 주지 않던 스승이었다. 스승은 완강했다. 자애롭기보다는 엄했고 격려하기보다는 체자들을 꾸짖었다.

"시간이 늦질 않았느냐."

스승의 얼굴이 전에 없이 적적하다.

동삼은 여러 차례 스승에게 다가가고자 열망했으나 막상 스승 앞에 서면 중압감에 눌려 전혀 엄두를 낼 수가 없었다.

"공부에 진척이 없습니다."

동삼이 큰마음 먹고 어렵사리 속을 털어놓는다.

"성정이 메마르면 매사 그릇되기 십상이니라."

뜻밖에 설숙의 어세가 부드럽다. 동삼이 몸 둘 바를 몰라 했다. 설숙이 안채로 향한다.

"밤바람이 차가우니 들어가거라."

설숙의 차분한 음성이 허공에 흩어졌다.

24   노비의 자식

"아버지는 세상에 드문 기재인데 왜 자식은 그렇질 못했습니까?"

박 화백이 불쑥 질문을 던졌다. 막상 묻고 나니 스스로 생각해도 어이 없을 만큼 바보 같은 질문이었다.

"글쎄…… 과연 동삼에게 기재가 없었을까? 또 설사 그렇다 한들 아버지가 대단한 기재였다고 자식 또한 뛰어나란 법이 있는가."

박 화백은 해봉처사의 그 말에 수긍이 갔다. 실상 자신의 아들 경우만 해도 중학생이 된 지금까지 전혀 그림에 대한 자질을 발견할 수 없었다.

"기재란 도대체 무엇입니까?"

"씨앗과 같은 거지."

"……."

"같은 조건 아래에선 질 좋은 씨앗이 탐스런 열매를 맺는다는 건 불문가지일세. 설사 조금 악조건이라 하더라도 지나치게 극단적인 상황만 아니면 질 좋은 씨앗이 좋은 토양에서 자란 질 나쁜 씨앗보다 훨씬 나은 열매를 맺을 수 있네."

박 화백은 해봉처사의 대답이야말로 기재에 대한 명쾌한 답이라 생각했다.

"하지만, 유사 이래로 이 땅에서 명멸해간 얼마나 많은 사람이 뛰어난 기재임에도 불구하고 버려진 채로 시들어갔겠나."

굳이 사회적으로 드러난 사람을 거론할 것도 없이 박 화백 기억 속에도 그런 사람이 많이 있었다. 현재 6단의 중견 기사로 틈틈이 신문 기전 본선에 올라 꾸준히 성적을 올리는 이상엽 기사를 TV나 신문에서 접할 때마다 연상되는 인물이 한 명 있었다.

그의 기억 속에서 씁쓸한 느낌으로 남아 있는 허인이라는 후배였다.

박 화백이 이상엽과 허인을 처음 만난 때는 군을 제대한 직후였다.

집안 형편이 어려워 복학도 뒤로 미룬 채 갈피를 못 잡고 이 기원 저 기원 떠돌아다니며 되는대로 살아갈 그 무렵이었다. 그림에 대한 열정이 완전히 식어버린 것은 아니었지만 자신의 불확실한 미래 때문에 정상적인 사회 구성원으로의 복귀를 뒤로 미룬 채 그저 목적 없이 흔들거리며 하루하루를 기원에 들락거리고 있었다. 그때 즐겨 찾던 기원 중 하나가 변두리 남도(南道)기원이었는데 거기서 박 화백은 이상엽과 허인을 만났다.

당시 이상엽과 허인은 같은 고등학교 2학년 학생으로서 둘 다 공부보다는 바둑에 빠져 있었다. 지금은 바둑 인구가 늘고 인식이 좋아졌기 때문에 덜 어색한 편이지만, 그 당시만 하더라도 학생이 기원을 출입하는 것은 드문 일이었다. 더구나 잔잔한 내기로 야통을 밥 먹듯 하는 변두리 기원은 말할 것도 없었다.

이상엽은 당시 2급 정도의 실력이었고, 허인은 5급 정도의 기력이었다. 이상엽은 남자다운 얼굴에 체격이 튼튼했지만 허인은 약간 여성적인 예쁘장한 용모에 몸이 약해 보여 서로 묘한 대조를 이뤘다.

비록 변두리 기원이었지만 남도기원 원장인 송 원장은 쟁쟁한 아마 강자였다. 두 학생의 바둑에 대한 열기와 뛰어난 기재에 끌린 송 원장은 매일 출근하다시피 방과 후면 기원부터 찾는 그들에게 성심성의껏 지도를 해주었고, 민수 또한 틈틈이 그들을 지도했다.

이상엽의 재주도 뛰어났지만 허인의 기재는 탄복할 지경이었다. 불과 1년도 안 돼 이상엽은 원장과 호선으로 승부를 점칠 수 없을 만큼 성장했고, 허인은 오히려 원장이 호선으로 압박감을 느낄 정도로까지 기력이 향상되어 있었다. 원장은 그런 그들에게 좀 더 공부를 열심히 해서 전문기사의 길을 갈 것을 여러 차례 권유했다. 원장과 민수가 은근히 더 기대를 가진 쪽은 허인이었다.

그런데 문제는 엉뚱한 데서 비롯됐다. 학교를 졸업한 허인은 어느샌가 떠돌이 독립군이며 전형적인 양아치인 서병석이라는 사람과 어울려 다니고 있었다. 기원 생활을 오래한 원장과 민수는 그런 허인이 안타까워 노골적으로 서병석이 질 좋지 않은 부류임을 강조하며 그와의 관계를 끊으라고 종용했다. 그러나 허인은 원장과 민수의 충고를 멀리했다.

"병석이형 정말 좋은 사람이에요. 저는 원장님과 선배님이 그런 말씀 하시는 걸 이해할 수 없습니다. 보십시오. 세상에 병석이형처럼 남자답고 의리가 있고 또 대인 관계까지 좋은 사람이 어디 있습니까."

그렇게까지 이야기하는 데야 어찌해볼 도리가 없었다. 불행하게도 허인은 자신이 가지지 못한 점, 남자답고 의리가 있어 보이는 서병석에게 어떤 동경을 느끼고 있었다. 그 후에도 미련을 못 버린 원장과 민수는 몇 차례 더 허인을 만류해보았지만 허인의 마음은 이미 돌이킬 수가 없었다.

허인은 원장과 민수가 모르는 사이에 어느새 서병석의 꼬임에 빠져 내기바둑에 깊숙이 개입하고 있었다.

세월이 흐른 뒤 민수는 입단 대회에서 우연히 허인을 만났다. 꾸준히 바둑 공부에 정진해온 이상엽이 입단한 지 3년의 시간이 지난 후였다.

뜻밖에도 허인은 민수를 못 본 척했다. 민수는 섭섭한 마음을 감추지 못하고 허인을 불러 세웠다.

"어이, 허인. 너 오랜만에 선배를 보고도 못 본 척하기냐?"

민수를 대면한 허인이 마지못해 아는 척을 했다.

"안녕하십니까, 선배님."

인사를 하기가 무섭게 허인은 그 자리를 벗어나려 했다.

돌아서 가려는 그를 다시 불러 세운 뒤 민수는 허인을 호되게 나무랐다.

"야, 이 덜된 친구야. 너 참 형편없이 변했구나. 그게 몇 년 만에 만난 선배를 대하는 태도냐! 사람이 기본은 있어야지. 듣자하니 내기바둑으로 돈 좀 만진다고 하더니 자네 아주 못쓰게 되었구나!"

민수가 화를 내도 허인은 딴전만 피웠다.

"너 앞으로 날 보면 아는 척하지 마라."

민수는 딱 잘라서 말한 후 돌아섰다. 참으로 어이가 없는 만남이었다.

몇 년 전 박 화백은 또다시 우연히 서울 한 호텔 사우나에서 허인을 만났다. 박 화백은 그때의 기억이 되살아나 허인을 못 본 척했다. 이번에는 허인이 박 화백에게 접근해왔다.

"선배님, 안녕하십니까."

"누구시더라."

박 화백이 불쾌했던 기억 때문에 모르는 척하자 허인은 막무가내로 박 화백에게 자신을 설명했다. 허인은 어딘가 모르게 이상했다.

"에이, 선배님, 왜 그러십니까. 저 허인입니다, 허인. 과거에 선배님에게 바둑 배웠던…… 왜 모른 척하십니까."

박 화백은 마지못해 인사를 받았다.

"아, 그래 허인. 요즘 어떻게 지내나?"

허인은 확실히 이상하게 변해 있었다. 전에 없이 말이 많아졌고 말의 내용도 들쑥날쑥 두서없이 혼란스러웠다. 정신과 의사 입장에서 보면 영락없는 정서 불안이었다.

그는 쉴 새 없이 떠벌렸다. 한 판에 1억짜리 내기바둑을 두었다는 둥, 전주가 자신을 쾌락에 길들이기 위해서 술에 마약을 타서 먹게 했다는 둥, 자신 때문에 알거지가 된 사람들이 꿈에 보여서 술 없이는 잠을 잘 수가 없다는 둥, 쉴 새 없이 자신의 말만 늘어놓았다. 그러고 보니 허인과 그 전주 때문에 파산한 사람들이 수도 없이 많다는 소문을 들은 기억이 났다.

쓸데없는 이야기를 듣느라고 지친 박 화백이 허인에게 물었다.

"요새 상엽이 한 번씩 보나? 상당히 친했던 것으로 기억하는데."

감정을 조절하는 나사가 풀린 사람처럼 허인은 그 물음에 키득키득 웃어댔다.

"우리 같은 내기바둑꾼이 그런 사람 뭐하려고 봅니까. 아직도 내기바둑으로 붙으면 상엽이쯤은 자신 있지만……."

처음으로 그의 얼굴에 인간다운 심지가 돋았다.

"그 친구야말로 제대로 제 갈 길 찾아간 거죠……. 나도 이 길로 안 빠졌으면 그 친구처럼 될 수 있었는데……."

허인이야말로 내기바둑꾼의 전형적인 행로를 걷는 인물이었다.

어릴 때 약하고 여린 심성을 가진 사람이 길을 한번 잘못 들면 걷잡을 수 없이 타락의 길로 빠져버리고 만다. 죄는 죄대로 짓고, 결국 자신도 돌이킬 수 없는 폐인이 되어버리는 것이다. 반면에 의외로 어릴 적에 다른 사람 눈엔 좀 거칠게 보이고 난폭해 보이는 사람이 허인과 같은 성격을 가진 사람보다 나이 들어 제 갈 길을 찾아 열심히 살아가는 경우가 훨씬 그 빈도가 높다. 허인은 기재가 있었으나 토양을 잘못 만난 대표적인 경우였다. 더불어 허인에게 바둑의 기재는 오히려 자신의 삶을 망치는 재주였다.

호텔을 나서며 박 화백은 한동안 씁쓸한 느낌을 지울 수가 없었다.

아직 본격적인 무더위가 시작되기 전이건만 매미 울음소리가 시끄럽게 들려오고 있었다.

진주만 공격을 시발로 일어난 대동아전쟁은 막바지를 향해 힘든 고개를 넘고 있었으며, 일본인들의 대조선 수탈은 그 어느 때보다 잔인무도했다. 경작한 농작물을 모두 수탈당한 조선인들은 초근목피로 연명했으며 집안엔 변변한 놋쇠 숟가락 하나 남아돌지 못했다. 여인들은 정신대로, 남자들은 징병이나 징용의 올가미에 묶여 수천 년 터를 잡고 살아온 조선 땅 밖으로 쫓겨났다.

대대수 사람들은 숨을 죽이고 살았고 명망 있는 지식인들조차 총독부 눈치만 살폈다. 순사들과 일본인 앞잡이들만이 제 세상을 만난 듯 네 활개를 치며 거들먹거렸고 국내에 남아 있는 뜻 있는 선지자들은 만주로 상해로 떠나버렸다.

그나마 설숙도장은 형편이 좋은 편이었다. 봉화에 워낙 탄탄한 재산을 일군 집안의 장손인 설숙에게는 정기적으로 곡식과 돈이 올라왔고, 설숙이 바란 것은 아니었지만 정명운의 아버지인 용인의 정 진사 쪽에서도 틈틈이 그에 준하는 부식이 올라왔다.

설숙은 그 일에 전혀 무관심했으나 수업료라면 수업료일 수도 있는 것을 유일하게 내는 명운에게는 어깨가 으쓱해지는 일이기도 했다. 그리고 그것은 알게 모르게 다른 문하생들로 하여금 되도록이면 명운에게 한 수 양보하게 만드는 요인으로 작용했다. 그간 설숙도장에는 새로운 문하생이 두어 명 다시 입문을 했다.

어느새 동삼은 명운과 두 점으로 대국을 하고 있었다. 입문할 때는 넉점 바둑이었는데 두 점으로 줄었으니 생각하기에 따라 그동안 동삼의 바둑이 일취월장한 것처럼 보였지만, 실상 동삼과 명운의 격차는 조금도 좁혀지지 않은 상태였다. 정상급에 올라갈수록 돌 한 점의 위력과 느는 속도는 천양지차였다.

이미 명운은 최해수를 포함해 모든 문하생들에게 백을 쥐고 선, 혹은 두 점을 접고 대국을 했다. 그렇게 나날이 발전하고 있는 명운에게 뚜렷한 기재도 없어 보이는 동삼이 두 점으로 버티는 것은 동문들에겐 기적처럼 보였다.

세 시간이 넘어간 바둑은 명운이 절대 유리한 판으로, 바둑을 두는 당사자인 명운뿐 아니라 관전하는 여러 사람 눈에도 동삼의 대마는 죽었고 대세는 요지부동이었다.

여간해서 대마가 잘 죽지 않는 동삼이었지만 중반의 치열한 전투에서 집요한 명운의 추적을 뿌리치지 못하고 기어이 동삼의 대마가 비명횡사했다. 누가 봐도 승부는 그 순간 분수령을 넘어버렸고 바둑은 흑이 치명상을 입어 도저히 회생이 불가능했다.

바둑을 일찍 끝낸 문하생들은 일정한 거리를 둔 상태에서 동삼과 명운의 바둑을 지켜보고 있었다.

이때 관전하고 있는 사람들은 하나같이 동삼이 돌을 던지지 않자 의아해했다. 어지간히 승부가 기울고 역전의 빌미가 없으면 깨끗하게 돌을 던지는 것이 상례였다. 몇몇 문하생들은 승부가 기울어진 바둑을 물고 늘어지는 동삼의 태도에 못마땅해했고, 평소에 동삼에게 호의적이던 최해수마저 동삼의 행동이 올바르지 못하다고 생각했다.

명운은 노골적으로 신경질을 부렸다. 동삼이 착수하자마자 별 생각 없이 후딱후딱 거칠게 돌을 놓았다. 한 수 한 수 놓을 때마다 두꺼운 바둑판이 쩡쩡 울리고 판 위에 놓인 돌들이 요란하게 흔들렸다. 주위 사람들 분위기와 명운의 반응을 모를 리 없건만 동삼은 꾸역꾸역 바둑판 위에 돌을

노비의 자식

놓으며 끈질기게 끝내기까지 판을 몰아갔다. 고수들 간의 바둑에서는 상상이 잘 되지 않는 광경이었다.

동삼은 끝내 돌을 던지지 않았고 마지막 반 패 싸움까지 벌어진 지리한 바둑은 끝이 났다. 빈 공배를 메우고 집을 만드는 명운의 손길은 평소답지 않게 서두르는 기색이 완연했다. 그런데…….

돌연 명운의 얼굴이 벌겋게 달아올랐다. 믿을 수 없는 결과가 판 위에 드러나 있었다.

백 67호, 흑 68호. 흑 1집 승.

심드렁하게 구경하던 사람들은 아연실색 입을 벌렸고 주위는 갑자기 물을 뿌린 듯 조용했다.

명운이 버럭 고함을 질렀다.

"아니야! 계가가 잘못됐어! 다시 복기해보자!"

명운의 반론을 기점으로 주위가 소란스러워졌다. 이제까지 줄곧 관전해오던 문하생들 눈에도 의문의 빛이 역력했다. 누구도 예상치 못한 결과였다. 모두 한결같이 명운이 최소한 10여 집은 이겼다고 생각했기에 분위기가 술렁거렸다. 원생들이 여기저기서 한마디씩 한다. 대부분 명운을 지지하는 말이거나 뜻밖의 결과라는 데 찬동하는 발언이었다.

"이상하군. 분명 대마 싸움에서 승부가 결정났었는데…….."

"끝에 가서 꽤 따라간다고 생각했지만 설마…….."

노골적인 표현만은 삼가고 있었지만 모두가 의심의 눈초리로 동삼을 바라보았다. 일상적인 대국인 데다가 계가를 속일 만큼 필연적인 이유가 없다는 것을 누구나 알고 있었다. 이제까지 계가가 잘못된 예는 한 번도 없었다. 기도를 중시하는 도장 분위기상 계가를 속인다는 것은 언감생심 꿈도 꾸지 못할 일이었다. 다만 모두가 명운의 낙승을 예상했지만 엉뚱한 결과가 나왔고, 일부는 이제까지 동삼의 태도가 명쾌하지 못했다는 데 심적으로 동조했다.

명운이 빠른 속도로 흑백의 돌을 쓸어담아 동삼에게 복기를 재촉한다.

"뭐해. 동삼! 복기해보자니까!"

명운은 직접 동삼의 흑돌 두 개를 반상 위에 올려놓고 자신의 첫 수를 놓았다. 지나치게 흥분한 탓으로 명운이 놓은 돌이 제자리를 이탈했다.

동삼은 명운의 행동을 지켜볼 뿐 꼼짝도 하지 않았다. 그때 마당 한 곳에 설숙 스승이 나타났다. 분을 삭이지 못해 씩씩거리던 명운은 재차 동삼에게 복기를 요구했다.

바둑판을 내려다보던 동삼이 조용히 일어났다. 시끄럽게 울어대던 매미 울음소리가 뚝 그쳤다. 동삼은 아무 말 없이 한 차례 주위 사람들을 둘러보았다. 그런 다음 무표정한 얼굴로 대청에서 내려갔다.

동삼이 복기를 거부하고 나가버리자 주위는 잠시 정적 속에 빠져들었다. 그러나 그 정적은 이내 동삼이 더 의심스럽다는 해석으로 확산되었고 명운의 복기에 이목이 집중되었다. 명운은 혼자서 미친 듯이 복기를 했다.

명운의 복기가 끝이 났다. 계가를 하자 역시 동삼의 한 집 승이었다. 아무도 입을 여는 사람이 없었다. 대부분의 원생들은 명운의 주장을 너무 쉽게 수긍한 탓으로 쑥스러워했고, 그와 눈길이 마주칠까 하여 슬그머니 외면했다.

누군가 눈치 없이 중얼거렸다.

"그 참 이상하다! 대마가 죽었는데……."

명운의 얼굴이 참혹하게 일그러지더니 눈에 칼날이 섰다. 명운은 자리를 박차고 일어났다.

보기 흉하게 안면이 일그러진 명운이 제 분을 이기지 못해 마룻바닥을 꽝꽝 울리며 대청 아래로 내려갔다.

멀리서 모든 것을 지켜보던 설숙은 어딘가 모르게 가슴 한구석이 허전했다. 막연하나마 그동안 혹시나 하고 생각해왔던 동삼의 기재가 조금씩 구체화되면서 설숙의 마음은 무거웠다.

어쩌면 나는 동삼에게 평사를 기대했는지 모른다. 그것이 내 판단을 흐리게 했는지도……. 아직 뭐라 단언할 수는 없으나 동삼의 바둑에는 쉽사리 무너지지 않는 철옹성의 기운이 서리어 있다. 두드려도 두드려도 깨지지 않고 부수고 또 부수어도 언제나 그대로인…… 우둔한 것 같지만 깊이를 쉽사리 드러내놓지 않는 묵직한 성정이 엿보인다. 기재라는 측면에서 볼 때 그건 커다란 장점이 분명하다.

평사는 어쩌면 동삼의 그런 기재를 알고 있었던 게 아닐까? 그래서 나에게 데려온 건 아닐까?

설숙은 처마 끝에 반쯤 걸린 낙조를 우울하게 바라본다. 설숙은 한숨을 길게 들이쉰다. '바둑이란 도대체 무엇인가.' 설숙은 나지막이 속삭였다.

동삼은 두레박으로 물을 길어 올렸다. 세숫대야에 한가득 물을 부은 동삼이 얼굴을 씻고 또 씻었다. 무겁고 무거운 철갑을 벗어던진 것처럼 마음이 개운했다.

대마를 잡았다고 계가를 소홀히 한 정명운의 잘못도 분명 있었지만 동삼은 끝내기로 접어들며 극미한 판세를 정확히 읽어냈다. 사실 동삼은 대마의 사활이 결정지어졌을 때 투석을 하려고 생각했다. 바로 돌을 던지지 못한 이유는 돌을 거두기에는 대마가 죽기 전까지의 형세가 자신에게 너무 좋았기 때문이다. 동삼은 혹시라도 있을지 모를 승부처를 찾아 판 위를 훑어보았다. 몇 군데 눈에 들어오는 곳이 있었으나 도저히 승부를 뒤집을 정도로 커 보이지는 않았다.

이 난국을 타개할 방법이 전혀 없단 말인가.

온몸의 힘이 빠진 동삼은 멍하니 바둑판을 바라보았다. 아무 생각 없이 수읽기도 포기한 채 그저 반상만 바라보았다. 그 순간, 갑자기 바둑판이 동삼의 눈에 확 빨려 들어왔다. 이제까지 망망한 바다 한가운데 서 있던 자신이 갑자기 저 높은 곳에 올라가기나 한 듯 한눈에 바다를 내려다보는 것처럼 전 국면이 일목요연하게 눈에 들어왔다.

상황은 간단했다. 흑의 두터움. 집으로 계산되지 않는 두터움의 위력이 충분히 살아 있는 바둑이었다. 대마 사활을 미끼로 외부에서 두세 수만 죄어주어도 두터움의 위력이 십분 발휘될 바둑이었다. 그리고 그 두터움은 끝내기에 접어들면서 더욱더 가공할 위력을 보여주었다.

동삼의 머리가 투명하게 맑아오기 시작했다. 수년간 고통스럽게 매달려온 형세 판단의 화두가 일시에 풀리는 것 같았다.

"한 판의 바둑에서 승부의 기회는 한 번 아니면 두 번이다. 그때 판을 결정짓지 못하면 승부사가 될 수 없다. 판을 결정하는 힘은 수읽기와 형세 판단이다."

술 취한 아버지의 모습이 다가왔다.

"승부사는 결코 감각에 의존해선 안 된다. 함부로 승부를 포기해선 더욱 안 된다."

아버지의 음성이 폭죽처럼 머릿속에 울려퍼졌고 물로 씻어낸 듯 눈앞이 환해졌다.

그렇다. 아버지는 바둑에서 가장 중요한 형세 판단의 묘(妙)를 가르쳐준 것이다. 그동안 나는 얼마나 어리석었던가. 그저 수박 겉핥기식으로 눈앞에 드러난 현상으로만 형세 판단을 하고 그것이 최선이라는 우(愚)를 또 얼마나 범해왔던가…….

동삼은 용솟음치는 희열을 억누르며 바둑을 두었다. 정명운의 손끝에 실린 짜증스러움이 차츰 노골적으로 변해갔고 아무도 의식하지 못한 사이에 승부는 점차 동삼 쪽으로 기울었다. 마지막 반 집 패를 이으며 동삼은 한 집 승리를 확신했다.

문 두드리는 소리가 들리더니 스르륵 방문이 열린다. 방문 밖엔 박 화
백이 한 번도 본 적 없는 어린 사미승이 서 있었다. 사미승의 조그만 손에
는 함지박이 들려 있고 함지박 안에는 감자가 들어 있다. 막 쪄 내온 감자
에서 모락모락 김이 났다.

사미승은 조심스럽게 함지박을 방 안으로 밀어 넣고 돌아갔다. 박 화
백이 감자를 하나 끄집어내며 해봉처사에게 물었다.

"그렇다면 그때 추동삼씨가 어떤 경계를 넘어섰다는 말씀입니까?"

"글쎄……."

박 화백이 감자를 건네자 해봉처사는 별로 식욕이 당기지 않는지 손을
내저었다.

"그럴 수도 있겠지. 아마 그 순간 돌 하나의 깨달음은 얻었을 것이네."

"……."

"아마 세인들은 상상도 못할 것이네. 입신의 경지에 도달하기 위해 넘
어야 할 그 숱한 깨달음의 경계를."

"깨달음을 얻기까지 가장 중요한 것이 무엇입니까?"

해봉처사가 빙그레 웃는다.

"그걸 어찌 말로 표현할 수 있겠나. 그러나 더 중요한 것은 깨달음을 지
키는 것이지. 각자(覺者)가 가장 경계해야 할 것은 다름 아닌 마음속에 일
어나는 마(摩)일세."

열어젖힌 들창 밖에서 불어오는 바람이 맵다. 박 화백은 몸을 움츠렸다.

"어느 깊은 산 속 암자에서 홀로 불도와 싸우며 용맹정진하는 스님이
한 분 계셨네. 어느 눈 오는 날『유마경(維摩經)』과 씨름하고 있는 스님의
귀에 한 여인네의 목소리가 들렸지. 밖을 나가보니 암자 밖에 한 여인이

쓰러져 있었는데 기식이 엄엄하여 곧 숨이 끊어질 것만 같았네. 스님은 급히 그 여인을 데려와 아랫목에 눕히고 정성을 들였지. 애쓴 보람이 있었는지 새파랗게 얼어 있던 여인의 숨결이 고르게 되고 얼굴엔 화색이 돌기 시작했네. 그제서야 여인의 얼굴이 스님의 눈에 들어왔는데 한 번도 본 적 없는 천하의 절색이라. 일이 되려고 그랬는지 풀어 헤쳐진 여인의 풍만한 가슴까지 눈을 찌르고 들어왔네. 20년 수도는 물거품이 되고 참을 수 없는 욕망에 눈이 뒤집힌 스님은 여인을 덮쳤네."

박 화백은 다 깐 감자를 입에 넣는 것도 잊고 해봉처사의 말에 귀를 기울였다.

"막 결정적인 순간이 다가왔을 때 여인이 감았던 눈을 번쩍 떴네. 한 점 티 없이 순수한 눈망울이었네. 여인의 눈을 본 스님은 벼락처럼 몸을 떨었지. 유마경 경전의 글들이 올올이 살아서 감로수와 같이 스님의 몸을 적셨어. 그러자 생각뿐이었는데도 스님의 몸은 법당에 앉아 있었고 눈을 들어 앞을 보니 그 여인은 어느새 관세음보살로 화해 빙그레 미소 짓고 계셨네. 또다시 한 생각을 돌리자 스님은 북망산 꼭대기에서 안쓰러운 눈으로 대중을 바라보고 있었네. 스님은 시공을 초월한 무위자재(無爲自在)의 대각을 얻은 것이지. 스님은 그길로 저잣거리에 내려와서 자신이 깨친 바를 대중들에게 설파하기 시작했네. 몇 년 후 그 스님이 어떻게 된 줄 아는가?"

"……."

"그 스님은 무위자재 경지를 잃어버리고 평범한 범승으로 돌아갔다네. 속세로 나온 스님은 스스로 걸림이 없다고 술 먹고 고기 먹고…… 계율에서 벗어난 스님은 그 벗어남으로 인해 오히려 계율의 그물에 다시 갇혀버린 것일세…… 득도란 것은 그냥 득도일 뿐이지 득도를 하기 전과 차이를 두려 하면 그건 이미 득도가 아닐세."

만질 수도 느낄 수도 없는 기묘한 감동이 박 화백 가슴 깊은 곳에서 조금씩 치밀어 올라왔다.

그 일이 있고 난 지 열흘이 지났다.

후덥지근한 여름날 오후였다. 설숙 스승은 친분이 있는 영남 유림의 거봉인 영암 선생의 문상으로 이틀째 도장을 비웠다. 스승이 없는 도장은 한가했다.

동삼은 뒤뜰에 있는 우물가 근처 밤나무 밑으로 갔다. 바람 한 점 없는 무더위였지만 탁 트인 곳이라 답답한 방 안보다는 한결 시원했다.

나무 그늘에 앉아 전대 명인들의 바둑을 복기하며 동삼은 점차 더위를 잊어갔다.

어디선가 푸드득 하는 물소리가 들려왔다. 명운이 우물가에서 세수를 하고 있었다. 동삼은 하던 복기를 계속했다. 물소리가 그치고 동삼 앞으로 명운이 다가왔다.

"기보대로 놓아보면 다 알 것 같지?"

명운이 동삼을 비꼰다. 동삼은 개의치 않고 꾸준히 복기에 열중했다.

"이봐, 동삼. 너의 아버지도 바둑 두는 사람이었지."

"……."

"그런데 떠돌아다니는 비렁뱅이 바둑꾼이었다면서."

동삼이 주먹을 불끈 쥔다.

"그리고 네 엄마는 장안에서 날리던 기생이었다는데. 어떻게 기생이 네 아버지 같은 비렁뱅이……."

순간 동삼은 떡갈나무로 만든 돌통을 들어 명운의 얼굴에 던졌다. 명운은 비명을 지르며 그 자리에 주저앉았다. 창졸간의 일이었다. 돌들이 사방으로 흩어지고 얼굴을 감싸고 주저앉는 명운의 손바닥 밑으로 피가 흘러내렸다.

명운의 비명소리에 우르르 동문들이 나타났다. 동삼은 핏기 하나 없이 돌처럼 서 있고 명운은 주저앉은 채 이마에 피를 흘리며 동삼을 노려보고 있었다.

최해수가 명운을 부축해 일으켜 세웠다. 명운이 일어나며 동삼을 향해 욕을 한다.

"이 천한 종놈의 자식아! 네깟 놈 주제에…… 감히…… 감히…….”

최해수가 명운의 입을 틀어막으며 명운을 끌고 황급히 안채로 사라지고, 원생들이 모두 그 뒤를 따라간다.

헛간 안은 어두웠다. 헛간 한켠에 붙어 있는 작은 들창에서 손바닥만 한 빛이 스며들어 겨우 지척을 분간할 수 있을 뿐이었다. 동삼은 어둠 속에서 쪼그리고 앉아 있었다.

종놈의 자식이라고 명운이 악 쓰는 소리가 귓가에 쟁쟁하다. 화살처럼 가슴 한가운데에 내리꽂히던 그 소리. 종놈의 자식…….

아버지와 같이 처음 이곳에 온 날 사모(師母)는 꼿꼿이 선 채 아버지의 공손한 인사를 받았다. 눈부신 청잣빛 갑사 치마저고리를 입은 사모는 얼음처럼 차가웠다. 아버지가 허리를 숙여 인사를 드리자 아랫사람 보듯이 고개만 까닥하고 사모는 아버지 앞을 지나쳤다.

간혹 그 기억이 떠오를 때마다 석연찮은 점이 있었지만, 원래 도도하고 쌀쌀맞은 사모의 성격 탓이려니 생각했었다. 그런데 그 이유가…….

법고 스님 밑에 있을 때 처음 아버지를 보았다. 아궁이에 불을 지피고 있을 때 웬 사람이 멀리서 다가왔다. 그 사람은 관골이 툭 불거진 얼굴에 몸이 수척해 보였다. 똑바로 자신을 겨냥하듯 다가오는 그 사람을 보면서 무언가 표현하기 어려운 막연한 느낌으로 가슴이 두근거렸다.

다가올수록 보통 향화객과는 확연히 다른 그 사람의 어둡고 쓸쓸한 분

　　　　　노 비 의 자 식

위기에 이유도 없이 울적했다. 무어라 말할 수 없는 아버지의 그 독특한, 가슴에 사무치는 황량한 냄새는 노비의 냄새였던가…….

며칠씩 수염을 깎지 않아 꺼칠꺼칠했던 아버지의 얼굴, 다른 사람들에게서는 찾아볼 수 없었던 우울하고 그늘진 눈, 어쩌다가 한 번 손을 잡아 줄 때마다 받았던 메마른 느낌…… 아버지의 굵게 마디진 손은 노비의 손이었다.

막연하고 아득하기만 했던, 꿈에도 자신과 연관시켜본 적 없던 노비라는 어휘의 비루한 느낌이 그제서야 확실하게 다가왔다. 천대받던 노비의 피가 자신의 몸속에도 흐르고 있었다. 한으로 얼룩진 노비의 삶이 자신의 가슴에 깊게 새겨지고 있었다. 동삼은 어둠 속에서 오랫동안 움직일 줄 몰랐다.

며칠 후.

송곳 같은 장대비가 퍼붓던 이른 새벽, 동삼은 모두가 잠든 시각에 도장을 나왔다.

"그게 무슨 대수더냐! 그깟 하찮은 일로 한마디 말도 없이 도장을 나왔더란 말이냐!"

언제나 온화한 얼굴로 동삼을 대했던 법고는 동삼이 도장에서 나온 이유를 몇 마디 듣다 말고 버럭 화를 냈다.

"전 도장이 싫습니다, 스님."

"이 미련한 중생아, 백정도 칼을 놓고 고개를 돌리면 부처라 했거늘, 설혹 그게 사실이라 해도 무어 그리 대단한 일이냐!"

법고가 벽력같이 고함을 질렀다. 법당 처마 끝에 앉아 있던 까치 몇 마리가 놀라 푸드득 날아간다.

"저를 절에 있게 해주십시오."

"가당찮다. 절이 너같이 못난 놈 밥 먹여주는 데냐!"

동삼이 풀이 죽는다.

"전 산이 좋습니다. 스님 곁에서 살고 싶습니다."

법고의 눈이 화등잔처럼 커진다.

"중이라도 되겠다는 말이냐?"

"예."

"중은 아무나 한다더냐. 돌아가거라."

"스님!"

"바둑을 일러 왜 혁(奕)이라 하는 줄 아느냐? 왜 클혁자를 쓰는 줄 아는
가 말이다."

"……."

"너무 커서 아득하고 또 아득해 혁이라 쓰는 것이다. 속세의 온갖 잡사
에 연연하고서야 결코 그 도리를 얻을 수 없느니. 얕은 재주로 그 끝에 아
무리 도달하려고 애써도 그건 헛되고 부질없는 욕망일 뿐이다."

법고가 앉은 채로 돌아앉았다.

"가서 스승님께 용서를 빌고 하던 공부나 계속해라."

법고는 화를 내다 말고 힘이 빠져 음성이 누그러진다.

생각해보면 동삼의 생도 측은하기 그지없다. 아비 얼굴도 모르는 채
태어나, 술청에 나가는 어미는 자식 목숨 살리려 개가를 했고 한창 어미
좋아할 나이에 어미 먼저 보내고 오갈 데 없는 찬밥 신세가 되더니, 아비
라고 만나야 반년 남짓 같이 지냈을 뿐 홀로 버려두고 다시 훨훨 날아가
버려, 언제 어디서 객사했는지도 모르고…… 왜 그리 팔자가 드센지. 백
정 나부랭이라도 좋으니 일가친척이 하나 있나. 혈혈단신 기껏 찾아올 데
라곤 술 처먹고 번민에 빠져 있는 땡땡이 중…….

법고는 명치끝이 저릿저릿하다.

그러나 법고는 마음을 다잡았다. 신세에 대한 한은 스스로 풀어야지
누가 풀어준다고 해결되는 게 아니다. 측은하다고 받아주면 아이의 장래
를 망친다. 법고는 자꾸만 처지는 허리에 힘을 주었다. 이윽고 허리가 꼿
꼿하게 선다.

"돌아가거라, 어서!"

"스님!"

법고는 더 이상 말이 없다. 입을 다물고 눈도 굳게 감은 채 오불관언 돌아앉아 있다.

법고 스님만은 언제든 자신을 받아주리라, 막연히 그런 믿음을 가졌던 동삼은 참담한 심정으로 암자를 내려왔다. 사실 법고 스님은 동삼에게 유일한 마음의 고향이었고, 아버지가 죽고 없는 지금 아버지와 같이 믿고 따를 수 있는 단 한 사람이었다.

어디로 가야 할지 동삼은 갈피를 잡을 수 없었다. 한 가지 확실한 것은 도장으로는 결코 돌아가지 않으리라는 굳은 결심이었다.

동삼은 무작정 남으로 남으로 내려갔다. 근 한 달여에 걸쳐 동삼이 당도한 곳은 조상 대대로 종살이를 했던 영남 동북쪽에 자리한 벽촌 봉화(奉化)였다. 동삼은 경성을 떠나 자신도 모르는 사이 이 먼 곳까지 내려오게 된 것이다. 그러나 어디에도 아버지의 흔적은 없었고 조부의 무덤 자리도 찾지 못했다.

"제우 면천해 갖고 허리 피고 살만 하디만 언제 죽었는지도 모르게 죽었제. 사람들이 발견했실 직엔 시신이 얼음거치 써늘했고, 등거죽지에 진물이 흘러내릿시니…… 동네 인심이 우째 그랬는지…… 다 왜놈 세상 탓이라. 인심이 날로 각박해지니께…… 종놈 출신이 뫼자리라꼬 똑바른 기 하나 있나. 아들이라꼬 경성에서 내리오이 기가 막힐 노릇이제. 보는 사람도 딱하기 그지없더마. 지게 송장을 해갖고 산으로 올라갔지마는 어디다 묻고 왔는지 누가 알끼고."

앞이빨이 뭉텅 빠져 헛바람이 줄줄 새는 늙은이에게 들은 그 말이 전부였다.

마을 어귀에서 동삼은 한 아낙네를 봤다. 머리 위에 커다란 광주리를 인 아낙네는 두어 살 먹은 아이를 업고 있었다. 아이가 칭얼거리자 아낙네는 광주리를 내려놓고 아이에게 젖을 물렸다. 젖을 먹으며 아낙네는 연

신 아이의 머리를 쓸어주었다. 전형적인 촌부(村婦)인 아낙네의 모습이
아름다웠다.

어머니는 저녁이면 곱게 화장을 하고 어디론가 나갔다가 밤늦게 돌아
오곤 했다. 사르륵 사르륵 치맛단이 마루를 끄는 소리가 들리면 얼른 눈을
감고 잠든 체했다. 소리 없이 방문이 열리고 부스럭거리는 소리가 나면 어
머니 몸에서 나는 향긋한 분 냄새가 코끝에 스며들었다. 한쪽 볼에 와 닿
는 어머니의 부드러운 입술. 그럴 때면 혼자서 지샌 그 밤의 어둡고 무서
웠던 기억이 눈 녹듯 사라지고 이내 혼곤한 잠 속으로 빠져들곤 했다.

깨어 있을 때 어머니는 한 번도 안아준 적이 없었다. 그래서 늘 어머니
가 올 때마다 일부러 잠든 척을 했다.

막 세수를 끝낸 말간 어머니의 얼굴은 무척 아름다웠다. 어머니 볼은
너무 투명하고 맑아서 햇빛 아래 서면 이슬처럼 사라져버릴 것만 같았다.

낯선 집, 낯선 사람을 만나 이제부터 이 사람을 아버지라 부르라고 당
부하면서 어머니는 곱게 미소 짓고 있었다. 얼굴은 웃고 있었는데 눈가에
는 눈물이 맺혀 있었다. 일을 하다 말고 때때로 멍하니 일손을 놓고 흘러
가는 흰 구름을 바라보던 어머니 얼굴에는 언제나 가슴을 섬뜩하게 하는
아름다움이 있었다.

대구까지 내려온 동삼은 장터에서 날품을 팔았다. 따뜻한 날엔 노숙을
했고 추워지면 아무 움막에나 기어들어갔다. 다리 밑에서 거지들 틈에 섞
이기도 했고, 장터에서 거적때기 한 장 덮어쓰고 새우잠을 자기도 했다.

만나고 헤어지는 사람들은 하나같이 가난했다. 못 먹어 부황이 든 얼
굴은 황톳빛이었다. 아이들의 팔다리는 새다리처럼 가늘었고 비쩍 마른
몸에 배만 불룩했다.

"목심 붙어 있는 게 지옥이라."

누구나 입버릇처럼 그렇게 뇌까렸다. 그러나 그 지옥을 스스로 떠나려

는 사람은 아무도 없었고 먹고살기 위해서라면 아귀같이 달려들었다.

　그런 아귀지옥에 살면서도 동삼은 바둑을 멀리했다. 도장을 떠날 때 정명운에게 거의 선 치수에 가까웠으니 군 단위 국수쯤은 넘볼 수 있는 실력이었다. 바둑으로 입성을 해결하고자 마음먹으면 충분히 그럴 수 있었지만 동삼은 애써 바둑을 외면했다. 바둑을 생계 수단으로 보지 않는 스승의 가르침을 따랐다기보다 스승으로부터 받은 모든 것을 경원해서였다. 가능하면 스승에게서 받은 것을 모두 버리고 싶었다.

　동삼이 다시 경성으로 올라온 것은 반년 가까운 세월이 흐른 후였다.

　인력거에서 내린 숙향은 지난해부터 자신이 맡아 경영해오는 동명관 (東明館)을 새삼스런 눈길로 바라봤다. 우연한 기회에 자신의 소리에 반한 한 갑부와 연을 맺은 후 동명관을 인수하여 스스로 관리해오고 있었다. 주인이 따로 있다지만 그 사람은 한 달에 두어 번 이곳에 들러 술과 소리를 즐길 뿐 일체 간섭이 없었고, 사실상 동명관은 숙향의 것이나 진배없었다.

　흐뭇하게 동명관을 바라보던 숙향은 들어가려다 말고 걸음을 멈추었다. 어둑어둑해진 길가 골목 한 귀퉁이에 초라한 몰골의 소년이 눈에 띄었다. 소년은 자신을 빤히 쳐다보고 있었다. 어딘지 모르게 소년의 얼굴이 낯이 익었다. 숙향은 잠시 망설이다가 소년을 불렀다.

　"얘, 너 이리 와봐."

　소년이 느릿느릿 숙향 앞으로 다가왔다. 가까이 다가올수록 소년의 얼굴이 어슴푸레 되살아났다. 소년은 동삼이었다.

　"너 동삼이 아니냐! 아니, 네가 웬일이냐!"

　숙향이 덥석 동삼의 손부터 잡았다. 동삼의 손은 차갑게 굳어 있었다.

　"우선 들어가자. 꼴이 이게 뭐람! 어쩌다 이리 됐누!"

혀를 끌끌 차며 숙향은 동삼을 거의 감싸안다시피 해서 동명관으로 들어간다. 대문 안으로 들어서자 잘 꾸민 넓은 정원이 나타났다. 손길이 많이 간 정원엔 향나무 몇 그루를 제외하고 가지만 앙상한 나무들뿐이었다.

동삼은 어릴 적 가끔 어머니를 따라왔다가 뛰놀곤 하던 그 정원이 어렴풋이 기억이 났다.

"애야, 옥화야!"

숙향이 소리를 지르자 어디선가 분홍색 치마저고리를 입은 기생 하나가 달려 나왔다.

옥화는 남루한 옷차림의 동삼을 보고 걸음을 멈추었다.

"가서 목욕물 좀 데워라. 몸을 씻을 수 있게 돌봐드리고."

옥화는 거지꼴의 동삼을 아래위로 훑어보았다. 한 번도 본 적 없는 사람을 목욕시키라는 것도 이상하거니와 돌봐드려라 하는 말투가 어째 상전을 뫼시라는 소리처럼 들린다. 아닌 밤중에 홍두깨 같은 숙향의 분부에 옥화는 쉽게 다가서지 못했다.

"무얼 하는 게냐!"

숙향이 호통을 쳤다. 숙향의 불같은 성미를 익히 아는지라 옥화는 마지못해 동삼을 뒤채에 따로 마련된 욕실로 안내했다.

목욕을 마치고 옥화가 가지고 온 옷으로 갈아입은 동삼의 외양은 그런대로 반듯했다. 야위긴 했지만 땟물이 쭉 빠지고 본래의 신색을 회복하고 보니 욕탕에 들어갈 때에 비해 용모가 단정하다. 옥화는 눈을 가느스름하게 뜨고 동삼을 바라보았다.

동삼이 갈아입은 옷은 옥화가 이복동생에게 주려고 설빔으로 마련해둔 것이었다. 그 이복동생은 옷을 입어보지 못한 채 지난해 겨울 학병으로 끌려갔다.

"어서 가시오. 어머니께서 기다리겠소."

옥화가 앞서 걷는다.

기름을 먹여 윤이 반질반질한 긴 회랑에 들어서자 옥화가 동삼에게 물었다.

"어머니하곤 어떤 사이요?"

동삼은 아무 대답이 없다. 옥화의 입이 조금 튀어나온다.

"입이 붙었소?"

옥화가 괜히 화를 냈다. 옥화는 긴 회랑을 쿵쿵 울리며 걷는다.

회랑 끝에 있는 내실 앞에서 옥화가 숙향에게 고한다.

"어머니, 데려왔습니다."

옥화가 조심스럽게 여닫이문을 열었다. 숙향은 비단 보료 위에 앉아 있었다. 청동화로에는 발갛게 숯이 타들어가고 삼발이 위에 걸쳐놓은 놋쇠 주전자에서 물 끓는 소리가 요란하다.

숙향은 동삼을 물끄러미 바라보았다. 오뚝 선 코하며 반듯한 턱이 보면 볼수록 화정을 쏙 빼닮았다.

화정은 품위 있는 요조숙녀였다. 비록 기생이었지만 그녀의 품행은 방정했고 그 어떤 여자보다 기품이 있었다. 화정은 언제나 가슴 한곳에 추평사라는 사람을 안고 살았다. 추평사가 일본으로 떠난 뒤 소식 한 줄 없어도 화정은 끝없이 평사를 기다렸다.

동삼이 여섯 살 때 경성에 호열자가 돌았다. 방역 당국이 재빨리 대처하여 일찍 가라앉긴 했으나 운 나쁘게도 동삼이 호열자를 앓게 되었다. 방역 당국에 알리면 격리 수용할 뿐 치료는 신경을 쓰지 않아서 대부분이 시체로, 그것도 화장한 뼛가루로 돌아왔다. 애를 살릴 수 있는 유일한 방법은 많은 돈을 들여 사설병원에 입원시키는 수밖에 없었다. 생활이 넉넉잖았던 화정으로선 동삼의 간병은 힘에 부치는 일이었다.

화정은 아이를 살리기 위해 밤낮으로 쫓아다녔다.

비련의 여인들

한번은 한밤중에 화정이 동명관으로 자신을 찾아왔다. 참빗으로 꼭꼭 다져 땋아올린 쪽진 머리와 물색 깨끼적삼은 평소같이 단정했지만 어딘가 옷 한쪽 모서리가 허물어져 있었다.

"언니, 나 술 한잔 주시오."

"전주가 있는 모양인데……."

"안 줄 거면 가겠소."

화정은 주저 없이 일어났다. 당황한 숙향이 화정을 잡았다.

술상이 들어오고 숙향이 따라준 술을 반잔쯤 마신 화정이 술잔을 내려놓으며 자신을 빤히 쳐다보았다. 보면 볼수록 고운 눈매다. 이유도 없이 숙향의 가슴이 저릿하다.

"밤늦게 웬일이냐?"

"언니가 보고 싶어 왔소."

"오래 살고 볼 일이군."

화정은 웃었다.

"미안해요, 언니."

화정은 잔의 술을 마저 마셨다.

"나, 가겠소."

화정이 일어났다.

"벌써 가려고?"

"얼굴 봤으니 됐소."

화정은 늦은 밤에 집으로 돌아갔다.

며칠 후 화정은 재가를 했다.

그런 시절이 있었다. 통곡이랄까, 비애랄까, 그런 것을 쓸어안고 벙어리처럼 웃기만 하던 시절이 있었다.

당시의 내가 지금의 반만 됐더라도…….

숙향이 동삼에게 손을 내밀었다.

"이리 가까이 오너라."

동삼의 손을 숙향이 꼭 붙든다. 숙향은 법고 스님을 통해서 평사의 죽음을 알고 있었다. 얼마 전 법고는 동삼을 찾으러 동명관에 들렀다.

"오나가나 그놈의 케케묵은 법도."

숙향은 동삼을 찾으러 와 미주알고주알 동삼에 대해 떠들고 간 법고의 이야기를 되새겼다.

"법도 따지는 양반들 별거 아니다. 화신 백화점 옥상에서 돈을 다발로 뿌려봐라. 양반들이라고 뒷짐만 질 것 같니? 아서라, 겉으로 체신 차리는 사람일수록 실속은 더 차리느니. 내 이날 이때까지 오만 사내를 다 겪어봤지만 양반일수록 더 개차반이더라. 서푼 값어치도 없는 게 양반님네 법도니라. 진짜 사내는 사람을 보지 출신을 따지지 않느니."

숙향은 혀를 끌끌 찼다.

"돌아다니느라 고생이 많았다."

방문이 열리고 옥화가 밥상을 들고 들어왔다.

"많이 먹어라."

동삼은 상 앞에서 주저한다.

"왜 그러느냐?"

동삼과 옥화의 눈이 마주쳤다. 옥화가 밖으로 나간다.

옥화가 나가자 동삼이 수저를 들고 밥을 먹기 시작했다.

동명관의 하루는 오후부터가 시작이었다. 밤새워 손님들 주정에 시달리다 보면 새벽을 넘기는 일이 다반사였다. 오후가 가깝도록 잠자리에서 일어나지 않는 기생들은 햇살이 가라앉을 만해서야 얼굴에 생기가 돌았다.

몇몇 재질 있는 기생들은 숙향으로부터 창을 익히기도 했지만, 대부분

기생들은 광적으로 활동사진을 좋아해서 무리를 지어 단성사나 우미관으로 영화를 보러 다녔다. 모이기만 하면 죽은 나운규가 어떻고, 어느 변사가 어떠니 하며 쉴 새 없이 수다를 떨었지만, 실상 그녀들만큼 정이 많고 눈물이 많은 여자들도 없었다. 최소한 동삼의 눈에 그녀들은 사랑을 갈구하는 외로운 여자들이었고, 끊임없이 남자로부터 버림받는 슬픈 여인들이었다.

동삼은 숙향의 만류에도 불구하고 동명관에서 일을 했다. 처음에는 극구 동삼을 말리던 숙향도 그나마 일이라도 하는 게 동삼의 마음이 편할 것 같아 그대로 내버려두었다.

동삼은 부지런히 일을 했다. 적어도 외면상으론 그렇게 보였다. 여자들만 있는 집이라 남자의 손길을 필요로 하는 일거리가 수월찮았다. 늘 일만 하는 동삼을 보고 사람들은 왜 저렇게 시키지도 않는 일을 할까 의아스러워하기도 했지만, 그저 천생이 부지런한 사람이어서 그렇거니 쉽게 생각했다.

그러나 동삼이 부지런히 일을 하는 건 자신의 고통을 잊기 위해서였다. 일에 몰입하다 보면 그 순간만큼은 모든 것을 잊을 수 있었다. 아무도 동삼의 가슴 밑바닥에 숨어 있는 절망의 응어리를 눈치 채지 못했다.

겨울이 깊어가고 있었다. 깊어가는 겨울 속에서 동삼은 조금씩이나마 자신을 잊어갔다.

동삼이 방에 들어섰을 때 박용근(朴容謹) 사장은 혼자서 바둑을 두고 있었다. 박 사장은 동명관의 단골이었다. 마포에서 고려원(高麗院)이라는 한약 도매업을 하는 박 사장은 대단한 부자였다. 손이 크고 배포가 시원시원해 기생들에게 인기가 높은 편이었다.

박 사장은 미리 도착해서 혼자 바둑을 두고 있었다. 동명관에는 술자리 전에 투전이나 화투, 혹은 바둑을 두는 일이 항용 있어왔기에 바둑판이 늘상 준비되어 있었다.

동삼은 박 사장이 시킨 궐련을 바닥에 내려놓았다. 박 사장은 동삼이 가져온 궐련 한 개비를 빼내 불을 붙였다. 그리고 흑돌과 백돌을 번갈아 놓으며 자책을 한다.

"이 바둑을 지다니!"

박 사장은 낮에 자신이 두었던 바둑을 복기하고 있었다. 한참 바둑판을 검토하던 박 사장이 판 위에 다시 한 수를 놓았다.

동삼은 반상 위에 놓인 돌들을 보자 자신도 모르게 바둑판에 시선이 갔다. 동삼이 보기에 네 점 접바둑 같았는데 백의 초반 운영은 매끄러웠으나 중반에 들어서면서 흔들리고 있었다. 분명 백으로선 응수 타진을 해본 후 손을 빼야 할 자리건만 그 수를 생략했고, 뒷수가 비어 있는데도 불구하고 무리하게 흑을 잡으려 했다. 아마도 정확한 복기가 아니어서 그러려니 추측되었다. 이런저런 생각에 동삼은 돌아가야 한다는 사실도 잊고 복기하는 것을 구경했다.

박 사장이 담배를 비벼 끄다가 동삼을 발견했다. 바둑판을 바라보는 동삼의 모습은 진지했다.

"바둑을 둘 줄 아느냐?"

박 사장이 동삼에게 물어본다. 동삼이 박 사장을 쳐다보았다.

"네 눈빛을 보니 바둑을 아는 것 같구나. 어떠냐, 심심한데 사람들이 오기 전까지 내 바둑 동무가 돼줄 수 없겠나?"

"아닙니다."

동삼이 사양을 하고 자리를 뜨려 하자 박 사장이 동삼의 손을 덥석 잡았다.

"어른이 이렇게 부탁을 하는데 그럼 쓰나."

박 사장은 동삼을 강제로 바둑판 맞은편에 앉혔다.

"몇 점을 놓겠느냐? 아직 어리니까 한 여섯 점 정도 놓으면 되겠지?"

박 사장은 돌을 쓸어담더니 제 손으로 여섯 개의 흑돌을 판 위에 올려놓았다.

동삼은 잠자코 건네주는 돌통을 받아들었다. 박 사장이 흑돌에 날일자로 걸쳐왔다.

박 사장은 지독한 싸움 바둑이었다. 또한 엄청난 속기였다. 동삼으로서야 박 사장 정도의 기력을 상대하는 데 장고할 필요가 전혀 없었지만 장고를 하게 놓아두는 성격도 아니었다.

"허허, 참. 그렇게 해서 잡히는구나. 그러고 보니 여기 한 수가 비어 있는 걸 깜빡했네그려."

무리하게 흑돌을 잡으려다 수상전에서 백대마가 몰살하자 박 사장이 어색하게 웃었다. 되도록 동삼이 싸움을 피하면서 바둑을 두어왔지만 결과적으로 백의 대마가 죽음으로써 만방이 되었다.

"그러고 보니 생각보다 꽤 잘 두는구나. 보아하니 여섯 점은 무리인 것 같고, 그럼 석 점만 놓고 두어보자."

얼굴이 약간 불그스레 달아오른 박 사장은 또다시 반상에 석 점을 자기 손으로 직접 놓았다. 묘한 습관이 있는 사람이었다. 원래 상대방 치석을 자신의 손으로 놓는 것은 결례였다. 게다가 세 점 치석의 경우 상대의 우측 가까운 쪽을 비워두는 법인데 엉뚱하게 동삼의 왼쪽 앞을 비워놓았다. 다시 초속기로 진행된 바둑은 역시 백의 대패로 끝났다. 박 사장의 얼굴이 한층 벌겋게 달아올랐다.

"알고 보니 보통 바둑이 아니구나. 나하고 호선으로 두어도 밀질 게 없겠는데. 그럼 이번에는 맞두자."

동삼이 재차 사양을 했으나 박 사장은 막무가내였다. 어쩔 수 없이 동삼은 그를 상대했다. 바둑이 중반을 넘어 결정적으로 불리해진 박 사장이 반상 위에서 허우적거릴 즈음 약속 시간이 되어 한 무리의 손님이 방 안으로 들이닥쳤다. 동삼은 그 자리가 부담스러웠다.

"다음에 두시지요."

그제서야 들어온 일행을 발견한 박 사장이 바둑판을 거두었다.

제 방으로 돌아온 동삼은 혼자서 쓰게 웃었다. 기력대로 두었다면 박 사장은 동삼이 거꾸로 여섯 점은 접고 두어야 할 상대였다.

동삼은 벽에 등을 기대고 앉았다. 벽지의 사방 연속무늬가 반듯반듯 그어진 바둑판으로 보였다. 한동안 잊고 지냈던 바둑이 성큼 다가왔다. 동삼은 질끈 눈을 감았다.

그 시각, 방 안은 시끌벅적했다. 박 사장이 망신당한 얘기를 숨김없이 털어놓았기 때문이다. 시끄러울 수밖에 없는 것이 당시만 해도 바둑 인구는 실로 일천했다. 그런 현실에서 동삼처럼 약관의 소년이 바둑을 잘 둔다는 것은 그 자체가 하나의 화젯거리가 되기에 충분했다.

"왜 그리 소란스러운 거요?"

가장 늦게 도착한 최대포가 들어서자마자 거들먹거린다. 최대포의 본명은 최성치(崔省致)로서 허풍이 세다고 해서 붙여진 별명이 대포였는데 자꾸 대포로 불리다 보니 어느새 본명보다 최대포로 더 널리 알려진 40대 초반의 사내였다. 최대포는 박 사장이 혼자 복기한 바둑에서 백을 들고 두었던 장본인이었다. 윤곽이 둥글넓적하고 눈매가 약간 찢어져 보기에 따라 능글맞다고 하는 사람도 있지만 대체로 호감이 가는 얼굴이었다.

"최대포, 잘 왔소. 이 집에 있는 아이 중에 바둑 잘 두는 애가 하나 있어서 그 얘기를 하던 참이오."

최대포의 눈이 휘둥그레졌다.

"아니, 여기 있는 계집들 중에 바둑 두는 애가 있단 말이오? 그 재미있구만."

"계집이 아니오. 여기서 잔심부름하는 그 왜 또랑또랑하게 생긴 청년 있잖소."

최대포가 한층 흥미 있는 표정으로 다가앉았다.

"아! 그 애 말이지. 나도 한두 번 본 적 있지. 그래 얼마나 두기에 그렇게 난리들이오?"

"내가 처음에는 여섯 점을 접고 두었는데, 상대가 돼야지. 다음에는 석 점으로, 마지막엔 호선으로 두었는데, 마침 이 친구들이 들어서는 바람에…… 그나마 그 판도 어렵더라고."

박 사장이 쑥스러워한다. 최대포가 고개를 갸우뚱했다.

"그래요? 박 사장 바둑도 만만한 바둑이 아닌데, 어디 내가 한번 두어볼까?"

최대포가 내놓은 제안에 좌중의 사람들이 이구동성으로 찬성을 했다.

"그 좋은 생각이오. 어디 박 사장 말만 듣고 믿을 수가 있어야지."

박 사장만 해도 중급에 속하는 실력으로 어깨에 힘깨나 들어가 있는 바둑이었다. 그런 박 사장이 맞바둑으로도 판이 어렵더라는 말을 최대포는 쉽사리 수긍할 수 없었다.

"그 애를 좀 오라고 해라."

박 사장이 옆 자리에 앉은 기생에게 일렀다. 영문을 몰라 하던 기생이 쪼르르 밖으로 나갔다.

"큰방에 드신 손님들이 그쪽 좀 보잡니다."

기생의 연통을 받은 옥화가 삐죽이 열린 방문 안으로 갸름한 얼굴을 반쯤 들이민 채 퉁명스럽게 말했다. 동삼은 직감적으로 그들이 무엇 때문에 자신을 찾는지 알 수 있었다.

"빨리 가보시오."

옥화의 얼굴이 쏙 빠져나간다. 사박사박 걸음소리가 멀어진다. 동삼과 단 둘이 마주칠 때면 옥화는 늘 퉁명스럽다. 때로는 어이가 없을 지경으로 고약스럽기까지 하다.

그저께 옥화는 술 취한 손님과 대판 싸움을 했다.

나이깨나 먹은 한량이 옥화의 미색에 홀려 술청에서 덮치려 하자 옥화는 사내의 면상에 술을 끼얹고 방을 뛰쳐나왔다. 옥화는 평소에도 손님이 지나친 행동을 하면 서슴없이 욕설을 퍼부으리만큼 사나운 여자였다. 나이 열여섯에 기방에 팔려온 그녀는 그 또래의 다른 기생들과는 달리 성질이 모가 나고 매사가 제멋대로여서 숙향이 골머리를 앓은 적이 한두 번이 아니었다.

그날 동삼은 옥화가 가여웠다. 동삼은 물 한 바가지를 떠서 옥화에게 내밀었다.

울고 있던 옥화가 얼른 눈물을 닦아냈다.

"웬 물이오?"

"씻으시오."

갑자기 옥화의 안색이 돌변했다. 옥화는 물바가지를 휙 뿌리쳤다.

"치우시오! 날 동정하는 거요? 남정네들은 하나같이 똑같아."

옥화는 벌떡 일어나더니 동삼을 쏘아봤다.

"생각해주는 척할 것 없소. 그쪽도 잘난 게 하나 없소."

옥화는 쌀쌀맞게 제 방으로 돌아갔다.

옥화는 동삼보다 두 살 연상이었다.

큰방에는 여러 사람들이 앉아 있었다. 방 한가운데 놓인 커다란 교자상엔 이미 떡 벌어진 술상이 마련되어 있었고 동명관 기생들이 손님들 시중을 들고 있었다.

동삼이 들어오자 최대포가 술잔을 훌쩍 비우고 윗목에 마련된 바둑판 앞으로 다가갔다. 최대포에 대해서 동삼은 익히 들은 바가 있었다. 손님들에 대해 이것저것 떠벌리기 좋아하는, 서른이 넘어 한물간 영도라는 기생의 말을 빌리면,

"최대포 그 양반, 정말 희한한 재주를 가진 사람이야. 맨손으로 일본에 건너가 왜놈들을 상대로 사기를 치고 다녔대. 등치고 간 빼먹는 솜씨는 또 어떻고. 내 이날 이때까지 뭇 잡놈 다 만나봤지만 최대포만큼 말 잘하는 사람은 아직 보질 못했어. 사람 근본이란 게 알고 보면 조변석개, 도무지 모를 일이야."

하면서 영도는 깔깔거렸다.

어쨌든 그의 주위엔 사람들이 많았고, 그것을 밑천으로 이곳저곳 기웃거리며 궁색하게는 살지 않는 묘한 재주가 있는 사람이었다.

"듣자하니 바둑을 꽤 둔다고? 어디 나하고 한판 두어보자."

최대포가 동삼에게 자못 진지하게 제의했다. 동삼은 아무 말 없이 최대포 건너편에 앉은 후 흑돌 통을 열고 우상귀 소목에 선수로 착수했다.

"이놈 봐라. 야, 이놈아! 그 사람은 내가 넉 점을 놓는 바둑이다."

박 사장이 동삼을 나무랐다. 최대포가 빙그레 웃으며 손을 내저었다.

"됐소, 됐소. 기백이 가상치 않소."

대범한 척했지만 최대포는 내심 불쾌했다. 속으로 혼을 좀 내주리라 마음먹은 최대포는 그러나 10여 수가 넘어가자 오만함을 버리고 진지하게 대국에 임했고 50여 수 만에 돌을 거두었다.

"이제 보니 실로 대단한 고수구만. 내가 몇 점 붙여도 안 될 것 같은데……."

최대포가 호주머니에서 손수건을 꺼내 이마의 땀을 닦으며 그렇게 말하자 사람들은 동삼을 새로 본다.

"최대포가 지다니…… 소년 국수라는 겐가?"

"최대포가 몇 점 붙일 실력이라면 얼마나 잘 두는 거야? 이거 도무지 실감이 안 가는구만."

최대포가 은근히 물었다.

"그냥 오다가다 배운 실력은 아니고 어디 전문적인 곳에서 정식 수련을 한 것 같은데…… 누구를 사사했나?"

동삼은 아무 대답 없이 판 위의 흑돌을 주워 담은 후 꾸벅 인사를 하고 그 자리를 벗어났다.

"도대체 뭐가 어떻게 된 거야? 내가 보니 백이 약간 답답하긴 해도 충분히 두어볼 만하던데."

손님 중에 누가 그렇게 묻자 입만 딱 벌리고 있던 박 사장이 면박을 주었다.

"자네는 봐도 몰라. 그러니까 만날 하수 신세를 못 면하고 있지. 그나저나 대단한 친구야."

박 사장이 감탄을 했다.

"저런 소년 고수를 여섯 점이나 접었으니……."

박 사장은 기가 막혀 최대포를 빤히 쳐다보았다. 보통 때 같으면 수다스럽고 말수가 많은 최대포가 오늘은 어쩐지 조용하다. 꾸역꾸역 술만 마셨다.

그 일이 있은 후 최대포는 뻔질나게 동명관을 들락거렸다. 오후 한가한 시간이면 불쑥 나타나서 동삼을 찾았고 밤이면 사람들을 끌고 와서 동삼과 바둑을 두며 매상을 올려주기도 했다. 드물게는 동삼에게 옷을 선물하기도 했고, 술이 한잔 거나해지면 용돈으로 쓰라고 돈을 집어주기도 했다.

동삼과의 치석은 석 점을 오르내렸는데 차츰 동삼은 최대포가 귀찮은 생각이 들었다. 억지로 꾸민 듯한 친절과 의식적으로 자기를 추어주는 게 싫었다.

그러나 언젠가 술에 취한 최대포가,

"너를 보면 고향에 두고 온 내 아들 생각이 난다. 형편이 되어 같이 살수만 있으면 그 애도 너처럼 고수로 만들고 싶었는데……."

하며 눈물을 글썽이는 것을 보고 동삼은 마음을 바꾸었다. 그 때문일까. 최대포는 자주 동삼 앞에서 처량한 목소리로 나지막이 '사의 찬미'라는 노래를 부르며 눈물을 흘렸다.

최대포의 노래 솜씨는 썩 뛰어난 편은 아니었지만 감정이 살아 있었다. '광막한 황야를 달리는 인생아'로 시작되는, 구성지다 못해 처량하기까지 한 최대포의 노랫가락엔, 최소한 어린 동삼이 듣기엔 일제 압제에 속수무책 휘둘리어 고향을 떠난 모든 사람의 애환이 절절히 묻어나왔다. 그 처량한 최대포의 노래를 들으며 동삼은 원인 모를 비감에 젖어 돌아가신 아버지 평사를 생각했다.

어느 날 최대포가 느닷없이 어떤 손님을 데리고 와서 동삼에게 바둑을 두어보라고 했다. 최대포가 고수들 간의 대국을 보고 싶어 특별히 모신 손님이란 말에 동삼은 아무 생각 없이 바둑을 두었다. 나이도 있고 해서 동삼이 흑을 쥐고 두었는데 비록 벅찬 상대는 아니었지만 그렇다고 만만한 상대도 아니어서 오랜만에 적수다운 적수를 만나 흠뻑 바둑에 몰입했다. 상대가 바둑이 불리해지자 지나치게 장고하는 바람에 약간 지루한 감은 있었지만 수읽기가 예리했고 행마의 모양새가 좋아 한 판으로 끝난 게 아쉬웠다.

그 손님과 바둑을 둔 이후로 최대포는 자주 다른 사람과의 대국을 부탁했다. 대국 상대로 한 명만 데려오는 경우도 있었지만 대부분 무리를 지어 여러 사람을 끌고 왔다. 그런 날에는 술을 시켜도 기생들을 부르는 경우가 드물었고 바둑이 끝나면 썰물 빠지듯이 빠져나가버렸다.

그리고 뜻밖에 그가 데려오는 사람들은 하나같이 쟁쟁한 실력이어서 한 번은 백을 잡고 질 뻔한 경우도 있었다. 다행히 종반에 상대가 실족하여 이기기는 했으나 신경이 곤두설 만큼 상대는 고수였다. 더구나 그 상대는 바둑 한 판 지는 걸 가지고 뭘 저렇게까지 낙담할까 하는 생각이 들 정도로, 좀 심하게 표현하면 온몸의 맥이 다 빠져서 돌아갔기에 특별한 기억으로 남아 있었다.

그날 동삼은 멋진 승부를 보았다며 최대포로부터 20원이라는 거금을 용돈으로 받았다. 하지만 상대가 지고 난 후에 지나칠 정도로 허탈해하던 모습이 생각나 동삼은 내내 마음이 무거웠다.

옥화가 방문을 열고 들어왔다.

동삼의 방을 옥화가 직접 찾아오는 건 근래 들어 처음 있는 일이었다. 물바가지 사건 이후 동삼과 옥화의 사이는 더 소원해졌다. 지나가다 마주치면 옥화는 동삼을 외면했고, 간혹 숙향 어머니 방에서 동삼을 보면 애써 냉담했다.

"그쪽에게 할 말이 있어 왔소."

술이 과했는지 옥화의 옷매무새가 조금 흐트러져 있다.

"말하시오."

"그 사람들 가까이하지 마시오."

"왜 그러시오?"

"그쪽이 아직 세상 물정을 몰라 그런 모양인데, 그 사람들 질이 나쁜 부류들이오."

옥화의 눈매가 야멸차다.

"행여 내가 그쪽이 고와서 이런 말 하는 건 아니오."

도망치듯 옥화는 방문을 닫고 나가버렸다.

종반까지 혼미에 혼미를 거듭한 판이었지만 마지막 끝내기를 하며 동삼은 한 집 승리를 확신했다. 최대포는 갈수록 기력이 높은 강자들을 동삼 앞에 데려왔고, 동삼은 기도정신에 입각하여 한 판 한 판 최선을 다해 대국에 임했다.

계가를 하자 뜻밖에도 한 집이 부족했다.

최대포가 애써 동삼을 위로했다.

"괜찮아. 이길 때도 있고 질 때도 있지."

"그게 아니고…… 분명 제가 한 집 이겼는데……."

동삼의 말에 최대포가 정색을 한다.

"그러게, 내가 보기에도 비기거나 최소한 한 집은 이긴 것 같았는데…… 틀림없나?"

"예."

동삼이 고개를 끄덕였다. 순간 최대포의 얼굴이 험악해진다. 그는 대뜸 상대방 대국자에게 삿대질을 퍼부으며 고함을 질렀다.

"아니, 이놈 이거 순 사기꾼 아냐! 어디서 어린애를 상대로 계가를 속이는 거야!"

순간 동삼은 무언가 단단히 잘못되었다는 것을 확실히 알 수 있었다. 최대포는 선불 맞은 멧돼지처럼 길길이 날뛰었다.

"야이, 사기꾼아! 계가를 속여! 계가를!"

최대포가 펄펄 뛰며 악을 썼다. 상대는 조금도 위축됨이 없이 더 큰소리로 맞받아쳤다.

"아니, 이 양반이 누구를 사기꾼으로 몰아! 내가 무슨 사기를 쳤다고 그래. 증거를 대봐, 증거를!"

"그래 복기해보자! 복기를 해보면 알 거 아냐!"

최대포가 계속 밀어붙이며 다그치자 상대방은 오히려 그 말을 기다렸다는 듯이 비웃었다.

"이 양반이 장사 한두 번 해보나. 내기바둑에서 복기가 어디 있어, 계가 끝났으면 그것으로 종친 거지."

이미 이성을 잃은 최대포는 상대방 멱살을 틀어잡았다.

"야, 이놈아! 이게 얼마짜리 판인데 그래! 어린애를 상대로 사기나 치고, 이놈 잘 만났다. 이제까지 이런 식으로 도대체 얼마를 챙긴 거야!"

동삼은 그제서야 사건의 전말을 확실히 파악했다. 바둑을 지고 허탈해하던 몇몇 사람의 얼굴이 또렷이 되살아났다.

방 안은 순식간에 난장판이 되었다. 차려놓은 술상이 엎어지고 사람들은 두 패로 갈라져서 서로 멱살을 틀어잡고 뒹굴었다. 그때였다.

"이게 무슨 짓들이오!"

날카로운 여인의 목소리가 들렸다. 숙향이었다.

옥화를 앞세우고 숙향이 방 안으로 들어섰다.

"철없는 아이를 야비하게 이용하다니…… 최선생! 이럴 수가 있소!"

숙향의 매서운 시선이 최대포의 얼굴 한가운데 꽂힌다.

최대포는 방 한가운데 말뚝처럼 서 있었다.

"어서 썩 내 집에서 나가시오!"

숙향이 찬바람을 일으키며 동삼을 데리고 나갔다. 그녀 손에 이끌려 나가며 동삼은 흘깃 최대포를 바라보았다.

무슨 생각을 하는지 그의 눈에는 초점이 없었다.

그날 밤, 동삼은 새벽까지 잠을 이루지 못했다.

비로소 동삼은 그동안 석연찮게 느껴졌던 점이 하나둘 이해가 되었다. 고향의 아들 운운하던 최대포의 말은 전부 거짓이었고, 자신에게 선물을 사주고 돈을 준 것도 자신을 이용하기 위해서였다.

그러나 동삼은 최대포에 대해 나쁜 감정이 없었다. 어릴 적 아버지를 따라 여기저기 떠돌면서 그 세계를 나름대로 이해한 탓도 있었지만 왠지 그 사람이 나쁜 사람처럼은 느껴지지 않았다.

새벽녘에야 겨우 잠이 든 동삼은 누가 자신을 흔드는 바람에 깊은 잠에서 깨어났다.

"무슨 잠을 그리 오래 자시오. 어머니가 찾으시오."

옥화였다. 바깥을 내다보니 어느새 해가 중천에 떠 있었다.

햇빛을 역광으로 받은 그녀의 귀에 걸린 귀걸이가 반짝인다. 단정한 이마와 시원스런 눈매가 아름다웠다.

"어머니는 간밤에 한숨도 주무시지 못했소."

그녀 몸에서 여자의 체취가 풍겨나온다. 그녀가 건너가고 한참 후에야 동삼은 일어나 주섬주섬 옷을 챙겨 입었다.

숙향은 하룻밤 새 눈두덩이 꺼지고 눈에는 핏발이 서 있었다.

오랜 시간이 지날 때까지 숙향은 말이 없다.

숙향은 가늘게 한숨만 내쉬었다.

이윽고 숙향이 결단을 내렸다.

"짐을 꾸려라. 죽은 네 어미를 생각해서 나는 너를 내 아들처럼 키우고 싶었다. 하지만…… 이제서야 나는 그것이 내 욕심이란 걸 깨달았다."

"……."

"아무래도 이곳은 너에게 적합한 장소가 아닌 것 같구나. 여기 더 있어 봐야 이곳은 네가 배울 것이 전혀 없는 곳이다. 화정이를 생각해서라도 더 일찍 너를 이곳에서 내보내야 했건만…… 내 욕심이 과했나 보다."

"……."

"미안하구나."

정원에서 새소리가 들려온다.

"어디 갈 곳이라도 있느냐?"

동삼을 바라보는 숙향의 눈길이 애잔하다.

"내 생각에는 설숙도장으로 돌아가는 게 좋을 것 같다."

동삼은 잠자코 있다.

"어디 가든 힘들고 지치면 찾아오너라."

숙향의 음성에 물기가 배어나온다.

"박복한 년이 이제야 정 붙이고 사나 했더니……."

기어이 그녀의 어깨가 가늘게 떨린다. 동삼은 가슴이 뭉클했다.

아무도 믿고 의지할 데 없는 그녀의 쓸쓸한 삶이 문득 슬픔으로 와 닿았다. 엄격하고 담대해서 여장부로 평판이 자자하던 그녀가 자신에겐 왜 그리 유독 따스한 눈길을 주었는지 동삼은 비로소 깨달을 수 있었다.

오랜 세월 이리저리 부대끼며 깨어지고 멍든 그녀의 삶에서 유일하게 정을 줄 수 있는 대상으로 자신을 받아들였고, 그리하여 외롭고 지친 그녀의 삶을 스스로 보상이라도 하듯 자신에게 넘치는 사랑을 베풀었다는 걸. 이 외로운 여자가…….

짐이라야 쌀 것도 없었다. 조그만 가방에 옷가지 몇 개 넣은 것이 전부였다. 가방을 들고 나서려는데 옥화가 들어온다.

"가시오?"

"……."

"그동안 내가 너무 쌀쌀맞았소."

"아니오."

"나도 왜 그랬는지 모르겠소. 왠지 그쪽만 보면 화가 나고, 말없이 가만 있으면 무시당하는 것 같아 속이 상했소."

옥화가 한 발 동삼 앞으로 다가온다.

"이거."

옥화의 손에 흰 목도리가 들려 있다. 눈처럼 하얀 털목도리다.

"돌아다니다 보면 추울 거요."

옥화는 목도리를 동삼에게 건네고 돌아선다.

동삼이 물끄러미 옥화의 뒷모습을 바라보았다.

숙향은 큰길까지 동삼을 따라 나왔다. 날씨가 풀려 봄기운이 완연했고 어느새 사람들의 옷차림이 화사했다. 마포 강변 쪽 길을 따라 선홍빛 진달래꽃이 흐드러지게 피어 있었다.

헤어질 때 숙향은 동삼에게 얼마간의 돈을 쥐어주었다.

동삼은 가방을 어깨에 메고 숙향에게 깍듯이 인사를 했다. 마포 강변 쪽으로 걸음을 옮기는데 그제서야 숙향이 한마디 했다.

"잘 가거라."

진달래 꽃길을 따라 터벅터벅 걸어가는 동삼을 보며 숙향은 언젠가 자신을 찾아왔던 평사의 모습을 떠올렸다.

26   피 묻은 기보

도장을 나와 처음 암자에 찾아왔을 때와는 달리 법고 스님은 동삼이 암자에서 지내도록 허락했다. 그러나 법고 스님은 무심하게 동삼을 대했다. 법고 스님의 그 무심한 시선은 어찌 보면 부처가 중생을 안쓰럽게 내려다보는 눈길 같기도 했고, 아비 말을 거역하고 집을 떠났던 자식이 빈털터리가 되어 돌아왔을 때의 반갑기도 하고 노엽기도 한 복잡한 심경을 애써 숨기고자 하는 가장된 무심 같기도 했다.

"불이나 지펴라."

법고 스님은 그 말을 남기고 법당으로 올라갔다.

동삼은 절 주위를 둘러보았다. 어릴 때 더위를 피했던, 당시엔 그렇게나 커 보였던 회양목이 생각보다는 크지 않다고 기억을 더듬으며 걸음을 옮기는데 법당 안에서 스님의 염불소리가 들려왔다.

여시아문 일시 불 재사위국기수급고독원 여대비구승천이백오십인 구 개시대아라한 중소지식 장로사리불 마하목건련 마하가섭 마하가전연 마하구치라 이바다 주리반타가 난타 아난타 나후라 마하겁빈나…….

어릴 적에 몇 번 들어본 적이 있는 불설아미타경(佛說阿彌陀經)이 청아

한 바람이 되어 산 주위로 흩어지고 있었다. 염불소리는 동삼의 가슴에 타오르는 분노와 절망의 거센 불길을 어루만지며 그의 영혼에 스며들었다.

동삼은 하루 종일 불을 지피면서 활활 타오르는 불길을 바라보았다. 동삼이 태우고 있는 것은 불이 아니라 바로 자신이었다. 그의 가슴 깊이 묻어두었던 모든 감정이 용광로 속에 녹아 이글거리고 있었다. 거대한 용광로를 달구는 힘은 동삼이 부정하고 싶은 자아(自我)였다. 요요히 넘실대는 불길의 춤사위를 보며 동삼은 시뻘겋게 달구어지는 쇳물 속에 자신의 온몸을 던져 넣었다.

법고는 동삼의 마음을 아는지 모르는지 동삼에 대해 무관심했다.

그렇게 몇 개월이 지나고 여름이 깊어갔다. 절에서 불과 벗하며 살아가는 동삼은 어느덧 자신을 속박한 모든 번뇌에서 조금씩 벗어나고 있었다.

정 노인을 한번 만나보자.

불현듯 동삼은 그런 생각을 했다. 여름철 눅눅한 습기를 제거하려고 피워올린 불이 아궁이 속에서 진홍의 거친 숨결을 토하는 것을 보며 동삼은 비로소 아버지의 삶이 궁금해졌다.

동삼은 법고 스님을 찾아갔다.

"내려가겠습니다."

"어디로 가느냐?"

"……."

"번뇌란 돌고 도는 것이다. 벗어나려 하면 갇히게 된다. 그저 편안하게 곁에 두고 살아라. 그리하면 마음이 수월해진다. 한마음 굳게 먹고 바둑 공부나 열심히 하여라. 그 마음이 차고 넘치면 나에게도 좀 나누어주고…… 내 죽어 저승에서 너의 아비를 만나게 되면 바둑이나 한 수 배우게."

법고 스님 방에는 탱화 한 폭이 걸려 있었다. 시커멓게 아가리를 벌리고 있는 동굴 앞에서 한 스님이 칼로 자신의 팔을 내려치는 그림이었다.

탱화 한켠에는 '설중단비(雪中斷臂)'라는 글이 적혀 있었다. 무상의 법을 얻기 위해 달마 스님 앞에서 제 팔을 잘라버린 혜가승(慧可僧)의 그림이었다. 법을 얻고자 눈 덮인 산에서 제 팔을 자른 혜가승의 비장한 심경이 섬뜩하게 와 닿았다. 법고 스님 방에 들를 적마다 무심하게 보아왔던 그림이었다.

"그만 내려가거라."

동삼은 법고 스님에게 오체투지 절을 올렸다.

동삼은 그길로 암자를 내려왔다. 녹음이 짙은 오솔길을 따라 사람들이 사는 마을로 내려온 동삼은 그사이 세상이 바뀐 것을 알 수 있었다. 이틀 전 전쟁에서 패한 일본 천황이 무조건 항복을 했고 조선에는 여명의 아침이 밝아오고 있었다.

정 역관 집은 폐가나 다름없이 황폐했다. 단청은 세월 따라 잿빛으로 퇴색해 있었고 뜰에는 잡초가 무성했다.

원래 건강이 그리 좋지 않은 편인 데다 요 몇 해 사이에 중풍까지 겹친 정 역관은 반신불수가 되어 자리에 누워 있었다. 수십 년 영화는 덧없이 흘렀고 아무도 찾는 이 없는 외로운 말년을 근근이 연명해나가고 있었다.

눈가죽이 처져서 눈을 감고 뜰 때마다 녹슨 쇠창살문을 열 듯 정 역관은 힘겹게 눈을 껌벅거렸다. 하마 심지가 타버려 꺼질 듯 꺼질 듯 가라앉은 회색빛 탁한 눈으로 정 역관은 동삼을 보았다. 흐릿하던 초점이 차츰 한가운데로 모인다.

"눈은 참 아비를 닮았구나."

정 역관은 감회에 젖는다.

"저의 아버님을 잘 아십니까?"

"추평사."

늙은 노인의 얼굴에서 무어라 형용할 수 없는 비애가 지나간다.

"3년 전인가…… 설숙 선생에게 네 아비 기보를 전한 적이 있다. 보았느냐?"

"예."

"그 기보가 바로 네 아비다."

화두 같은 말이라 선뜻 감이 잡히질 않는다. 동삼의 등이 축축해진다.

"그 당시 일본을 다녀온 일이 있었다. 그곳에서 엔도라는 일본인을 만났다."

그때 정 역관은 자신을 망치게 하고 도망간 김 집사가 일본에 살고 있다는 소식을 접하고 부랴부랴 일본으로 건너갔으나 시즈오카(靜岡) 근처에 숨어 살던 김 집사는 이미 어디론가 달아난 뒤였다. 망연자실한 정 역관은 일본으로 건너온 김에 평사를 수소문했다. 그 과정에서 정 역관은 엔도 마쓰기지를 만났다.

엔도는 평사가 죽고 난 후 전주 생활을 청산하고 그때 승부에서 이긴 큰돈으로 동경에서 꽤 규모가 큰 화물 운송회사를 경영하고 있었다. 정 역관이 평사를 거론하자 엔도는 대뜸 정 역관을 요리집으로 데려갔다.

술집에서 엔도가 한 장의 기보를 정 역관에게 건넸다.

"그는 죽었소. 이 기보가 그가 남긴 마지막 대국이오. 언젠가 조선인을 만나면 돌려주기 위해 내가 기록하여 간직하고 있었소. 난 일본인이오. 하지만 당신네들에게 이 기보만은 돌려주고 싶었소."

설마 했던 평사의 죽음이 사실로 판명되었다.

정 역관이 기보를 받아들었다. 바람같이, 한 줌의 바람같이 그렇게 떠돌다 죽어간 평사의 한 많은 일생이 정 노인 눈앞에 주마등처럼 스쳐지나갔다.

엔도는 비감에 젖어 평사가 시신 같은 몰골로 피를 토하며 마지막 승부를 결했던 그 외롭고 처절했던 그날의 승부를 생생하게 정 역관에게 전달했다. 말하는 엔도의 눈에도, 듣고 있는 정 역관 눈에도 어느덧 눈물이 가득 고인다.

"그는 진정한 승부사였소. 그는 이제 죽어 이 세상 사람이 아닐지라도 그의 승부정신만은 수많은 사람들 가슴속에 길이길이 남을 것이외다."

헤어질 때 엔도가 정 역관에게 2천 원이라는 거액의 돈을 내놓았다.

"이 돈은 그의 몫이오. 그가 승부에서 이긴 대가외다. 그는 이 돈을 나에게 돌려주고 떠났소. 부디 받아주시오."

정 역관은 엔도의 돈을 거절했다.

"그럴 순 없소이다. 그것은 정녕 그 사람 뜻이 아닐 것이오."

그날 밤 숙소에서 정 역관은 태어나서 처음 정신을 잃도록 술을 마셨다.

"무엇이 궁금하냐?"

"아버지는 어떤 분이셨습니까?"

"아버지를 기억하느냐?"

"예."

정 역관은 불편한 몸을 비스듬히 일으켜세웠다. 동삼은 침이 마르고 입술이 바짝 탄다.

"네 아버지는 여목 선생이 가장 사랑했던 제자였다."

"추동삼씨는 그길로 설숙도장으로 돌아갔습니까?"

"그렇다네."

"당시 추동삼씨 나이로 그런 감정 정리가 가능했을까요?"

해봉처사 얼굴에 의미를 알 수 없는 미소가 어린다.

"정리한다는 건 무리였겠지. 다만 정 노인께서 동삼에게 어떤 확신을 심어주었던 것만은 분명하네."

박 화백이 말을 돌렸다.

"처사님. 승부와 정신적 수양은 연관이 있습니까?"

"물론일세."

"그렇다면 어찌하여 20대에 명인이 생기고, 50이 넘어가면 쇠퇴하는 겁니까? 바둑이 정신 수양과 관련이 있다면 오히려 경험과 연륜이 쌓일수록 강해져야 하질 않습니까?"

"내 생각은 좀 다르네. 나이가 들면 수읽기 능력은 떨어지지만 기력 자체는 그리 쇠퇴하지 않는다고 보네. 정신적 수양이 그 점을 충분히 보충해 줄 수 있을 것이네. 다만 지금의 바둑은 시간제한이 있는 터라 아무래도 젊은 사람들보다는 체력이 달리고 집중력이 떨어지는 나이든 사람들 입장에선, 단시간, 한정된 시간에 수를 읽어야 한다는 사실이 버겁다는 것일세. 그러나 그건 바둑의 깊이와는 무관한 문젤세. 옛날처럼 시간에 구애받지 않는 바둑으로 다시 환원된다면 우리는 60대 명인도 볼 수 있을 것이네. 한 가지 변수가 있다면 나이가 들수록 그만큼 승부심이 떨어진다는 점일세. 패기라 할까, 죽음이 가까워오면 승부가 멀어지는 법이지."

박 화백이 이의를 제기했다.

"그건 바둑의 깊이와는 다른 문제 아닙니까?"

"아닐세. 전판에서 일어나는 수를 처음부터 끝까지 다 볼 수는 없는 법. 승부심이 떨어지면 원만한 타협을 추구하게 되고 모종의 변화를 피하게 되지. 승부에서 그건 중요한 변수라네."

"결국 나이가 들수록 불리해진다는 말이 아닙니까?"

"변화한다고 능사는 아닐세. 변화란 위험을 동반하기 마련이네. 결국 그 답은 옛날로 돌아가서 얻을 수밖에 없는데 현실적으로 불가능한 것이 아닌가."

내친김에 박 화백은 평소 자신이 가졌던 바둑에 대한 의문을 한꺼번에 털어놓았다.

"처사님이 보기엔 기재와 노력 중 어느 것이 더 중요하다고 생각하십니까?"

"원론적인 이야기이긴 하지만 가정해보면 두 부류 사람이 있네. 하나는 타고 태어난 천품과 그에 상응하는 노력으로 대성한 사람. 그 대표적인 사람이 추평사 선생 같은 분일세. 또 한 부류 사람은 비록 기재는 떨어지나 피나는 노력으로 대성하고자 애쓰는 사람. 바로 우리 같은 평범한 사람을 두고 하는 말일세."

"추동삼씨는 어느 부류에 들어갑니까?"

"글쎄……."

해봉처사가 그 물음에는 확답을 피한다.

"처사님께선 왜 바둑을 그만두고 불문에 드셨습니까?"

"본래 명인의 재목은 따로 있는 법."

"혹시 전문기사의 길을 걸어볼 생각은 없었습니까?"

"어디 나처럼 초야에 묻힌 사람이 한둘이겠는가."

바둑을 알게 되면 될수록 박 화백은 자신이 부끄러웠다.

박 화백 자신도 한때는 입단하고자 애쓴 적이 있었다.

언제 패를 걸어올지 모르는 상황이다. 대국하고 있는 상대의 손이 수없이 돌통 속을 왔다 갔다 한다. 그렇다고 미세한 계가 바둑에서 먼저 가일수해서 보강할 수는 없다. 이 판을 이기면 희망이 있고 지면 끝장이다. 팻감은 어느 쪽이 많은가? 우상귀에 침입해왔던 저 백돌이 끝내 화근이다. 자체로는 죽어 있지만 팻감으로 사용하면…… 보고(寶庫)다. 패는 상대편을 당할 수 없다. 결국 양보하고 좌변에 다섯 점을 잘라먹는 것으로 교환하면 세 집 손해다. 그래도 눈 터지는 계가다. 차라리 가일수를 할까? 아니다. 역 끝내기 넉 집, 여덟 집짜리가 더 크지 않은가.

민수 손바닥에 땀이 흥건히 고인다. 현재 4승 2패. 이 판을 지면 나머지 판을 다 이긴다 해도 8승 3패. 입단에서 실패하지만 이기면 희망이 있다. 9승 2패로 동률 재대국을 벌일 가능성도 있고, 최소한 시드에 남아 다음 입단대회에서 예선전의 치열한 소모전을 피할 수도 있다.

이 기원 저 기원을 떠돌며 방향 감각을 상실한 채 민수는 흘러다녔다. 그러나 민수의 바둑만은 그 당시 한창 물이 올라 있었다.

어느 날 밤늦은 술자리에서 민수의 실력을 아깝게 여긴 영등포 신일기 원 원장과 그 기원 사범이며 평소 친하게 지냈던 고상남의 강력한 권고로 민수는 입단대회의 문을 두드렸다.

날고뛰는 수많은 강자들을 상대로 민수는 운이 따라주었는지 본선에 오를 수 있었고, 막상 본선에 오르자 그는 입단에 대한 욕심이 생겼다.

상대가 다시 패를 걸어왔다. 초조한 상대 손가락에서 돌들이 요란스레 비명을 질렀다. 민수가 먼저 패를 따내자 상대는 노타임으로 우상귀의 팻 감을 써왔다. 귀는 살려줄 수 없어 민수가 패를 받았고 상대는 패를 도로 따냈다. 몇 번 패 싸움이 오고간 후 민수가 좌변에 최후의 팻감을 썼다. 전 라도 순천에서 소문난 강자인 상대는 한참을 돌통 속의 돌을 만지작거렸 다. 이윽고 계산서가 나왔는지 상대는 패를 해소했다.

기분으로 승부가 기울어지는 느낌이었다. 얼마 후 바둑이 끝나고 계가 를 하자 결과는 민수의 예상대로였다.

반면 일곱 집. 덤을 공제하고 한 집 반 패였다.

"박형!"

대회장을 나와 힘없이 계단을 내려가는 민수를 고상남이 불러 세웠다.

"또 실패라니…… 입단 한번 하기가 이렇게 힘이 드니……."

고상남도 본선에서 민수와 함께 패배의 쓴잔을 마셨다.

"사실 지금 프로가 된 기사들도 그렇게 말하잖아. 자신들도 다시 입단 과정을 되밟아오라고 하면 과연 통과할 수 있을지 의문이 든다고. 그만큼 전국에는 바늘구멍만한 입단대회를 통과하겠다고 와신상담 몰려드는 우리 같은 인간이 즐비하다는 뜻이기도 하고. 비록 아마추어지만 프로를 능가할 만한 숨은 인재들이 많다는 뜻이기도 하지. 생각해봐. 몇 번씩 낙방하고도 또 달려드는 인간들이 얼마나 많아? 지독해, 지독해."

고상남은 머리를 절레절레 흔들었다.

"하여튼 좋은 바둑을 놓쳤어. 유리하길래 적당히 물러섰더니, 바보같이…… 그리고도 끝까지 남는 줄 알았어."

고상남의 하소연에 민수는 대꾸할 의욕이 없었다.

"어디로 갈 거야?"

"……."

"이왕 바둑은 진 거고, 술 한잔 살게 따라와. 돈이 생겼거든."

"돈?"

"나중에 이야기해줄게."

기분 같아서는 어디 조용한 여관에라도 가서 며칠 죽은 듯이 잠이나 자고 싶었지만 민수는 거두절미하고 앞장서서 가는 고상남의 뒤를 따라갔다.

평소 민수나 고상남 입장에서는 꿈도 꾸지 못하는, 속칭 매미집에 들어가서 여자를 끼고 질탕하게 술을 마시며 들려준 고상남의 얘기는 흥미진진한 한 편의 드라마였다.

고상남은 4승 6패로 이미 탈락일 뿐 아니라 시드에도 남을 수 없어 큰 의욕 없이 나머지 한 판을 두게 되었다.

상대편 대국자 강명선이 조용히 고상남을 불렀다. 강명선은 8승 2패로 막판을 이기면 입단에 절대적으로 유리한 입장에 있었다. 강명선은 고

피 묻은 기보

상남에게 그 판을 져주면 50만 원을 주겠다고 제의했다. 입단도 시드도 다 잃어버린 고상남으로서는 굳이 거절할 이유가 없어 그러마고 약속을 했다.

마지막 판이 시작되었다. 초반부터 눈에 띄게 짜고 두는 느낌을 줄 수 없기 때문에 그런대로 최선을 다해 판을 짜나갔다. 바둑이 중반전에 접어들었다. 현역기사인 심판장의 눈을 피해 고상남이 돈을 달라고 채근했지만 자기 판세가 유리하다고 판단했는지, 돈이 아까웠는지는 몰라도 강명선은 자꾸 회피하면서 '두고 나서 봅시다.' 하고 발뺌을 했다.

고상남은 사실 50만 원은 고사하고 10만 원 정도 차비만 줘도 져주려고 했었다. 그런데 준다 준다 애를 태우면서 강명선이 돈을 안 주는 바람에 고상남은 슬슬 약이 올랐다. 강명선의 행위에 인간적인 배신감마저 들었다. 약발을 받은 고상남은 판을 빡빡하게 짜나갔다.

"어이, 강형! 사람 이런 식으로 대접할 수 있나?"

고상남이 핏대를 올렸다. 자신이 유리하다고 판단했던 강명선이 어물어물 발뺌을 했다.

"에이, 그냥 바둑이나 둡시다. 아까 일은 없었던 걸로 하고……."

화가 나서 씩씩거리던 고상남이 화장실에 갔을 때였다. 누가 고상남의 어깨를 툭 쳤다. 돌아보니 다른 쪽에서 동시 대국을 하고 있던 박원하의 형이었다. 그는 고상남에게 30만 원을 건네주며 만약 강명선을 잡아주면 그 돈을 그대로 줄 뿐 아니라, 강명선을 잡아준 덕분에 박원하가 입단을 하게 되면 그 돈을 포함해서 100만 원을 채워주겠다고 약속했다. 물론 강명선에게 고상남이 지면 30만 원을 되돌려주기로 했다.

"박원하는 그때 7승 3패였고, 그와 두는 김명수는 8승 2패였지. 알다시피 두 장의 티켓 중에 한 장은 10승 1패로 이미 바둑을 마감한 유인석이가 가져갔고 나머지 한 장이 문제였어. 내가 강명선을 잡아줘야 강명선이

8승 3패. 박원하도 어느 정도 승부의 윤곽이 드러나 있었는데, 김명수에게 이기면 8승 3패. 자기에게 진다는 가정하에 김명수도 8승 3패. 결국 3자 동률로 재대국을 가져야 되지.

그런데 내가 강명선에게 지면 강명선은 9승 2패가 되니까 자기 입장에서는 오히려 김명수를 밀어줘야 할 입장에 있는 거야. 어차피 시드에는 남고 자기와 친분이 있는 김명수를 밀어주는 게 백번 낫다고 생각하고 있었지. 원래 강명선이란 그 친구 다른 데 가서도 싸가지가 없이 놀잖아.

그렇게 되니 박원하 입장에서는 미치겠는 거라. 결국 자기가 이겨봐야 강명선이만 입단하게 되니. 남 좋은 일만 시켜주게 되고 옆의 판을 볼 수가 없으니 이겼는지 졌는지, 혹은 어느 쪽이 유리한지 확인할 수도 없고 그야말로 환장할 지경이었지. 바둑은 끝나가는데 김명수를 밀어줘야 할지 그냥 닦아버려야 할지. 그런데 우리 쪽 표정을 보니까 뭔가 합의가 안 된 얼굴이었거든? 격려차 와 있던 형에게 그런 상황을 설명했고, 형을 통해 나에게 제안을 해온 거야."

"그러니까 고형이 강명선을 잡아줘야 실낱같은 희망이라도 생긴다는 건데, 희망의 대가로 30만 원이라, 박원하 입장에선 과감한 투자군. 그래서?"

"그래서는 뭘 그래서야. 안 그래도 강명선이 밉던 차에 냉큼 30만 원을 받아들였지. 그리고 강명선을 끝까지 물고 늘어져 반 집으로 비틀어버렸지."

"그렇게 된 거구나……."

민수가 혀를 끌끌 찼다.

"아무튼 결과는 예상대로 세 명이 다 8승 3패가 되어 동률 재대국을 벌이게 되었는데 내일이나 돼야 결과가 어느 정도 드러날 테니까 두고 봐야지. 잘하면 공돈 70만 원이 다시 생길지도 몰라. 두고 봐야겠지만 박원하는 나와 흥정을 잘한 덕분에 극적으로 입단하게 될지도 모르고. 강명선은 약속을 지키지 않았기에 일단 힘들게 또 승부를 해야겠지. 강명선 그 친구 지금쯤 땅을 치고 있을 거야. 약속을 지키기만 했어도 부담이 훨씬 적었을 텐데, 지금 심정으로 어디 바둑이나 제대로 되겠어? 바보 같은 사람, 차비라도 얼마 내놓을 일이지."

다음 날 벌어진 동률 재대국에서 충격을 받은 강명선은 두 판을 내리졌다. 입단할 수 있는 유일한 기회를 순간적인 판단 착오로 날려버린 강명선은 그 후 영원히 꿈에도 그리던 프로기사가 되지 못했다. 반면에 박원하는 동률 재대국에서 승리함으로써 염원하던 프로기사가 되어 지금까지도 심심찮게 승률을 올리고 있다.

박원하. 내기바둑꾼이었던 박원하는 입단을 한 후에 승단도 하지 않고 떠돌이 낭인의 냄새를 물씬 풍기면서 고단자 킬러로 한때 명성이 자자했다. 같은 해 입단했던 유인석은 승승장구, 지금은 각종 세계 대회에서도 두각을 나타낼 정도로 성장했지만, 박원하는 밀려드는 신진 세력에 쫓겨 지금은 서서히 무대 뒤편으로 사라져가고 있다.

고상남은 입단하면 주겠다던 박원하의 70만 원을 끝내 받지 못했다. 고상남은 한일기원에 들를 때마다 박원하를 만나면 70만 원에 대해 추궁했다. 소문엔 20년 가까이 흐른 지금도 박원하는 고상남을 먼발치에서만 발견해도 고양이를 만난 쥐처럼 슬금슬금 피해 다닌다고 한다.

욕심과 약속이 무엇인가를 생각케 하는, 듣는 사람으로 하여금 웃음을 머금게 하는 사건이었다.

어쨌든 뜻밖에 생긴 공돈으로 기분 좋게 술을 산 고상남은 술을 마시고 남은 돈으로 잔잔한 내기바둑이나 한 번 두어야겠다며 민수를 끌고 청계천의 한 여관으로 찾아들었다. 전자상가 뒷길을 따라 좁은 골목으로 들어서자 막다른 곳에 허름한 구식 여관이 나타났다. 구접스럽기까지 한 좁은 마당을 돌아서니 뒤채가 나왔다. 삐걱거리는 나무 계단을 올라간 두 사람은 2층 방문을 열고 들어섰다.

방 안에는 대국이 한창이었다. 너덧 평 정도 되어 보이는 넓은 방에는 많은 사람들이 편을 나누어 승부를 하고 있었다. 일반 기원에서는 잘 찾아보기 힘든 광경이었다. 고상남은 그 안에 있는 대다수 사람들과 안면이 있었다.

자리에 앉자마자 고상남은 어떤 사람을 상대로 선을 접고 내기바둑을 두기 시작했다. 20여 수가 진행되었을까. 민수가 주위를 휘둘러보는데 방 한쪽 구석에서 술을 마시고 있는 사람들 중, 한 사내의 모습이 민수 시야에 들어왔다. 사내를 보자 민수는 흠칫했다. 어디서 본 듯한 얼굴이었다.

한참 동안 기억 속을 헤매다가 민수는 겨우 기억의 묵은 책갈피 속에서 사내를 끄집어낼 수 있었다. 고등학교 시절, 어머니가 장사를 하던 시장 근처 기원에서 사석(捨石: 궁지에 몰린 돌들을 일부러 버린 다음 외곽에서 이득을 보는 것)의 묘법을 일깨워주고 어디론가 자취를 감춘 그 사범님이었다. 그때에 비해 그는 형편없이 쇠약해져 있었다. 더구나 수염까지 덥수룩이 나 있어 영락없는 폐인 모습이었다. 민수가 한눈에 그를 알아보지 못한 것은 어쩌면 당연한 일이었다.

그는 승부의 뒷전에서 술이나 얻어먹는 신세였다. 그는 객꾼들 틈에 끼어 남이 두는 바둑을 구경하며 술을 마시고 있었다. 행색으로 보아 그는 아직까지도 한 곳에 정착하지 못한 채 이곳저곳 떠돌아다니는 것이 분명했다.

잠시 후 그가 일어났다. 민수와 그의 시선이 짧게 마주쳤다. 그러나 그는 아무것도 기억하지 못하는지 민수의 앞을 그냥 스쳐지나갔다. 다급히 고상남에게 작별을 고한 민수는 그의 뒤를 따라 나갔다.

"사범님."

여관 골목을 막 벗어나는 그를 민수가 불러 세웠다. 그가 천천히 돌아섰다. 희미한 가로등 밑에서 그가 물끄러미 민수를 바라보았다.

"절 기억하시겠습니까?"

"기억이 나는 것도 같고……."

"저 박민숩니다. 고등학교 다닐 때 시장기원에서 사범님께 바둑을 배웠죠."

시장기원 이야기를 하자 비로소 사범은 민수를 알아본다. 두 사람은 근처 포장마차에 들어갔다.

"그래, 지금도 그렇게 열심히 바둑을 두나?"

"실은 오늘 입단대회에서 졌습니다."

민수의 대답에 사범의 입술이 비주룩이 올라간다. 비웃는 것도 같고 흥미 있어 하는 것 같기도 하다.

"실패란 좋은 거지, 희망이 있으니까."

민수는 그때 사범이 사기바둑으로 잡혀 들어감으로써 본의 아니게 헤어지게 되었다는 사실을 기억해냈다.

"그동안 어떻게 지내셨습니까?"

"사람 사는 게 다 그렇지. 여기저기 돌아다녔어."

"그때나 지금이나 여전하십니다."

민수가 따라놓은 술을 단숨에 비워낸 그는 안주 대신 오뎅 국물을 한 모금 마신다.

"그렇지도 못해. 마음은 있는데 옛날같이 몸이 따라주질 않아. 하루만 밤을 새워도 몸이 시들시들해."

포장마차의 희미한 카바이드 불빛이 더욱더 그를 늙고 수척하게 비추었다. 민수의 기억이 정확하다면 사범의 나이는 이제 40대 중반에서 후반 언저리였다. 빈 술잔에 자작으로 술을 따른 사범이 거푸 술잔을 비운다.

"자넨 술을 못하나?"

"아닙니다. 벌써 많이 마셨는걸요. 제 기억으론 옛날 그때만 해도 수 보시는 게 상당히 높았던 것 같아요."

"천만에, 우린 이미 지나간 바둑이야."

"그렇지도 않습니다. 사까다 선생도 40대가 전성기였습니다."

"그 양반이야 난사람이고, 우리 같은 졸바둑이 그런 바둑 흉내 내다간 그나마 뒷방 신세도 못해먹지."

뒷방 신세라는 그 말이 묘하게 가슴에 다가온다.

"그땐 공부를 어떻게 하셨어요?"

"공부랄 게 있나 그냥 되는대로지."

"입단하실 생각은 없었어요?"

"그런 짓 해서 뭐할려고, 그것도 하는 사람이 해야지."

담배를 한 모금 길게 내뿜는 사범의 얼굴에서 상실한 자의 숙명 같은 것이 묻어난다. 민수는 화제를 바꾸었다.

"시장기원 원장님은 한 번 만나보셨나요?"

"그러고 보니 그 양반 못 본 지도 오래됐군."

"주로 서울에 계셨나 봐요?"

"여기저기 돌아다니니까. 만나지면 만나는 거고……."

사범은 안주엔 거의 손도 대지 않고 술만 계속 비워댔다.

"목적이 입단인가?"

민수는 선뜻 대답을 못했다. 바둑이 좋아 바둑을 배웠고, 현재 그 바둑으로 살아가곤 있지만 바둑이 평생의 업이라고는 한 번도 생각해본 적이 없었다. 민수는 언제나 붓의 그림자가 자신을 짙게 드리우고 있음을 스스로 잘 알고 있었다.

"지금은 그렇습니다."

"지금은 그렇다?"

"예."

"바둑 그 자체가 목적이란 말인가?"

민수는 그 말에 대꾸를 하지 않았다. 대답이 없는 걸 긍정으로 받아들이는지 사범의 입꼬리가 다시 비주룩이 올라간다.

"자넨 꽤 순진하군."

마지막 남은 술을 홀짝 비운 사범이 일어서며 말했다.

"승부는 현실이지 이상이 아닐세."

포장마차를 나오니 뿌연 안개가 우욱우욱 밀려오고 있었다. 바람이 아스팔트 위로 안개를 몰고 지나갔다. 통금시간에 쫓긴 총알택시들이 흩어지는 안개를 뚫고 미친 듯이 질주했다. 멀리 가로등 불빛 사이로 도시의 밤이 깜빡거리고 있었다.

"가보겠습니다."

민수가 말했다. 사범이 묵묵히 고개를 끄덕였다. 막 걸음을 옮길 때였다.

"젊은 친구."

민수가 발길을 멈추고 돌아보았다.

"돌을 죽이는 법은 배웠나?"

민수는 웃었다.

"조금요……사범님은요?"

그도 따라 웃었다.

"실은 아직 나도 잘 몰라."

사범은 파란 불이 켜진 횡단보도를 가로질러 길 건너편으로 걸어갔다.

그것이 사범과의 마지막 만남이었다.

사범은 끝없는 도회지, 그 안개 낀 어둠 속으로 사라졌다.

공수래(空手來)공수거(空手去)

설숙도장으로 돌아온 동삼이 다시 바둑돌을 잡게 된 것은 돌아온 지 6개월이 지나서였다.

동삼이 떠나 있던 1년여 동안 설숙도장엔 작은 변화가 있었다. 정명운만큼 설숙 스승의 관심을 끌지는 못했지만 오성(悟性)과 근성(根性)이 뛰어났던 김재석이 일본으로 바둑 유학을 떠난 것이다. 당시 일본에서 뿌리를 내리고 있던 그의 형들은 그동안 백방으로 김재석의 도일을 추진해왔다. 그들이 김재석을 불러들인 이유는 이러했다.

현대 바둑의 본맥(本脈)은 일본이다.

객관적으로 보면 분명히 일리 있는 주장이었다. 바둑을 공부하는 사람으로서 장래성, 즉 세인들의 인식, 사회 구조, 장성한 후 필히 고려되어야할 생활 근거 등 모든 여건에서 한국은 일본에 비교할 수 없을 정도로 낙후되어 있었다.

한때는 열 명 이상의 문하생을 두고 바둑을 가르쳤던 설숙도장은 일제말기의 참혹한 수난기를 겪으며 문하생들이 많이 줄어들었다. 김재석은 설숙 스승에게 도일의 뜻을 밝혔고, 설숙은 한 점 미련도 없이 그를 놓아주었다.

동삼이 설숙도장에 돌아온 후에도 쉽게 문하에 들지 못한 이유는 설숙의 무관심 때문이었다. 그는 동삼이 도장을 말없이 떠났던 일에 대해서도, 그리고 스스로 다시 돌아온 사실에 대해서도 일체 언급이 없었다. 반년 동안 주위를 서성거려도, 어느 날인가 동삼이 다시 문하에 들었어도 오로지 침묵으로 일관했다.

동삼은 그것이 스승의 말없는 용서라 여기며 모든 잡념을 지워버리고 바둑에만 전념했다.

해방 후의 그 긴 사회적 격동기도 설숙도장과는 무관했다. 좌익과 우익으로 갈라져 한 민족끼리 피 흘리며 싸워도, 신탁통치 찬성이니 반대니 온 나라가 시끄러워도 설숙도장은 그런 사회적 혼란에 초연했다. 그렇게 여름이 가고 가을이 가고 다시 겨울이 찾아왔다.

동삼은 명운에게 영원히 뛰어넘을 수 없는 벽을 느꼈다. 자신의 출신에 대한 갈등으로 도장을 떠나 있었던 탓도 있었지만 그동안 명운은 더욱 몰라보게 발전해 있었다. 한 발 다가섰는가 하면 어느새 저만큼 앞서가고 있었고, 다시 다가섰는가 싶으면 저 앞에서 넌지시 자신을 내려다보고 있었다.

동명관에서 내기바둑을 두며 형세를 보는 시야가 다소 넓어졌다곤 하나 한계가 있었다. 역시 바둑은 정식으로 도장에서 수업을 닦는 것이 지름길이었다.

차츰 동삼은 지치기 시작했다. 추격해야 할 상대가 있다는 사실은 통상 약이 되곤 하지만, 그 상대보다 배에 가까운 노력을 하는데도 불구하고 간격이 좁혀지지 않으면 그것으로 인해 마음은 병이 드는 법이다.

동삼만 지쳐가는 게 아니었다. 같은 동문인 유민재는 명운으로 인해 아예 좌절에 빠져 있었다.

느닷없이 방문이 덜컥 열렸다. 어지간해서 동삼의 방을 찾은 적이 없는 민재가 안으로 들어섰다. 불빛을 등진 민재의 얼굴은 어두웠다. 민재는 바둑판 위에 즐비한 돌과 동삼의 손에 들린 기보를 보고 냉소를 지었다.

"공부는 해서 뭐하나? 자네나 나나 죽어라고 애써도 쫓아갈 수 없어."

유민재의 그 말은 명운을 지칭했다.

그 즈음 명운은 도장의 문하생들 중 명실상부한 일인자였다. 호선으로는 상대할 사람이 아무도 없었다. 그날 오후 민재는 명운에게 선으로 두어 참패했다. 어떻게 하든 명운을 이겨보고자 발버둥친 민재는 오히려 무리수를 남발했고 결과는 늘상 그렇듯 명운의 완승이었다.

처음에는 땀을 줄줄 흘리며 버티다가 중반을 넘어서자 오기도 독기도 다 빠지고, 완전히 탈진하여 허탈한 모습으로 바둑판을 내려다보던 유민재. 혼신의 힘을 다해봤건만 승부 근처에도 못 가보고 남은 건 치욕스런 패배였다. 판 앞에 쭈그리고 앉아 있는 유민재의 모습은 같은 동문들이 보기에도 딱했다.

동삼도 그의 말마따나 아무리 애를 써도 이길 수 없는 상대가 있음을 절감하고 있었다. 도장으로 다시 돌아온 지도 1년여 세월이 흘렀건만 정명운에 대한 치수는 움직일 줄 몰랐고 뒤쫓아가는 자신의 마음은 절망으로 가득했다.

유민재 역시 과거엔 선으로 버티던 바둑이 근자에 와서 선으로 일방적으로 밀렸다.

"자네, 영조 시대의 국수 최칠칠(崔七七)이 애꾸된 사연을 알고 있지?"

동삼은 민재가 거론하는 주정뱅이 국수 최칠칠에 대해서 익히 알고 있었다.

최칠칠의 본명은 최북(崔北)인데 북자를 파자(破字)한 칠칠(七七)로 이름을 쓰는 괴이한 사람이었다. 그는 뛰어난 화가로서 하경산수도(夏景山水圖), 관폭도(觀瀑圖) 등을 남겼지만 그보다는 주정뱅이 국수로서 더욱 이름이 높았다. 그의 주량은 당대에 필적할 사람이 없었고 바둑은 당대에 대적할 사람이 없었다.

대부분의 호주가들이 그렇듯 최칠칠은 철저하게 술로 자신을 소진시켰다. 게다가 방약무인하기까지 했으니, 그 때문에 그는 평생을 방랑 기객으로 떠돌아다녔다.

대군과 바둑을 두면서 대군이 한 수만 물러달라고 애걸하자 일수불퇴라며 매정하게 거절했던 인물. 바둑에 대한 기개가 칼날처럼 시퍼렸던 그가 애꾸가 된 사연은 이랬다.

그는 평소에 스스로 악수를 두었을 때마다,

"이런 악수를 두다니 내 눈이 썩었지!"

하고 탄식하며 눈을 원망하는 버릇이 있었다. 어느 날 취중에 그는 자신의 눈을 원망하다가 급기야는 제 손으로 눈을 후벼파고 말았다. 무적의 국수라고 알려져왔지만 그와 기예를 다툴 인물이 전혀 없지는 않았던 모양이다.

"그가 눈을 후벼팠던 심정을 이해할 수 있을 것 같아."

"……"

민재는 신산스러운 얼굴로 단 두 마디 말을 남기고 제 방으로 돌아갔다. 동삼은 쓸쓸히 방을 나서는 그에게 아무런 위로의 말을 할 수 없었다. 동삼은 자신과 비슷한 고통을 받고 있는 민재에게 늘 인간적인 연민을 가지고 있었으나, 그렇다고 동문의 가슴속에 웅크리고 있는 승부의 그늘을 어찌해볼 도리는 없었다. 어차피 승부사들에겐 적고 많음의 차이는 있겠지만 누구나 감당해야 할 그늘이 있게 마련이고, 그 패배의 기억들이야말로 생각하기에 따라 보다 진정한 승부사로 가는 데서 필요 불가결한 요소가 아닌가.

정도 차이는 있을지 모르나 자신도 답답하기는 매일반이었다. 다만 동삼 입장에선 뒤늦은 입문과 지난번 외도로 스스로를 변명할 수 있는 구실이라도 있었으나 민재 경우는 달랐다. 명운과 비슷한 시기에 입문해 동일한 양의 수업을 닦았기에 그 충격의 아픔은 동삼에 비해 한층 더 깊었다. 동삼은 오래전부터 민재가 설숙 스승에 대한 깊은 애증에 시달려왔음을 짐작하고 있었다. 민재는 설숙 스승이 가장 아끼는 제자인 명운을 꺾는 게 목표였다. 그리하여 스승으로부터 고통으로 얼룩진 애증의 긴 세월을 보상받고 싶었다.

민재는 실상 설숙 스승으로부터 거절당한 제자였다.

경기도 광주(廣州)가 고향인 민재의 집안은 손이 귀한 게 흠이었으나 대제학을 두 명이나 배출한 명망 높은 가문이었다.

민재의 아버지는 양반가 법도에 따라 허약한 몸으로 고집스럽게 선친의 3년 상 시묘살이를 하던 중 병을 얻어 시름시름 앓았다. 민재가 여섯 살 나던 해 그는 부인 서씨의 헌신적인 보살핌에도 불구하고 결국 세상을 떠났다.

동네에서는 조상의 묏자리를 잘못 써서 그렇다느니, 서씨 부인 팔자가 드세어서 시아버지와 서방을 잡아먹었다느니 온갖 흉측한 소문이 나돌았다. 여염집 여자로서는 보기 드문 미모를 지닌 서씨 부인을 헐뜯기 위한 악의에 찬 모함도 다분히 섞여 있었다. 견디다 못해 서 여인은 탈상을 하자마자 전답을 정리하고 고향을 떠났다.

청상이 된 서 여인과 유민재가 필동 도장 근처로 이사를 온 것은 9년 전 일이었다.

한식날.

설숙은 시장 근처를 지나다가 해괴한 광경을 목격했다.

한복을 곱게 차려입은 여인이 술에 취한 한 사내에게 행길가에서 봉변을 당하고 있었다. 키가 크고 체격이 우람한 사내는 연신 여인의 손을 잡아끌었고 여인은 싸늘하게 사내의 손을 뿌리쳤다.

"보쇼. 과부 사정 홀애비가 안다고 청승 그만 떨고 우리 한번 잘해봅시다."

주위에 여러 사람들이 있었으나 아무도 말리는 사람이 없었다. 몇몇 사람은 오히려 재미있게 구경을 했고, 대부분은 사내의 큰 체격에 질려 쉽게 나서질 못했다.

"좋은 말로 할 때 그만 따라와."

사내가 노골적으로 협박을 하자 여자가 분을 이기지 못해 바들바들 떤다. 사내가 다시 여인의 손을 잡아당겼다.

"따라와."

"이 손 놓지 못하오!"

여인의 목소리가 쇠를 가르듯 강하게 울리더니, 순간 사내의 뺨을 쳤다.

"아무리 세상이 뒤집혀졌기로!"

사내가 여인을 보고 씩 웃었다. 잔인스러운 웃음이다.

"말로 했더니 안 되겠군."

사내가 여인의 손을 비틀어 쥐었다. 우악스런 손길에 여인이 비명을 지른다.

사태를 주시하던 설숙이 격노했다.

"네 이놈! 백주 대낮에 이 무슨 해괴한 짓이냐! 어서 그 여인의 손을 놓지 못할까!"

백면서생의 모습, 설숙의 고함에도 사내는 눈썹 하나 까딱 않았다. 되레 설숙에게 달려들 기세다.

"당신은 또 뭐야! 왜 남의 일에 참견이지, 어디가 부러지고 싶나!"

사내가 여인을 다잡고 설숙에게 다가왔다. 잘못하면 시정잡배에게 설숙이 수모를 당할 판이다. 그때 한 왜소한 사내가 앞으로 나섰다. 설숙도

본 적이 있는 사람이었다. 설숙도장 마름인 김 서방과 친분이 있는 만조라는 전라도 청년이었다.

"웬간허면 그냥 넘어갈라 했는디 배아지 꼴려서 못 보겄당께."

만조는 눈앞의 건장한 사내를 동네 강아지 보듯 했다. 처음에는 움찔하던 사내가 만조의 키가 자기 턱 밑으로 내려올 정도로 작은 데다 몸집마저 왜소한 걸 보더니 다시 기가 살아난다.

"이건 또 무슨 물건이야? 조막만한 놈이."

만조가 씨익 웃는다.

"임자 얼굴은 개를 닮았당께로."

"뭐라고!"

사내의 얼굴이 형편없이 일그러진다.

만조가 고함을 쳤다.

"야, 이 빌어처먹을 놈아! 이분이 뉘신 줄이나 아는개비여? 조선의 국수이시며 영남 유림계의 거목이신 설숙 선생이란 말시. 좌우당간 좋게 말헐 적에 이 어른 앞에 어서 무릎 꿇랑께."

사내가 미친 듯이 만조에게 달려들었다. 그 순간 만조의 몸이 공중으로 치솟으며, 그의 발길이 달려드는 사내의 턱을 강타했다. 연이어 만조의 관수가 허공을 가르며 사내의 옆구리를 예리하게 찔러버린다. 눈 깜빡할 사이에 사내는 걸레가 되어 땅바닥에 쭉 뻗어버렸다.

만조가 엎어진 사내의 머리를 밟으며 말했다.

"사람 머리라는 게 옳게 쓰면 득이 되는디 잘못 쓰면 이러크롬 된단 말이시."

말투는 유들유들하지만 만조의 눈에는 살기가 감돌았다. 피투성이가 된 사내 얼굴이 겁에 질려 새파래진다.

"너 같은 놈 죽여봤자 송장 잡는 것이고 잉. 옛날 겉음사 멍석말이를 혀서 쳐죽여도 상관없을 것인디, 인간이 불쌍혀갖고 목숨만은 살게 혀줄 것 잉께, 어서 이 어른헌티 잘못을 빌랑께로."

사내가 비실비실 일어나는데 만조가 이번에는 사내의 정강이를 찼다.

"꿇랑께."

사내가 두말없이 꿇는다.

"빌랑께로!"

설숙이 나섰다.

"그만하면 됐네."

설숙의 말이 끝나기가 무섭게 사내는 개처럼 꽁지를 말더니 내빼버렸다.

서 여인이 만조에게 허리를 굽혔다.

"고맙습니다. 이 은혜를……."

서 여인의 눈에 눈물이 비친다.

"나헌티 치사할 거 없으라우. 이 어른이 아녔으면 나도 이러크롬 안 나섰당께로. 인사는 이 어른헌티 하시쇼."

서 여인이 설숙 앞에 고개를 수그렸다.

얼굴을 드는 서 여인과 설숙의 눈이 딱 마주쳤다. 구김 하나 없는 옥양목 두루마기를 걸친 천상의 선관처럼 맑은 얼굴, 설숙을 보는 여인의 눈이 흔들린다. 얼굴이 붉어진다.

"이 은혜를 어떻게 갚아야 좋은는지……."

여인의 목소리가 떨린다.

"과람한 말씀이오."

돌아서면서 설숙은 여인이 드물게 곱다고 생각했다.

구경꾼들이 하나둘 흩어지고 여인은 멍하니 설숙의 뒷모습을 보았다. 바람에 여인의 한복치마가 펄럭인다. 눈부신 인견 속치마가 보일락 말락 펄럭이는 것도 모르고 여인은 설숙에게서 눈을 떼지 못했다.

며칠 후 만조가 설숙을 찾아왔다. 손에는 조그만 물건 하나가 들려 있었다.

"며칠 전에 그 여인네께서 저헌티 좀 전해달라 혀서."

만조가 포장지로 싼 물건을 내밀었다. 설숙은 잠자코 말이 없다.

"그럼 가보겠으라우."

만조가 꾸벅 인사를 하고 돌아갔다.

"도무지 어렵당께……."

중얼대는 목소리가 사라진다.

설숙은 포장지를 뜯었다. 백운상석으로 만든 귀한 남포벼루였다. 벼루 위에는 하얀 편지지 한 장이 곱게 접혀 있었다.

'지난번에는 송구했습니다.'

연필로 꼭꼭 눌러 쓴 또렷한 글씨가 눈에 들어온다. 설숙은 콧날이 오똑했던 단정한 여인의 얼굴을 떠올리며 어쩐지 부담스럽다.

설숙은 김 서방을 통해 물건을 되돌려주었다.

그 후로 설숙은 서 여인을 몇 번인가 보았다. 출타가 잦은 편이 아닌데도 나갈 때마다 거의 매번 서 여인을 보았다. 큰길 못 미처 골목에서, 늘 같은 장소에서 설숙은 서 여인과 마주쳤다.

만날 때마다 서 여인은 설숙에게 공손히 인사를 했다. 설숙은 여인 앞으로 태연하게 지나쳐 가지만 평소보다 발걸음에 힘이 더 들어갔다. 뒷머리가 당긴다.

1년 뒤 만조가 한 소년을 데려왔다. 단정한 옷매무새, 곱상하게 생긴 얼굴이다. 눈빛이 샛별같이 맑다.

"애 엄니가 보내서 왔으라우. 1년 전인가. 쩌거 시장통에서……."

"……."

"직접 와야 도리겠으나 여인 된 처지로 여의치 않다 함시로…… 어르신네 밑에 두고 싶어 혔으라우."

설숙이 소년에게 물었다.

"이름이 뭐냐?"

"유민재이옵니다."

말투가 공손하고 예의가 바르다.

"바둑은 누구에게 배웠나?"

"죽암(竹巖) 선생님이십니다."

죽암이라면 설숙도 모를 리 없다. 십 수 년 전 상춘도장의 우석 선생이 아끼던 제자였다. 상춘도장의 우석이 야마다에게 패하고 문을 닫았을 때 죽암은 그 문하를 떠났다. 야마다는 평사에게 호되게 당한 후 일본으로 돌아갔고.

옛일을 연상했음일까. 설숙의 얼굴이 흐려진다.

"얼마나 수습했더냐?"

"1년 되었습니다."

설숙의 얼굴이 한층 더 흐려진다. 시장통에서 그 일이 있은 직후부터 바둑을 배웠다니…… 우연치고는 공교롭다는 생각이 들었다.

"몇 살이냐?"

"열두 살입니다."

유민재는 열두 살치고 키가 좀 작은 편인 데다 뼈마디가 새 뼈처럼 가늘고 섬약했다.

설숙이 보기에 혹독한 수련과 정신력을 필요로 하는 바둑과 지금의 이 아이는 부적합했다.

"바둑을 배우고 싶으냐?"

"예."

"정히 바둑을 배우고 싶으면 죽암 선생에게 수습하도록 해라."

설숙은 아이를 돌려보냈다.

1년이 지난 후 유민재가 다시 찾아왔다. 이번에는 혼자였다. 죽암 선생이 타계한 지 한 달이 지난 뒤였다.

그 1년 동안 설숙은 서 여인을 자주 목격했다. 서 여인은 언제나 골목길에 서 있었다. 그러다가 설숙이 오는 것을 보면 그 자리를 벗어났다.

서 여인의 뒷모습은 항상 쓸쓸해 보였다.

"죽암 선생님께서 돌아가셨습니다."

유민재가 자신의 의사를 밝혔다.

"돌아가거라."

설숙이 엄하게 유민재를 노려보았다. 유민재의 눈길이 거미줄에 걸린 파리처럼 파닥거린다.

"이유를 알고 싶으냐?"

"예."

"네 앞날을 책임질 수 없기 때문이다."

유민재는 어깨가 축 처져 돌아갔다.

며칠 후 설숙은 출타하다가 또다시 서 여인과 마주쳤다.

'여느 때처럼 돌아서서 집으로 가겠지.'

설숙의 생각과는 달리 서 여인은 곧바로 설숙의 뒤를 따라왔다.

따라오는 서 여인의 발길이 무겁다.

처음 그분을 보고 난 뒤 여인은 그분이 지나다니는 골목길을 서성거렸다. 자신도 모르는 사이 발길은 어느새 그쪽을 향하곤 했다.

'이러면 안 되는데, 이러면 안 되는데.'

그러나 여인은 하루라도 그분을 못 보면 잠을 이룰 수 없었기에, 어떤 날은 멀리서 도장만 바라보다 그냥 돌아서곤 했다.

'내가 몹쓸 계집이다. 내가 몹쓸 계집이다.'

죽은 남편을 생각하며 기나긴 동짓달 밤 여인은 이불을 끌어안고 밤새 울었다. 그렇게 밤이 가고 아침이 밝으면 여인은 다시 골목길을 서성거렸다. 어쩌다 그분과 마주치면 여인은 가슴이 철렁했다. 그런 날 밤 꿈속에서 여인은 남편을 만나면 고개를 들지 못했다.

10월 초. 골목길 담벼락 가까이 들국화가 만발했다. 난데없이 설숙은 여인이 한 송이 들국화 같다는 생각을 했다. 여인이 앞에서 멈춘다.

"잠깐 드릴 말씀이 있습니다."

여인의 얼굴이 창백해 보인다. 안간힘을 쓰듯, 이마에 땀방울이 내비친다.

2년 전, 이 은혜를 어떻게 갚아야…… 하며 말을 더듬던 여인의 수줍은 모습과는 사뭇 다르다.

"자리를 옮기시지요."

여인은 설숙의 대답을 듣지도 않고 큰길 쪽으로 앞서갔다. 설숙과 여인은 한 길 반은 족히 되는 사이를 두고 걸었다. 사박사박 걷는 여인의 치마에 들국화가 스친다. 설숙은 또다시 여인이 들국화 같다는 생각을 한다.

어느 시인이 경영하는 큰길가에 있는 찻집으로 두 사람은 들어갔다. 문인들이 많이 드나드는 꽤 알려진 찻집이었다. 아직 때 이른 시간이라 찻집 안은 한적했다.

설숙과 여인은 서로 마주 보고 앉았다. 생전 처음 남의 여자와 마주 앉은 설숙의 심기가 편치 않다. 벽을 뚫고 사람들의 시선이 쏟아져 들어오는 것 같다. 서 여인이 손수건을 꺼내 이마의 땀을 훔쳤다. 땀방울이 가신 서 여인의 이마가 단아하다. 여인의 이마에 또다시 땀방울이 송송 돋아난다.

차가 탁자 위에 올려지기까지 서 여인은 세 번이나 이마의 땀을 훔쳤다.

"자식을 통해서 말씀 전해들었습니다."

"……."

"장래를 책임질 수 없다는 말씀이 무슨 뜻이온지?"

서 여인의 눈이 정통으로 설숙의 눈과 부딪친다. 온몸의 힘을 쥐어짜듯, 서 여인은 꼼짝도 않고 설숙을 바라보았다.

"기재는 있어 보이나 바둑에는 적합한 아이가 아니오."

서 여인의 얼굴에 핏기가 싹 가셨다. 쪽을 쪄 올린 귀 밑으로 깨끗한 목덜미가 드러난다. 보송보송 솜털이 돋아난 목덜미를 보며 설숙이 쐐기를 박았다.

"매몰차다 생각 마시오."

설숙이 몸을 일으키는데,

"잠깐만!"

신음하듯 서 여인이 낮게 소리쳤다. 여인의 눈자위가 어느새 흠뻑 젖어 있다.

"한 말씀만."

"……."

"지난 2년 동안 골목길에서…… 마주친 연유를 아시는지요?"

"……."

"부정한 여자라 생각 마시오."

끝내 서 여인이 속마음을 털어놓았다. 음성이 문풍지 떨리듯 바르르 떨린다. 입술을 깨물고 있는 그녀를 보며 설숙은 아무런 대답 없이 조용히 일어나서 찻집을 나갔다. 두 사람 다 손도 대지 않은 차는 이미 차갑게 식어 있었다.

설숙이 나간 찻집에서 서 여인은 두 손으로 얼굴을 감싸고 흐느껴 울었다.

사흘 후, 서 여인은 대들보에 목을 맸다.

설숙은 서 여인이 죽었다는 소식을 들었다.

골목길에서 마주친 연유를 아시는지요? 서 여인의 음성이 귓가에 쟁쟁했다. 땀이 흐르는 고운 이마를 몇 번이나 손수건으로 닦아내던 여인.

삼우(三虞)가 끝나는 날. 설숙은 직접 서 여인의 집을 찾았다. 바람이 몹시 부는 추운 날이었다. 얼굴이 반쪽이 된 유민재를 데리고 설숙은 도장으로 돌아왔다.

바람 부는 골목길, 담벼락 밑에 만발했던 들국화는 어느새 시들어 있었다.

이틀 동안 때 아닌 겨울비가 추적추적 내렸다. 낮게 드리워진 구름 탓인지 도장은 대낮에도 침침했다.

유민재가 다녀간 후 동삼은 마음이 무거웠다. 문득문득 스승을 대하면서도 여느 때보다 더 스승이 낯설고 생소했다. 이젠 습관이 되어버린 스승의 무심한 시선도 자신의 우둔한 자질 탓으로만 돌리기엔 어쩐지 심사가 틀어졌다. 스승의 무심한 눈길은 명운을 따라잡기 위한 자신의 노력이 부질없음을 일깨워주는 것 같았다. 그렇게 보아 그런지 최해수도 자신을 대하는 것이 전과 다르게 느껴졌고, 여전히 명운은 매사에 자신만만했다.

밤이 되자 부슬부슬 내리던 비가 어느 틈에 눈으로 변했다. 뚜- 하고 자정을 알리는 사이렌소리가 들렸다.

아직은 젊다. 조급하게 생각하지 말자. 명운에 비해 늦게 시작한 공부가 아닌가. 더구나 가야 할 길이 지나온 길보다 훨씬 더 멀다.

새삼 마음을 다잡은 동삼은 뒤채 우물에 가서 찬물로 세수를 했다. 정신이 한층 맑아졌다.

그래, 처음 시작하는 마음으로 되돌아가자.

얼굴에 남아 있는 물기를 털어내며 앞을 바라보던 동삼은 여름이면 더위를 피하곤 하던 나뭇가지에 매달려 있는 희뿌연 물체를 발견했다. 짙은 어둠 때문에 자세히 보이진 않았으나 사람이 매달려 있는 것 같았다.

혹시!

불길한 예감으로 동삼은 등줄기가 오싹했다. 후들후들 떨리는 걸음으로 가까이 다가갔다. 뒷덜미를 누가 자꾸 잡아당기는 것같이 불안한 상황에서 다가갈수록 윤곽은 뚜렷해졌다. 틀림없이 사람이었다.

마를 꼬아 만든 가느다란 밧줄에 매달려 건들거리고 있는 시신은 목 부분이 꺾여 있었다. 금방이라도 툭 튀어나올 듯한 허연 눈자위와 혀를 길게 내민 얼굴은, 어둠도 어둠이려니와 공포와 경악으로 인해 처음에는 누군지 쉽사리 알아볼 수가 없었다.

한참 만에 동삼은 시신의 주인공이 유민재임을 알았다. 민재의 발밑에는 목판이 나뒹굴고 있었다. 나무 가까이 다가간 동삼은 축 처져 건들거리고 있는 시신을 끌어안았다. 무섭다는 생각보다 다리가 후들거리면서 그만 정신이 혼미해진다.

그다음부터는 모든 것이 뒤죽박죽이었다. 마치 꿈을 꾸듯 사물들이 스쳐지나갔다. 잠을 자던 최해수가 달려나오고, 동문들이 모여들고…… 나무에서 민재를 내려놓았지만 민재의 맥박은 이미 끊어진 후였다.

누군가 가져온 관솔불 아래 비춰진 민재의 얼굴은 생전에 비해 음영이 짙었다. 약간 틀어져 있는 그의 입매는 마치 누군가를 조소하는 것 같았고 평소에도 건강이 그리 좋은 편이 아닌 민재의 안색은 붉은 관솔불 아래서도 야위고 푸르스름했다.

어느새 설숙 스승이 와 있었다. 스승은 굳은 얼굴로 장승처럼 선 채 민재를 내려다보았다. 마지막 불길을 피워올리던 관솔불이 마침내 칼로 잘리듯 꺼졌다. 어둠이 왈칵 밀려왔다.

"불민한 놈……."

스승의 음성이 어둠 속에서 들려왔다.

민재의 시신은 산에 묻혔다.

그의 관 위에 한 삽 두 삽 흙을 떠 넣으며 최해수는 눈물을 흘렸다.

7년 동안 한솥밥을 먹은 최해수와 유민재. 그동안 맺히고 쌓인 게 얼마나 많았겠는가. 민재는 동문들 중 그 누구와도 원만하지 못했으나 그나마 최해수만은 곧잘 따랐다. 최해수를 대할 때만은 피를 나눈 형님을 대하듯 했다. 최해수 또한 몸이 약한 민재를 여러 모로 보살펴주었다.

숫돌에 칼날을 갈듯 살았던 유민재. 생각해보면 외로운 주검. 딱히 찾아올 친척도 없고 연락해줄 마땅한 사람도 없었다. 2대(二代)가 목을 맨 생(生)과 사(死)였다.

초라한 대로 봉분이 완성되었다. 뗏장도 입히지 못한 황막한 무덤이었다. 어디선가 솔바람이 싸하니 불어왔다. 까마귀 몇 마리가 푸드덕 무리를 지어 건너편 봉우리로 날아갔다.

민재의 옷가지에 불을 붙여놓고 동삼과 최해수는 무덤 앞에 앉았다. 울어서 붉게 충혈된 눈으로 최해수는 타오르는 망자의 흔적을 애달파했다.

동삼은 더듬더듬 호주머니를 뒤져 종이 한 장을 꺼냈다. 2년 전 도장을 나와 떠돌 때 만난 한씨 노인의 유품이었다.

동삼이 한씨 노인을 만난 곳은 대구 서문시장 근처 다리 밑이었다. 갑자기 내린 비를 피하려고 다리 밑으로 내려간 동삼이 하염없이 비를 바라보고 있을 때였다.

"얘야. 이리 들어와서 비를 피하렴."

움막을 덮은 거적을 들추며 한 늙은 걸인이 동삼에게 말을 건넸다. 까치집을 한, 머리가 하얗게 센 늙은 걸인이었다. 동삼이 아무런 대답이 없자 그 노인은 동삼의 손을 잡아끌며 움막 안으로 들어갔다. 한 평 남짓한 움막이었는데 동삼은 왠지 마음이 편안했다.

"배고프거든 이걸 먹어라."

노인이 동삼에게 불쑥 함지박을 내밀었다. 금이 가서 갈라진 부분을 굵은 철삿줄로 듬성듬성 꿰맨 함지박 안에는 밥이 들어 있었다. 그날따라 일거리를 하나도 얻지 못해 점심때부터 굶은 동삼은 스스럼없이 그가 내민 함지박의 밥을 퍼먹었다. 그러한 동삼을 물끄러미 보며 노걸(老乞)이 말했다.

"애야, 너는 걸상(乞相)이 아니구나."

"걸상이 따로 있습니까. 얻어먹으면 다 걸인이지요."

노걸이 고개를 저었다.

"그렇지 않다. 마음이 편치 못하면 결코 걸인이 되지 못한다."

그날부터 동삼은 노걸과 함께 살았다. 노걸은 주위 다른 거지들에게서 한씨라고 불렸고, 동삼은 그를 할아버지라고 불렀다. 노인은 하루 한 번 이상 밥을 얻으러 가는 적이 없었고, 필요 이상 많은 밥을 얻어오는 법도 없었다.

같이 생활하며 이런저런 얘기를 나누어본 동삼은 뜻밖에도 노인이 세상 이치에 밝은 사람이라는 것을 알 수 있었다.

하루는 노인에게 어떤 신사가 찾아왔다. 양복을 말쑥하게 뽑아 입은 신사였는데 두 사람은 움막 안에서 뭔가 오랫동안 심각하게 이야기를 나누었다. 이윽고 그 신사는 몹시 실망한 표정으로 돌아갔다.

"그 사람은 내 조카다. 내가 공부시켜주고 결혼도 시켜주고, 몇 십 년 해오던 가게까지 물려주었지…… 조카며느리와 내가 잘 맞지 않더구나. 그래서 내가 나와버렸다. 자꾸 사서 고생하지 말고 자기가 잘 모실 테니 들어와 살라는구나. 그 아이 눈에는 내가 고생하는 것으로 보이는 모양이지."

"따라가실 걸 그랬나 봐요."

노인이 빙그레 웃었다. 그의 웃음은 넉넉했다.

"이게 편하다."

동삼은 노인이 그렇게 오랜 세월 동안 가꾸어오고 지켜왔던 모든 것을 버린 이유를 알 수 없었다. 그가 왜 초라한 걸인이 되어 떠돌아다니는지 더욱 이해할 수 없었다.

동삼과 같이 생활해온 지 달포가 흐르는 동안 노인은 날로 쇠약해져갔다. 어떤 때는 밥을 얻으러 갈 기력조차 없어 동삼이 일을 해 먹을 것을 가져오면 같이 나누어먹곤 했다. 그러면서도 그는 동삼에게 조금도 미안해하는 기색이 없었다.

그날은 동삼에게 특히 일거리가 많은 날이었다. 동삼은 노인이 제일 좋아하는 밀가루 빵을 한 봉지 사들고 움막으로 돌아왔다. 잠자는 노인을 흔들어 깨웠지만 노인은 움직일 줄 몰랐다.

동삼은 마침내 그가 죽었다는 걸 알았다. 노인의 얼굴은 깊은 잠에 빠진 듯 고요했다. 동삼은 노인의 죽음을 근처 움막에 사는 걸인들에게 알렸다. 그의 시신은 동료 걸인들이 수습했다.

몇 번 찾아온 적 있는 조카의 주소나 연락처를 알 수 있을까 해서 움막을 뒤졌지만 움막 안에는 아무것도 없었다. 단지 노인이 입고 있던 해진 옷에서 종이에 적힌 한시(漢詩) 한 수를 찾아냈을 뿐이다.

그 종이가 지금 동삼의 손에 들려 있는 종이였다. 누렇게 변색된 종이 위에는 한자로 이렇게 적혀 있었다.

空手來 空手去
世上事 如浮雲
成墳土 人散後
山寂寂 月黃昏

한문깨나 하던 날품팔이 임씨 아저씨가 풀어준 뜻은 이러했다.

빈손으로 왔다가 빈손으로 가는 세상
인간 세상 만사가 다 뜬구름과 같구나
무덤 위에 흙이 쌓이고 사람들이 하나둘 흩어지니
산은 저 홀로 쓸쓸하고 황혼에 뜬 달만 외롭구나.

당시 이 글을 처음 한씨 노인 품속 주머니에서 발견했을 때는 단순한 하나의 시구로만 여겼었다. 그러나 이제는 이해할 수 있었다. 그 글은 한마디로 무상(無常)을 설하고 있었다.

동삼은 그 종이를 유민재의 옷가지 위에 던졌다. 바짝 마른 종이는 금시에 오그라들더니 찰나지간 맹렬한 불길을 피워올린 후 이내 재가 되어 바람에 날려갔다.

동삼이 망연히 중얼거렸다.

"도대체 바둑이 무엇이길래……."

불길이 꺼지고 잿더미에서 모락모락 연기가 피어올랐다.

유민재의 자살 후 동삼은 바둑에 회의를 느꼈다. 동삼은 명운과 대국을 하게 되면 원인 모를 증오심이 끓어올랐다. 동삼은 그를 무너뜨리기 위해 사력을 다했다. 유민재의 죽음이 그 자신의 심약한 기질 탓이라는 것은 자명하다. 그가 죽기 전 자신을 찾아왔을 때 따뜻한 말 한마디 없이 돌려보낸 것을 동삼은 후회했다.

동삼은 그를 죽음으로 몰고 간 명운의 번뜩이는 기재를 어떻게 하든지 꺾어버리고 싶었다. 자연스레 동삼의 바둑에는 이제까지의 온후하고 견고한 기풍 대신 이기고자 몸부림치는 승부의 집착이 드러나 보였다.

설숙은 동삼과 명운의 바둑을 구경하다가 동삼의 기풍이 바뀐 것을 목격했다. 평소 두터움과 세력을 지향해오던 동삼이었다. 바둑은 고수가 되어갈수록 함부로 상대의 말을 건드리지 않는 법이다. 그런데 동삼은 초반부터 판을 난전으로 이끌더니 곳곳에서 시비를 걸어 어지럽게 짜나가고 있었다. 평소의 바둑과는 달리 그의 바둑엔 살벌한 기운이 흐르고 있었다.

수읽기가 모자라는 하수가 저런 식으로 두다가는 스스로 자멸하는 법이거늘…….

한편으로는 그렇게 생각하면서 다른 한편으로는 이제까지 볼 수 없었던 동삼의 기운을 보고 가슴이 섬뜩했다. 동삼의 행마는 그 아비 추평사를 연상케 했다. 평사에게서 보았던 축축한 살기를 동삼에게서 느끼며 설숙은 이마를 찌푸렸다.

근본적인 기량 차이로 바둑은 동삼이 점점 불리해졌다. 중반을 넘어서자 형세는 도저히 손써볼 수 없는 상태가 되었다. 그러나 동삼은 끝까지 물고 늘어지며 여기저기 무리한 승부수를 띄웠다. 명운의 바둑은 약점이 없는 반면 동삼의 바둑은 곳곳이 허약한 데다 집으로도 근 10여 집 이상 차이가 나 있었다.

설숙은 동삼의 태도가 정당하지 못하다고 여겼다.

"승부가 자명하지 않느냐!"

보다 못해 설숙이 동삼을 꾸짖었다.

평소 설숙은 대국중에 자리를 지키는 일이 드물었고, 설사 그 자리에 있더라도 문하생들 대국에 관해선 일체 간섭이 없었다. 설숙의 이례적인 질타에 동삼의 얼굴이 곤혹스럽게 변했다. 조금은 표독스럽기조차 한 얼굴이 고개를 치켜들고 대꾸를 했다.

"좀 더 두어보겠습니다."

갑자기 실내에 물을 끼얹은 것 같은 정적이 흘렀다. 상상조차 해본 적 없는 스승에 대한 반박으로 당사자인 동삼보다 다른 문하생들이 오히려 겁에 질린 표정이다.

동삼으로서는 평생 가야 제자들 대국에 말이 없던 스승이 유독 자신을 몰아붙이자 불쑥 반발심이 생긴 것이었다.

"못난 놈!"

설숙이 노기충천하여 자리를 떴다.

그 일이 있은 후로 설숙은 동삼을 대할 때면 한층 더 냉담해졌고, 동삼은 동삼대로 점차 바깥으로 나돌기 시작했다. 도장을 비우는 일이 잦았고 어떤 때는 저잣거리에서 아무하고나 바둑을 두며 날밤을 새웠다. 동삼의 생활은 점차 중심을 잃고 흔들렸다.

설숙은 그 모든 것을 알고 있었다. 처음에는 유민재의 죽음으로 인한 충격에서 벗어나지 못한 것이라고 이해하려 애썼다. 유민재의 자살은 설숙에게도 크나큰 충격이었다.

오래전에 죽은 서 여인이 자꾸 생각났다. 골목길에서 늘 마주치곤 하던 서 여인.

지난 가을에도 들국화는 어김없이 피었다. 길을 가다 들국화만 보면 설숙은 가슴이 저릿했다.

유민재가 유서 한 장 남기지 않고 떠났지만 자살의 원인은 뚜렷했다. 애초에 그를 받아들이지 말 것을 하는 때늦은 후회가 들기도 했다. 동삼의 불성실한 태도를 그런 맥락에서 이해하려고 애썼다. 누구보다도 성실하게 공부하던 동삼이 아닌가.

그러나 동삼의 방황은 너무나 길었다. 자칫하다가는 여목 스승으로부터 내려온, 도장을 지탱하는 근본 축이 동삼으로 인해 뿌리째 흔들릴지 모른다는 불길한 생각이 들었다. 동삼의 방황은 길고 거칠었다. 스승의 가르침에 순종해야 할 제자 된 몸으로 스승에게 대들기까지 했지 않은가. 동삼이 밤늦게 들어오는 걸 설숙은 벌써 여러 차례 보았다.

도저히 흔들리는 마음을 다잡을 수 없었던 동삼은 술에 잔뜩 취해 도장으로 돌아오는 날이 잦았다. 술에 취하면 동삼은 비로소 세상이 낙관적으로 보이기 시작했다.

'상관없어, 어떻게든 되겠지.'

동삼은 쓰러질 듯 쓰러질 듯 방 앞으로 다가갔다. 털썩 방문 앞 툇마루에 앉은 동삼은 막연히 하늘을 올려다본다. 깨알 같은 별들이 총총히 박힌 밤하늘이 빙글빙글 돌았다.

스승의 방엔 아직 불이 훤했다. 동삼이 비틀거리며 방으로 들어가는데 느닷없이 어둠 속에서 스승이 나타났다. 스승은 유민재가 목을 맨 뒤뜰을 돌아나오고 있었다. 동삼은 간신히 몸을 일으켜세웠다. 정신은 멀쩡한데 몸이 따라주질 않는다. 달아오른 취기 탓에 몸의 균형이 흔들린다. 바로 앞까지 다가온 스승은 흘깃 동삼을 쳐다보더니 아무런 말 없이 안채로 올라갔다. 스승의 뒷모습은 완강하기만 하다. 철벽같았다.

목이 마르다. 동삼은 흐느적흐느적 뒤뜰 우물가로 가서 샘물을 퍼마셨다. 물을 마셔도 갈증은 더 심해진다. 동삼은 바가지를 든 채 유민재가 목을 맨 나무를 올려다보았다.

민재가 어두운 얼굴로 자신을 내려다보고 있었다. 동삼은 고개를 흔든다. 그러자 민재는 간 곳이 없고 나무 위로 밤바람이 분다. 모든 게 다 꿈만 같았다.

조선의 국수(國手) 산맥

"그로부터 오래지 않아 동삼은 다시 도장을 나가버렸네."

박 화백은 어쩐지 추동삼의 그런 흔들림이 오히려 인간적인 모습으로 비쳐졌다.

"설숙 스승은 왜 그리 추동삼씨에게 무관심했습니까?"

"……"

"스승 된 도리로 제자의 마음을 잡아주어야만 하지 않았을까요?"

"스승이란 자리는 단순히 지식을 전달해주는 위치가 아닐세. 제자들에게 삶의 지표를 보여주는 하나의 상징이기도 하지. 그것은 말없는 그늘이고 삶의 울타리이기도 하네."

담담한 해봉처사의 대답을 들으면서도 박 화백은 그 말에 선뜻 찬동할 수 없었다. 인간과 인간의 관계는 서로 공조함으로써 더욱더 빛이 나는 법인데 스승의 그 지나친 냉담은 쉽게 납득이 가지 않았다.

"그래서 추동삼씨는 영원히 설숙 스승과 헤어졌습니까?"

"아닐세. 어떤 면에선 동삼과 스승의 관계는 그때까지는 서막에 불과했네."

"그럼 추동삼씨가 다시 도장으로 돌아왔습니까?"

"그렇다네."

"어떻게 다시 돌아오게 되었습니까?"

해봉처사는 스르르 눈을 감으며 허연 수염을 쓸어내렸다.

"전쟁 때문이었네."

"전쟁이요?"

박 화백의 반문에 해봉처사가 눈을 떴다. 웬일인지 그의 눈에는 한풀 힘이 빠져 있었다.

"전쟁은 설숙도장의 모든 것을 뿌리째 뒤흔들었네. 당시 스승께서는 슬하의 두 딸을 모두 혼인시킨 후였는데 전쟁이 일어나기 몇 달 전 부인까지 잃고 혼자 되셨지. 막상 전쟁이 터지자 문하생들은 모두 뿔뿔이 흩어지고 스승 곁에는 나밖에 남은 사람이 없었다네."

"정 국수님도 스승 곁을 떠나버렸단 말입니까?"

해봉처사가 씁쓸하게 웃었다.

"그에게도 지키고 따라야 할 가족이 있으니까 어쩔 수 없었겠지. 아무튼 모두 떠나버리고 스승과 나 단둘이 짐을 꾸리고 있을 때 뜻밖에도 동삼이 나타났네. 햇빛에 검게 그을려 있었지만 건강한 모습이었네. 그동안의 세월 탓인지 청년이 다 되어 있더구만."

"설숙 스승의 반응은 어땠습니까? 평소 그분 성격으로 보아 비록 전쟁 때문에 돌아왔다고 하지만 쉽게 받아들이긴 어려웠을 텐데요."

해봉처사는 단호히 박 화백의 말을 부정했다.

"그렇지 않네. 스승님은 제자를 받아들이는 데는 까다로웠지만 일단 제자가 되고 나면 나가고 들어옴에 크게 간섭하지 않았다네. 여목 스승의 시대와는 달리 스승님의 시대야말로 극한 혼란의 시대였으니까. 스승님은 그런 시대적 상황을 충분히 감안하고 계셨네."

"짐을 꾸려라."

설숙이 동삼에게 한 말은 그뿐이었다.

전쟁이 터지자 피난민들의 물결로 서울은 아비규환에 빠져 있었다. 그 혼란의 와중에 도장으로 돌아온 동삼을 설숙은 조석으로 대하는 제자를 보듯 담담하게 일렀다.

동삼은 주위를 둘러보았다. 바쁘게 짐을 싸는 최해수 외에는 아무도 없었다. 여기저기 내팽개쳐진 잡다한 물건들로 집안은 온통 어수선했다. 동삼은 서둘러 짐을 정리하기 시작했다.

난이 눈에 띄었다. 어지러운 속에서도 서가 한쪽에 놓인 난초는 푸르른 잎사귀를 늘어뜨린 채 싱싱하게 생명의 입김을 불어내고 있었다.

다시 돌아올 때까지 저 난이 살아 있을까?

그 경황중에도 동삼은 그런 생각을 했다.

아무것도 기약할 수 없는 피난길이었다. 동삼은 난을 바깥에 내놓고 서재에 있는 귀중한 기보와 서책들을 정리했다. 마지막으로 동삼은 벽송을 등에 지고 마당으로 내려왔다. 가까이에서 포성소리가 들려왔다. 더이상 머뭇거릴 시간이 없었다. 최해수가 어깨에 짐을 걸머지고 스승을 불렀다.

"스승님."

설숙은 통한의 눈길로 도장을 바라보고 있었다.

스승 여목을 따라 도장으로 들어선 지 어언 40년. 수많은 사람들이 이 도장을 거쳐 나갔다. 그 얼굴들이 주마등처럼 스쳐간다. 마음은 늘상 여목 스승의 가르침을 따라 꿋꿋하게 그 유지를 계승해 나가리라 다짐하곤 했지만, 돌이켜보면 스승의 뜻에 크게 부합되지 못했다. 그나마 지켜오던 이곳을 쫓기듯 떠나야 한다는 사실에, 지나온 40년 세월이 한자락 봄처럼 덧없이 사라지는 것 같았다.

설숙은 아무 말 없이 돌아서서 발길을 옮기기 시작했다.

금방 다시 돌아올 수 있을 거라는 그들의 한가닥 희망은 결국 물거품이 되었다. 남으로 남으로 끝없이 내려온 피난길은 부산까지 이어졌다. 부산에서 피난 생활을 하던 중 최해수는 자원해서 군에 입대했다.

자신의 부친과 같이 만주에서 독립운동을 했던 사람을 남포동에서 우연히 만난 최해수는 뜻밖에 그에게서 목말라하던 아버지의 소식을 들었다. 아버지는 꿈에도 그리던 해방을 미처 보지 못하고 광복되기 한 해 전 만주에서 광복군에 편입돼 관동군과의 교전에서 목숨을 잃었다.

아버지 죽음으로 실의에 빠져 있던 최해수는 홀연히 자원입대를 결심했다. 설숙은 떠나는 최해수를 그대로 두었다.

마침내 설숙과 동삼 둘만 남게 되었다.

그로부터 몇 개월 후 9·28 수복이 되자 동삼과 설숙은 도장으로 다시 돌아왔다. 하지만 필동 도장은 원소유자 손에 이미 넘어가버린 후였다.

원래 여목으로부터 설숙이 물려받은 도장은 거부인 인사동 한 바둑 애호가의 소유였다. 그의 자식들은 재산도 많았을 뿐더러, 아버지 유지를 받들어 그동안 한 번도 도장 일에 간섭한 적이 없었다. 그러나 전쟁통에 서울은 이미 폐허로 변해버렸고 도장의 원래 주인도 막대한 피해를 입었다.

그들은 요행히 폭격을 피한 도장으로 거처를 정했다. 비록 선대의 유지가 있었다 하나 그들로서는 어쩔 수 없는 결정이었다. 설숙과 동삼은 졸지에 오갈 데 없는 신세가 되고 말았다. 설숙이 그간의 사정을 설명하고 그들에게 양해를 구했으나 설숙의 뜻은 받아들여지지 못했고, 결국 설숙과 동삼은 설숙의 향리인 봉화로 내려갔다.

고향은 황폐했다.

전쟁이 터지자 그동안 설숙의 재산을 돌보던 아우는 그 많은 땅과 집을 헐값으로 처분해버리고 사라졌다. 고향에 돌아온 설숙에게 남아 있는 재산이라고는 옛 본가에서 10리나 떨어진, 조부 소담이 학문을 닦았던 고가와 그 집에 딸린 텃밭이 전부였다.

당장 겨울을 넘기는 것이 급선무였다. 동삼은 고가에 짐을 풀자마자 일거리를 찾아 헤맸다. 봉화는 다른 곳에 비해 비교적 전쟁의 피해가 적었다. 언젠가 아버지 평사의 흔적을 더듬기 위해 꼭 한 번 찾아와본 적 있는, 어찌 보면 동삼과도 전혀 무관할 수 없는 곳이었다.

동삼은 우선 날품을 팔아 양식을 장만했다. 그리고 일거리가 없는 날은 산에 올라가 나무를 해오고 텃밭을 일구어서 채마를 가꾸었다.

스승은 일체의 간섭이 없었다. 필동 도장에 있을 때와 마찬가지로 난과 서화에만 관심을 기울였다. 틈틈이 산에 올라 야생란을 캐와 화분에 옮겨 심고 가꾸는 것으로 낙을 삼았다.

스승은 여전히 제자에게 냉담했다. 동삼이 아침이면 서리를 밟고 나가 삯일로 파김치가 되어 돌아와도, 밤늦도록 산길을 헤매며 땔감을 해 날라도, 새벽이 다 되도록 혼자서 바둑 공부에 매달려 밤잠을 설쳐도 스승은 제자를 못 본 척했다. 기나긴 겨울이 되어 농한기 동안에는 두문불출한 채 동삼은 스승의 무관심엔 아랑곳없이 꾸준히 바둑책을 가까이했다.

동삼은 스승에게 바둑을 배우고 싶었다.

돌이켜보면 동삼이 정식으로 스승 밑에서 수업한 기간은 3년 남짓했다. 문하에 들기로는 7, 8년이 되었고 도장에 처음 발을 들이민 시간까지 합하면 십 수 년이 되었으나 그 대부분의 시간은 일에 매달리거나 바깥으로 나돌면서 보냈다.

이제 스승과 단둘이 남게 되었다는 사실은 어떻게 보면 동삼이 스승을 단독으로 사사할 수 있는 절호의 기회였다. 그러나 동삼은 마음속으로는 치열하게 배우려는 욕구를 불태우면서도 한 번도 속마음을 스승에게 내

비친 적이 없었다. 그러면서 항상 스승의 거동을 예의주시했다.

조석으로 스승과 마주칠 적마다 동삼은 무표정한 스승의 얼굴이 거북했다. 허기나 간신히 면할 허술한 밥상을 받으면서도 스승은 아무런 내색이 없었다. 스승은 아예 바둑을 잊어버린 듯했다. 요지부동인 스승을 대하면서 동삼은 갈등했다.

언제나 두 사람 사이엔 어색한 기운이 흘렀고, 제각기 자신만의 생각에 골똘히 빠져 있었다. 그러한 가운데 세월은 어김없이 흘러갔다.

험난한 산굽이를 관솔불 하나에 의지해 겨우겨우 밤길을 가듯 막막하기만 했던 겨울이 힘들게 지나갔다. 악몽처럼 기나긴 봄날 춘궁기도 어렵사리 고비를 돌았다. 여름이 지나 가을이 깊어지자 몸을 사리지 않고 부지런히 일한 탓인지 부족하나마 다시 들이닥친 겨울을 넘길 차비는 간신히 마련되었다.

봉화에 내려온 지 1년이 지난 것이다.

그 1년 동안 시봉할 사람 하나 없고 찾아오는 이마저 드문 고적한 집에서 두 사람은 물과 기름처럼 겉돌았다.

그러던 어느 날 한적한 고가에 뜻밖의 손님이 찾아왔다.

호남 국수 이재사(李栽查).

그의 방문은 설숙과 동삼 두 사람 사이에 일대 전기를 마련해주었다.

그날은 설숙이 10리나 떨어진 옛 본가 마을로 출타를 한 다음 날이었다. 옛날에 비할 순 없지만 누대에 걸쳐 쌓아올린 명문거족의 영향력은 아직 곳곳에 남아 있었다. 가끔씩 옛 마을 유지들과 어울리기도 했던 설숙은 그날도 본가 마을 한 유지의 초대를 받고 출타중이었다.

한번 출타하면 스승은 통상 사나흘 만에 돌아왔다. 전날 오후 느지막이 나갔던 스승은 다음 날 정오가 넘어도 돌아올 줄 몰랐다. 동삼은 살그머니 스승의 방으로 건너갔다.

피난통에 일부 유실되기는 했으나 대부분의 서책과 기보들은 옛날처럼 서재에 정리되어 있었다. 벽송 또한 서재 한구석에 놓여 있었다. 그 난리를 겪으면서도 한 번도 스승 곁을 떠나지 아니했던 벽송은 옛날 그 모습 그대로 삼베보에 싸여 있었다.

동삼은 가만히 삼베보를 걷었다. 오랜만에 반면을 드러낸 벽송에는 변함없이 신비로운 기운이 감돌았다. 실로 오랜만에 접하는 벽송의 반면이었다. 600년 비자의 촘촘한 빗살무늬가 황홀하기까지 했다. 홍임보(本因坊)가에 내려오다, 망명중이던 개화파의 거두 김옥균(金玉均)에 의해 유실되었다는 전설의 부목반(浮木盤)이 가당키나 하랴 싶었다.

동삼은 대담하게도 벽송을 들고 자신의 방으로 돌아왔다. 스승에 대한 미묘한 갈등으로 감히 상상도 못할 생각을 행동으로 옮긴 것이다. 한 걸음 더 나아가 동삼은 여목 대스승과 위지손의 기보를 찾아서 가지고 나왔다. 그 기보는 미완성의 바둑이었기 때문인지, 혹은 다른 특별한 연유가 있었음인지 설숙 스승이 여간해서 유출시키지 않는 기보였다.

동삼은 기보에 따라 복기를 하기 시작했다.

한 수 한 수 반상 위에 돌을 놓으며 동삼은 점차 여목 스승의 바둑에 매료되어갔다. 여목 스승의 대지를 질타하는 그 웅장한 바둑을 접하며 동삼은 눈이 휘둥그레졌다. 가슴을 차고 오르는 뭐라 표현할 수 없는 감동에 동삼의 마음은 걷잡을 수 없이 황홀한 지경에 이르렀다. 한 마리 대붕이 되어 거대한 나래를 펴고 하늘로 치솟아 까마득한 구름 위를 날아가는 위대한 여목 스승의 모습이 금방이라도 보이는 것 같았다.

기보의 마지막 수인 무형(無形)의 수를 착수하며 동삼은 아버지 추평사 생각에 목이 멨다.

"네 아버지는 여목 선생이 가장 사랑했던 제자였다."

정 노인의 말이 불현듯 가슴을 친다.

바둑판 위에 한 번도 본 적이 없는 여목 스승의 얼굴이 그려지고, 아버지 평사의 초췌한 모습이 새겨진다.

"실례하겠소이다."

삽짝 밖에서 생소한 음성이 들린다. 동삼은 일순 당황했다. 제풀에 놀란 동삼은 허둥지둥 벽송을 들고 나와 스승의 방에 갖다놓았다. 식은땀이 주르륵 등허리를 타고 흘러내렸다.

"누구십니까?"

삽짝 밖에는 중후해 보이는 한 중년 사내가 서 있었다. 단정한 두루마기 차림에 머리는 희끗희끗하고 얼굴이 기다란 사람이었는데 눈이 표범같이 날카롭게 찢어져 있었다.

"여기 설숙 선생이라고 계시오?"

"지금 출타중이십니다."

"그러시오."

사내는 삽짝문을 밀고 들어섰다. 제 집을 찾아온 듯 당당한 걸음걸이였다.

"찾아오긴 바로 찾아온 모양이군."

사내가 대청에 걸터앉으며 물었다.

"그분의 제자 되시오?"

"그렇습니다."

사내는 마당을 휘 둘러본다.

"어떻게 오셨습니까?"

"설숙 선생을 만나러 왔네."

사내는 거침없이 반말이다.

"언제 돌아오시는가?"

"잘 모르겠습니다."

"그럼 기다리지."

사내의 행동거지로 보아 스승을 만나기 위해서라면 며칠이라도 기다
릴 태세다.

저녁 밥상을 물리면서 사내가 한숨을 쉬었다.

"조선 국수 생활이 말이 아니군."

"……."

"이보게 젊은이, 내가 누군지 아나?"

"모릅니다."

"나 호남의 이재사일세."

이재사? 그러고 보니 언젠가 최해수 형에게서 얼핏 들은 기억이 났다.

이재사는 여목 스승에게 유일하게 한 판을 이긴 일이 있는 호남 국수
조규옹(趙圭雍)의 제자였다.

당시 조규옹은 40대 중반의 한창 나이였고, 여목 스승은 60이 넘은 나
이로 노쇠해 있었다. 세 판을 두어 한 판을 이겼는데 그걸 두고 한때는 세
간이 떠들썩했다. 일부 말하기 좋아하는 사람들은 여목 스승의 시대가 가
고 이제 조규옹의 시대가 찬란히 열릴 것이라고까지 했다.

여목 스승이 타계한 후, 조규옹은 하늘을 보고 한탄하며 틀어올린 상
투를 자르고 눈물을 흘리며 전주(全州)로 내려가 칩거했다는 유명한 일화
가 있었다.

호남 국수 조규옹, 그가 심혈을 기울여 길러낸 수제자가 바로 이재사
였다.

"자네 동설 선생 소식은 아는가?"

별안간 이재사가 동설 선생을 거론한다. 동설 선생이라면 한때는 설숙
스승과 쌍벽을 이루었던 여목도장의 기둥이자 빼어난 기량을 지닌 감각

의 달인이 아니던가.

"아는 바 없습니다."

"그러신가."

혼잣말하듯 이재사가 중얼거린다.

"난리통 때문인지 사람들 안부는 알 수 없고……."

밤이 늦어가건만 설숙 스승은 돌아올 기척이 전혀 없다.

"자네 바둑판 가져와보게."

이재사의 말에 동삼이 어리둥절해한다.

"기다리기 무료하니 우리 바둑이나 한판 두세."

예기치 못한 제안에 동삼은 흥분했다. 혼자서 공부해오긴 했으나 실전 대국을 해본 지가 1년이 훨씬 넘었다. 조규옹의 수제자라면 그 실력은 불문가지, 동삼으로서는 횡재인 것이다.

"알겠습니다."

대답은 침착했지만 돌아서서 가는 동삼의 손끝이 부들부들 떨렸다.

이게 얼마 만의 대국인가. 그러니까 1년도 더 된 부산 피난 시절, 최해수와 선으로 두 판의 바둑을 둔 이래 처음이 아닌가.

그때 동삼과 최해수는 1승씩 나누어 가졌다. 그 직후 최해수는 자원입대를 했고…….

"제가 몇 점을 놓으면 되겠습니까?"

마주 앉아 동삼이 물었다.

"알아서 놓게."

"그럼 흑을 쥐고 선으로 한번 두어보겠습니다."

"그렇게 하시게."

동삼은 처음부터 판을 신중하게 짜나갔다.

사실 동삼은 흑을 쥐고 선으로 두어볼 만하다고 생각했다. 그동안 실력이 다소간 늘어 동삼은 혼자의 추측이긴 했으나 정명운에게도 이젠 흑으로 두어볼 만하다고 생각하고 있었다.

비록 스승의 기력은 알 수 없으되 이제까지 만나본 최고의 바둑은 명운이었다. 평소 동삼은 명운을 모든 판단의 기준으로 삼았다. 아무리 이 재사가 호남 국수라지만 기껏해야 명운과 비슷한 수준일 것으로 짐작했다.

그러나 동삼의 계산은 철저하게 빗나갔다.

이재사의 바둑은 예상보다 훨씬 강했다. 세력과 실리가 적절히 조화된 물샐틈없는 바둑을 구사했다. 명운보다는 윗길이라는 판단이 확연히 든다. 행마의 감각이 명운처럼 화려하진 않지만 물 흐르듯이 유연한 바둑이었다. 안간힘을 쓰며 버티긴 했으나 동삼은 역부족인 걸 절감했다.

해거름에 시작한 바둑이 새벽 한 시가 가까워서 끝이 났다. 동삼이 돌을 던졌다. 완벽하게 밀린 한 판이었다. 돌을 쓸어담으며 이재사가 말했다.

"자네 설숙 선생 밑에서 몇 년을 배웠나?"

동삼은 잠시 망설이다가 대답했다.

"입문한 지는 8년 됩니다만 실제로 수습한 기간은 2년이 좀 넘었습니다."

"그래?"

이재사의 고개가 갸웃하더니 말끝이 묘하게 감긴다. 감탄을 하는 건지 비웃는 건지 모호한 어투다.

"나에게도 자네만한 제자가 한 명 있네."

"……"

"김헌자라는 아이인데 명인의 재목이지. 기억해두게. 언젠가는 만나게 될 걸세."

김헌자. 동삼은 무심코 흘려들었지만 김헌자는 후일 동삼에게 패한 후 상당한 친분을 맺게 된다.

　그날 밤. 동삼은 새벽이 가까워오도록 이재사와 둔 바둑을 복기 검토했다. 여러 각도로 수순을 검토해봤으나 이미 이재사의 바둑은 자신이 넘볼 그런 바둑이 아니었다.

　행마의 형태가 뚜렷했고 대목대목마다 일목요연하게 답을 내려주고 있었다. 자신이 상대하기에는 역부족이었다.

　다음 날 밤이 되어서야 설숙 스승이 돌아왔다. 이재사는 스승과 수인사를 나누자마자 대뜸 스승에게 시비투로 나왔다. 동삼에게 대하던 것과는 전혀 다른 태도였다.

　"작금의 국수 계보에 문제가 있소이다."

　이재사의 눈에는 흡사 광기와 같은 빛이 어린다.

　"임춘강, 이기명, 하재순, 이들 이름은 선생께서도 익히 아실 거외다."

　"들은 바 있소."

　"그들뿐 아니외다. 이름만 대면 알 만한 무수한 사람들이 내 앞에 무릎을 꿇었소이다. 허나 그들은 한결같이 내가 이 나라의 국수임을 부정했소. 바로 선생이 있기 때문이었소. 그들은 여목 어른의 제자라는 그 한 가지 사실로 선생을 추켜세웠소. 선생과 일면식도 없는 그들이 말이외다."

　"……"

　"여목 어른이 조선 바둑의 대들보였다는 사실을 부정할 생각은 없소. 하지만 그로 인해 후대의 국수를 놓고 형평성이 무너져서야 되겠소? 바둑은 엄연히 승부이거늘, 그리고 선대의 일은 선대의 일일 뿐, 당금의 현실은 현실인 것이오."

　비수를 들이대듯 이재사는 선대의 일을 언급한다.

　이재사의 망막 깊숙한 곳에는 스승 조규옹의 마지막 모습이 단 한시도 떠난 적이 없었다.

"듣거라."

죽음 앞에서도 조규옹은 의연했다. 부복한 이재사의 눈에 눈물이 비 오듯이 흐르고 있었다.

"여목 선생이야말로 진정한 조선의 국수다. 나는 그분을 두려워하면서 도 항상 존경해왔다. 설사 노구의 그분을 이겼다 할지라도 그 사실은 변 함이 없을 것이야. 실로 아쉬운 점은 그분이 타계함으로써 조선 바둑은 대들보를 잃었다는 것이다. 그분이 없는 조선 바둑에 이제 무슨 희망이 있겠느냐. 그래서 나는 이곳으로 낙향했느니라. 내 시대는 여기서 끝이 났다. 훗날 너는 대통을 이어받아 조선의 명인이 되어라."

"스승님!"

조규옹은 죽는 순간까지 이재사를 걱정했다. 혈혈단신 떠돌이 소년을 거두어 재사라는 이름까지 지어준 노 기객 조규옹은 그렇게 갔다.

이재사의 뜻은 확고했다. 노쇠한 여목을 상대로도 한 판밖에 이기지 못한 조규옹의 한이 이재사로 이어진 것이다. 그리하여 설숙을 꺾음으로 써 스승이 뜻한 바는 아닐지 몰라도 제자가 된 도리로 스승의 한도 풀고, 자신은 명실상부한 국수 자리에 오르고 싶었다.

조용히 이재사를 응시하던 설숙이 단호하게 말했다.

"돌아가시오."

분위기가 딱딱해진다.

"돌아가라니 그게 무슨 뜻이오? 내 실력이 모자란다는 뜻이오, 국수 자 리가 불가하다는 뜻이오?"

이재사가 노골적으로 나왔다. 허나 설숙은 바위처럼 꿈쩍도 않는다. 팽팽한 긴장감이 흐른다. 일촉즉발 분위기를 가르며 이재사의 말이 이어 졌다.

"좋소이다. 그렇다면 한 바둑인으로서 선생에게 승부를 청하오."

한참 만에 설숙이 입을 뗐다.

"당신 제의는 받아들일 수 없소."

"무슨 말이오? 그냥 한 바둑인으로서 승부를 청한다 하질 않소!"

"……."

"설마하니 이 나라 국수께서 이 이재사가 두려워서 피하는 건 아닐 터!"

이재사가 슬쩍 변죽을 울린다.

"하긴 제자의 실력을 보니 선생이 피하는 뜻을 전혀 짐작 못할 바도 아니나……."

처음으로 설숙의 눈에 날이 선다. 이재사는 거침없이 말을 이었다.

"천리 길을 찾아온 사람에게 그냥 돌아가라 함은 국수의 풍모가 아닐 것이오."

설숙이 이재사의 말을 자른다.

"정녕 그대가 내 뜻을 모르오?"

기도를 언급하는 설숙의 말을 이재사가 모를 리 없다. 그러나 이재사는 설숙의 예봉을 기세로 맞섰다.

"그 어떤 이유도 승부를 막을 순 없소이다."

두 사람의 시선이 강하게 부딪쳤다. 시간이 흐를수록 이재사의 기세는 활활 타오르고, 반대로 설숙은 침울해진다.

문 밖에서 두 사람의 거동을 지켜보는 동삼은 조마조마하다. 이재사가 제자를 운운하자 동삼은 스승에게 죄스럽다. 스승의 바둑은 알 수 없지만 동삼이 보기에 이재사의 바둑은 기량이 뛰어났다.

차라리 이재사가 그냥 돌아갔으면…….

동삼은 자신도 모르게 그런 생각을 했다. 얼마 후 방 안에서 스승의 말이 들려왔다.

"정히 그대가 원한다면……."

이윽고 방 안에서 돌 놓는 소리가 들려오기 시작한다. 만월에서 하현으로 이지러지는 달빛 아래서 동삼은 꼼짝없이 방문 앞에 서 있었다. 달빛이 훤한 고가의 밤. 달빛은 섬돌을 적시고 툇마루를 적시고 동삼의 발목에 와 닿는다.

마음 같아서는 당장 방 안으로 뛰어들어가 두 사람의 바둑을 보고 싶지만 그럴 수는 없는 일. 동삼은 몸이 달았다. 단 한 번도 본 적 없는 스승의 바둑이 궁금해서 동삼은 견딜 수가 없는 것이다.

어떻게 되었을까. 누가 유리할까. 만약 스승이 지기라도 한다면…….

돌 놓는 소리가 늘어갈수록 동삼은 입안이 바짝 마른다. 겨울밤의 싸늘한 야기(夜氣) 속에서 동삼은 밤새도록 방문 앞을 서성거렸다.

기나긴 밤이 지나고 아침이 왔다.

드문드문 들리던 바둑돌 놓는 소리가 잠시 정적에 빠지더니 갑자기 소란스러워진다. 누군가 패국을 인정했고 돌을 거두는 소리였다. 동삼의 흥분은 절정으로 치달았다. 어느 쪽이 이겼든 승부는 이제 끝이 났다. 동삼은 스승이 이겼기를 간절히 바랐다. 미우나 고우나 그래도 스승이 질 않은가.

바둑돌 놓는 소리가 멎었고 방 안은 고요하다. 잠시 후 이재사의 음성이 두런두런 새어나온다. 내용은 알 수 없으나 분명 이재사의 목소리였고 스승의 말은 한 마디도 들리지 않는다.

덜컥 방문이 열렸다. 이재사가 앞서 나오고 스승이 뒤처져 나온다. 동삼은 재빨리 두 사람의 기색을 살폈다. 설숙 스승의 낯빛은 침울하고 이재사의 표정은 편안하다.

스승이 졌구나!

스승의 모습은 동삼의 짐작을 보다 구체화시켜주었다.

삽짝 밖에서 스승과 이재사는 서로 헤어졌다. 방 안으로 들어가는 스승의 뒷모습은 여전히 무거웠다.

동삼은 급히 이재사의 뒤를 쫓아갔다.

"가십니까?"

겨울 아침 투명한 햇살 아래 선 이재사의 얼굴에 부드러운 미소가 어린다.

"젊은이."

"예."

"스승님을 잘 보필하게."

스승의 어두운 얼굴과 이재사의 밝은 얼굴이 뒤섞인다.

역시 스승이 졌구나.

동삼은 고개를 떨구었다.

"자네 스승님은 진정한 국수일세. 그걸 확인한 게 무엇보다도 기쁘이."

이재사의 말이 이상하다. 그렇다면…….

"자네 스승을 통해 넓고 넓은 세상의 이치를 배웠네."

동삼의 발길이 제자리에 멎었다.

"좋은 스승을 만나는 건 하늘이 내린 천복일세."

이재사는 휘적휘적 마을 어귀를 돌아서 돌담길을 걸어갔다.

이재사가 다녀간 지도 열흘이 지났다. 동삼은 그날도 밤늦도록 이재사와 둔 자신의 바둑을 복기하는 중이었다.

그때의 모멸감, 수치심이 새삼스레 가슴을 찌른다. 차라리 제자라고 하지 않았더라면…… 하는 어처구니없는 생각까지 해본다. 무모한 도전, 무리한 치수였다.

스승의 기력은 대체 어느 정도일까? 스승의 바둑은 한 번도 본 적이 없다.

명운에게 선으로 해볼 만하다는 자신감은 지금도 변함이 없다. 이재사와는 두 점이면 해볼 만하다. 그렇다면 확실친 않지만 이재사를 이긴 스승과 자신의 치수는…….

한 번도 본 적이 없는 스승의 바둑에 생각이 미치자 동삼은 스승의 기력에 대한 궁금증으로 애가 탔다. 하지만 스승의 기보는 집안 어디에도 없었다. 스승은 거의 바둑을 두지 않았다. 스승은 일생 동안 제자들의 훈육에만 신경을 써왔다.

별안간 방문이 확 열렸다. 방 밖에는 뜻밖에 스승이 서 있다. 이 늦은 시간에. 꿈을 꾸듯, 환상을 보듯 동삼은 스승을 바라본다. 스승이 방으로 들어온다. 스승의 얼굴에 장엄한 대가의 기상이 엿보인다.

스승은 동삼이 복기중인, 이재사와 동삼이 두었던 바둑을 바라보았다. 반상을 보던 스승의 무쇠 같은 얼굴이 꼭 한 번 일그러졌다. 동삼은 어쩔 줄을 모른다. 스승의 위엄에 짓눌리어 질식할 것만 같다. 스승의 온몸에서 뿜어져나오는 준열한 기세에 동삼은 몸이 자꾸 움츠러든다.

스승은 바둑판 앞에서 꼼짝달싹하지 않았다. 오랜 시간이 지나 이윽고 스승이 판 위의 돌을 손수 쓸어담았다. 돌을 다 쓸어담은 스승은 자리에서 일어났다. 동삼의 마음이 두근반세근반이다.

"마음을 편안히 하도록 해라."

고가에 와서 처음 스승이 제자에게 내린 말이다.

스승은 방문을 열고 밖으로 나간다. 방 안으로 찬 기운이 밀려든다. 동삼은 으스스 몸을 떨었다.

삽짝 밖에서 설숙은 하늘을 본다. 하늘은 희끄무레했다. 동편 하늘에 그믐달이 걸려 있다. 달 주위로 한 무리 구름이 몰려든다. 달은 이내 구름 속으로 묻혀버린다. 희미한 구름 언저리에서 달이 다시 모습을 드러낸다.

조선의 국수(國手) 산맥

달이 흐른다. 구름 따라 달이 흐른다. 칼날 같은 고뇌 속으로 정한(情恨)의
세월이 흐른다.

　그래, 이젠 진심으로 받아주자.

　설숙은 장탄식을 했다.

　어차피 저 아이 인생도 바둑에서 시작해 바둑으로 끝날 수밖에 없다.

　그런 생각이 들었다. 불세출의 천재였던 추평사. 설령 평사의 자질이
그만큼 뛰어나지 못했다 하더라도 역시 평사는 바둑으로 한 인생을 이루
고 마감했을 것이다. 그토록 평사는 바둑에 온몸을 던진 인간이었다. 동
삼도 그 점에서는 평사에 결코 뒤질 게 없었다.

　이젠 진심으로 받아주자.

　설숙의 마음은 평안했다.

　일주일 후 설숙은 정식으로 동삼과 마주 앉았다. 그 첫날의 가르침은
한 판의 바둑으로 시작되었다.

29   스승이 내린 묘리(妙理)

"공·수(攻·守)의 원리에 대해 말해보아라."

바둑이 끝나자마자 느닷없이 스승이 물었다.

다시 바둑을 배우기 시작한 지 1년 반. 스승이 문답을 요구하기는 처음이었다.

아버지 평사의 손에 이끌려 도장에 들어섰던 이래로 동삼은 스승과 단한 번도 지도대국을 가진 적이 없었다. 이재사가 다녀간 얼마 후 난생 처음으로 스승과 대국을 하며 동삼은 경악을 금치 못했다. 이재사보다는 조금 윗길일 것이라는 단순한 추측과는 달리 막상 부닥쳐본 스승의 기력은 상상을 초월했다.

동삼은 스승에게서 명인(名人)의 모습을 보았다. 필설로 형용할 수 없는 명인의 참 모습을.

유민재가 죽고 두 번째 도장을 나왔을 때 동삼은 호구지책으로 심심찮게 바둑을 두었다. 대부분의 생계 수단은 막노동으로 해결했지만 여름 장마철 비수기나 겨울에는 바둑으로 연명했다. 그때 내기바둑을 두며 동삼은 자신의 바둑이 상당한 수준이라는 걸 확인했다.

2년이 넘는 기간을 떠돌아다니면서 동삼은 크게 힘든 상대를 만나본 적이 없었다. 어떤 사람과 두어도 승부를 결할 자신이 있었다. 때마침 일본으로부터 덤이라는 개념이 도입되어 승부의 기준이 보다 명확해지는 과도기였다.

그런 자신감이 있었기에 맨 처음 스승과 두 점 바둑을 두며 동삼은 승부가 될 줄 알았다. 혼자 생각이긴 했으나 이재사와의 바둑이 동삼에게 그런 확신을 심어주었다. 그러나 동삼의 예측은 빗나갔다. 두 점으로 완벽하게 밀리고 나서야 동삼은 어찌하여 스승이 벽송의 주인이 될 수 있었는가를 절감했다.

모든 바둑의 기준을 정명운으로만 생각했던 동삼은 비로소 또 다른 세상을 보게 되었다. 그 넓은 세상에서는 정명운도 하나의 작은 봉우리에 불과했다. 드높은 스승의 바둑 앞에서 동삼은 전율했다. 그리고 동삼은 설숙이라는 높고 고결한 세상에 기필코 도달하고자 하는 확고한 목표를 세웠다.

동삼은 온종일 공부를 했다. 품일을 나가거나 텃밭을 맬 때, 동삼은 손으로는 일을 하면서 머릿속으로는 온갖 수를 그렸다. 세상 모든 것이 바둑판이었다. 모를 심는 못자리도 바둑판이었고 밭에 나 있는 고랑도 훌륭한 바둑판이었다. 동삼은 어둠이 내리면 가물거리는 남폿불 아래서 거의 새벽까지 공부에 매진했다. 동삼의 휴식 시간은 바둑판 앞에서 쓰러져 잠드는 새벽녘 두어 시간이 전부였다.

처음 한동안 스승은 한 달에 한두 번 정도 실전대국을 해주는 것 이외에는 일체 바둑에 대해 말이 없었다. 그러던 스승의 첫 가르침은 다시 바둑을 배운 지 반년 만의 일이었다.

스승과 바둑을 두던 도중 초반 포석의 기로에서 동삼은 한 시간 넘게 장고하고 있었다. 수순을 여러 갈래로 상정해놓고 그 후의 변화와 가치를 검토하며 동삼은 쉽게 착수를 하지 못했다. 묵묵히 동삼의 착수를 기다리던 스승이 처음으로 바둑에 대해 직접적인 언급을 했다.

"애써 좋은 수를 두려 하지 마라. 무리하여 호수를 놓게 되면 필경 그것이 승부를 그르친다."

이제껏 말 한마디 없던 스승의 가르침에 동삼은 가슴이 벅차올랐다. 한번 시작한 스승의 가르침은 거기에서 그치지 않고 계속 이어졌다.

"집착하지 마라! 집착하면 궁색해진다. 투지는 겸양에 못 미치고 집착은 수양이 부족하기 때문이다. 마음이 자유롭지 못한데 어찌 수의 옳고 그름을 분별하겠느냐!"

꽉 막혔던 동삼의 숨통이 일시에 터졌다.

그 후로 스승은 드문드문 동삼에게 바둑의 요체(要諦)를 일러주었다.

1년이 지나 두 점으로 스승을 극복한 직후 처음 선으로 두어 대패했을 때 스승은 동삼의 마음속에 도사리고 있는 사심(邪心)을 극히 염려했다.

"버리고 취함이 극명해야 한다. 작은 것에 연연하면 대세를 보는 눈이 멀어질 것이며, 대세를 놓치는 건 군자의 도리가 아니다. 모름지기 온후해야 하고 청정해야 하며 넓고 깊어야 한다."

그것은 스승의 오랜 대국관을 드러내는 말이기도 했다.

스승의 가르침은 대부분 바둑 전반에 걸친 광범위한 의미를 담고 있었지만 더러는 국한된 부분에 대해서 언급하기도 했다. 세력을 고수하느냐 실리로 선회하느냐를 두고 고민할 때 스승은 동삼을 조용히 타일렀다.

"세력과 실리는 같은 이치다. 세력을 모르고 실리를 논할 수 없고 실리를 모르고 세력을 논할 수 없다."

그때 동삼이 반론을 제기한 건 좀 이례적인 일이었다.

"누구에게나 기풍이란 건 필요하질 않습니까?"

"그렇지 않다. 형태에 구애받지 마라. 꼭 어떤 기풍을 고수할 필요는 없다."

2년 가까이 피나는 노력을 했건만 스승이 내린 묘리(妙理)는 간 데 없고 여전히 기예(碁藝)의 어둠 속을 헤매고 있을 때 스승은 동삼을 크게 꾸짖었다.

"행마의 도리가 죽고 사는 도리다! 왜 모르느냐!"

스승의 그 한마디는 동삼의 폐부를 찔렀다. 동삼의 표정이 환하게 밝아오는 순간 스승이 덧붙였다.

"섣불리 움직이는 것을 금한다. 그 반대도 금한다. 그것을 구별할 때 비로소 고수의 안목을 가지게 된다."

그렇듯 스승은 꼭 필요한 순간에 가장 적확한 말로 동삼의 맺힌 곳을 풀어주었다. 특이한 점은 같은 여목 스승의 제자이면서 똑같은 내용을 두고 아버지 평사와 스승의 표현은 전혀 달랐다는 것이다. 승부처에 대한 시각이 그 중 하나였다.

한번은 복기 검토중에 동삼이 스승에게 무심코 물었다.

"이곳이 승부처가 아닙니까?"

승부처란 말에 스승이 정색을 하고 동삼을 쏘아보았다.

"그게 무슨 말이냐. 바둑에 승부처가 어디 있더란 말이냐. 냇물이 모여 대하(大河)를 이루는 법, 매 수마다 승부처임을 각별히 명심하여라."

어린 시절, 한 판의 바둑에서 승부처는 한 번 아니면 두 번이다. 그때 판을 결정해야 한다던 아버지의 말과 궁극적으로는 같은 뜻인데, 스승과 아버지의 승부에 대한 표현은 여실히 달랐다.

가장 최근의 가르침은 이러했다. 얼마 전, 섣부른 공격으로 스스로 사사로움에 빠져들어 난감해하는 동삼을 보고 스승은 눈살을 찌푸렸다.

"깊이로 잡아야지 재주로 잡아서는 못쓴다."

스승은 꾸준히 자신을 일깨웠다.

그리고 근간에 와서 흑을 쥔 동삼에게 서서히 승부가 보이기 시작했다.

수읽기 눈이 깊어지면서 동삼은 이제 두 가지 바둑을 조금씩 혼합해나 갔다. 하나는 어릴 적부터 몸에 익어온 두터움을 지향하는 바둑이었다. 또 하나는 언제부턴가 무의식 저변에서 깊이 웅크리고 있던 아버지 추평 사의 유산이었다. 그 유산이 오랜 세월의 껍질을 깨고 조금씩 조금씩 동 삼의 온몸에 녹아들었다. 아직은 미흡했지만 동삼의 바둑에는 대를 이어 온 승부의 기질이 언뜻언뜻 비치기 시작했다.

"공수의 원리는?"

동삼이 돈수백배 스승의 질의에 답한다.

"병법에서 말하길 상대를 알고 자신을 알아야만 비로소 상대를 공격할 수 있다 했습니다. 그 원리를 위배하면 필경 상서롭지 못하게 됩니다. 그 러므로 공격은 자신의 안정된 말[馬]을 근거로 하는 것에 우선합니다. 상 대가 물러서면 쉽게 다가가지 말고 항상 달아날 길을 열어주되 묵묵히 쫓 아만 갑니다. 그리하면 결국 상대는 달아나다가 제풀에 쓰러지게 되고 전 열이 흐트러지게 됩니다. 아울러 매몰차게 몰아치지 말며 한칼에 베어버 리는 것을 금합니다. 상대가 배수의 진을 치면 멀리서 주시하되 공격의 고삐를 쥐고 있어야 합니다. 이 도리를 지키면 공격의 형태가 어떤 것이 라도 무리가 없을 것입니다.

방어는 항상 승부에 근접해 있음을 원칙으로 합니다. 대세를 벗어난 방 어는 무의미한 것으로서 방어의 근본은 대세를 놓치지 않는 데 있습니다. 대저 방어의 기본자세는 공·수의 균형을 보는 데 있습니다. 웅크리되 한 걸음 뛰어나가기 위한 방어야말로 방어의 진정한 몸가짐일 것입니다."

설숙은 눈을 굳게 감은 채 동삼의 말을 들었다.

근래 들어 설숙은 동삼의 바둑을 접하면서 한 가닥 염려를 떨쳐버릴 수 없었다. 예전에 명운과의 승부에서만 비치던 승부에 대한 집착이 이젠 노골적으로 드러난다. 설숙이 느닷없이 공·수의 원리를 추궁하는 이유도 여기에 있었다.

설숙의 지론에 따르면 승부에 대한 집착은 종래에 가서 자신의 몸을 망치는 흉기였다. 설숙은 그의 아비 평사 생각을 자주 했다.

설숙이 보기에 평사와 동삼은 판을 짜는 형태가 판이했다. 그런데도 부분적인 발상이나 판을 들쑤시는 힘에서 많은 요소가 일맥상통했다. 승부에 대한 집념이나 기질은 도외시하고라도.

설숙은 동삼에게서 서서히 평사를 느낀다.

펄펄 끓어오르던 신열이 오후에는 좀 가라앉는가 했더니 밤이 되자 또다시 기승을 부리기 시작했다.

벌써 사흘째 동삼은 비몽사몽간을 헤매고 있었다.

이번 겨울과 그 후에 닥쳐올 춘궁기를 대비해 동삼은 지나치게 몸을 혹사했다. 무쇠로 만들어진 몸이 아닌 바에야 버티는 것도 한계가 있었다.

우리 집안이 누대에 걸친 종의 집안이었기에 스승께서는 이리도 냉담한 것인가.

앓아누운 첫날, 동삼은 오히려 스승의 양식을 걱정했다. 둘째 날이 되자 자신이 앓아누운 것을 번연히 알면서도 기척이 없는 스승이 원망스러웠다. 셋째 날에 이르러 마음 한구석에 슬며시 오기가 일어났다.

도대체 스승은 왜 이렇게까지 나에게 냉담한가…….

그저께 텃밭에서 흙을 갈고 있을 때, 남루한 옷차림의 농부가 쌀 포대를 걸머지고 고가로 들어섰다.

"여기가 설숙 선생님 댁이시오?"

"그렇습니다."

포대를 걸머진 농부의 얼굴이 온통 땀에 젖어 있었다.

"안에 기별을 좀 해줄 수 있겠소?"

"무슨 일이시오?"

"만나뵙고 말씀드리겠소."

농부의 집안은 대대로 화전을 일구어 먹고살았다.

20여 년 전 타성받이로 이곳에 흘러든 농부의 가족들은 설숙 집안의 야산에 터를 마련했다. 겨우 입에 풀칠이나 하고 살아갈 무렵, 농부의 아비가 죽었다.

농부는 설숙의 본가를 찾아가 본가 야산에 아비의 묘를 쓸 수 있게 해달라고 부탁을 했다. 당시 집안 살림을 맡았던 설숙의 아우는 그 부탁을 거절했다. 아무 대가도 받지 않고 야산을 개간해 살게 했지만 묘를 쓰는 일만은 허용할 수 없다는 것이었다.

상복을 입고 문 앞에서 울고 있는 그에게 때마침 경성에서 내려온 설숙이 그 연유를 물었다. 그리고 설숙은 두말없이 그 땅에 묘를 쓰도록 허락했다.

"그때 그 어른께서 이런 말씀을 했소. 동생분을 나무라시며 하시는 말씀이, 땅 파먹고 살아온 사람이 땅에 묻히는 것을 막아서야 되겠느냐. 묏자리를 내주도록 해라. 그러시던 분이 이런 외진 곳에서 고생을 하고 계시다니……."

스승을 보자 농부는 포대를 내려놓고 댓돌 아래서 넙죽 절을 올렸다. 농부는 스승을 따라 안채로 들어갔다.

한참 후 농부가 동삼 앞에 다시 나타났을 때 그는 다시 포대를 걸머지고 있었다. 어떻게 됐는지는 안 봐도 뻔한 사실, 동삼은 묵묵히 쟁기질을 하고 있었다.

"어른께선 이걸 받길 마다하셨지만 당신이라도 받아두시오."

"……."

"그 어른께서 뜻은 고마우나 받은 걸로 치겠다고 하셨소. 얼마나 냉정하게 말씀하시는지, 찬바람이 쌩쌩 돌 지경이었소."

집안에 있는 양식이라고 해야 감자 반 포대와 보리쌀 반말 정도가 전부라는 데 생각이 미친 동삼은 마음이 심란했다. 그렇다고 스승이 거절한 재물을 냉큼 받아들일 수도 없는 노릇이었다.

"그냥 돌아가십시오."

동삼은 농부를 외면하고 하던 일을 계속했다.

"어이구! 스승이라는 분이나 제자라는 사람이나!"

농부가 사라지자 동삼은 쟁기를 놓고 흙바닥 위에 털썩 주저앉았다. 사지가 노곤하고 으스스 몸이 떨린다.

그날 밤부터 동삼은 아프기 시작했다. 사지가 뒤틀리고 온몸이 불덩어리처럼 달아올랐다.

사흘 밤이 지나 나흘째 새벽부터 신열이 조금씩 가라앉았다. 그러나 동삼은 이젠 허기와 갈증으로 움직일 힘조차 없었다.

아침이 되어 동삼이 지친 몸을 뒤척이고 있는데 방문이 열리더니 스승이 들어섰다.

스승은 겉표지도 없는 낡은 바둑책 한 권을 동삼 앞에 내밀었다. 그리고 들리는 스승의 싸늘한 목소리.

"이제 겨우 걸음마나 면한 주제에 그렇게 허약하다니……"

스승의 발길이 멀어진다. 동삼은 이를 악물었다. 마음속에 오기와 투지가 일어났다.

그날을 계기로 동삼의 바둑은 한층 더 날이 섰다. 그러나 엄격히 말해서 동삼의 기운과 평사의 기운은 기본 성격이 달랐다. 굳이 구분하자면 평사의 기운은 자객의 기운이었고, 동삼의 기운은 정통 무사의 기운이었다. 동삼의 바둑이 일대 전기를 맞은 것이었다.

그러나 그럴수록 설숙은 동삼을 모질게 다루었다. 때로는 동삼이 숨이 막혀 헉헉거릴 정도로 심하게 닦달했다.

"부동심은 그냥 얻어지는 게 아니다. 끝없는 수련 속에서만 사물을 구분하는 혜안이 생기는 법이다."

근본 취지는 열심히 수련하라는 단순한 가르침이었으나 듣기에 따라 며칠 동안 앓아누워 공부를 게을리한 데 대한 추궁으로 해석할 수도 있었다. 동삼은 스승과의 대국에서 기필코 이기리라 마음을 고쳐먹었다.

설숙은 동삼에게 미묘한 승부의식을 느꼈다. 근래 들어 더욱더 새삼스럽게 동삼과 바둑을 둘 때마다 평사가 의식되곤 했다. 스스로 생각해봐도 이해가 가지 않는 부분이었다.

평생 여목 스승의 가르침대로 살아왔노라고 설숙은 자부했다. 그런데 왜 동삼만 대하면 이따금씩 그 아비 평사가 생각나고 이놈에게만은 져서는 안 된다는 생각이 드는지 알 수 없었다.

어느 때에는 평사가 동삼을 자기에게 맡긴 것이 아니라 자신을 통해 여목 스승에게 맡기고 갔다는 턱없는 생각이 들 때도 있었다. 그런 생각이 들 때마다 설숙은 자신이 왜 그런 어처구니없는 상상을 하나 싶어서 마음이 괴로웠다. 그러면서 설숙은 스스로를 책망했다.

평사가 동삼을 자신에게 맡기고 간 뜻을 설숙은 알고 있었다. 평사는 설숙을 믿었다. 평생 껄끄러운 관계였으나 그래도 평사가 안심하고 자식을 맡길 수 있는 사람은 세상에 단 한 사람 설숙뿐이었다. 그리고 그 누구보다도 그런 평사의 마음을 잘 알고 있는 사람이 설숙이었다.

국면은 엎치락뒤치락 난전으로 빠져들었다. 한 수 한 수마다 승부의 살기가 감돈다. 유리하던 동삼의 바둑이 종반에 접어들어 칼날 같은 설숙의 예리한 수읽기에 추월당한다. 한두 집 부족했던 동삼이 기어이 무리한 승부수를 던져 바둑은 불계로 끝이 났다.

"아비는 빨라서 화를 자초하더니 아들은 둔해서 문제구나……"

그로부터 두 사람 사이의 갈등은 점점 깊어갔다.

한번은 밥상 위에 흰 쌀밥이 올라왔다.

"웬 이밥이냐?"

"아랫마을 면장에게 틈나는 대로 한두 시간씩 바둑을 가르쳐주기로 했습니다."

그 말을 듣는 순간 설숙의 안색이 싹 변했다.

"밥상을 썩 물려라!"

동삼은 스승의 고집을 이해할 수 없었다. 내기바둑을 둔 것도 아니고, 남의 재산을 탐한 것도 아니었다. 배움을 원하는 사람에게 바둑을 가르쳐주고 정정당당한 대가를 받은 것이다. 날마다 스승의 밥상에 보리밥 혹은 감자를 이긴 멀건 죽을 올릴 때마다 스승을 제대로 보필하지 못한다는 생각에 죄스러웠다. 그나마도 없어서 자신은 굶기가 일쑤였다.

전쟁 끝이라 온 국민이 기아에 허덕이는 지금이 아닌가. 외진 곳이라서 모든 것이 부족한 이곳에서 날더러 어쩌라는 말인가. 살고 봐야 할 일이 아닌가.

동삼은 납득할 수 없는 스승의 그 대쪽 같은 성정에 반발심이 일어났다. 그 일이 있은 지 얼마 후 마침내 동삼과 설숙 스승이 정면으로 부딪치는 사건이 일어났다.

겨울이 왔다. 봉화에 내려온 지도 만 3년이 지났다. 휴전이 되고 3개월이 흐른 후였다.

봉화로 내려올 당시가 겨울 초입이었으니 네 번째 맞는 겨울이었다. 겨울은 동삼이 바둑 공부를 하기에 가장 적합한 계절이었다. 농한기여서 일거리도 드물고 봄부터 가을까지 피땀 흘려 마련한 양식과 땔감이 떨어지는 불상사만 없다면 하루 종일 바둑에 매진할 수 있었다. 고가에 또 낯선 손님이 찾아들었다.

도포자락을 휘날리며 찾아온 손님은 이마가 넓게 벗겨져 중년인지 장년인지 나이를 분간하기 어려웠다.

"여기 설숙 선생이 계신다길래 찾아왔소만…… 이 집이 맞소?"

"누구십니까?"

사내는 그 말에는 대꾸도 없이 신발에 묻은 흙덩이를 털어내며 성큼 마당 안으로 들어선다.

"찾긴 바로 찾은 모양이구만. 나는 경주에 사는 이동춘이란 사람이오. 설숙 선생에게 가르침을 받으러 왔소."

동삼이 머뭇거리자 이동춘이 싱긋이 미소 짓는다.

"어렵게 먼길을 찾아온 사람이니 기별부터 해주시오."

이동춘(李東春)은 영남 출신 방랑기객으로 그 당시 명성을 날리던 인물이었다.

설숙의 방문이 활짝 열렸다.

"들어오시게."

이동춘은 거 봐라는 듯이 동삼을 보며 어깨를 한번 으쓱하더니 방으로 들어갔다.

"선생님을 한번 뵙는 게 소망이었습니다."

이동춘이 깍듯하게 절을 올린다. 동삼이 막 자리를 뜨는데 설숙이 동삼을 부른다.

"들어오너라."

이동춘 앞에는 어느새 바둑판이 놓여 있었다.

설숙은 동삼에게 손가락으로 이동춘이 앉아 있는 맞은편을 가리켰다.

"먼길 오신 분이니 네가 손님을 맞도록 해라."

이동춘은 실망했으나 설숙은 조용히 이른다.

"수를 나누기에 크게 부족함이 없을 것이네."

불청객 입장에서 가타부타 따지기가 곤란한 이동춘은 어쩔 수 없이 동삼과 대국을 했다.

호기방장하게 찾아온 만큼 이동춘의 기력은 상당한 수준이었다. 하지만 한창 바둑에 물이 오른 동삼에겐 역부족이었다. 처음부터 끝까지 줄창나게 밀린 채 허망하게 바둑이 끝났다. 설마 하다가 된통 당한 이동춘이,

"한 판만 더!"

하며 얼굴이 벌겋게 달아올라 동삼에게 사정을 한다. 먼길 찾아온 사람에 대한 예우로 동삼은 그의 청을 받아들인다.

"오늘은 이만 하고 다음을 기약하는 게 좋겠네."

돌연 설숙이 냉담하게 대국을 중지시킨다. 설숙의 거절에 이동춘은 아쉬워했다.

이동춘은 일어나서 다시 설숙에게 절을 하고 물러났다.

이동춘이 물러나자 설숙이 동삼에게 승부의 남용을 경계시킨다.

"승부를 탐하지 마라."

'승부를 탐하지 말라니?'

느닷없이 치밀어오르는 반발심에 동삼이 앞뒤 없이 대꾸했다.

"승부를 탐한 적도 없을 뿐더러 설령 승부를 탐했다고 해도 바둑은 어차피 승부가 갈라지질 않습니까."

동삼이 매몰차게 반박했고 그 반박은 설숙의 가르침에 명백히 위배되는 말이었다. 설숙은 매서운 눈길로 동삼을 노려보았다.

"그게 무슨 말이냐. 바둑에서 피해야 할 것이 세 가지 있으니 소위 탐(貪), 진(瞋), 치(痴)이거늘. 탐이란 무엇인가. 그것은 탐내는 마음을 이르는 것이니, 소위 삿된 욕심을 피하고 승부에 집착하는 마음을 버려야 진실로 참다운 바둑을 구할 수 있다는 뜻이다. 진이란 무엇인가. 그것은 성내는 마음이니 이겼다고 좋아하지 말고 졌다고 성내지 아니하는 수양의

경계를 이르는 말이다. 무엇을 일러 치라 하는가. 그것은 어리석은 마음을 이르노니 자기 혼자만의 판단을 버리고 겸허한 자세로 자신도 없고 상대도 없는 오직 바둑 그 자체에서 수를 구하라 이르는 것이다. 그 경계에 이르러서야 비로소 바둑의 오묘한 세계를 접할 마음 자리가 잡히는 것이다."

동삼의 안면근육이 실룩거린다. 스승의 말이 끝나기 무섭게 동삼은 정면으로 스승을 치고 나왔다.

"스승님 말씀은 잘 알아듣겠습니다. 그러나 방금 스승님 말씀도 전부 승부의 테두리에서 벗어나지 못한 것 아닙니까. 그것이 곧 승부를 떠나서는 바둑이 있을 수 없다는 반증이 아니오릴는지. 바둑에 승부가 없다면 왜 그런 가르침이 필요하겠는지요. 제 생각은 다릅니다. 왕적신(王績薪)의 위기십결(圍碁十訣)에 보아도 그 첫머리에 부득탐승(不得貪勝)을 올려놓은 것은 스스로 승부를 떠나지 못했다는 명백한 증거가 아니겠습니까."

"네 이놈! 선인의 말을 네 마음대로 해석하는 못된 버릇은 어디에서 배웠느냐. 네가 진실로 부득탐승의 뜻을 몰라서 그리 말하느냐!"

설숙의 얼굴이 노기로 부들부들 떨렸다. 그러나 이미 내친걸음, 동삼은 조금도 굽히지 않는다.

"바둑에 승부가 없다 함은 바둑을 학문으로 봐야 한다는 뜻이 아닐는지요."

결국 설숙의 입에서 노성이 터졌다.

"이런 발칙한 놈!"

두 사람은 눈을 부릅뜨고 서로 쏘아보았다. 동삼은 냉정하리만큼 차가운 스승에게 필사적으로 버틴다.

그 사건 이후 설숙과 동삼은 거의 한마디도 말을 나누지 않고 지냈다.

동삼은 꾸준히 자기 할 일만 했다. 어차피 고가의 생계를 걸머진 몸이었기에 낮에는 계속 일을 하고 밤이면 혼자 바둑공부에 전념했다.

전쟁의 혼란이 가라앉을 무렵 고가엔 하나둘씩 사람들이 찾아들었다.

첫눈이 내린 겨울날, 초라한 행색의 한 청년이 고가를 찾아왔다.

"설숙 선생님 계십니까?"

마당에는 키가 훤칠하게 크고 잘생긴 청년이 서 있었다. 동삼과 비슷한 연배인데, 비록 차림새는 남루했지만 부리부리한 눈매, 당당한 행동거지가 범상치 않게 보이는 사내였다.

"실례지만 설숙 선생님 안에 계시오?"

"무슨 일로 오셨소?"

"오호라. 그대가 설숙 선생의 제자 되시는구만."

말투가 니글니글하다. 동삼이 고개를 끄덕이며 물었다.

"댁은 뉘시오?"

사내 얼굴이 별안간 환해지며 빙글빙글 웃는다.

"반갑소이다. 나는 박갑수(朴甲修)라고 하오. 따지고 보면 우린 같은 동문이나 진배없소이다. 내 스승님 당호가 동설(冬雪)이오. 오는 길에 눈을 밟지 않으려 애먹었소이다."

"……?"

"왜는 왜겠소. 스승님 당호가 동설 아니오. 겨울 눈. 그러니 제자 된 도리로 눈을 밟는 게 당최 스승님을 밟는 것 같아서…… 스승님이 노하면 눈 위에 미끄러져 허리가 삐끗, 장가도 못 간 놈이 신세 망칠 수도 있고……."

박갑수가 쉴 새 없이 너스레를 떤다. 동삼이 그를 설숙 스승에게 데려갔다.

박갑수는 서슴없이 스승의 방으로 들어갔다. 문이 닫히고 절을 올리는지 잠시 부스럭거리는 소리가 나고 이내 두 사람이 나누는 말소리가 들려온다.

"그래 스승님께선 강녕하시더냐?"

"지난여름에 타계하셨습니다. 생전에 술을 너무 즐기시더니 결국……."

설숙이 크게 낭패한 표정이다.

"애석한 일이로다."

"돌아가시기 전에 저더러 선생님을 찾아뵈라는 유언이 계셨습니다. 난리통에 필동 도장이 문을 닫았으면 아마 여기 계실 거라고."

"문하가 자네뿐인가?"

"여러 명 있었으나 스승님께서 자리에 몸져눕고부터 모두 떠나버렸습니다. 저 혼자 남아 스승님을 마지막까지 보필했습니다."

박갑수가 침통해한다. 침통해하는 박갑수의 일면엔 스승을 끝까지 지켰다는 자랑스러움도 은근히 엿보인다.

"애썼다. 그래 그분 문하에선 얼마나 수습했더냐?"

"10년이 넘었습니다."

설숙이 박갑수의 상을 보았다.

"스승님과 동문이었던 김개원 선생님께선 동란중에 납북을 당했습니다."

박갑수는 묻지도 않은 김개원의 소식을 전했다.

호방하고 자유분방하던 김개원이 북으로 끌려갔다는 소식에 동삼은 우울해진다. 아버지 평사의 기보를 보고 밤새도록 울던 그분의 모습이 새삼 떠오른다.

방 안에서는 더 이상 아무 소리도 들리지 않았다. 동삼은 고민스러웠다.

그냥 단순한 목적으로 찾아온 것 같지는 않고…… 어쩐다.

잠이야 방이 넉넉하고 땔감만 더 해오면 별문제가 없지만 문제는 양식이었다. 그렇잖아도 내년 봄 춘궁기를 넘길 일이 걱정인데 객식구까지 하나 더 늘게 될지 몰라 동삼은 마음이 어수선하다.

동삼의 걱정이 현실로 나타났다. 한참 후 스승의 방을 나온 박갑수가 싱글거리며 동삼에게 말했다.

"앞으로 잘해봅시다."

찾아오는 사람은 박갑수에 그치지 않았다.

얼마 후 또 한 사람의 청년이 고가를 찾았다. 이십 언저리의 청년은 들어서자마자 거두절미하고 설숙 스승을 찾았다.

"여기 설숙이라는 분 계시오?"

청년의 말투는 방약무인했다. 마침 동삼 옆에서 주절주절 쓰잘데없는 이야기를 지껄이던 박갑수가 나선다.

"왜 찾소?"

"설숙이라는 사람이 바둑을 꽤 잘 둔다길래 모처럼 머리나 식힐 겸해서……."

"머리를 식히다니?"

청년은 한번 헛기침을 하더니 잔뜩 거드름을 피운다.

"나 장이라 하오."

"그런데?"

"안동(安東)에 가서 장승표(張乘表)라 하면 모르는 사람이 없소. 어릴 적부터 바둑 신동이 났다고 인근 지역에 소문이 자자했소이다. 그런고로 아직 입때까지 상대를 만나지 못했소. 듣자하니 서울에 한일기원이 생겼답디다. 내 그곳으로 진출하기 전에 이곳 소문을 듣고 손이나 풀 겸해서 들렀소."

"손을!"

박갑수가 일부러 놀라는 척을 한다.

"그렇소, 손이요."

"손을 다쳤소?"

"다친 게 아니고 풀겠다 그 말이오."

"아! 풀겠다……."

박갑수의 표정이 제자리로 돌아오며 장을 꼬나보았다.

어디서 굴러온 개뼉다귀인가. 박갑수가 하품을 한다.

"뜻은 큰데…… 우선 거기 앉으시구랴. 온종일 상대가 없어 심심하던 차에 잘 왔소."

장승표가 박갑수의 아래위를 훑어보며 계속 시건방을 떤다.

"나는 설숙인가 하는 사람을 찾아왔지, 당신 같은 수하를 찾아온 게 아니오."

"날 이기면 어련히 알아서 스승님께 고해올리지 않을까. 염려 꽉 붙들어 매시구려."

장승표가 피식 웃는다.

"하긴 설숙인가 하는 사람을 만나기 전에 재미로 한 두어 판 두어보는 것도 괜찮겠지."

두 사람의 자존심을 건 대결이 시작되었다. 출발은 호선이었다.

다음해 봄농사를 위해 동삼이 밭에다 거름을 주고 돌아와보니 어느새 장승표는 두 점을 놓고 두고 있었다. 식은땀을 뻘뻘 흘리는 모양새가 그 판도 영 시원찮아 보였다. 얼핏 보니 거의 만방에 가깝게 장승표가 판을 망쳐놓고 있었다.

오후 늦게 나무를 한 짐 해온 동삼은 뜻밖의 광경을 목격했다.

석 점으로도 내리 세 판, 도합 아홉 판을 처참하게 날아간 장승표가 박갑수 앞에 꿇어앉아 용서를 빌고 있었다. 그런 장승표를 앞에 두고 박갑수가 호통을 쳤다.

"모름지기 바둑이란 인의예지신을 겸비해야 한다 일렀거늘, 무엇을 일러 인이라 했는가. 바둑을 둘 때는 항상 어질 인(仁)자를 염두에 두고 승부에 임하라는 것이다. 어째서 어질 인을 염두에 두어야 하는가?"

박갑수의 설교는 호기롭다 못해 경탄스러웠다. 더욱 가관인 것은 앞뒤도 맞지 않는 그 말을 무슨 부처님 말씀이나 되는 듯이 장승표가 숙연하게 듣고 있다는 것이었다.

"돌아가신 내 옛 스승, 그 천의무봉한 바둑의 경지로 일세를 풍미하셨던 동설 스승께서 말씀하시길, 바둑에 어진 기운이 없으면 인간 된 도리를 모르는 백정과 같은 놈이라 하셨다. 반상의 법도가 그러하거늘 항차 네놈이 무엇이관데 마구잡이로 시비를 걸어오느냐!"

장승표의 눈에 눈물이 그렁그렁 맺힌다.

"네가 우물 안 개구리라는 것을 이제야 알겠느냐?"

"예."

눈물이 뚝뚝 떨어진다. 눈물을 보자 박갑수는 더욱 신이 나서 함부로 지껄이는데 자기감정에 도취되어 본인도 무슨 말을 하고 있는지 모르는 것 같다.

"바둑은 음양의 이치요, 수읽기와 형세 판단의 기예다. 흐르는 물처럼, 날아가는 새처럼 꽃이 피고 지는 자연의 법칙이다. 그곳에는 너도 없고 나도 없고 천지만물 모두가 없으니 이를 두고 무아의 경지라 한다."

생전 듣도 보도 못한 희한한 설법이다.

박갑수의 앞뒤 없는 일장 훈시는 장장 한 시간이 넘었다. 생땀을 줄줄 흘리며 꿇어앉아 있던 장승표는 훈시가 끝나자 박갑수에게 애원했다.

"나도 이곳 형님 밑에서 바둑 공부를 할 수 있도록 해주십시오."

형님이라 올려 호칭하며 장승표가 청을 하자 박갑수가 난처해한다. 박갑수가 보기에도 고가의 형편은 쪼들릴 대로 쪼들려 있었다. 눈치 빠른 장승표가 대충 분위기를 파악한다.

"저희 본가가 안동에서 알아주는 알부자외다. 내 월사금은 섭섭잖게 내겠습니다."

박갑수 얼굴에서 먹구름이 걷힌다. 하지만 그 말에 호락호락 넘어가 덥석 그러마 할 박갑수가 아니다.

"어허 이 사람이! 내 그만큼 누차 일렀거늘 아직도 정신을 못 차리고…… 돌아가신 내 옛 스승, 그 일세의 바둑 선각자께서 무엇이라 가르침을 내렸다 했느냐?"

"무슨 말씀인지?"

"배움을 구하고자 하는 사람은 겸손해야 한다 하지 않았더냐. 그런데 재물을 앞세우다니……."

장승표가 몸 둘 바를 몰라 한다. 박갑수는 동삼에게 한쪽 눈을 찡긋하더니 이번엔 어세를 누그러뜨려 장승표의 뒤를 후려친다.

"하지만 자네 정성도 가긍하고, 여기 살림살이도 넉넉잖은 편이니, 배우고자 하는 사람의 갸륵한 정성으로 생각하고 고맙게 자네 뜻을 받아들이겠네. 하지만 그 전에 스승님 허락이 계셔야 할 것이네."

"잘 부탁드리겠습니다."

"나만 믿게. 스승님께선 내 말이라면 주무시다가도 벌떡 일어나시는 양반이니까."

박갑수가 호언장담한다.

"고맙습니다."

저렇게 큰소리만 치다가 거절당하면 어떻게 하나 하는 동삼의 우려와는 달리 장승표는 어렵잖게 설숙의 문하에 들었다. 정식으로 좋은 스승을 만나지 못해 그렇지 장승표의 기재는 탁월한 바가 있었다.

얼마 후, 비슷한 경로를 통해 또 한 사람의 제자가 입문했다. 전라도 고창(高敞)에서 올라온 김원준(金元俊)이라는 열여섯 먹은 소년이었다.

고가는 조금씩 옛 필동 도장의 모습을 되찾아갔다.

30　최후의 제자

"내가 봉화에 갔을 때는 스승님과 동삼의 갈등이 깊을 대로 깊어 있었지……."

해봉처사가 그 당시를 회상하는지 지그시 눈을 감았다.

"그때 광경이 지금도 선명하게 떠오르는군. 아침저녁으로 제법 선선한 바람이 불던 가을 초입이었네. 오랜 전쟁으로 인해 나는 많이 지쳐 있었어. 그러나 그보다 더한 건 동족상잔의 비극이 뿌린 마음의 상처였네. 전쟁이 끝난 지 1년이 넘도록 그 떠도는 영혼들의 고통스런 얼굴들이 밤마다 떠올랐다네. 그대로 속세를 떠나 중이 되고 싶었지. 그래서 그 영령들을 달래주려 했다네. 마지막으로 한 번만 스승님을 찾아뵙고 절로 들어가려고 봉화를 찾았는데…… 그만 발이 묶이고 말았지."

"……."

"스승님은 마당에 서서 멀리 서산으로 지는 낙조를 바라보고 계셨네. 그 모습이 너무나 쓸쓸해 보여 가슴이 미어질 것 같았네."

"어째서 그렇게 쓸쓸하다고 느꼈습니까?"

"모르겠네. 그저 내 가슴에 그렇게 와 닿았네. 오랜 세월 뒤에 가만히 생각해보니 그건 스승님의 치유될 수 없는 상실감이었네. 그렇게 일생을 노력해왔음에도 불구하고 기도(碁道)의 정점에 다다르지 못했고, 여목 대스승으로부터 물려받은 도장을 제대로 지켜내지 못했다는 자괴감……."

최해수가 고가로 돌아온 이후, 최해수의 끝없는 노력에도 불구하고 설숙과 동삼의 간격은 조금도 좁혀지지 않았다. 설숙은 한사코 동삼에게 냉담했으며 동삼은 동삼대로 스승과의 대화뿐 아니라 다른 사람들과의 교분도 일체 삼갔다. 낮에는 일하고 밤에는 혼자 호롱불을 밝혀놓고 자기 혼자 기예를 연마했다.

그렇게 가을이 깊어갈 무렵, 이번에는 정명운이 고가로 찾아들었다. 전쟁으로 인한 피해는 별로 없었던지 건강한 모습이었고 예전과 다름없이 부유해 보였다.

비록 집이 염려되어 그랬다고는 하나 명운은 엄연히 그 위급한 상황에서 스승을 떠난 사람이었다. 그러나 설숙은 그 모든 것을 잊었는지, 아니면 애초부터 섭섭하게 생각해본 바가 없었는지 주위 사람들이 확연하게 느낄 정도로 명운을 반겼다.

"왔느냐?"

설숙은 허겁지겁 신발을 신고 마당까지 내려가 명운을 맞았다. 명운을 바라보는 설숙의 얼굴은 너무나 흡족했다.

스승의 기뻐하는 모습을 보자 동삼의 마음은 더 무거웠다. 스승 밑에 있으면서 자신은 한 번도 그와 같이 밝은 스승의 모습을 본 적이 없었다. 동삼은 점점 더 말을 잃어갔다.

명운이 꽤 큰돈을 가져왔기에 동삼이 더 이상 들일을 나갈 필요가 없었는데도 동삼은 일을 계속했다. 최해수가 몇 번 말려보기도 했지만 동삼은 일을 그만두지 않았다.

도장은 다시 동삼이 처음 입문하던 옛날 필동에서의 상황으로 되돌아갔다. 동삼은 부목이 되어 하루 종일 일만 했고 정명운을 비롯한 다른 동문들은 설숙의 가르침에 따라 하루하루 기도 탐구에 열과 성의를 다했다. 설숙은 동삼의 일상에 대해 결코 한마디 언급이 없었다. 마침내 최해수마저 두 사제 간의 갈등을 해소해보려는 노력을 포기하고 말았다. 그리고 도장은 완전히 옛날의 활기를 되찾았다.

정명운이 돌아왔던 그해 겨울. 해방 전 일본으로 유학 갔던 김재석이 당당히 일본기원 소속 전문기사가 되어 동료 기사 두 명을 데리고 도장을 찾아왔다.

오랜만에 만난 동문들끼리 반갑게 인사를 나누고 김재석은 곧장 설숙 스승에게 달려가 큰절을 올렸다.

"그래, 일본에서 바둑 공부는 열심히 하느냐?"

"예. 스승님으로부터 받은 가르침에 힘입어 몇 년 전 입단하여 지금은 4단에 올랐습니다."

뒤이어 김재석은 자신과 같이 온 두 사람을 설숙 스승에게 인사를 시켰다.

"여기 계신 이분은 시마즈(島津)상이라고, 지금 일본기원 5단의 가장 촉망받는 기사입니다."

김재석이 소개한 20대 후반 사내는 머쓱한지 안경테를 만지작거린다. 김재석은 또 다른 일행인, 앞서 거명한 사내보다 몇 살 더 들어 보이는 근엄한 표정을 짓고 있는 사내를 다시 소개했다.

"이분은 일본기원 7단의 고단 기사 아카기(赤木) 선생입니다. 개인적으로 저에게 많은 도움을 주셨고 현재 일본에서 오청원, 기다니, 하시모도 같은 최정상급 기사들 뒤를 잇는 차세대 선두주자에 속합니다. 다까가와, 사까다 선생 등과 함께 전 국민의 주목을 받고 계시지요. 지금 본인방, 왕좌전 등 3대 기전 본선에서 맹활약중이십니다. 이번에 제가 한국에 들른다고 하자 스승님께 인사나 드릴까 하고 저와 같이 동행해주셨습니다.”

두 사람은 앉은 자리에서 설숙에게 예의를 표했다.

“먼길 오시느라 수고가 많았소.”

“많은 지도 편달을 바랍니다. 한수 지도를 바라고 이역만리까지 멀다 않고 찾아왔습니다.”

아카기가 내리뜬 눈을 치켜뜨며 느닷없이 도전장을 내밀었다. 화기애애하던 분위기가 갑자기 심각해졌다. 그제서야 김재석이 도장을 방문한 목적을 정식으로 밝혔다.

“언젠가 제가 사석에서 이 도장을 언급한 적이 있습니다. 정명운, 유민재 등 기라성 같은 준재들의 집단이라고……. 그랬더니 이분들이 한번 그 기량을 겨뤄보고 싶어 했습니다. 그래서 오랫동안 벼르다가 이제서야 찾아뵙게 되었습니다.”

좁은 방 안에 팽팽한 긴장감이 돈다. 설숙이 아카기에게 차분히 말했다.

“가르쳐주는 것은 좋지만 먼길에 피곤할 테니 우선 쉬도록 하시오.”

“배려해주심에 감사드립니다.”

아카기가 인사를 한 후 김재석을 돌아보았다.

“히가루(岡光), 이제 그만 나가세.”

아카기가 김재석을 데리고 나간다. 김재석이 일본인으로 귀화를 했는지 개명이 되었다.

“재석이 자네, 일본에 귀화했나?”

최해수가 따라 나오며 김재석에게 정색을 하고 물었다. 김재석이 어물어물 답을 한다.

“그런 셈이죠.”

김재석과 그 일행이 마당을 가로질러 바깥채로 사라졌다. 최해수가 사라지는 김재석의 뒤를 멍하니 바라본다.

동삼을 제외한 모든 문하생들은 결전의 날을 앞두고 숙의를 거듭했다. 주사위는 이미 던져졌다. 이제 남은 건 한국과 일본 양국 간의 명예가 걸린 승부밖에 없었다.

비록 비공식적이지만 한국과 일본의 자존심을 건 승부는 아무도 모르는 한 산간벽지에서 벌어졌다.

대전의 방식은 단판 연승식이었다.

"누구든 상관없이 다 상대해주겠다."

큰소리를 치며 자신만만해하는 시마즈의 제안이었다.

승자가 패한 진영에서 내세운 주자를 계속해서 상대하는 방식이었다. 어쩌면 한쪽 편에서 단 한 명이 상대방 모두를 패배시킬 수도 있는 혹독한 방식이었다.

돌을 가리되 덤은 그 당시 한·일이 공동으로 채택하고 있던 4호 반 공제로 합의를 했다. 매 판마다 제한 시간은 없고 한 판이 끝나면 하루를 쉬고 다음 날 계속 대국을 진행시키도록 했다.

"건방진 놈들! 내 그놈들의 콧대를 보기 좋게 눌러 청사에 이름을 남기리라!"

박갑수가 호기를 부린다. 장승표가 능글맞게 맞장구쳤다.

"형님까지 갈 게 뭐 있소. 내 손에서 줄초상이 나고 말 텐데, 형님은 푹 쉬시구려."

"그래도 하나쯤은 남기게나."

"거 하나 남겨서 뭐할려우."

"이 사람아, 모처럼 나도 손맛은 봐야지."

"아! 그럼 나보고 봐주고 두란 말이오!"

장승표가 눈알을 부라렸다. 그동안 장승표의 기력은 그 기재에 걸맞게 장족의 발전이 있었다.

"아니, 뭐 재미삼아……."

박갑수가 뒤로 슬며시 꽁무니를 뺐다. 박갑수와 장승표의 기고만장한 행태를 보며 최해수는 염려스러웠다.

과연 그들을 물리칠 수 있을까.

최해수는 마음이 무거웠다. 믿을 사람은 정명운밖에 없었다.

명운이 그들을 이길 수 있을까.

정명운 얼굴에도 수심의 빛이 역력했다.

이틀 후 일본에서 온 김재석 일행과 설숙도장 문하생들 간에 숙명의 대결은 시작되었다.

일본측 선두주자는 생각대로 김재석이었고, 한국에서 맨 먼저 나선 사람은 약관의 김원준이었다.

출발은 좋았다. 돌을 가리자 김원준의 흑번이 나왔다. 4호 반의 덤에 대한 부담이 있긴 하나 흑을 쥐면 우선 마음이 안정되는 법이다. 그러나 막상 뚜껑을 열자 흑을 쥔 김원준이 일방적으로 밀렸다. 아직은 바둑이 설익은 김원준이어서 나름대로 버텨보긴 했으나 기량 차이가 현저했다. 부담감 때문인지 김원준은 초반 포석부터 터무니없이 판을 짰고 중반이 지나서는 제풀에 밀려 대세가 기울어졌다.

김원준은 158수 만에 돌을 던졌다. 일본의 제1승.

김재석의 실력이 과거에 비해 눈에 띌 정도로 향상돼 있었다. 안채에서 기보를 접한 설숙은 불길한 예감을 지울 수 없었다. 김재석의 기량이 생각보다 출중했고, 김재석보다 수의 깊이가 높은 것이 분명한 나머지 두 사람을 생각하면 미상불 걱정스럽지 않을 수 없었다.

하루가 지난 다음 날 김재석과 장승표의 대국이 벌어졌다. 김재석 흑, 장승표 백.

바둑을 두러 가며 장승표는 김원준을 준엄하게 꾸짖었다.

"하늘엔 천문(天門), 땅에는 지리(地理). 내가 뭐라 했더냐. 그렇게 공부를 게을리하지 말라 했거늘!"

근자에 와서 장승표의 말투는 박갑수를 그대로 쏙 빼닮아가고 있었다.

거드름을 잔뜩 피우며 대국에 임한 장승표는 실제 대국이 진행되자 맥을 추지 못했다. 타고난 기재와 노력으로 후일 전문기사가 되어 한때나마 이름을 날린 장승표. 전문기사 생활 6년 만에 병사한 형을 대신해 술도가를 하던 아버지 사업을 물려받아 고향 안동으로 낙향한 괴물기사. 그러나 그 당시만 해도 장승표의 기량은 그들에 비해 일천했다.

포석 단계에서 한 번 실족한 장승표는 끝내 주저앉고 말았다. 중반전 들어 몇 번의 승부수를 띄웠지만 김재석은 가차 없이 장승표의 무리한 승부수를 응징했다. 스스로 자멸해버린 장승표는 분루를 삼키며 돌을 던졌다. 일본 2승.

바둑을 끝내고 장승표가 박갑수에게 넌지시 충고했다.

"형님, 조심하는 게 좋을 거요. 보기보단 꽤 둡디다."

얼굴이 벌게진 장승표의 그 말에 박갑수가 호탕하게 웃었다.

"이 사람아, 내가 누군가. 일세를 풍미했던 동설 스승의 수제자요, 설숙 스승님이 가장 믿는 제자 아닌가. 내 두 사람의 신기(神機)를 모조리 이어받았으니 하늘에 감읍하고 감읍할 뿐이네."

박갑수가 댓돌 아래 가래침을 퇴 뱉으며 호언장담했다. 기실 박갑수의 기량은 탁월한 바 있었다. 동설 스승의 영향을 받아 동에 번쩍 서에 번쩍 신출귀몰하고 자유분방한 그의 기풍에 명운도 혼이 난 적이 여러 번 있었다.

도장측 분위기는 침울했다. 어느 정도 예정된 흐름이었지만 막상 두 번이나 기선을 제압당한 아픔은 컸다.

그러나 본격적인 승부는 지금부터였다.

백을 쥔 박갑수는 초반부터 김재석을 압도해나갔다. 정석을 무시하고 거푸 손을 빼가며 발 빠른 포석을 전개한 그의 착수는 사뭇 눈부시기까지 했다. 이리저리 판을 들쑤시는 그의 현란한 행마에 당사자인 김재석뿐만 아니라 뒤에서 관전하는 시마즈나 아카기까지도 긴장의 빛이 역력했다. 김재석이 곤혹스러워하자 박갑수가 껄껄 웃으며 평소 놀던 대로 좌중을 향해 한 법문을 한다.

　"향기를 맡되 바람같이 하며! 소리를 듣기를 메아리와 같이 들으라! 우매한 것이 중생의 삶이거늘 아아! 시회 대중은 아시는가 무념무상이요 불생불멸이로다!"

　"형님은 이미 한소식 했소이다."

　장승표가 북장단까지 치자 박갑수는 더욱 신이 났다.

　박갑수의 눈부신 행마는 중반전 초입부까지 계속되었다. 김재석은 장고에 장고를 거듭하며 신중하게 응수했지만 신속한 그의 행마에 뒤처져 연신 허덕거렸다.

　그러나 오전에 시작한 바둑이 정오를 넘어가면서 형세는 일거에 역전되어버리고 말았다. 손바람을 일으키던 박갑수가 결정적인 순간마다 습관처럼 나오는 덜컥수를 놓는 바람에 바둑은 급전직하했다. 기분이 좋아 별 생각 없이 중앙에 쌍립선 말을 배경으로 두 칸 뛴 수가 무리수였다. 일견 정수인 것 같았지만 주위 배석이 미묘해 지나치게 감각에 의존한 수였다. 박갑수가 뒤늦게 자신의 과수를 후회해보지만 이미 때는 늦었다.

　중앙 백말의 허리가 잘린 박갑수는 침울한 표정으로 물끄러미 반상을 내려다보았다. 나름대로 수습은 가능했지만 흑에게 제법 큰 실리를 헌납한 꼴이 되고 말았다. 두터운 바둑에서 불리한 계가로 형세가 돌변하자 좀체 볼 수 없던 박갑수의 장고가 시작되었다. 가로늦게 장고를 해보지만 아무리 검토해보아도 전세를 뒤집을 만한 구석이 없었다. 눈앞에 가물거리는 바둑돌을 보며 박갑수는 마음속 깊이 자책을 한다.

십 수 년 전 사고무친인 자신을 데려다가 당대 명인(名人)을 만들고자 심혈을 기울였던 스승 동설. 천성이 신중하지 못하여 박갑수는 늘 스승에게 질책을 받곤 했다. 다른 원생들이 1년을 들여다봐도 막막한 묘수풀이의 고전(古典) 기경(碁經) 발양론(發陽論)을 박갑수는 절치부심 한 달 만에 독파하고 기쁨에 겨워 스승에게 달려갔다. 허나 스승은 칭찬 대신 큰 한숨을 쉬었다.

"묘수는 오히려 독이 되나니, 빛이 겉으로 드러나면 상하는 법이니라. 빛은 마음속에 잠겨 있어야 한다. 운석(運石)에 기운을 불어넣지 마라. 너의 운석은 오히려 말라야 힘이 생기나니……."

스승은 죽기 며칠 전 병석에 누워 자신에게 그 비슷한 가르침을 또 내렸다.

"넘치면 과하고 모자라면 부족하니 그 순리를 일러 행마라 한다. 그것만 극복하면 넌 천하제일의 명인이 된다. 부디 내 말을 명심하여라."

닷새 후 스승은 세상을 떠났다.

박갑수는 생전 처음 후회를 했다. 자신을 그토록 사랑했던 스승의 가르침이 이제 와서 가슴을 친다.

그때 스승의 말을 좀 더 귀담아 들었으면…… 늘 자신을 걱정하던 스승의 심경을 조금만 더 헤아렸으면…….

박갑수의 가슴이 스승에 대한 그리움과 죄책감으로 미어진다.

종반에 들어 다시 박갑수의 묘수가 연달아 터졌다. 하지만 침착한 김재석의 응수에 승부는 불변이었다. 계가를 해보니 반면 8집, 4호 반 공제하고 3집 반 흑승이었다. 일본 3승.

박갑수의 고개가 밑으로 떨어졌다.

"그러게 내 만만치 않으니까 조심하라 했잖소. 큰소리치더니 꼴좋소.

아, 세상에 그걸 옆도 안 돌아보고 두 칸씩이나 뛰는 사람이 어디 있소! 초짜도 아니고……."

장승표가 박갑수의 속을 질렀다. 보통 때 같으면 맞고함 치고 난리가 나련만 박갑수는 말없이 신발을 신고 내려간다. 장승표가 그런 박갑수의 모습이 측은한지 뒤따라 내려간다.

"형님! 바둑 한 판인데 왜 이러시오! 형님답잖게!"

박갑수는 마당을 가로질러 간다. 장승표가 계속 따라가며 형님! 형님! 을 연발했다.

그날 밤 설숙은 낮에 박갑수가 둔 기보를 들여다보며 비록 승부에서는 졌지만 초반의 화려한 포석을 보고 내심 흐뭇했다.

하긴 박갑수도 여목 스승의 적손이 아닌가.

설숙은 박갑수의 바둑에서 동설의 향기를 맡고는 그 옛날 동설의 바둑을 떠올리며 감회에 젖었다.

그 얼마나 신출귀몰하고 자유자재하던 동설이던가……. 여목 스승이 타계한 뒤 같이 도장을 일으켜세우자고 한사코 그를 붙잡았으나 동설은 끝내 자신의 뜻을 뿌리치고 도장을 떠났다. 후일 개원을 통해 그의 안부를 간간이 접했지만, 그가 도장을 떠난 후로는 결국 한 번도 그를 만날 수 없었다.

호남 국수 이재사가 자신에게 흑으로 무릎을 꿇은 뒤 말했다.

"조선에는 두 국수가 있으니 그 모두가 여목 선생의 제자로소이다. 수년 전 여목 선생의 애제자 중 한 사람인 동설 국수에게 오늘처럼 패퇴했소이다. 내가 그의 기예를 칭송했더니 그가 말하길 자신과 같은 동문 중에 설숙이란 당대의 기객이 있노라며 그 칭송을 선생에게 돌리더이다. 과연 여목 선생은 당대의 거목으로 추앙받아 마땅할 것이외다. 오늘에사 왜 저의 스승이 여목 선생 타계 후 낙향하여 칩거했는지 그 깊은 뜻을 헤아릴 수 있겠소."

그리고 이재사는 자리에서 일어나 설숙에게 큰절을 했다.

평사를 제외하면 유일하게 기예의 겨룸이 만만찮았던 동설. 문득 젊은 시절 여목도장에서의 일들이 떠오른다. 동문들과 어울려 수양버들이 늘어진 그늘 아래서 기예를 연마하고 좌선(坐禪)에 몰입해 있을 때 선선히 귓전을 스쳐가던 바람. 불현듯 고향에 계신 조부가 보고팠고 어린 시절 뛰놀던 산 아래 실개천이 생각났다.

스승의 가르침이 뼛속 깊이 새겨질 땐 얼마나 충만감에 마음이 부풀었으며 하루해가 지는 도장의 저녁놀은 또 얼마나 그립고 설레던지.

그러나 다 가고 없다. 인자하던 스승의 얼굴도. 가슴을 저미는 바람소리도. 늦은 밤 구슬피 울던 밤새소리도…….

스승도 만년에 그랬을까.

설숙은 여목 스승을 생각하며 생(生)의 외로움을 느낀다.

그 시각 최해수는 우연히 김재석과 시마즈의 대화를 엿듣게 되었다. 대화 내용은 충격적이었다.

"자네 말만 믿고 기대를 가지고 왔는데 예상보다 너무 기력이 허약하이."

"아닙니다. 오늘 저와 상대한 친구는 한 번도 만난 적이 없습니다. 최종 주자인 최해수 선배는 몰라도 다음번에 상대할 정명운 그 친군 보통내기가 아닙니다. 같이 공부할 때 솔직히 말해서 한 번도 시원하게 이겨본 적이 없습니다. 그동안 제가 바둑이 늘었다고는 하나 그 친구도 그냥 있지는 않았을 테니까요. 아마 좋은 승부가 될 겁니다."

"그렇다고 해도 고작 한 명 아닌가. 어쩌면 우리는 한 판도 두지 못하고 일본으로 돌아갈지 모르겠는걸."

"뭐가 걱정입니까. 그리만 되면 그것보다 더 기분 좋은 일이 어디 있습니까."

웬만해서는 흥분하지 않는 최해수가 두 주먹을 불끈 쥐고 격노했다. 한 스승 밑에서 수업을 받은 자의 언행치곤 너무나 괘씸했다. 어쨌거나 김재석은 과거 같은 설숙도장에서 한솥밥을 먹은 동문이었다. 대형격이어서 최해수를 맨 뒤로 돌리긴 했지만 이제 믿을 만한 주자는 정명운밖에 없었다.

대국이 시작되자 김재석 흑, 정명운 백번이었다.

일본 가기 전만 해도 김재석은 정명운에게 선으로도 승률이 좋지 못했다. 그런데 10년 가까운 세월이 흐른 지금 김재석은 거의 정명운에 버금가는 바둑을 구사했다.

김재석이 강해졌다고는 하나 정명운이라고 하세월 그냥 보낸 건 아니었다. 더구나 정명운의 바둑은 한창 물이 올라 있는 터였다. 백을 쥔 정명운은 초반부터 실리를 챙기고 긴 바둑으로 몰아나갔다. 서로가 한 치 양보도 없는 팽팽한 바둑이 전개되었다. 흑이 한 수를 놓으면 김재석이 유리해 보였고 백이 한 수를 놓으면 정명운이 유리해 보였다.

중반에 들어서며 명운의 눈부신 행마가 진가를 발휘하기 시작했다. 기량 면에서는 명운이나 김재석이나 별 차이가 없었지만 승부 감각에서만은 명운이 확실히 한 수 위였다.

바둑이 종반에 접어들어 백의 유망한 형세로 서서히 변모한다. 그대로 계가를 하면 아무래도 흑이 덤을 남기기가 어려운 국면이었다. 김재석이 자신의 비세를 직감하고 날카로운 승부수를 던졌다. 명운이 반상을 내려다보며 김재석의 수를 헤아려본다.

'다른 건 몰라도 형세 판단만큼은 일본에서 제대로 배웠군. 하지만 자네는 아직 멀었어.'

명운은 침착한 수읽기로 냉정하게 응수했다.

승부수가 무위로 돌아간 김재석은 장고에 장고를 거듭했다. 밤늦게 바둑은 봉수되었다.

하루가 지나고 이틀째 바둑이 재개되었다.

밤새 같이 온 일행과 더불어 연구를 한 듯 김재석의 마지막 승부수가 다시 반상에 작렬했다.

이번엔 명운의 장고가 계속됐다. 장고 끝에 명운은 한 차례 작은 실수를 저질렀다. 김재석이 명운의 실수를 재빨리 낚아챘다. 하지만 명운의 수습이 워낙 탁월한 바 있어 김재석의 추격은 어느 정도 선에서 마무리됐고 승부는 여전히 백 우세였다. 김재석의 거센 추격을 따돌린 바둑은 반면으로 비슷했다.

그 상황에서 계가로 갔으면 반면 빅 정도로 4호 반의 차이가 날 바둑이었다. 더 이상 승부처가 없는 상황에서 김재석은 끝까지 계가로 가지 않고 돌을 던졌다. 설숙도장으로서는 귀중한 1승을 올린 것이었다.

기보를 접한 설숙은 흡족해했다. 비록 종반에 한 수 실수가 있긴 했으나 그 뒷수습이 돋보이는 한 판이었다.

설숙도장에서는 경사가 났다. 하루 반나절 걸린 장거리 대국이었기에 설사 하루를 더 쉰다고는 하나 피로가 누적될까 싶어 김원준이 명운의 어깨를 주무르며 기세를 돋우었다.

장승표와 박갑수는 마치 그 승부로 인해 모든 것이 끝이 난 듯 읍내에서 몰래 가져온 농주(農酒)를 앞에 놓고 연신 건배를 해가며 술잔을 돌렸다.

"명운이가 많이 늘었어."

박갑수는 어느 틈에 본래 모습으로 돌아가 있었다.

동문들이 기쁨에 젖어 흥겨워하고 있을 때 동삼은 겨울나기에 부족한 땔감을 구하러 산속을 헤매고 있었다. 그러나 동삼의 온 신경은 온통 도장에 쏠려 있었다.

최후의 제자

겨우 나무 한 짐 하는 데 한나절 넘게 소비한 동삼이 내려왔을 때는 이미 승부가 끝나 있었다. 김재석은 풀이 죽은 모습으로 자기들 숙소로 돌아가 있었고 박갑수와 장승표는 술에 취해 해롱거리며 명운을 둘러싸고 환호작약하는 중이었다.

물어보지 않아도 승부 결과는 번연히 알 수 있었다. 평소 감정이 어떻든 간에 동삼은 명운이 자랑스러웠다.

'나도 한번 그들과 승부를 결해보고 싶다.'

동삼의 승부혼이 그렇게 절규하고 있었다. 그러나 아무도 동삼에게 관심을 두는 사람이 없었다. 설숙 스승은 동삼을 본체만체했고, 그렇다고 동삼이 자신의 의지를 스승에게 전할 수는 없는 노릇이었다.

동삼은 끓어오르는 투혼을 삭이며 장작을 패기 시작했다. 노련한 부목답게 장작은 단 한 번의 도끼질로 정확하게 두 쪽으로 갈라졌다. 동삼은 가슴이 후련해질 때까지 계속 장작을 팼다.

일본의 두 번째 주자는 시마즈 5단이었다.

돌을 가린 결과 다행히도 정명운 흑, 시마즈 백이었다.

명운의 첫 수는 우상귀 화점. 시마즈의 첫 수는 좌상귀 소목이었다. 세 번째 수에서 잠시 망설이던 명운은 생각 끝에 세 번째 수를 좌하귀 소목에 착수했다. 이른바 대각선 포석이었다. 대부분의 대각선 포석은 난전으로 얽혀들기 십상이다. 아마 심기일전하려는 명운의 고심의 한 수 같았다. 시마즈가 빈 귀에 착수하자 명운은 즉각 좌하귀의 소목을 굳혔다. 시마즈가 우상귀 화점에 걸어왔다. 당연한 걸침이었다.

제일 먼저 다가온 승부의 분수령은 흑의 41수였다. 시마즈가 선수랍시고 우상귀 흑의 진영을 씌워왔을 때였다. 나무랄 데 없는 수였으며 당연히 흑이 받아줄 자리였다. 명운의 얼굴이 갑자기 복잡해졌다. 명운은 깊숙이 팔짱을 끼고 장고에 들어갔다.

얼마 후 명운의 손에서 돌이 떨어졌다.

관전하고 있던 아카기는 명운의 착수를 보며 내심 탄복했다. 어쩌면 귀의 사활이 걸릴지도 모르는데도 불구하고 명운이 손을 빼서 우변의 화점 한 칸 위의 대세점을 점했기 때문이었다.

'김재석이 정명운, 정명운 하더니 확실히 그의 기재는 빛나는 바가 있구나.'

결단력과 냉철함을 겸비한 상상하기 힘든 수였다. 우하귀의 백이 중앙으로 진출하는 것을 견제하며 우상변 백 두 점을 씌우는 맞보기 수였다. 시마즈가 이맛살을 찌푸리며 반상 위로 머리를 바짝 디밀었다.

근 한 시간의 장고 끝에 시마즈는 우상변을 보강하지 않고 고집으로 귀의 화점을 젖혀나갔다. 갑자기 반상 위에 전운이 감돌았다. 그러나 명운이 귀를 적당히 수습했고 시마즈는 시마즈대로 우상변의 백 두 점을 보강하여 근거를 마련했다.

한국과 일본을 대표하는 두 사람의 고수는 용호상박, 쌍방이 외나무줄을 타듯 아슬아슬하게 균형을 유지해나갔다.

바둑은 다시 곳곳에서 전투가 벌어졌다. 공격과 수습, 타협과 반격으로 바둑이 얽혀들었다. 워낙 난해하게 얽힌 판이어서 한 수만 실족해도 치명타를 입고 천길 나락으로 떨어질 살벌한 국면이었다.

시마즈는 과연 일본에서 촉망받는 기사답게 기력이 뛰어났다. 그의 한 수 한 수는 예리한 수읽기를 바탕으로 흑의 턱밑에 비수를 들이대었고, 명운 또한 요소요소에서 급소를 짚어나감으로써 백에게 굴복을 강요했다.

전투와 타협으로 승부의 외나무다리를 위태롭게 걸어오던 중, 종반 들어 두 번째 분수령이 나타났다. 서로 한 치의 양보 없이 맞붙다가 큰 패가 난 것이었다.

최후의 제자

몇 번이나 팻감이 오고간 가운데 커다란 바꿔치기가 일어났다. 냉철한 시마즈가 명운의 팻감을 거부하고 이어버렸다. 명운이 시마즈가 불청한 곳을 잡아 이득을 취하니 바둑은 다시 백중세로 어울렸다. 그러나 엄밀히 따져보면 그 패의 결과는 백을 쥔 시마즈의 서너 집 득이었다. 때늦게 비세를 직감한 명운이 판세를 뒤집기 위해 여러 각도에서 승부수를 띄웠다. 시마즈는 침착하고 냉정한 자세로 명운의 승부수를 피해 근소한 우위를 끝까지 지켜나갔다.

밤이 깊어간다. 벌써 하루가 지나 이틀째 맞는 밤이었다.

바둑은 한 수 한 수 쌍방 간에 끊임없이 장고가 계속됐다. 마침내 바둑이 정리될 시점에서 형세는 명운의 두 집 반 정도 비세였다.

미세하나마 자신의 승리를 확신한 시마즈가 여유를 부렸다.

"어떡할까요. 계속 두겠습니까, 아니면 일단 봉수를 할까요?"

"끝을 봅시다."

명운이 비장하게 대답했다. 핏발이 가득한 명운의 눈을 보며 최해수는 괴로웠다. 도장의 명예를 양어깨에 걸머진 명운의 몸부림이 그럴 수 없이 안타까웠다.

승부는 점차 모습을 드러내고 있었다. 시마즈의 실수가 없다면 이제 남은 주자는 최해수뿐이었다. 아직 실력을 점칠 수조차 없는 아카기는 그대로 있는 상태였다.

새벽이 가까워질 무렵 마침내 명운은 무너지고 있었다. 식은땀을 비 오듯이 흘리며 근소한 비세를 뒤집으려는 마지막 안간힘은 결국 허망하게 끝나고 말았다. 큰 패착 없이 밀렸으니 결국 기량의 차이랄 수밖에.

도장은 쥐 죽은 듯이 고요했다. 최해수가 낭패한 눈길로 멍하니 반상을 바라본다. 농담 좋아하는 박갑수와 장승표도 얼이 빠진 채 가만히 앉아 있었다.

졌구나…… 끝이구나.

모두의 머릿속에는 그런 생각만 맴돌았다. 명운까지 무너진 이 시점에서 그들은 한결같이 깊은 절망에 빠졌다.

최해수가 명운에 비해 한 수 밀린다는 사실은 모두가 익히 알고 있는 사실. 김재석이라고 그 사실을 모를 리 없었다. 어린 김원준의 눈에 눈물이 흐른다.

철거덕.

마침내 명운이 돌을 던졌다. 창백한 명운의 안색에는 실로 핏기 한 점 없었다. 휘청거리며 일어난 명운이 대청 아래로 내려간다. 어느 틈에 새벽 동이 트고 있었다.

마치 혼이 빠진 듯 허적허적 걸어가던 명운이 휘청하는 순간, 댓돌 아래로 굴렀다.

"형님!"

장승표가 명운을 부르며 달려갔다. 명운은 쓰러진 자리에서 혼절했다. 장승표의 눈에서 굵은 눈물방울이 뚝뚝 떨어진다. 최해수가 혼절한 명운을 들쳐업고 간다. 그 뒤를 장승표와 김원준이 따라가고 도장은 초상집을 방불케 했다.

대결을 시작한 지 보름이 가까워지고 있었다. 이제 남은 사람은 도장의 맏형인 최해수밖에 없었다.

설숙도장의 마지막 주자 최해수와 시마즈의 대결은 그로부터 이틀 후 벌어졌다. 최해수는 비장한 각오로 출사표를 던졌다. 돌을 가리자 최해수 흑, 시마즈 백번이었다.

초반부터 최해수는 시간을 물 쓰듯 써가며 물고 늘어졌다. 뻔한 장면에서도 장고에 장고를 거듭했다. 최해수의 끈덕진 집념으로 바둑은 그런 대로 어울려갔다. 하지만 기력 차이는 어찌해볼 도리가 없었다.

시간이 흘러 시마즈의 칼날 같은 행마가 최해수의 튼튼한 집을 비집고 들어가면서 바둑은 조금씩 시마즈 쪽으로 기울어갔다. 체력으로 잡고 늘어지기엔 한계가 있었지만 그나마 최해수는 장렬하게 버티고 있었다.

사흘째로 접어들면서 반상에는 승부의 명암이 확연히 드러났다. 흑을 쥔 최해수가 반면으로 한 집, 부족하여 덤을 계산하면 5집 반 차이로 시마즈에게 밀리고 있었다. 아무리 판을 뒤집어봐도 승부의 구실은 도저히 찾아볼 수 없었다.

최해수는 생각에 잠겼다. 이럴 수도 없고 저럴 수도 없는 노릇이었다. 돌을 던지자니 스승을 뵐 낯이 없고, 계속 이러고 앉아 있자니 그것도 사람이 할 짓이 아니다. 이를 두고 진퇴양난이라 하는가. 별별 생각이 다 든다.

자신은 애초부터 바둑으로 대성할 재목이 못 된다. 그 누구 못잖게 노력을 기울여왔으나 기예와는 인연이 없었던지 평생 물꼬를 트지 못하고 늘상 기재(棋才)들에게 가려 남 몰래 번민만 일삼았다. 다행히 자신을 따르는 동문 후배들이 많아 소외감은 피할 수 있었으나 어떨 때는 그것이 더 자신을 외롭게 했다.

자신이라고 왜 일가(一家)를 이루고 싶지 않겠는가. 일가를 이루어 후대에 길이 남을 명인이 되고자 하는 꿈이 없었겠는가. 허나 그것은 아무나 이룰 수 없는 것. 섣불리 덤볐다간 평생을 고통 속에서 몸부림쳐야 한다. 지금 자신이 받고 있는 고통도 그 때문이리라.

대세는 이미 기울어졌건만 최해수는 이러지도 저러지도 못한다. 참으로 고통스러운 시간이 최해수를 억누른다. 기운이 빠지고 바둑판 위에 그냥 주저앉아버리고 싶다. 어서 빨리 끝이 나 차라리 현생(現生)의 모든 일을 잊고 싶다.

옆에서 지켜보던 김재석과 아카기는 시마즈의 승리를 확신하고 노골적으로 일본으로 돌아갈 채비를 서두른다.

그 시간 설숙은 벽송을 앞에 놓고 깊은 번뇌에 젖어 있었다. 자신의 대에서 이런 비극을 겪어야 한다는 사실이 설숙은 더할 수 없이 고통스러웠다. 믿었던 명운이 졌을 때부터 설숙은 거의 잠을 이루지 못했다.

설숙은 참담했다.

스승 여목께서는 중국으로 건너가 이름을 만대에 떨쳤고, 비록 스승으로부터 쫓겨난 제자라곤 하나 평사는 나라 없는 식민지 시대에 불세출의 승부사로서 수많은 왜인들의 간담을 서늘케 하지 않았던가. 그런데 나는 낙향하여 조상들이 지켜보는 선산 아래서 이다지도 험한 수모를 겪어야만 한단 말인가. 내 죽어 스승을 무슨 낯으로 뵐 것이며 무슨 면목으로 스승의 면전에 발을 들인단 말인가…….

"스승님……."

최해수의 비통한 목소리가 들려왔다. 설숙은 방문을 열고 밖을 내다보았다. 댓돌 아래 무릎을 꿇은 최해수가 눈물을 흘리고 있었다. 설숙은 망연히 최해수를 내려다보았다. 선량한 제자를 원망하고픈 심정은 눈곱만큼도 없었다. 제자가 얼마나 처절하게 버티었는가를 누구보다 잘 아는 스승이었다.

"들어가거라."

설숙은 방문을 닫았다.

그날 자정이 넘은 시각.

동삼은 행랑채 밖 평상에 우두커니 앉아 있었다. 달빛이 고가의 구석구석을 훤히 비췄다.

모두가 졌다. 어쩌면 도장의 존폐가 걸릴지도 모를 일대 사건이었다.

나라도 한번 나서보는 건데 안타깝다. 결과는 차치하고라도 승부를 한번 해봤어야 했는데…… 그들을 그냥 돌려보내야 하다니…….

동삼의 내부에서 승부 욕구가 불쑥불쑥 솟구친다.

지금이라도 한번 승부를 제의해보면 어떨까.

그러나 동삼은 이내 그것이 불가능하다고 생각했다. 처음 대결을 거론할 때부터 자신은 제외되어 있었다. 그러한 판에 정명운과 최해수가 무너졌으니 이 마당에 자신이 임의로 나설 수는 없었다. 무엇보다 스승의 허락 없이는 그들과의 대결이 불가능했다. 동삼은 설숙 스승이 계신 안채 쪽으로 고개를 돌렸다. 불이 꺼진 스승의 방은 고요했다.

그때였다. 어둠 속에서 불쑥 설숙 스승이 모습을 드러냈다. 스승은 한 점 흐트러짐이 없는 자세로 꼿꼿하게 동삼 앞으로 걸어왔다. 동삼은 습관적으로 자리에서 일어나 뒤로 물러섰다. 한 울타리에 살면서도 이렇게 마주한 지가 1년이 넘었다.

설숙이 동삼을 노려보았다. 동삼은 스승의 시선을 피해 다른 곳을 바라본다.

그 자세로 한참 후, 얼마나 시간이 흘렀을까. 설숙이 침통하게 동삼을 향해 한마디 일침을 놓았다.

"너는 내 제자가 아니더란 말이냐!"

나직하나 칼칼한 스승의 말이 어둠 속에서 뇌성처럼 떨어졌다. 상상조차 해본 적 없는 스승의 느닷없는 책망에 동삼은 어찌할 바를 모른다. 싸늘한 겨울바람이 두 사람을 에워싼다. 이글이글 불타는 설숙의 눈이 똑바로 동삼을 노려보고 있었다. 동삼의 마음속에 어떤 아픔이 지나간다. 선택받은 것도 아니고 버림받은 것도 아닌 알 수 없는 슬픔과 분노가 가슴속으로 치밀어온다.

스승은 안채를 향해 어둠 속으로 다시 사라졌다. 스승이 사라진 텅 빈 마당에 동삼은 오랫동안 서 있었다.

이튿날 아침. 일본으로 돌아가려고 짐을 정리하던 김재석 일행의 방문이 벌컥 열리며 동삼이 들어섰다.

"상대가 아직 남았소."

"누구시오?"

아카기가 동삼에게 물었다.

"나도 이 도장 문하생이오."

아카기와 시마즈가 동삼을 아래위로 훑어보았다. 허수룩한 복장하며 초라한 모습이 영락없는 일꾼이었다.

"이 사람도 이 도장 사람임엔 틀림없습니다. 하지만……."

김재석이 동삼을 소개하다가 말고 말끝을 흐린다. 김재석의 그런 행동 이면엔 뒤봐야 결과는 뻔하다는 뜻과 함께 굳이 둘 필요까지 있겠느냐는 망설임이 섞여 있었다.

그러나 애초에 이 도장 사람은 누구라도 좋으니 상대해주겠다고 호언 장담한 그들이었다. 그들은 방 한구석으로 가더니 한참을 머리를 맞대고 있었다.

이윽고 시마즈가 나섰다.

"좋소. 이 도장 사람이라 하니 내 상대해드리지. 대신 지금 바로 시작합 시다."

원래 한 판을 둔 다음, 승자는 하루 휴식을 취하자는 약속이 있었다. 그 런데 시마즈가 바로 승부를 제의해온 것은 어차피 승부는 자명한 것, 빨 리 승부를 보고 일본으로 돌아가겠다는 의도였다.

"알겠소."

동삼이 차갑게 말하며 돌아섰다.

별안간 장내에는 긴장이 감돌았다.

백을 쥔 동삼의 들여다본 수가 그 원인이었다. 절묘한 시기와 상황이 맞물린 빛나는 한 수였다. 그 수는 손을 빼고 상변 큰 곳으로 달려갔던 시마즈의 작은 실수를 통렬히 문책하고 있었다. 집으로는 그리 크다 할 수 없지만 허술해 보였던 하변의 백진이 안정을 찾아 그 효과는 엄청났다. 게다가 흑을 쥔 시마즈의 미구에 있을 응수타진을 역으로 해소했을 뿐 아니라, 작지만 그런대로 근거가 마련되는 의미가 있는 수였다.

시마즈의 이마에 진땀이 확 배어나왔다. 시마즈는 통분의 심정으로 반상을 노려봤다.

고수다. 김재석의 기억은 그 옛날의 기억이거나 잘못된 판단이었다. 전형적인 농부와 같은 분위기, 땀에 전 허수룩한 옷차림 때문에 쉽게 본 것은 돌이킬 수 없는 실수였다. 이런 고수에게 왜 주의를 게을리했던가. 알 수 없는 일이다. 이런 자가 어디 숨어 있다가 이제야 나타난 것일까.

시마즈는 어쩔 수 없이 들여다본 곳을 이었다. 그 한 수의 교환으로 바둑은 근소하나마 백의 우위로 돌아섰다. 시마즈의 낙승을 예상했던 모든 사람들은 긴장된 표정으로 바둑판을 주시하고 있었다.

바둑이 시작될 때만 해도 명운은 코웃음을 쳤다. 자신이 패한 시마즈를 상대로 동삼이 어쩌랴 싶었던 것이다. 게다가 자신이 도장으로 돌아온 이래 동삼의 바둑을 한 번도 본 적이 없었다.

'백을 쥐고 한계가 있을 거야…… 저러다가 지겠지…… 저러다가 결국 무너질 거야.'

굳이 무너지는 걸 바란 것은 아니지만 과거의 기억에 사로잡힌 명운은 조마조마한 심정으로 승부의 귀추를 주목했다. 그런데 이상하게도 가면 갈수록 동삼의 바둑엔 힘이 실려 보였고 시마즈의 호흡은 점점 거칠어졌다.

70수가 넘어가면서 백의 우위는 여전했다. 솔직히 그 상태에서는 명운 자신이라 할지라도 백을 잡고 싶었다. 집으로는 윤곽이 불분명하나 뭔가 모르게 백이 두텁게 기분 좋은 모양새였다.

옛날이나 지금이나 두터움을 지향하는 동삼의 기풍은 변화가 없었다. 원래 동삼은 잘 무너지지 않는 튼튼함은 있었지만 끊임없이 흔들어대면 더러는 휘청거리기도 했다. 하지만 지금의 동삼은 흔들리지 않는다. 판 위에 돌 수가 늘어나면 늘어날수록 금성철벽의 요새를 구축하고 있다. 그 것은 완벽한 수읽기가 뒷받침되지 않으면 불가능한 일이었다.

동삼의 놀라운 변화에 충격을 받은 명운은 고심참담한 지경에 빠졌다. 동삼이 그토록 성장할 동안 자신은 도대체 무얼 하고 있었단 말인가. 그 러나 명운은 그때까지도 동삼의 기풍 그 일면만 들여다봤을 뿐이었다.

바둑은 중반에 접어들었다. 그때 동삼의 한 수가 좌상귀 흑진에 미끄 러져 들어왔다. 그 수는 매우 미묘한 착점으로 정체가 모호했다. 시마즈 는 심각한 얼굴로 담배를 빼물었다. 그리고 불을 댕기는 것도 잊은 채 반 상을 뚫어져라 내려다보았다.

묘하게 굴복을 강요한 수다. 미끼가 분명한데 아주 기분 나쁜 냄새를 풍기고 있다. 차단을 하여 승부를 볼 수도 있지만 그것은 피차간에 큰 모 험이다. 미끼를 물면 그 사석을 대가로 백은 좌상변 쪽에 단단한 세력을 형성하게 되고, 그렇게 되면 상변의 두 칸 벌린 흑말이 허약해진다.

시마즈가 오랜 장고에 들어갔다. 한 수에 무려 두 시간을 소비한 시마 즈의 응수는 탁월했다. 이쪽 입장과 저쪽 입장을 모두 고려한 절묘한 수 습책을 내놓은 것이다. 시마즈는 동삼에게 요구했다.

'어떡할 것이냐. 이 상태에서 서로 한 발씩 양보할 것이냐, 아니면 절단 하여 여기서 승부를 볼 것이냐.'

동삼은 조용히 백돌을 들어 반상에 놓았다. 시마즈의 타협을 받아들인 것이다. 그러나 몇 수가 지나자 바둑은 자연스레 동삼 쪽으로 기우는 느 낌이 든다.

중반에 접어들어 바둑이 한창 무르익어갈 때 최해수가 좌중의 의견을 물었다.

"시간이 너무 늦었소. 적당한 시점에서 봉수를 하고 내일 두는 게 어떻겠소?"

"계속 이대로 둬 승부를 가렸으면 합니다만……."

시마즈는 내친김에 승부를 가리고자 했다. 동삼은 아무런 대꾸 없이 백돌을 들어 한 수 착수했다. 무언의 승낙이었다. 봉수를 하고 두는 것이 상례였으나 쌍방이 봉수를 마다하고 대국을 계속할 만큼 두 사람의 입장은 비장했고, 관전하는 사람 입장에서도 이 판은 한국과 일본의 사활이 걸린 절체절명의 승부였다.

동삼의 바둑을 보며 최해수는 원인 모를 감동에 젖어들었다. 어이없게도 동삼을 간과했던 자신이 부끄러웠다. 스승과 더불어 보낸 동삼의 지난 몇 년 세월이 눈앞에 선했다. 이미 동삼의 바둑은 확실한 형태를 가지고 있었다. 그것은 일정한 선을 넘지 않으면 불가능한 수의 영역이었다. 그런 바둑을 구사하면서 잡다한 집안일에만 매달려 있는 동삼이 새삼 경이롭기까지 했다.

하루가 꼬박 지나 이틀째 접어들면서 반상 위엔 서서히 승부의 명암이 드러났다. 전세를 만회하려 시마즈는 장고에 장고를 거듭하며 끈질기게 추격해왔다. 유리한 바둑을 지키려고 동삼은 동삼대로 필사적으로 시마즈의 추격을 봉쇄하고 승세를 구축했다.

그렇게 쫓고 쫓기기를 온종일, 바둑은 다시 자정이 넘어 끝이 났다. 꼬박 이틀, 만 40시간에 달하는 긴 승부였다. 흑 57호, 백 54호. 흑이 덤 4호 반에 걸려 백을 쥔 동삼의 1집 반 승이었다.

시마즈의 충격은 컸다. 혼신의 힘을 다한 바둑에서 방심 아닌 기량에 의해 무너졌기에 그 충격은 더욱 컸다.

시마즈가 넋을 잃고 앉아 있는 것을 보며 아카기는 입술을 깨물었다. 동료의 패배에 아카기는 온몸의 피가 거꾸로 치솟았다. 주위는 누구라 할 것 없이 이 엄청난 결과가 믿기지 않는 듯 충격에서 헤어나지 못하고 있었다.

갑자기 얼어붙은 정적을 깨고 최해수가 방문을 박차고 대청 아래로 뛰어 내려간다.

'한시라도 빨리 이 결과를 스승에게 알려야 한다.'

머릿속에는 온통 그 생각밖에 없었다. 한달음에 내달아 최해수는 스승의 방 앞에 도달했다. 그 늦은 시각까지도 스승의 방엔 등잔불이 켜져 있었다.

'아! 스승은 절실하게 동삼의 소식을 기다리고 있구나!'

가슴 저릿한 감동에 최해수는 앞뒤 없이 스승의 방문을 와락 열어젖혔다. 가물거리는 호롱불 아래서 스승은 초조한 얼굴로 자신을 바라본다. 그 옛날의 태산 같은 기백은 어디로 가고 초췌하고 늙은, 시든 얼굴이 가슴을 친다.

"스승님!"

최해수는 그 자리에 쓰러져 목이 멘다.

"집 반을! 집 반을!"

말을 맺지 못하고 최해수가 흐느껴 울었다.

설숙의 눈자위가 미미하게 떨린다. 꽉 움켜쥔 그의 손에서 호두알이 으스스 깨어져 바닥에 떨어진다.

설숙도장 문하생들은 승리의 기쁨에 안절부절못하고 있었다.

박갑수는 노골적으로 흰 이를 드러내놓고 웃었고, 김원준은 앉았다 일어섰다 어쩔 줄을 모른다. 눈치 없는 장승표가 결국 참지 못하고 한마디 했다.

"장하십니다."

장승표의 그 말에 승부에서 패한 시마즈의 안색이 더욱 창백해진다.

명운은 쓸쓸히 방문을 나섰다. 동삼의 승리가 같은 동문으로서 응당 기뻐해야 할 입장이었으나 그토록 승리를 염원했던 자신은 도대체 그동안 무얼 하고 있었나 하는 자책감이 온통 자신을 짓눌렀다.

돌을 갈라 통 속에 쓸어담는 동삼을 보며 아카기가 말했다.

"길게 갈 것도 없이 내일 당장 대국을 시작합시다!"

"약속과는 틀리지 않소."

박갑수가 아카기를 제지한다. 아카기는 막무가내다. 계속해서 고집을 부린다.

"애초부터 이 사람을 언급했던 적은 없소."

박갑수가 막 반박을 하려는 찰나, 동삼이 나섰다.

"좋소."

동삼의 서슴없는 태도에 아카기는 다시 한 번 놀란다. 아카기는 어쩐지 동삼에게 선수를 뺏긴 기분이었다.

다음 날. 아침 아홉 시부터 대국이 시작되었다. 흑백을 가리자 이번엔 동삼이 흑, 아카기가 백이었다.

시작부터 대국은 피를 부르고 있었다.

대국 벽두부터 아카기는 니뽄도를 꺼내 휘두르기 시작했다. 오랜 세월 갈고 닦은 니뽄도의 예리한 날을 동삼의 목을 베기 위해 인정사정없이 휘둘러댔다. 반상 곳곳에서 선혈이 낭무했다.

차세대를 대표하는 일본의 선두주자 아카기의 기력은 확실히 돋보이는 바 있었다. 시마즈와는 분명 격이 다른 예리한 수읽기와 냉철한 형세판단을 겸비한 초일류급 기사였다. 그의 괴력이 반상 위를 우박처럼 두들겼다.

동삼은 아카기가 손 빼는 데 일가견이 있다고 생각했다. 울퉁불퉁한 벽면에 던진 공처럼 도저히 튀는 방향을 예측할 수 없는 기풍이었다.

파랗게 날이 선 아카기의 장검은 동삼의 흑진에 조그만 틈새만 보여도 비집고 들어왔다. 동삼은 수없이 장고를 거듭하며 아카기의 탁월한 공세를 피해갔다.

대국을 시작한 지 이틀째. 동삼과 아카기의 몸은 한겨울인데도 불구하고 땀으로 온통 축축이 젖어 있었다. 사람들은 모두 동삼과 아카기의 대국에서 한시도 눈을 뗄 수 없었다. 그들의 눈에 비친 아카기와 동삼의 대국은 진정한 고수의 면모를 보여주고 있었다.

이틀째 접어들면서 아카기는 나름대로 동삼의 바둑을 분석해본다. 쉽지 않은 상대라는 건 시마즈와의 대결에서도 익히 짐작할 수 있었지만 동삼의 바둑은 납득할 수 없는 부분이 많았다. 두드려도 두드려도 무너지지 않고, 이젠 어느 정도 됐겠지 싶어 반상을 돌아보면 승부는 어느새 원점으로 돌아와 있었다.

뚜렷이 강점도 없으면서 약점도 잘 노출되지 않는다. 허약해서 들어가보면 의외로 튼튼했고 느린 것 같아 건드려보면 민첩하기가 그지없다. 게다가 운석의 형태가 모호하다. 사람 자체도 알 수 없는 작자다.

바둑은 중반을 지나 계가를 해보니 흑은 삼귀생에 좌변 중앙에 10여 집 해서 약 60여 집, 백은 한 귀와 하변에서 중앙에 이르는 대가, 우변에 칠팔 목까지 합치면 56~57호 정도. 형세는 극미했다.

무려 세 시간의 장고 끝에 아카기는 좌변 흑말을 공략했다. 승기를 잡기 위해 아카기는 안간힘을 다한다.

대국 사흘째. 바둑은 이제 어느 정도 소강상태로 접어들어 있었다. 아카기의 판단이 주효했는지 미세하나마 바둑은 아카기가 집으로 유리했다. 동삼의 두터움이 살아 있다고는 하지만 종반으로 치닫는 바둑은 아무래도 덤이 안 나오는 바둑이었다.

동삼의 장고가 시작되었다. 한 시간. 두 시간. 아카기는 아카기 나름대로 동삼의 다음 착수를 기다려 차후의 변화를 미리 헤아린다.

그때였다. 대국장에 뜻밖의 인물이 나타났다. 그동안 단 한 번도 모습을 드러낸 적이 없는 설숙이 슬며시 대국장에 들어섰다. 동삼과 아카기는 수를 읽느라고 정신이 없어 몰랐지만 다른 사람 입장에선 참으로 이례적인 스승의 방문이었다.

20일을 넘긴 대국 기간 동안 스승은 부쩍 늙어 보였다. 항상 말끔하던 얼굴이 부석부석해진 것 같았고, 그렇게 보아 그런지 귀밑머리도 많이 희어진 것 같았다. 최해수는 스승의 그런 모습을 대하기가 민망하고 송구스러웠다.

'세상에…… 얼마나 승부의 추이가 궁금했으면 스승께서 직접 이 자리에……'

최해수의 콧날이 시큰거렸다. 스승의 깊은 속마음이 가슴에 사무치도록 절절히 와 닿았다.

설숙은 잠시 동안 반상을 내려다보더니 슬그머니 밖으로 나갔다.

동삼은 스승이 다녀간 줄도 모르고 형세를 만회하기 위해 깊은 장고에 빠져 있었다. 동삼은 아카기의 중앙 대마를 노리고 있었다. 사실 동삼이 아카기의 중앙 대마를 겨냥하고 있으리라고는 대국실 안의 그 누구도 예측하지 못했다. 아카기의 대마는 워낙 넓게 퍼져 있었고 군데군데 안형의 그림자가 있어 그 대마를 잡는다는 발상 자체가 무리였다. 그러나 동삼은 그 대마를 잡기 위해서 완벽한 수읽기를 하고 있었다.

장고 세 시간째, 희미하게만 보이던 대마의 꼬리가 조금씩 손에 잡혀 들어왔다. 동삼의 호흡이 거칠어지기 시작한다. 가슴이 떨리고 맥박이 뛴다.

뭔가가 보인다. 뚜렷치 않으나 대마의 진위가 서서히 윤곽을 드러낸다. 먼 곳으로부터 승부가 다가오기 시작하고 동삼은 주체할 수 없이 승부에 젖어든다. 그때 반상 너머 장막을 헤치고 홀연히 스승이 나타났다. 스승은 찬연한 빛무리를 후광처럼 두르고 있었다.

"마음을 놓치면 형세를 잃게 되고, 사심(邪心)이 있으면 맥을 짚을 수가 없다. 마음을 붙들어라…… 마음을…… 마음을…….."

장고 네 시간째. 그토록 요동치며 실체를 숨겨왔던 대마의 모습이 비늘 하나하나까지 선명하게 드러난다. 오후 한나절 장고 끝에 해가 기울면서 동삼의 손이 돌통으로 향했다. 동삼은 마지막으로 떨리는 가슴을 주저앉히고 뛰는 맥박을 제자리로 돌려놓는다. 다시 호흡을 가다듬은 후 돌을 들어 한 수 착점하자 비로소 아카기가 동삼의 의도를 눈치 채고 불같이 노한다.

'이놈이 내 대마를 잡겠단 말인가.'

동삼의 뜻이 대마에 있다는 게 드러나자 정명운을 비롯한 모든 사람들은 동삼의 대범한 발상에 소스라치게 놀랐다.

'저 친구에게 이런 면도 있었나.'

명운은 지금까지 자신이 생각해온 동삼의 기풍과는 또 다른 일면을 보고 당혹감을 감추지 못한다. 명운의 마음속에서 엄청난 상실감이 고개를 든다.

이번에는 아카기의 장고가 다시 시작되었다. 한 시간…… 두 시간…….

판을 세밀히 살펴보니 의외로 간단치 않다. 대마가 사는 건 문제가 아니다. 잘못하면 한쪽을 떼어줘야 하는데 그것이 거의 10여 집을 상회했다. 그렇게 되면 집으로 역전이었고, 뿐만 아니라 바둑의 내용으로 보아 다른 곳에서 승부처를 찾기도 만만찮았다. 당연히 그런 수순을 밟을 리

최후의 제자

없는 아카기는 장고에 장고를 거듭하며 대마 전체의 수습에 나섰다.

세 시간이 넘는 장고 끝에 아카기의 착수가 반상에 떨어졌다. 기다렸다는 듯이 연이은 동삼의 추궁이 아카기의 심장을 바로 찔렀다.

'이놈이! 이 난해한 대마에 대해 이미 수읽기를 끝내놓았단 말인가!'

아카기의 눈이 붉게 충혈된다. 또다시 아카기의 길고 긴 장고가 시작되었다.

대국 나흘째 밤. 시간을 물 쓰듯 하며 장고를 거듭하는 아카기의 몸부림도 점차 기력을 상실해갔다. 그토록 난공불락으로 보이던 아카기의 대마가 거의 빈사상태에 빠져 허우적거렸다.

동삼의 수읽기는 완벽했다. 그 완벽한 수읽기를 보며 명운과 최해수는 전율했다.

새벽 네 시. 설마 했던 백대마의 죽음이 적나라하게 바둑판 위에 드러났다. 장장 나흘간에 걸친 처절한 사투에서 마침내 아카기의 대마가 몰살했다. 아카기는 혼이 빠져 실성한 사람처럼 바둑판 앞에서 비실비실 웃었다.

잠시 후 아카기가 자리에서 간신히 일어났다. 김재석과 시마즈가 양쪽에서 아카기를 부축한다. 주위는 쥐 죽은 듯이 고요하다.

최해수는 동삼이 저번 시마즈를 이겼을 때처럼 앞뒤 돌아볼 사이도 없이 냅다 안채를 향해 달려갔다. 새벽녘이라 하나 겨울철이어서인지 아직 사방은 어두컴컴했다.

스승의 방엔 불이 켜져 있었다. 창호지에 비친 그림자로 보아 스승은 앉아 계실 것인데 기척이 없다. 최해수는 방 앞에서 스승을 불렀다.

"스승님!"

최해수는 격한 감정을 누르며 낭보를 스승에게 전했다.

"스승님! 동삼이 이겼습니다."

방 안에서는 여전히 아무런 기척이 없다. 그때 동삼이 지친 몸을 이끌고 안채에 나타났다. 나흘 밤낮으로 대국에 시달린 동삼의 몸은 지칠 대로 지쳐 있었다. 동삼은 스승의 방 앞에 털썩 무릎을 꿇었다. 그러나 방 안에서는 계속 기척이 없다.

"스승님, 동삼이 왔습니다."

최해수가 동삼이 왔음을 고한다. 그제서야 방 안에서 스승의 목소리가 들려온다.

"늦었으니 돌아가서 쉬어라."

그 소리와 더불어 스승의 방에 불이 꺼진다.

탈진한 동삼이 그 자리에서 쓰러졌다. 최해수가 동삼을 쓸어안았다. 동삼의 눈에 눈물이 아련히 맺힌다.

명운은 밤새 잠을 이룰 수 없었다. 눈은 감고 있는데 정신은 초롱초롱하다. 머릿속이 엉킨 실타래처럼 헝클어진다. 복잡한 상념을 뚫고 바둑판이 선명하게 보인다. 낮에 동삼과 두었던 바둑이다.

아카기가 눈물을 뿌리며 돌아간 지도 벌써 몇 개월이 흘렀다. 그 후 동삼은 다시 강원에 합류했다. 그동안 동삼과 명운은 여러 번 대국을 가졌는데 명운은 간신히 한 판을 이겼을 뿐이었다. 1승 11패. 그야말로 참혹한 전적이었다.

동삼과 대국할 때마다 명운은 그가 과연 몇 년 전 자신에게 두 점을 놓았던 사람이라고는 도저히 믿을 수 없었다. 명운이 고집스럽게 호선을 고수하고 있기에 치수는 변동이 없었지만, 솔직히 선으로도 장담키 어렵다는 게 주변의 따가운 시각이었다.

김원준과 장승표는 노골적으로 동삼의 수하라도 되듯 졸졸 따라다녔고, 해학에 밝은 박갑수도 동삼을 대할 때면 왠지 어려워하는 기색이었다. 그들이 동삼을 대하는, 거의 흠모에 가까운 시선을 볼 적마다 명운의 가슴은 찢어질 듯 쓰라렸다.

어릴 적 철없는 경쟁심으로 한때 동삼에게 깊은 마음의 상처를 준 적도 있었다. 나이가 들면서 명운은 그 일에 대해 많은 후회를 했었다. 그러나 그 후회의 이면은 엄밀히 말하면 가진 자의 못 가진 자에 대한 너그러운 감정이었다.

그러나 지금의 이 황당스러운 열패감을 어쩌란 말이냐. 이대로 끝없이 이곳에서 동삼의 뒤만 바라보며 허겁지겁 쫓아가야 한다는 말인가…….
안 돼! 그럴 순 없다.

명운은 누워 있던 몸을 벌떡 일으킨다. 어릴 적부터 온갖 찬사를 받고 살아왔던 자존심이 그것을 용납할 수 없었다.

'이대로 있을 순 없다. 뭔가 결단을 내려야 한다.'

명운은 자신이 이곳으로 오기 전 서울에서 바둑협회가 창립되고 전문기사 제도를 육성한다는 이야기를 들었다. 그런 집단 속에서 부대끼다 보면 동삼을 꺾을 수 있는 길이 보일지 모른다.

이런저런 생각에 명운의 마음이 다급해진다. 좌불안석으로 방 안을 맴돌던 명운은 급한 마음을 도무지 주체하지 못했다.

'일단 서울로 가보자.'

마음을 굳힌 명운은 스승을 찾아갔다. 언제나 그렇듯 자정이 되기 전 스승의 방에는 불이 꺼지는 법이 없었다.

"스승님."

방에서 스승의 응답이 온다.

"들어오너라."

스승은 화선지 위에 난을 치고 있었다. 명운은 무릎을 꿇고 스승의 묵화가 끝나기를 기다렸다. 허리를 쭉 편 대범한 앉음새로 거침없이 난잎을 어우르는 스승을 보며 명운은 스승이야말로 예인의 품격이 몸에 배인 분이라고 생각한다. 이윽고 스승의 붓이 거두어졌다.

"드릴 말씀이 있습니다."

"말해보아라."

"날이 밝는 대로 서울에 한번 다녀왔으면 합니다. 허락해주십시오."

설숙은 깊숙이 명운을 응시한다. 최근 들어 동삼과의 승부로 갈등하던 명운의 푹 꺼진 눈자위가 성큼 들어온다. 설숙은 아무 내색 없이 그 청을 들어주었다.

"다녀오너라."

설숙의 허락이 떨어지기 무섭게 명운이 설숙에게 절을 올린다. 더 이상 아무런 설명 없이 방을 나서는 명운의 뒷모습은 도화선에 불을 붙인 화약같이 금방이라도 터질 것만 같다. 저벅저벅 멀어지는 발소리가 완전히 사라지자 설숙은 불을 끄고, 새벽이 되어서야 잠자리에 들었다.

명운이 도장을 떠나 다시 돌아온 것은 달포 만인 늦여름이었다.

도장에 도착하자마자 스승의 방에 든 명운은 단도직입적으로 자신의 생각을 밝혔다.

"스승님, 지금 서울에는 한일기원이라는 게 생겼습니다."

"왜인들의 일본기원처럼 말이냐?"

"이제까지 이름만 접하던 많은 국수들을 그곳에서 만날 수 있었습니다."

설숙은 읽고 있던 서책을 덮는다.

"어차피 바둑에 일생을 걸기로 맹세했던 몸입니다. 그곳에서 평생 기도를 연마하며 살고 싶습니다."

"……."

"허락해주십시오."

한동안 듣고만 있던 설숙이 말문을 연다.

"네 생각이 그렇다면 그렇게 하도록 해라."

설숙은 지금까지 자신의 곁을 떠나겠다는 제자를 한 번도 막아본 적이 없었다.

"감사합니다, 스승님."

잠시 후, 동삼을 포함한 전 문하생들이 스승의 방에 모였다. 설숙은 우선 간략하게 명운의 뜻을 전했다. 명운의 거취에 대해 말을 마친 직후 설숙이 동삼에게 지시한다.

"가서 벽송을 가져오너라."

동삼은 스승의 갑작스런 말에 가슴이 철렁한다. 명운이 떠나는 마당에 난데없이 벽송을 가져오라니.

"무얼 하고 있느냐. 벽송을 가져오라 하지 않았느냐!"

허둥지둥 걸음을 옮기는 동삼은 제정신이 아니다.

왜 벽송을 가져오라는 것일까…… 설마…….

이미 명운은 자신의 상대가 되지 못한다. 누구보다도 스승이 그걸 더 잘 알고 있다. 더구나 아직 기력이 정정하신 스승님이 아닌가.

동삼이 벽송을 가져와 설숙 앞에 놓았다. 설숙은 한동안 감회 어린 눈으로 벽송을 바라본다.

"이 벽송은 나의 스승이신 여목 스승께서 당신의 뜻과 유지를 전하는 상징으로 나에게 내리신 것이다……. 명운이는 이번 서울 가는 길에 이 벽송을 가져가거라."

순간 동삼의 얼굴에 핏발이 섰다.

"내 너에게 당부하고 싶은 말은, 이 기반은 누대에 걸쳐 숱한 명인들의 숨결이 어리어 있는 것이다. 이 벽송의 주인으로서 부디 대성하여 후세에 길이 남는 명인이 되어라."

호롱불이 아른아른 흔들린다. 스승의 말이 먼 곳에서 들린다. 동삼의 몸이 끝없이 아래로 추락하는 기분이다.

왜 내가 아니고 명운이어야 한단 말인가…… 왜 추씨 일문은 벽송의 주인이 되지 못한단 말인가……. 내가 명인의 재목으로 부족해서…… 아니면 내가 모르는 또 다른 사실이 있단 말인가.

동삼의 가슴이 절규한다.

"스승님의 그 말씀, 평생을 두고 각골명심하겠습니다."

명운이 스승 앞에 부복해 머리를 조아렸다. 그의 눈에서 감격에 찬 눈물이 흘러내린다.

얼마나 오랜 시간을 이 한마디를 듣기 위해 살아왔던가. 그 얼마나 많은 밤을 벽송의 주인이 되고자 지새웠던가. 그 얼마나 오랜 세월을…….

눈물을 흘리며 명운이 벽송의 반면에 덮여 있는 삼베보를 걷어냈다. 생명이 살아 숨 쉬는 신비한 나무색의 반면이 밝은 호롱불 밑에서 그 찬연한 자태를 드러낸다.

"그렇게 해서 벽송이 정 국수님 손에 들어갔군요. 그런데 몇 가지 의문나는 점이 있습니다. 정 국수님은 저에게 분명히 이 바둑판의 주인은 추동삼씨라 했습니다. 정 국수님은 왜 나에게 그렇게 말하며 추동삼씨에게 바둑판을 돌려주라고 했을까요? 또 당연히 추동삼씨에게 물려줘야 할 바둑판을 설숙 선생께서는 왜 굳이 정 국수님에게 넘겨주었을까요?"

정 국수에게 부탁을 받으면서 줄곧 가졌던 벽송에 대한 의문이었다. 해봉처사는 한동안 묵상에 잠기더니 조용히 대답했다.

"내가 보기엔 몇 가지 복합적인 의미가 있네. 우선 설숙 스승님 입장을 정리해보지. 스승님은 여목 대스승으로부터 벽송을 물려받음으로써 평생 그 기(氣)에 눌려 진정한 대자유인이 되지 못했네. 일종의 부담감이라

최후의 제자

고나 할까……. 물론 추평사라는 걸출한 천재가 있었던 탓도 있지만 엄격한 의미에서 그건 배제되어야 할 문제네. 스승님은 그 굴레를 동삼에게까지 물려주고 싶지 않았던 게야."

"……."

"또한 스승께서는 그 일을 계기로 동삼에게 떠나기를 종용했다네."

"왜 추동삼씨를 도장에서 내보내려 했습니까?"

"스승은 동삼이 이제 더 이상 자신에게 배울 게 없다고 생각했을 것이네. 만약 그런 극약처방이 없었다면 동삼은 결코 스승의 곁을 떠나지 않았을 게야. 스승님은 동삼의 그런 기질을 잘 알고 있었지……. 스승님은 동삼이 그곳을 떠나 넓은 세상으로 나가기를 바랐네. 그래서 보다 진정한 명인, 완전한 인간으로 성장하길 바랐다네."

"그러나 추동삼씨 입장에선 너무나 가혹한 처사가 아닙니까?"

"어쨌든 스승님의 뜻은 그랬을 것이네. 벽송을 정 국수에게 준 이유 중 가장 큰 것이 바로 그것이네. 정 국수도 말년에야 그걸 깨닫고 자네를 통해 벽송을 동삼에게 돌려주려 한 것이지."

박 화백은 조금씩 혼란에서 벗어났다. 하지만 아직도 의문이 남아 있었다.

"설사 그렇다 하더라도 하필 그 시점에서 꼭 그래야만 했을까요? 또 그것이 사실이라면 왜 설숙 선생은 추동삼씨의 바둑을 위한 희생양으로 정 국수님을 택했을까요?"

"그건 그렇지 않네. 명운에게는 긍지를 심어주자는 측면도 복합적으로 작용하고 있었지. 누가 뭐래도 명운은 스승님의 자랑스런 제자였으니까……."

"처사님은 추동삼씨에 대한 설숙 스승의 마음을 무슨 근거로 그렇게 확신하십니까?"

해봉처사가 빙긋이 웃었다.

"사람이 서로 한솥밥을 먹고 살다 보면 마음이 와 닿는 법이지. 동삼이 떠나고 스승을 가장 가까이에서 모신 사람이 나였네."

"그랬군요."

박 화백은 눈앞이 확 트이는 것 같았다. 참으로 불가해한 스승과 제자였다. 한 번도 대면한 적이 없는 설숙의 고고한 자태가 손에 잡힐 듯 선명해졌다.

31   스승의 죽음

"이보게, 젊은이. 나 좀 보세."

동삼이 가던 길을 멈추고 돌아본다. 어딘지 낯이 익어 보이는 중년 사내였다.

"자네 혹시 동명관에 있지 않았었나?"

동삼을 바라보는 사내는 최성치였다. 일명 최대포. 동명관에서 동삼을 내기바둑에 이용하다가 들통이 난 후 숙향 이모에게 호된 꾸지람을 받으며 말뚝처럼 서 있던 사내.

"10년도 더 지난 세월 끝이라 긴가민가했더니 맞구만. 이젠 헌헌장부가 다 됐네그려."

"⋯⋯."

"아까 기원에서 자넬 봤다네. 혹시나 해서 뒤쫓아 나왔지. 이럴 게 아니라 우리 어디 가서 술이나 한잔 하세."

최대포는 동삼의 대답도 듣지 않고 성큼성큼 앞서 걸어가기 시작했다.

정명운에게 벽송이 내려진 후 동삼은 도저히 더 이상 도장 생활을 지속해나갈 수가 없었다. 도장 생활에 염증을 느낀 동삼은 고가를 떠나 여기저기 떠돌아다녔다.

유일한 마음의 안식처인 법고 스님마저 변란중 열반에 들었고 동명관은 잿더미로 변해버렸다. 동삼의 마음을 잡아줄 사람은 아무도 없었다. 설숙 스승에 대한 마음은 이미 증오로 변해버렸고, 밤이면 괴로운 심정을 달래기 위해 동삼은 술을 마셨다.

"젊은 사람이 핏기가 없어. 술이란 알맞게 마셔야 묘미가 있지."

급하게 술을 들이켜는 동삼의 잔에 술을 따르며 최대포가 동삼을 타이른다.

"이것 보게 친구. 잡을 수 없는 게 세월인데, 자네 같은 솜씨에 잔돈 몇 푼은 너무하질 않은가?"

사람의 마음을 묘하게 건드리는 최대포의 기풍은 예나 지금이나 변함이 없다.

"사람은 뭐니 뭐니 해도 이게 있고 봐야지."

최대포가 손가락으로 돈을 표시한다.

"날 보게. 일본에서 대학까지 나온 내가 왜 이렇게 허름한 뒷골목에서 어슬렁거리는 신세가 됐겠나. 정치한답시고 그 많은 재산 다 날려버린 탓일세. 썩은 정치인들이 판을 치고, 왜놈들에게 빌붙어먹던 놈들은 위세당당하게 큰소리치는데, 뛰어난 경륜으로 한 세월 살아온 이 천하의 최대포가 이리 된 것도 따지고 보면 다 세월 탓이고, 돈 탓일세."

최대포의 말은 대부분 거짓이었다. 동삼은 그 사실을 알고 있었지만 아무런 대꾸를 안 했다. 최대포가 슬슬 본론을 끄집어낸다.

"아까 얼핏 보니까 자네 솜씨가 여전하더구만. 자네 같은 솜씨면 편하게 살 수 있는 길이 얼마든지 있네."

동삼은 대꾸 없이 계속 술만 마셨다.

"어떤가, 내가 자네 솜씨를 사겠네."

최대포는 동삼을 은근히 구슬린다.

"솜씨란 흘러가버리면 그만이야. 그나마 살아 있을 때 적절하게 쓸 줄 알아야지."

최대포가 제의해온 것은 사기바둑이었다. 일을 꾸미고 성사시키는 것은 최대포가 하고 동삼이 할 일은 훈수가 필요할 때 착수 지점을 지적해주는 것이었다. 착수 지점을 전달하는 방법으로는 일본에서 넘어온 쿠사리빵의 일종으로 중간 연락책을 이용하여 수를 전달하는 것이었다. 연락책이 대국실과 훈수꾼이 있는 곳을 오가며 수를 받아넘기는 방식인데 연락책은 거의 최대포가 맡았다. 훈수의 양이 많아지면 훈수꾼을 과감하게 대국실 주위로 침투시켰다. 최대포는 주로 천장을 이용했다. 미리 대국 장소를 물색한 뒤 천장으로 올라가 그 아래를 내려다보는 수법을 가장 즐겨 썼다. 그때는 신호판을 선수의 팔에 몰래 부착시켜 천장에서 신호를 하면 착수 지점이 선수의 팔을 통해 전달되도록 했다.

건물 구조상 도저히 천장을 이용할 수 없을 때는 훈수꾼을 구경꾼으로 가장하거나, 그도 저도 어려울 때는 옆방에서 바둑판을 훔쳐볼 수 있게 만들었다.

착수 지점은 달력 숫자에 꼬마전구를 연결시켜놓고 훈수꾼이 바둑판을 훔쳐보며 버튼을 누르면 상대의 등뒤로 불이 들어온다거나 장판 밑으로 줄을 이어 선수 발가락에 연결시키는 등의 재래적인 방법을 많이 사용했다.

동삼은 최대포가 주선하는 사기바둑을 이기게 하는 대가로 술과 여자라는 쾌락을 제공받았다.

최대포는 묘한 구석이 있는 사람이었다. 사기꾼은 분명 사기꾼인데 나름대로 세상을 보는 안목이 꽤 높았고, 그의 말마따나 비록 정상적인 길은 아니었지만 경륜 또한 만만찮아 보였다. 거기다가 말투와 행동거지는 일류 신사였다. 당시 집권당인 자유당의 모모 인사를 팔면서, 때로는 그 사람의 후광을 등에 업기도 하고 때로는 이용당한 후 버려진 배신의 쓰라림을 이야기하며 그럴듯한 말로 사람들을 현혹시켰다. 그래서인지 술집에서 장광설을 풀면 여자들이 곧잘 넘어갔다.

아무도 최대포가 사기바둑으로 남의 등이나 치는 사람이라곤 짐작을 못했다.

꼭 한 번 술에 취해 동삼이 기거하는 여관으로 찾아와 속마음을 비슷하게 털어놓은 적이 있긴 했다.

"이 나이 먹도록 내가 정 붙인 것 중에서 나를 버리지 않는 건 바둑밖에 없더군. 그래서 이 짓을 계속하는 거야. 한 밑천 건져 장사라도 해볼까 생각해본 적도 있었지만 다 그만뒀네. 한 세상 그냥 이렇게 살다 가는 거지 뭐. 사기바둑에 손대는 건 그나마 내가 이 세상에 살아 있다는 것을 증명하는 유일한 징표라고나 할까."

최대포는 그렇게 말하며 어설프게 웃었다. 등치고 간 빼먹는 최대포, 이젠 나이를 속일 수 없는지 눈가에 주름이 잡힌 그 얼굴을 보면서 동삼은 어처구니없게도 최대포의 얼굴이 참 맑다는 생각을 했다.

"자네 동명관의 옥화라고 기억하고 있나?"

뜬금없이 동명관 이야기가 최대포 입에서 나온다.

"그 애가 얼마 전에 술집을 차렸다네. 요정은 아니고 싸구려 선술집인데 그 아이 인물이 좋은 탓인지 손님이 꽤 많더구만."

옥화의 얼굴이 떠오른다. 헤어질 때 하얀 털목도리를 주었던 여자.

"말 나온 김에 그 애 집으로 가서 술이나 한잔 하지."

옥화의 선술집은 경동시장 못 미처 사람들이 드문드문 지나다니는 행길가에 있었다. 누추하게 보이는 외형과는 달리 술집 안은 깨끗했다. 문을 열고 들어서는 최대포에게 인사를 하다 말고 옥화와 동삼의 눈이 딱 마주쳤다. 옥화의 낯빛이 변했다.

"10년이 넘었군요."

"그렇소."

옥화가 주방에서 새로 내온 술을 동삼의 잔에 한잔 부었다.

옛날 동명관에서 자신에게 까탈을 부리던 여자. 지금 생각하면 그것은 미움이 아니었다. 여리고 곱던 얼굴이 무척이나 메말라 있었다. 그녀에게도 세월은 흘렀던 것이다.

"나 많이 변했지요."

옥화의 얼굴이 조금 붉어진다.

"아니오."

"빈말이라도 듣기가 좋소."

"……숙향 이모는 어떻게 됐소?"

옥화의 미간에 그늘이 진다. 커다란 눈이 금세 붉어진다.

"어머니는 피난중에 폭격을 당했소……."

배에 파편이 박혀 출혈이 심한 숙향의 안색은 창백했다. 몹시 고통스러울 텐데 숙향은 웃었다. 화상을 입어 얼굴 한쪽이 부풀어오른 옥화를 보며 숙향이 말했다.

"큰일이다. 기생은 얼굴이 밥줄인데……."

"어머니 걱정이나 하시오."

"이년아, 나야 죽어버리면 이것저것 다 잊어버릴 것 아니냐. 살아남은 네년 앞길이 걱정이지."

"죽는 것보단 낫소."

"이년아, 죽는 것보다 못한 팔자도 많은 법이다……. 한때는 어렵기도 했지만 살아생전 온갖 영화 다 누려봤고…… 이젠 원도 한도 없다."

옥화의 눈에 눈물이 어린다.

"정 붙일 곳 없는 세상. 이제 죽어 화정이도 만나고…… 동삼이는 어찌 됐을꼬."

"……."

"옥화 네년이 동삼이를 좋아했지."

"어머니, 별말씀 다 하오. 이젠 다 잊어버렸소."

"이년아, 첫남자는 평생 못 잊는 법이다."

"어머니도 그렇수?"

숙향의 얼굴에 화색이 조금 돌았다.

"이젠 기억에도 없다."

언제나 엄격해서 무섭기만 하던 숙향에게서 옥화는 처음으로 아름다움을 느꼈다.

숙향의 눈꺼풀이 힘없이 감긴다. 심지가 가물가물한다. 눈물을 흘리는 옥화를 보며,

"이년아, 울지 마라. 팔자 사나워진다."

하고는 숙향은 조용히 눈을 감았다. 사방에는 총소리, 대포소리, 사람들의 비명소리, 소리, 소리…… 생지옥이다.

"어머니 잘 가시오."

시체를 묻지도 못하고 옥화는 피난길을 서둘렀다.

동삼이 따라주는 술 한 잔을 비우며 옥화가 물었다.

"그때 그 목도리 아직도 가지고 있소?"

"……."

난리 통에 목도리는 잊어버리고 없었다.

"내 그럴 줄 알았소."

그날 밤 세 사람은 밤늦도록 술을 마셨다.

스승의 죽음

옥화와 다시 만난 지 얼마 후 최대포가 뜻밖의 제안을 했다.

"자네 영등포 김 사장 알지?"

김 사장은 최대포와 같은 사기바둑 전주였다. 고수를 몇 명 거느리고 정식 승부도 간혹 벌이는, 영등포 일대에서 소문이 난 꾼이었다.

"내 그 새끼 잡아먹어야겠는데. 피차 뱃속까지 훤히 들여다보는 처지라, 방법은 정식 승부밖에 없는데 말야……."

무슨 열받을 일이 있었는지 최대포가 덤벙댄다. 평소같이 조리 있는 말투가 아니다.

"요번에 말야. 내가 어렵게 어렵게 눈먼 놈 하나 물어 일을 거진 성사시켰는데, 김가 그놈이 낼름 중간에서 가로채버렸다 이거야. 아무리 아싸리 판이라지만 상도의란 게 있는데 말이지. 그러면서 이러는 거야. 이것 봐, 다 그렇고 그런 거 아냐, 억울하거든 제대로 한판 붙든지……. 내 그 건방진 새끼를!"

최대포가 주먹으로 탁자를 내리쳤다. 잠시 후 겨우 열을 삭인 최대포가,

"저번에도 내가 공들여 잡은 호구를 빼내간 적이 있었어. 하여간 질이 좋잖은 놈이야. 그래서 말인데, 자네 혹시 그놈 선수하고 정식 승부를 해볼 생각이 없나? 내가 아는 사람 중에는 믿을 사람이 자네뿐이야. 자네 훈수하는 걸 보면 자네도 예전보다는 실력이 는 게 분명한 것 같고. 허허, 그러고 보니 명색이 전주인 내가 아직 자네 솜씨도 정확히 모르고 있구만."

하면서 기가 막힌지 허허거리며 웃는다.

"어쨌든 자네라면 정식으로 한번 해볼 만하다고 보는데…… 어떤가?"

동삼의 잔에 술을 따르며 최대포가 못을 박았다.

"모렐세."

이틀 후 승부 현장에서 벌어진 광경은 한마디로 가관이었다. 시비는 김 사장이 먼저 걸었다. 여관 천장으로 올라가는 길을 조사하며 온 여관

을 들쑤시고 다니더니 그다음엔 노골적으로 동삼의 몸을 수색했고 그래도 못 미더워 비닐장판을 들추고, 벽에 구멍이라도 없나 샅샅이 살펴보며 방 안을 이 잡듯이 뒤졌다. 혹여 선수들이 마시는 물이나 음료수에 약(수면제, 흥분제 등)이라도 탈까 하여 대국중에는 물 한잔 못 마시도록 조치를 취했다. 가만히 하는 짓거리를 지켜보던 최대포가 냉소를 지으며 일침을 놓았다.

"이 사람아! 고수들 바둑을 누가 훈수한단 말인가! 해볼 테면 어디 해보라지!"

말은 그렇게 했으나 세상엔 숨은 고수가 워낙 많아 최대포도 불안하긴 마찬가지였다. 전화를 불통시키고 대국실 안에 있는 사람들의 바깥출입을 삼가시키는 것으로 쌍방 합의를 본 후 대국은 시작됐다. 막상 대국이 시작되자 김 사장의 선수가 워낙에 알아주는 강자인 관계로 최대포는 내심 후회를 했으나 결과는 눈 딱 감고 던진 최대포의 승부수가 적중했다. 그날 바둑에서 최대포는 제법 큰돈을 땄다. 상대 선수도 상당한 수준의 바둑이긴 했으나 초반 포석에 무리를 했고, 중반에 들어 지나친 욕심을 부리다가 대마가 잡혔다. 좀 더 정확히 말해 김 사장의 선수와 동삼의 기력은 두 점 이상 현저하게 차이가 났다.

그 일이 있은 후 며칠 보이지 않던 최대포가 어느 날 밤 만취가 되어 여관으로 동삼을 찾아왔다.

"한잔 하세."

최대포는 호주머니에서 술과 안주를 꺼냈다. 술은 미군 피엑스 뒷구멍에서 흘러나온 고급 위스키였다.

술병이 거의 바닥을 보일 때까지 최대포는 말없이 술만 마셨다.

"자네 저번에 이긴 사람이 누군지 아나?"

"……."

"전문기사에 버금가는 대단한 고수일세."

취기로 최대포 눈이 감길 듯 말 듯 한다.

"내 자네 바둑을 정확히는 모르겠지만 다시 시작하게."

"……."

"사람에게 종말은 한 번뿐이지만 시작은 언제든지 할 수 있어."

최대포는 마시던 술병을 든 채 그대로 쓰러졌다.

새벽에 동삼이 눈을 떴을 때 최대포의 모습은 없었다.

최대포는 더 이상 동삼 앞에 나타나지 않았다. 한번 손안에 넣은 사람은 절대 놓아주지 않는다는 최대포가 스스로 동삼을 놓아준 것이었다.

동삼이 옥화를 다시 찾은 것은 최대포가 동삼의 곁을 떠난 직후였다.

"오늘은 어째 혼자요?"

"……."

"최대포 그 사람은?"

"……갔소."

"갈라섰단 말이오?"

동삼이 고개만 끄덕였다.

옥화가 나가더니 가게 문을 걸어 잠근다. 인적이 끊어진 거리는 조용했다. 통금으로 적막한 거리를 야경꾼이 딱딱이 소리를 내며 지나간다. 갓전등 불빛 아래서 두 사람은 오랫동안 말이 없다. 갑자기 정전이 되었다. 옥화가 더듬더듬 초를 찾아 불을 밝힌다. 일렁이는 촛불 따라 두 사람의 얼굴이 흔들린다. 초가 반 넘게 타들어갈 때까지 두 사람은 말없이 술을 마셨다.

"갈 데가 없소?"

한참 만에 옥화가 물었다.

"갈 데가 없으면 그만 여기서 사시오."

어디선가 날카로운 호각소리가 들린다. 옥화가 방으로 들어가 이불을 깔았다. 이부자리는 새것이었다. 푹신하고 부드러운 자리 위에 몸을 누인 동삼은 참으로 오랜만에 단잠을 잤다.

옥화와 같이 산 열 달 남짓한 기간은 동삼이 난생 처음 가져보는 안락의 시간이었다. 옥화가 장사를 하는 동안 동삼은 방 안에서 혼자 술을 마시거나 바둑을 두었다. 기보도 없이 혼자 두는 바둑을 볼 때마다 옥화는 신기해하곤 했다.

"도대체 어떻게 방금 혼자 둔 바둑을 순서 하나 틀리지 않고 다시 놓을 수 있소?"

지겹지도 않은지 옥화는 매번 똑같은 소리를 했다.

겨울 초입 무렵, 웬 사내가 옥화를 찾아왔다. 마흔이 좀 못 돼 보이는 사내는 한 어린아이의 손을 꼭 잡고 있었다.

"잘 있었는가?"

수염이 듬성듬성한 사내가 히죽이 웃는다. 옥화가 난색을 지었다.

"어쩐 일이오?"

"열흘 전에 어머님이 돌아가셨네."

사내는 주방 쪽으로 가더니 소주 한 병을 가져와 유리컵에 넘치도록 부었다.

"자네랑 잘 살아보려고 왔네."

옥화가 동삼의 눈치를 본다.

어쩐지 분위기가 어색하다. 사내가 동삼을 조용히 밖으로 불러냈다.

"저 여자는 내 아이의 엄마요. 형씨가 떠나야겠소."

사내와 옥화는 부산 피난 시절에 만났다. 거의 맨몸으로 피난을 온 사내와 사내의 모친은 옥화에게 많은 신세를 졌다. 수복 이후 고향 오산으로 돌아왔을 때 옥화는 이미 사내의 아이를 배고 있었다. 그런데 막상 고향으로 돌아오자 사내 어머니는 태도가 돌변했다. 아이를 낳을 때까지는 큰 탈이 없었지만 출산 이후 사내의 모친은 노골적으로 옥화를 구박했다. 옥화는 미련 없이 사내와 헤어졌다.

사내는 가끔씩 옥화를 찾아왔다. 이번에 나타난 것은 1년 만의 일이었다.

동삼이 가방을 꾸려 나올 때까지 옥화는 아무런 말이 없었다. 모든 것을 체념한 눈치였다.

"가시오?"

동삼이 고개를 끄덕였다.

"너무 섭섭하게 생각지 마시오."

"아니오."

옥화가 동삼을 따라 나왔다. 거리엔 찬바람이 분다.

"이거."

옥화의 손에 흰 목도리가 들려 있다. 처음 헤어질 때 건네준 것과 같은 눈처럼 하얀 털목도리다.

"돌아다니다 보면 추울 거요."

옥화는 목도리를 동삼의 목에 매어주고 돌아섰다. 동삼이 물끄러미 옥화의 뒷모습을 바라보았다. 그녀를 처음 만난 이후, 지난 십 수 년의 세월이 일순간에 지나간다.

동삼은 그곳을 떠났다.

"아무리 한이 많았기로 꼭 사기바둑에까지 손을 대야만 했을까요?"

"왜, 실망했는가. 만약 그렇다면 자네는 동삼에게서 인간을 보지 않고 환영을 보고자 했던 걸세."

"……."

262

"인간의 업은 여러 형태를 띠고 있다네. 원효의 업이 파계였다면 동삼의 업은 스승과의 갈등이었네."

해봉처사의 시선이 부드럽다. 박 화백은 그의 부드러운 시선에서 문득 부끄러움을 느꼈다.

솔직히 벽송의 주인을 찾기 위해서 동분서주했지만 과연 내 마음속에 한 점의 사욕도 없었는가?

박 화백은 자신 있게 아니라고 부인할 수 없었다. 그런 생각을 떨치려고 박 화백은 화제를 돌렸다.

"최대포와 같이 그런 바둑에 손을 댄 기간은 얼마쯤 됩니까?"

"아마 도장에서 나온 지 수개월은 되었을 것이네."

"그 당시에도 사기바둑을 두는 사람이 있었다는 게 재미있군요."

"어느 시대나 사람 사는 곳에는 어두운 그늘이 있기 마련이지."

사기바둑이란 말을 하다 보니 박 화백의 뇌리에 스쳐가는 사람들이 있었다.

선배 기객 중에 이만우라는 40대 후반의 퇴물 내기바둑꾼이 있었다. 그가 하루는 한창 잘나가는 선수인 김해범을 찾아가 통사정했다.

"김 사범, 날 한 번만 도와주게. 이제 나이도 들었고 너무 지쳤네. 그만 청산하고 이 바닥에서 벗어나 고향에 내려가서 조용히 살고 싶어. 그런데 알다시피 난 빈털터리 신세가 아닌가."

"······."

"날 한 번만 도와주게."

"어떻게요?"

"내가 지네."

"선배가 져요? 재미있는 얘기로군. 까다로운 조건이면 싫소."

"3·7일세."

"내가 3이오?"

"그렇네."

"나머지는?"

"내 몫일세."

"……"

"치수는 내가 선에 덤 오 목 받는 걸로 하세. 자네가 받아들이기만 하면 우리 쪽 전주가 마다하지 않을 걸세."

이만우가 제의하는 것은 선수들끼리 짜고 전주를 엮어내는 속칭 전주 엎어치기였다.

퇴물이 되었다지만 이만우는 한때 알아주던 바둑이었다. 김해범이 선 고미 오 목에 이만우를 이기기는 어려운 치수였고, 그걸 모를 리 없는 이 만우측 전주는 김해범 쪽에서 선 고미를 접겠다면 얼씨구나 할 것이 자명 했다.

"한 번만 도와주게. 마음잡고 고향에 내려가 아내랑 자식이랑 한 세상 잊고 살겠네."

이만우의 전주는 자린고비였다. 이만우가 한창 잘나갈 때 이만우를 선 수로 내세워 많은 재미를 봤다.

그렇게 재미를 볼 때도 그 전주는 잡다한 구실을 붙여 분배를 야박하 게 했다. 급기야 젊은 강자들이 우후죽순으로 올라오자 이만우의 전주는 아예 이만우를 뒷전으로 밀어놓았다. 이만우로서는 전주에게 이가 갈릴 법도 한 일이었다.

헤어질 때 이만우가 한 장의 기보를 내놓았다. 한 판의 바둑이 완벽히 기재된 그 기보는 몇 번의 패로 인해 승부가 엎치락뒤치락하다가 백이 한 집을 이기는, 엎어치기에는 그럴 수 없이 어울리는 기보였다. 그렇게 몇 번이나 뒤집어지기에 이만우의 전주가 아무리 눈치가 빠른 사람이라 해도 자신이 옆어치기를 당한다고는 꿈에도 상상하지 못할 게 당연했다.

일주일 후에 있은 내기바둑에서 이만우는 극적으로 한 집을 졌다.

바둑이 끝나갈 무렵부터 하얗게 질려가던 이만우의 얼굴이 거의 백짓장 같았다. 천부의 연기였다. 이만우의 전주는 옆어치기 수법에 자신이 걸려들었을 거라곤 꿈에도 생각지 못했다.

이튿날 고속버스 터미널에서 김해범은 이만우를 전송했다.

버스가 막 움직이려 할 때 이만우가 말했다.

"언제 내려오면 한번 들르게. 대포나 한잔 하세."

그 긴 세월 어두운 승부의 주변을 굽이굽이 돌았던 이만우의 두 눈에 눈물이 그득 고였다.

김해범은 이만우의 호주머니에 봉투를 쑥 집어넣었다.

"내려가면 잘 사슈."

이만우를 태운 버스는 서서히 터미널을 빠져나갔다. 김해범은 떠나는 선배를 멀거니 바라보고 있었다.

봉투 안에는 7·3으로 나누기로 한 김해범의 3이 고스란히 다 들어가 있었다.

민수가 돌아다닐 때 짬짬이 나가던 신촌 부근의 한 기원이 있었다.

어느 날 그곳에 60이 넘은 영감이 나타났다. 영감은 한마디로 호구였다. 한 달 가까운 시일에 500만 원 이상 빠뜨린 영감이 어느 날 바둑을 지고 난 뒤 화를 버럭 내며 고함을 질렀다.

"이 기원 다시는 못 오겠네! 이렇게 맨 짠바둑들밖에 없으니…… 기원을 옮겨야겠어."

영감은 투덜거리며 사거리 건너편의 다른 기원으로 가버렸다.

"애석하구나. 한 달만 더 있다 가지. 전세금이나 맞추게."

영감을 상대했던 김 선수가 사라진 영감을 못내 아쉬워했다. 영감은 그동안 본전을 찾아야겠다며 김 선수 한 사람하고만 바둑을 두었다.

영감이 자취를 감춘 다음 날, 그 기원 10년 터줏대감의 모습이 동시에 자취를 감추었다. 김 선수가 돈을 챙겨 넣을 때마다 침만 꼴깍꼴깍 삼키던 잔돈깨나 굴리던 박 선수였다.

3개월 후. 박 선수는 피골이 상접한 몰골로 기원으로 돌아왔다. 자리에 앉기가 무섭게 박 선수는 영감의 돈을 500 이상 울궈먹은 김 선수에게,

"선수야, 선수 이야기 좀 들어봐라."

했다. 박 선수 말에,

"선수 얼굴이 못 보던 사이에 개가죽이 되었구만."

하자 김 선수가 혀를 끌끌 찬다.

"김 선수, 자네 그때 그 영감을 두 점으로 접었지?"

"그랬지, 왜?"

"알다시피 선수가 나에게 선으로 들어오잖아. 그럼 나와 영감의 치수가 어떻게 되나?"

"뻔하잖아. 석 점! 석 점으로도 그 영감이라면 역시 자네가 유리한 첫 술걸."

"말도 마. 두 점을 접고 시작했다가 막판에는 내가 영감에게 선으로 들어갔는데, 집 한 채 생으로 날렸어야."

"그럴 리가 있나? 1급을 30년이나 둔 선수가 지나가는 영감에게 당하다니."

박 선수가 영감에게 시달릴 대로 시달린 자신의 얼굴을 가리켰다.

"내 몰골을 좀 봐. 그래도 못 믿겠어? 물 2급? 천만에. 쟁쟁한 아마 국수급이더라고!"

"에이, 농담이겠지. 내가 그 영감에게서 먹은 게 얼만데……."

"그게 다 바람이었더라고."

"설마."

"밀고 당기고…… 완전히 수백 년 묵은 너구리더라고. 적은 판은 내주고 큰 판은 훌쳐먹고. 잔잔한 방은 맞아주고 안 그런 척하면서 큰 방을 때리는데…… 귀신에 홀린 기분이더라니까. 정신을 차려보니 생거지가 되어 있더라고."

박 선수의 말을 종합해보면 영감의 돈을 노리고 영감 뒤를 따라갔다가 거꾸로 영감의 틀에 걸려 영감 밥이 되었다는 이야기였다.

"막말로 니주구리 씹창이 되었구마이."

그 후 박 선수는 길을 가다가도 영감들만 보면 깜짝깜짝 놀라는 이상한 증세에 시달렸다. 그 증세가 생기고 반년이 채 못 돼 박 선수는 시름시름 앓더니 결국 그해를 못 넘기고 그만…….

기원 문이 활짝 열리더니 황판수(黃判守)가 들어왔다. 그는 곧장 동삼이 바둑을 두는 쪽으로 다가와 옆 의자에 털썩 앉았다.

황판수는 대낮부터 술에 취해 있었다.

"이봐 추 사범. 하수들 데리고 뭐하나? 그만 두고 나랑 어디 좀 가지."

황판수 말에 상관없이 동삼의 상대는 이미 진 바둑을 끈질기게 물고 늘어졌다.

동삼이 황판수를 만난 것은 1년 전이었다. 옥화와 헤어지고 여기저기 떠돌다가 청량리 부근 대성(大成)기원에서 동삼과 황판수는 서로 알게 되었다.

황판수는 떠돌이 노름꾼이었다. 바둑 실력은 별로였지만 허구한 날 기원에 죽치고 앉아서 노름으로 세월을 보내고 있었다. 들리는 소문에는 큰

판에서 놀던 사람인데 어떤 일을 저지르고 기원으로 숨어들었다고 했다.

황판수는 악바리였다. 잔돈푼이라도 걸리면 눈에 쌍심지를 세우고 판돈을 긁어갔다. 승부에서는 매정하리만큼 냉정했고 일단 표적을 정하면 수단 방법을 가리지 않고 목적을 달성했다. 기원에서는 그런 황판수에 대해 평판이 좋지 못했다.

어찌 보면 황판수는 노름판에서 잔뼈가 굵은 사람의 전형적인 인물이었다.

그날따라 하루 종일 비가 내린 탓인지 기원에는 손님이 별로 없었다.

오후 무렵 한 사내가 들어왔다. 후줄근한 옷차림하며 고집스럽게 생긴 얼굴이 첫눈에 호구였다. 사내가 원장에게 물었다.

"바둑 한 판 두러 왔는데요."

"몇 급 두시는데?"

"7급."

동삼은 창가에 앉아 있었고, 황판수는 그 부근에서 재수패를 떼고 있었다. 드문드문 앉아 있는 사람들은 사내가 상대하기엔 하나같이 버거운 고수들이었다.

"같은 급수가 없는데 조금만 기다려보시구랴."

원장의 난색에 사내는 하필 화투패를 떼고 있는 황판수 곁에 가서 앉는다.

"이런 떠그랄. 흑사리 쭉데기 떨어진 걸 보니 오늘 완전 재수 옴 붙었군, 옴 붙었어!"

황판수가 걸려든 호구에게 슬슬 바람을 잡는다.

"뭐하시는 겁니까?"

사내가 먼저 초칠을 한다.

"보면 모르요. 재수패 떼고 있다 아니오."

"혼자 하면 재미있습니까?"

"노는 것보담 낫지."

"저, 차라리 저랑 바둑 한 판 안 두시겠습니까?"

"바둑?"

"예."

"에이, 나 바둑 잘 못 둬요. 얼마 전에 막 배웠는걸. 얼핏 들으니 7급이나 되는 고수라는데 내가 상대가 되나. 그러지 말고 기다리는 동안 나하고 화투나 재미로 한 두어 판 돌립시다."

실상 황판수는 3, 4급 수준의 바둑이었다. 사내가 곰곰이 생각하는 눈치더니 황판수 맞은편에 앉았다.

원장이 혀를 끌끌 찼다.

황판수가 일부러 져주는 판을 제외하고 사내는 줄기차게 돈을 잃었다. 어지간하면 그만둘 법한데도 본전 생각 때문인지 사내는 마지막 한푼 남을 때까지 끝까지 버틴다. 화투를 치다가 황판수가 물었다.

"당신 뭐하는 사람이요?"

"그건 왜 묻소?"

돈을 잃은 사내가 퉁명스럽게 대꾸한다.

"공사판에서 일을 하시오?"

작업복을 걸쳐 입은 사내의 검게 그을린 얼굴을 보고 황판수가 대충 한번 쳐본다. 황판수는 화투패 보는 것도 귀신같지만 사람 보는 통박도 그에 못잖다.

"내가 공사장에서 일하는 것하고 화투하고 무슨 상관이오!"

사내가 화를 낸다.

사내는 황판수 생각대로 공사장에서 일하는 사람이었다. 비가 와서 공치는 날 기원에 바둑을 두러 왔다가 황판수에게 잘못 걸려 사내는 보름치 일당을 날려버렸다. 황판수 앞에는 사내의 보름치 일당이 고스란히 쌓여 있었다.

황판수가 원장을 돌아보았다.

"원장님, 다방에 전화해서 커피 두 잔 시켜주쇼."

잠시 후 다방 여급이 커피를 가져왔다. 커피를 마시며 황판수가 사내에게 말했다.

"어디 가서 화투 치지 마슈. 특히 기원 같은 데선 말이오."

황판수는 딴 돈으로 아가씨에게 커피값을 지불했다. 그리고 남은 돈을 손가락 끝으로 가만히 사내 쪽으로 밀었다. 어리둥절해 있는 사내를 버려두고 황판수가 자리에서 일어나며 툴툴거렸다.

"흑싸리 쭉데기 떨어진 게 맞긴 맞구나. 말짱 도루묵인 걸 보니……."

어느새 비가 갠 기원 밖으로 황판수는 나가버렸다. 동삼은 나가는 황판수의 뒷모습을 물끄러미 쳐다봤다.

며칠 후 동삼은 그 비슷한 사건을 또 한 번 목격했다.

밤만 되면 돌아가는 섯다판의 고정 멤버 중에 중학교 선생인 이인호라는 교사가 한 명 있었다. 이선생은 몇 개월에 걸친 화투로 거의 500만 환에 달하는 거액을 잃었다. 그는 중증의 노름환자였다.

그날도 이선생은 부진했다. 물(돈)이 말라버린 지 이미 오래되었고 어디서 구한 급전이 바닥을 보이고 있었다.

이선생이 마지막 돈을 꺼내려고 지갑을 열었을 때 지갑에서 사진 한 장이 툭 떨어졌다. 이선생의 아내와 두 아들이 양지 바른 햇빛 아래서 웃고 있는 가족사진이었다. 황판수가 사진을 물끄러미 바라보았다.

그때부터 화투판에서 기묘한 광경이 연출되었다. 황판수와 이선생 그리고 다른 사람이 남게 되면 황판수는 의도적으로 판을 키워 이선생을 밀었다. 황판수는 다른 사람의 기를 죽여 패를 꺾게 만들었고 이선생과 자신이 남으면 황판수는 패를 접었다. 게다가 황판수가 패를 돌리면 어김없이 이선생에게 이기는 패가 들어갔다.

순식간에 이선생 앞에 300만 환 가까운 거액이 쌓였다. 기분이 좋아 화장실을 가는 이선생을 따라 나가 황판수가 충고했다.

"그만하면 본전까진 못 돼도 어느 정도 봉창은 했을 테니 이제 그만하고 집으로 돌아가시오."

끗발이 오를 대로 오른 이선생이 그 말을 들을 리가 없었다.

"무슨 말이오?"

"처자식을 생각하시오."

"……."

"여기는 당신 같은 초짜가 끼어들 자리가 아니오. 집에 가서 가정이나 잘 보살피시오. 내 마지막 충고요. 잊지 마슈."

그러나 이선생은 황판수의 충고를 무시했다.

황판수의 충고를 무시한 이선생은 자리에 돌아온 지 얼마 안 돼 100만 환에 달하는 돈을 다시 잃었다. 그제서야 이선생은 이제까지 황판수가 의도적으로 자신을 밀어주었다는 걸 눈치챘다. 마침내 이선생은 용단을 내려 남은 200만 환을 들고 자리에서 일어났다. 나가면서 이선생은 황판수에게 고마움을 표하려 했지만 황판수는 이선생을 못 본 척 화투에만 열중하고 있었다.

이선생은 그 후 기원에 발길을 끊었다.

황판수가 어느 날 동삼이 거처하는 여관방으로 불쑥 찾아왔다.

황판수는 불문곡직하고 말했다.

"추 사범, 당신을 내세워 내기바둑을 주선하고 싶소."

황판수는 동삼의 진정한 실력을 몰랐다. 그러나 사람을 보는 황판수의 감각은 탁월했다. 비록 자신의 기력은 3급 정도였으나 승부에 대한 본능적인 감각으로 황판수는 오래전부터 동삼의 바둑이 돈이 될 수 있다고 생각했다.

그날 밤 늦게까지 황판수와 동삼은 술을 마셨다. 술이 거나하게 오르자 황판수는 주절주절 자신의 과거사를 털어놓았다.

"내가 이 각박한 도박 세계에 처음 뛰어들 때였소. 지금 생각하면 참 어이가 없을 정도로 실력이 형편없었소. 하지만 그때나 지금이나 변함없는 게 하나 있소. 그건 바로 승부 냄새를 맡을 줄 안다는 거요. 단지 그때는 노름을 하면서 승부를 짐작했는데 이젠 노름을 하기 전에 벌써 승부를 예측한다는 점이 차이라면 차이랄까……. 아무튼 내가 도박에 관여한 지 얼마 되지 않을 때였소. 승률이 반타작을 겨우 넘을까 말까 할 때여서 전주가 생긴다고는 언감생심 꿈도 꾸지 못할 애송이였소. 한번은 화투판에서 날 유심히 지켜보던 이상태란 사람이 내게 접근하더군. 내 노름이 싹수가 보인다면서 자기가 돈을 댈 테니 자기 선수로 뛰어달라는 거였소. 마다할 이유가 없었지. 지금 생각하니 그 양반은 적어도 그 당시 그 세계를 정확히 알고 있는 사람이었소."

황판수는 동삼이 따라준 소주를 급하게 비웠다.

"이상태는 우선 날 고깃집으로 데려갔소. 밤새워 노름하려면 체력이 있어야 한다고……. 그때야 젊다기보다 어린 때여서 그런 걸 잘 몰랐지만 세월이 지나고 보니 그건 노름의 첫 번째 철칙이라 할 정도로 중요한 것이었소……. 각설하고, 같이 앉아서 고기를 먹는데 이상태 그 사람, 자기는 안 먹고 고기가 익는 대로 내 쪽으로 살살 밀어주는 거야. 기분이 묘했소. 그런 게 전준가 싶기도 하고……. 약속 장소 근처에서 나보고 잠시만 기다리라고 하더니 그는 급히 약방으로 뛰어갔소. 중국에서 건너온 청심환 한 알하고 이름도 생판 들어본 적 없는 고급 피로회복제 한 병을 사오더니 나보고 먹으라고 합디다. 아무 생각 없이 먹었소. 그리고 그날 승부에서 졌소. 물경 300원 가까운 거액을 날린 거요. 그 당시 300원이 얼마나 큰돈이었는지는 추 사범도 잘 알 거요."

황판수가 지난 이야기를 하며 아쉬워한다.

"뒤에 알게 된 사실이었지만 그 돈은 이상태의 종(終)돈이었소. 하지만 어쩌겠소. 나도 최선을 다했지만 결과가 그리 된 것을. 그리고 몇 달이 지났소. 우연히 이상태를 만났는데, 후일 생각해보니 아마 일부러 날 찾아온 것이었소. 마침 내가 노름으로 200원 이상 올리고 난 직후였소. 그가 날 불러내더군. 오늘처럼 보슬비가 내리는 오후였소. 어느 조그만 골목길에서 그가 내게 말했소. 돈 좀 올렸다는 이야기가 들리던데……. 기분이 확 상했지……. 내가 생각해도 그땐 참 어렸소."

황판수는 조금 남은 소주를 병째로 나발을 불었다. 그의 말에 쓸쓸한 기운이 돌기 시작했다.

"그가 그러더군. 어이 황! 좀 봐줘……. 보소, 뭘 봐달란 말이오? 그가 내 손을 잡더니, 돈 좀 올렸다더군, 좀 봐줘. 무슨 소리요? 내가 화를 내며 따졌지. 그가 말했어. 그때 내가 밀었다가 그리 됐잖아. 그때 일은 그때 일 아뇨. 내가 일부러 진 것도 아니고 남자가 한번 밀어주면 남자답게 끝내야지. 뭘 그때 일을 가지고 지금 와서 추잡스럽게 따지는 거요. 내가 볼 때 이 형 매너가 잘못 됐소. 그러자 그가 어색하게 웃으며 그러더군. 어이 황! 그래도 좀 봐줘……. 나는 뒤도 돌아보지 않고 그 자리를 떠버렸소."

황판수는 한숨 쉬듯 담배 연기를 허공에 훅하고 뿜어냈다.

"그 뒤에 이상태를 꼭 한 번 더 본 적이 있었지. 내가 호구 하나 잡아서 껍데기를 벗기고 있을 때였소. 이상태가 선수 한 명을 데리고 그 자리에 나타났소. 잘못하면 판이 깨지기 십상이었소. 이상태가 자기 선수를 돌려보내고 나를 불러내더군. 황! 미안하게 됐어, 소문 듣고 찾아왔는데 황이 터를 닦은 줄 몰랐어. 그러고는 미련 없이 돌아가더군. 말하자면 개인적인 감정은 감정이고 도박판 규칙은 규칙이란 거지…….”

황판수 목소리에 짙은 비감이 묻어났다.

“그러는 게 아닌데…… 정말 그러는 게 아닌데……. 그래도 좀 봐달라는 그 말의 의미를 이해하는 데 근 10년이라는 세월이 흘렀소. 그날 이후 이상태를 한 번도 못 만났소……. 어이 황! 그래도 좀 봐줘……. 이젠 그 말을 이해할 수 있는데…… 그 사람은 만날 수 없고…… 세월은 자꾸만 흐르고…….”

이미 황판수는 완전히 취해 있었다.

황판수의 눈이 물 먹은 한지처럼 축축했다. 황판수가 혼잣말하듯 중얼거렸다.

“이 세상 어디에도 내가 마음놓고 쉴 곳이 없는데…… 화투판에 앉아서 화투가 몇 판 돌아가고 나면 어찌 그리 마음이 편하던지…… 마치 고향에 돌아온 것 같아…….”

그 말을 끝으로 황판수는 바닥에 꼬꾸라졌다.

떠돌아다니던 동삼이 타인에게 정을 느낀 건 그때가 처음이었다. 아랫목을 비워두고 벽 쪽으로 오그리고 누운 황판수의 등이 무척이나 추워 보였다. 동삼은 이불을 끌어당겨 그에게 덮어주었다.

그 후 동삼은 황판수가 주선하는 내기바둑을 여러 차례 두게 되었다.

황판수가 동삼을 데리고 찾아간 곳은 한적한 주택가였다. 말없이 따라오기만 하던 동삼이 황판수에게 물었다.

“어딜 가는가?”

“우리 같은 사람도 마다하지 않는 곳이 있네.”

황판수가 멈추어 선 곳은 호화스러운 어느 저택 앞이었다. 황판수는 태연스럽게 초인종을 눌렀다.

현관에서 두 사람을 맞이한 사람은 쉰 살가량 되어 보이는 그 집 주인이었다. 원만한 얼굴, 구김 하나 없는 줄무늬 감색 순모 바지에 윤기가 반들반들 흐르는 실크 와이셔츠를 걸친 다소 비대한 체격의 사내였다. 주인은 황판수와 동삼을 반갑게 맞았다.

"나 한덕우(韓德宇)라고 하오."

동삼을 향해 손을 내민 사내가 그렇게 자신을 소개했다. 동삼이라고 한 사장의 이름을 모를 리 없었다.

혜화동 부자로 널리 알려진, 섬유업을 하는 한 사장은 당시 내기바둑계의 거물로서 전문기사들과도 교분이 두터운 소문난 바둑광이었다. 뒤에 알게 된 사실이었지만 비록 큰 내기는 아니었으나 바둑을 두기만 하면 승부에서 이기곤 하는 동삼이 한 사장의 정보망에 걸린 것이었다.

일이 되느라고 그랬는지 도박을 좋아하는 한 사장은 이미 황판수와도 안면이 있는 사이였고, 한 사장의 연락을 받은 황판수가 동삼을 데리고 그 집으로 찾아간 것이었다.

한 사장은 정중하게 동삼과 황판수를 자신의 서재로 데리고 갔다. 서재에는 흡사 도서관을 방불케 할 정도로 많은 책들이 빽빽이 꽂혀 있었다. 서가 한켠에는 일렬로 진열된 바둑책도 상당수 보였다.

그곳에는 이미 몇 명의 사내들이 둘러앉아 담소를 나누고 있었다. 모두가 그만그만한 재력이 있어 보이는 사람들이었다.

"오늘은 귀한 분을 좀 모셨소. 추 사범, 모르시겠소? 한일기원의 전문기사이신 정천명 사범. 지금 4단이지요."

한 사장이 동삼에게 정천명 사범을 소개했다. 동삼이 그에게 공손하게 머리를 조아려 인사를 했다. 반면 정천명 4단은 고개만 약간 까딱할 뿐이었다. 한일기원이 발족했지만 연륜이 짧아서 4단이라면 상당한 고단이었다. 30대 후반으로 보이는 정천명 사범은 깡마른 얼굴에 안경까지 끼고 있어서 매우 차갑고 오만해 보였다.

눈에 거슬리는 것을 잘 참지 못하는 황판수가 막 나서려는데 한 사장이 먼저 입을 열었다.

"모처럼 고수들이 오셨으니 어떻습니까. 정 사범님께서 지도대국 한수 하시는 게."

한 사장이 은근히 동삼을 지목하며 제안했다.

"누구 부탁이신데 거절하겠습니까."

동삼을 대할 때와는 달리 안면 가득히 웃음을 담으며 정 4단이 한 사장의 제의를 흔쾌히 수락했다. 수입이래야 입에 풀칠이나 겨우 면할 대국료가 전부인 전문기사들은 알게 모르게 돈 많은 바둑애호가들의 도움을 받았고, 그들과의 교분을 두터이 하기 위해 매사 대인 관계를 철저히 신경쓰는 편이었다.

정 4단이 동삼을 안경 너머로 힐끗 바라봤다.

한 사장은 손수 사랑에 있는 바둑판을 조심스럽게 가져와 두 사람 앞에 놓았다.

"일본에서 직접 모셔온 비자판인데 다행스럽게도 큰 고수님들이 개시를 하게 되어 영광입니다."

사람들의 시선이 바둑판에 집중되었다. 덮개가 벗겨지길 기다리는 사람들 얼굴에는 호기심이 가득했다.

바둑판을 구하게 된 경위를 한참 동안 이야기하며 잔뜩 뜸을 들이던 한 사장이 용의 그림이 그려진 비단으로 만든 보를 서서히 벗겨냈다. 사방정목(四方柾目)으로 재단한 비자 바둑판이 그 요요한 모습을 드러냈다. 사람들 입에서 절로 경탄이 터져나왔다.

바둑판 중에서 최고로 손꼽히는 비자 바둑판이 아닌가. 비자나무는 최소한 300년 이상 묵어야 기반으로 제작이 가능하다. 그런 연유로 시중에서 비자 바둑판을 구하기는 사실상 불가능했다.

"정 사범께서 평을 좀 해주시지요."

주위 사람들 반응에 흡족해하며 한 사장이 정천명 4단에게 비자 기반의 평을 부탁했다.

"향도 좋고, 결도 우수하고 참으로 훌륭하군요. 가히 신선들이 어울려도 손색이 없겠습니다."

정천명이 나름대로 바둑판을 훑어보며 칭찬을 늘어놓았다.

"정말 진품일세!"

"그러게. 이런 바둑판은 생전 처음 보네!"

"집안의 가보야. 이런 귀한 것을 구할 수 있으니 한 사장은 복도 많아."

여기저기서 찬사와 덕담이 쏟아져나왔다.

벽송도 비자였다. 동삼은 불현듯 벽송이 떠올랐다.

정명운에게 벽송을 내리던 그때의 참담한 심경이 되살아났다. 갑자기 목구멍에서 비릿한 기운이 올라왔다.

그때 주위 사람들의 지나친 과찬에 심사가 틀어진 황판수가 한마디 빈정거렸다.

"목탁이 좋아 득도를 합니까. 갈라진 바둑판이면 어떻습니까."

사람들 시선이 일제히 황판수에게 쏠렸다. 갑자기 실내 분위기가 어색해진다.

"그럼 시작하시지요. 정 사범님."

분위기를 일신하려고 한 사장이 정천명을 재촉했다. 비자 바둑판을 사이에 두고 동삼과 정천명이 마주 앉았다.

"치수는 어떻게?"

정천명이 한 사장에게 물었다. 자신이 무조건 상수라는 걸 확인시키는 자신만만한 태도였다.

"글쎄요. 두 점은 놔야 되지 않을까요, 추 사범?"

한 사장이 조심스럽게 동삼의 눈치를 살폈다.

동삼은 눈을 지그시 감은 채 말이 없다. 주위 사람들은 동삼이 아무런 대답이 없자 이상한 듯이 그를 바라보았다.

"박복한 사람이 흑으로 한번 두어보겠습니다."

잠시 후 동삼이 눈을 뜨며 그렇게 대답했다. 동삼은 정천명을 향해 인사를 하며 첫 수를 놓았다. 우상귀 화점에 떨어진 흑돌을 바라보는 정천명의 얼굴이 몹시 불쾌해 보였다.

40여 수가 진행되고 아직은 포석 단계에서 갑자기 바둑판에 파란이 일어났다. 백을 쥔 정천명이 우변 눈목자로 벌린 흑 두 점에 모자를 씌워왔다. 언뜻 보기에는 별로 무리해 보이지 않지만 당연히 날일자로 비켜나갈 자리였다.

정천명이 하수 다루는 식으로 무리하게 모자를 씌우자 흑이 귀에 선수하고 백이 받지 않을 수 없을 때, 그 세력을 배경으로 모자를 씌운 백을 도리어 몰아갔다. 궁여지책으로 백이 한 칸 뛰어 중앙으로 탈출하자 동삼의 손이 비자판을 힘차게 두드렸다.

막상 흑이 역으로 추격하고 보니 졸지에 백의 모자 씌운 점이 세력에 지나치게 다가간 꼴이 되었다. 정천명의 손이 담배를 찾아 더듬거렸고 그 손끝이 떨리고 있었다. 바둑은 백이 양곤마로 쫓기는 형태가 되었다. 어느 쪽이 잡혀도 초반에 백이 무너질 형국이었다.

재떨이에 정천명이 피운 담배꽁초가 시체처럼 쌓여갔다. 장고에 장고를 거듭한 정천명이 겨우 양곤마를 수습은 했으나 별로 시간도 쓰지 않고 살려주며 추격해가던 동삼의 흑진은 두텁기 그지없었다. 반면에 백은 여러 군데의 약점만 남아 있었다.

바둑이 두터우면 그 두터움을 배경으로 집은 자꾸 늘어난다.

바둑은 초반에 승부의 명암이 드러났다. 흑이 초반부터 완벽하게 밀어버린 한 판이었다. 종반에 접어들어도 시종일관 밀리기만 했던 정천명은 존재하지도 않는 승부처를 찾아 끝없는 장고에 들어갔다.

고급요리가 가득 실린 술상이 들어왔다. 황판수가 동삼에게 술을 따랐다.

정천명은 아직 승부의 미련을 버리지 못하고 장고를 거듭한다. 정천명이 장고에 빠져 있는 동안 동삼과 황판수는 느긋하게 술을 마셨다. 한 사장을 비롯한 관전자들은 난감한 표정들이다.

"저쪽에서 내가 소홀히 처리했군."

마침내 정천명이 다소 상기된 얼굴로 안경을 닦으며 변명하듯 패국을 선언했다. 무명 바둑꾼의 의외의 승리에 잠시 여기저기서 소요가 일어났으나 정천명을 의식해서인지 노골적인 표현만은 삼가고들 있었다.

동삼을 주시하는 한 사장의 눈길이 그윽하다.

한 사장을 만남으로써 동삼은 그때까지의 생활을 청산하고 정식으로 내기바둑을 두게 되었다. 그리고 한 사장과 손을 잡은 동삼에 의해 내기바둑계는 조용히 평정되기 시작했다.

국내 최고의 방내기꾼으로 통하는 남재식이 동삼에게 호선으로 두 판, 다시 선으로 들어와 세 판 도합 다섯 판을 내리 깨지며 온 구경꾼들이 보는 앞에서 통곡을 했고, 내리막길에 있긴 했어도 내기바둑에서 잔뼈가 굵은 치수 조정의 귀재 나병식이 선 둘이라는 회심의 필승 치석으로도 동삼에게 무릎을 꿇었다.

1·4후퇴 때 단신 월남하여 돈벌레로 소문난 실리바둑의 대명사 평안도 출신 방선혁. 이북 5도를 대표한다고 스스로 큰소리 쳤던 그도 선에 덤 오목의 치수로 동삼에게 생말[生馬]을 때려죽이는 개망신을 당하며 공중분해되었고, 내기바둑계의 호랑이라고 소문이 자자했던 김상국, 최고의

기량을 자부하며 내기바둑의 황제 이양포에게 선으로 유일하게 버틴 그도 동삼에게 선을 접히고 여덟 집의 대패를 당해 분루를 삼켰다.

영남 출신 수읽기의 귀재 조용제도 무너지고, 울산의 양동식, 남부(南部)로 원정 온 수많은 승부사들을 상대로 단 한 번 안방을 내준 적이 없는 그도 바둑이 불리해지자 갑자기 두다 말고 당구로 승부를 하자고 해서 주위를 놀라게 하는가 하면, 중부(中部)의 현일모, 야통 40년에 남은 건 자존심밖에 없다고 큰소리치던 그도 막상 대국이 시작되자 초반 20여 수 만에 슬며시 밖으로 나가더니 그길로 소식이 끊어져버렸다. 그리고 이재사의 수제자인 호남의 김헌자, 양포가 나타나기 전 명실상부한 제일의 승부사이자 이양포의 유일한 호적수, 그도 동삼에게 호선으로 숨 한 번 못 쉬고 연기처럼 산화했다.

기라성 같은 준재들이 모두 동삼에게 패배를 당하자 내기바둑계는 사실상 반분이 되었다. 남은 사람이라야 오랫동안 그 세계의 황제를 자처하는 이양포밖에 없었다. 그러나 한 사장이나 양포의 전주인 강 사장도 그 대국만은 선뜻 과감하게 추진시키지 못했다. 쌍방이 서로를 견제하는 심리가 너무 팽배해 있었고, 결과에 따라서는 한쪽이 치명적일 수도 있다는 게 그 이유였다.

"추 사범. 노름에서 이기는 사람과 지는 사람의 차이가 뭔지 알고 있나?"

취기가 오르기 시작하는지 황판수 목소리가 고조되어간다.

"승부에는 고비가 있기 마련이야. 돈이 올라올 때가 그 고비지. 그때 혼신의 힘을 다해 지키지 않으면 승부사가 될 수 없어."

"거 일리 있는 말이군."

옆자리에 앉아 있던 정천명이 황판수 말에 동의한다. 한 사장 집에서 동삼에게 패한 이래 그들은 친한 사이가 되었다. 사람을 눈 아래로 내리

깔고 보던 정천명의 오만함도 많이 없어졌다. 알고 보니 정천명은 천성이 맑고 깨끗한 사람이었다. 전문기사가 되어 주변 사람들이 자꾸 추어올려주니 자신도 모르게 괜히 그러고 다녔다는 것이다. 쉽게 말해 자기도 자기 자신이 어떻게 되었는지 모르고 살았다는 이야기였다.

동삼도 황판수 말에 공감한다. 불리한 바둑을 뒤집는 만큼이나 유리한 바둑을 지키기가 어려운 법이다. 동삼은 승부의 세계에는 바둑이나 그 밖의 다른 분야의 승부도 근본적으론 같은 맥이 흐르고 있다는 사실을 황판수를 통해 실감했다.

"추 사범과 같이 동문수학했다는 정명운 말야. 그 친구 요즘 성적을 꽤 올리나 보더군."

동삼이 황판수를 직시한다. 승부 운운하며 허두를 꺼낸 끝에 그런 말을 하는 황판수의 저의가 의심스럽다. 황판수가 동삼을 향해 손을 흔든다.

"아아, 그렇게 예민하게 반응할 필요는 없어. 어떤 특별한 뜻이 있어 말을 꺼낸 건 아니니까, 다만……."

황판수가 하던 말을 멈추고 잠시 숨을 가다듬는다.

"문득 그런 생각이 들었어. 내기바둑이나 두며 평생을 보내지 않을 생각이라면 지금이 적기라는 생각이 들었을 뿐이야."

"적기라니?"

"한일기원 말일세."

"입단하란 말인가?"

"그렇다네. 무엇이든 때가 있네. 자넨 지금 입단을 하여 자네 족적을 후세에 알려야만 하네."

"그게 무슨 의미가 있나?"

"대단한 의미가 있지. 잘은 모르나 바둑이란 남기고자 두는 것이라네. 우리 같은 화투꾼은 남길 게 없지만 자네들은 그 왜 명국을 남길 수 있잖은가."

동삼은 묵묵히 술잔을 기울였다. 황판수가 동삼에게 한 번 더 권한다.

"추 사범. 어차피 승부가 아닌가?"

"난 승부에 관심이 없어."

"그렇다면 어디에 관심이 있나?"

"주어진 대로 그냥 살겠네."

"유유자적이라도 하겠단 말인가?"

황판수가 동삼을 빗댄다.

"승부사가 그렇게 말하면 예의에 어긋나는 법…… 승부를 떠난 자는 인간을 떠난 자야. 인간을 떠난 자가 명인이 되면 뭣하고 신선이 된들 뭣하겠나. 다, 부질없는 짓이지."

"옳은 말이네."

정천명이 황판수 말에 맞장구를 쳤다.

"그러지 말고, 추 사범. 더 늦기 전에 입단을 한번 해봐. 입단하고 나서 싫으면 그때 관둬도 될 거 아냐."

황판수의 지적은 예리했다. 오랫동안 승부의 세계에서 굴러온 만큼 그의 말 속에는 탁월한 경륜이 녹아 있었다. 평이한 말이었지만 그의 말은 정곡을 찔렀고, 잠재의식 속에 숨어 있는 동삼의 갈등을 정확하게 해부하고 있었다.

양포라는 내기바둑의 준재와 비록 승부를 못해봤으나 동삼은 사실 내기바둑에 염증을 느끼기 시작했다. 숨은 강자들이 많이 있긴 했지만 피비린내 나는 승부의 끝은 항상 허탈했다. 그토록 오랜 세월을 염원해왔던 기예의 길에서 자꾸만 멀어지는 기분이 들었다. 게다가 한두 번씩 신문에서 접해보는 정명운의 기보는 전문기사의 가치를 입증해주는 뚜렷한 증거였다. 그만큼 정명운은 발전해 있었다.

"내 생각도 황형하고 같아. 추 사범, 한번 잘 생각해보게."

정천명이 황판수 말에 깊은 공감을 표했다.

"그해 가을 동삼은 한일기원에 입단했다네. 정 국수보다는 4, 5년이 늦은 입단이었지."

"제가 알아본 바에 따르면 추동삼씨는 약 6개월에 걸친 기사 생활을 끝으로 전문기사직을 그만두었습니다. 그 이유가 뭡니까?"

"아마 복합적인 원인이 있었을 것이네. 동삼이 입단하고 얼마 후 최대포와 그 일당이 사기바둑으로 체포된 적이 있었지. 피해자를 조사하는 과정에서 동삼의 이름이 거론되었어. 결국 최대포의 강력한 부인으로 무혐의 처리되긴 했지만 그 일이 동삼의 심경에 어떤 변화를 주었다고 생각하네."

"……"

"게다가 그 당시 전문기사라는 게 지금과는 달랐네. 내 생각이긴 하지만 동삼이 한일기원을 나온 가장 큰 이유는 그 집단에서 더 이상 머무를 필요가 없었기 때문일 것이네."

"그래서 다시 내기바둑으로 돌아갔단 말입니까? 이해할 수가 없군요."

박 화백이 혼란스러워 자신도 모르게 반박하자 해봉처사가 온화하게 웃었다.

"자네는 수묵(水墨)으로 족한 그림에 억지로 담채(淡彩)의 옷을 입히려 하는군."

박 화백은 섬뜩한 느낌을 받았다. 그러나 해봉처사의 얼굴 어디에도 자신을 나무라는 기색은 보이지 않는다.

"그 즈음을 전후해 설숙 스승은 결국 임종하셨지."

설숙 스승을 회고하며 해봉처사의 음성이 처음으로 가늘게 떨렸다. 스승이 타계한 지 수십 년. 아직도 스승을 생각하면 어린아이처럼 가슴이 뛰고 마음이 흔들린다. 명경처럼 잔잔한 심중에 파문이 일어난다. 스승을 향한 그리움에 목이 멘다.

"스승의 만년은 왜 그리도 적막했던지……."

스승의 관 위에 회갈색 흙이 부스스 흩어진다.

아무도 없는 황막한 산에서 최해수는 홀로 스승의 봉분을 쌓아나갔다. 관 위로 한 삽 한 삽 흙을 던져 넣는 최해수의 눈에 눈물이 가득 고인다.

동삼이 떠나고 얼마 안 있어 박갑수를 위시한 도장 사람들은 하나둘 흩어졌다. 도장은 문을 닫은 거나 마찬가지였다. 단란했던 한때의 시절은 가고 없고 을씨년스럽기만 한 고가에서 최해수는 홀로 스승을 보필했다.

서화에 몰두하다 말고 문득 공허한 표정으로 붓을 멈추는 스승을 대할 때마다, 우두커니 마당에 나가 산자락을 돌아드는 바람 속에 서 있곤 하는 스승을 대할 때마다 최해수는 스승을 보기가 안쓰러웠다. 한번 떠난 제자들은 거의 발길을 끊었다. 인적조차 없는 고가에서 스승은 외로운 말년을 보냈다.

스승의 임종이 가까워지자 최해수는 여기저기 연락을 해보았다. 동삼을 비롯한 다른 동문들은 소재조차 파악되지 않았고, 정명운은 국수전 도전기 대국이 있어 내려오지 못했다. 누구 하나 임종을 지키는 사람이 없어 최해수는 홀로 스승을 땅에 묻었다.

둥그스름한 봉분이 완성되자, 술 한 잔 스승의 무덤에 올리고 최해수는 절을 올린다. 회갈색 봉분 앞에 제자는 오랫동안 읍을 했다. 참고 참아왔던 눈물이 최해수의 뺨 위로 흘러내린다.

오갈 데 없는 자신을 자식처럼 돌봐준 스승이었다. 스승이라고 하나 자신에겐 친부나 마찬가지였다.

엎드린 채 굳어 있던 최해수의 입술을 비집고 참았던 오열이 터진다.

"스승님!"

최해수의 통곡소리가 깊은 산속에 처절하게 울려퍼졌다.

설숙(雪宿) 김성휘(金省輝). 광무(光武) 2년(1898년) 명문대가의 적장손으로 태어난 그는 일생을 바둑과 함께 살아온 근대 바둑의 마지막 명인(名人)이었다. 일찍이 자신의 조부와 막역지우인 스승 여목의 눈에 들어 바둑에 입문한 후 스승의 적통을 이어받았고, 평생을 후진 양성에 몸을 바친 추상같은 기개와 고고한 기품을 지녔던 거인 설숙. 그런 그가 드디어 눈을 감았으니, 때는 1964년 11월 초. 향년 예순일곱 나이였다.

그는 바둑인인 동시에 학자였고, 학자이기 이전에 서화를 즐기는 예술가였으며, 기도(棋道)를 찾아 헤매는 구도자였다. 왜정시대를 거쳐 격동의 시대를 살다 간 명인 설숙. 비록 만년에는 초야로 돌아가 쓸쓸한 여생을 보냈지만 그의 기도정신만은 맥맥이 후세에 내려오고 있으며 누대에 걸쳐 길이길이 전해질 것이다.

그의 시신을 수습했을 때 그의 관은 흡사 비어 있는 듯 가벼웠고, 봉분을 끝내자 어디선가 한 무리 철새들이 날아와 구슬피 울며 무덤 주위를 선회하다가 홀연 서편 하늘로 비상했으니, 후세 사람들은 그의 죽음을 오랫동안 기억했다.

32　계룡산 도사

어쩔 것인가?

청량리 한 여관 앞에서 명운은 망설이고 있었다. 2 대 2로 막판까지 가는 치열한 접전 끝에 마침내 대망의 국수 자리에 오른 지 일주일 만이었다.

1년 전, 종로에 있는 전주여관에서 박순제 5단과 도전자 결정전을 마치고 흡족해하던 명운은 술에 만취한 동삼이 검토실에 나타나 완벽한 수순으로 강평을 했다는 소식을 전해들었다. 충격을 받은 명운은 거의 1년이 지나도록 부진을 면치 못하고 있다가 여름에 접어들어서야 오랜 침체의 늪에서 헤어났다. 그리하여 절치부심 노려오던 국수 자리에 등극하는 쾌거를 이룬 것이다. 국수의 자리, 그 타이틀을 가졌다는 것은 공식적인 나라의 일인자로 인정받는 것이나 마찬가지였다.

국수 자리에 올라선 명운은 희열에 잠겼다. 화려한 스포트라이트나 번쩍이는 카메라 플래시 따위는 안중에 없었다. 누구나 인정해 마지않는 국수 자리에 올라, 그 자리에 우뚝 서서 동삼을 내려다볼 수 있다는 사실이 자신을 더 기쁘게 했다. 마침내 명운은 오랜 동삼의 사슬에서 풀려났다.

마음의 여유를 되찾은 명운에게 동삼과 양포의 대국 소식이 전해졌다. 바둑인들 사이에선 큰 화젯거리였다.

사실 오지 않을 수도 있었다. 묵살하면 그만이니까. 그러나 명운은 그동안의 동삼의 변모를 눈으로 확인하고 싶었다. 더불어 국수 자리에 당당히 오른 자신을 동삼 앞에 드러내고 싶었다.

여관은 들락날락거리는 사람들로 어수선했다. 이윽고 명운은 결심을 하고 여관 안으로 들어섰다.

대국장은 한쪽 벽면이 스무 자가 넘는 큰 방이었다. 그 큰 방에 사람들이 빼곡하게 들어차 있었는데, 기이하게도 기침소리 하나 들리지 않고 조용했다. 몇몇 안면 있는 전문기사들 모습도 보였다.

'저 사내가 말로만 듣던 이양포라는 사람이구나.'

혼자서 바둑판 앞에 머리를 숙이고 있는 사내가 눈에 들어왔다. 비록 몸담고 있는 세계가 서로 달라도 내기바둑의 황제라는 양포의 이름은 명운도 익히 들어 알고 있었다. 명운은 방 안을 훑어보았다. 창문 앞에 서서 바깥을 내다보던 또 다른 사내의 뒷모습이 눈에 들어왔다. 눈에 익은 꾸부정한 어깨, 그는 동삼이었다.

"혹시 이번에 국수가 된 정명운씨 아니오?"

문 옆에 서 있던 한 사내가 명운에게 물었다. 그때 딱 하는 착수 소리가 들렸다. 수읽기를 끝낸 양포가 착수하는 소리였다. 양포가 고개를 들자 밝은 불빛 아래 드러난 그의 모습이 한눈에 들어왔다. 사각이 진 턱에 턱수염이 듬성듬성 난, 어느 모로 보나 강인한 승부사 얼굴이었다.

동삼이 천천히 돌아와 바둑판 앞에 앉더니 잠시 그의 착수를 바라보고는 곧장 백돌 하나를 집어 바둑판 위에 놓았다. 순식간에 여섯 수를 교환한 후 양포가 다시 깊숙이 팔짱을 꼈다.

뜻밖에 국수 자리에 오른 정명운이 대국장에 나타나자 양포의 전주인 듯한 사내가 신경이 쓰이는지 자꾸 힐끔거리며 명운을 바라보았다. 명운은 사내의 시선을 무시하고 반상 위로 시선을 돌렸다. 불과 60여 수가 진행된 바둑은 백중지세로 잘 어울렸다.

10여 분의 장고 끝에 흑을 쥔 양포가 귀에서 중앙으로 한 칸 뛰는 수를 착수했다. 자신이 보기에도 귀를 지키는 것보다 그렇게 뛰어나오고 싶은 자리였다.

'소문대로 양포의 바둑은 이름값을 하는구나.'

누가 뭐라 해도 그 이상의 수를 생각키 어려울 정도로 양포의 바둑은 고수의 경지에 올라 있었다. 그러나 바둑은 중반에 접어들어 동삼이 놓은 한 수에 의해 흑백 간의 균형이 서서히 무너지기 시작했다.

동삼이 변을 지킨 한 수였는데, 당시 운석의 형태로 보아 백의 입장에 선 누구나 중앙의 흑말을 공격하거나 흑의 좌상귀를 침입해 귀를 도려내고 싶은 자리에서 동삼은 끝내기 10여 집에 해당하는 변에 철주를 내려 버렸다.

대국 당사자인 양포를 비롯해 대국장에 몰려든 구경꾼들이 동삼의 그 수를 보고 소스라치게 놀랐다. 그러나 시간이 지날수록 동삼의 한 수는 나름대로 가치가 있었고 해석하기에 따라 묘수에 속한다고 볼 수도 있었다.

그 수의 의미를 최초로 발견한 사람은 역시 명운이었다. 한참 동안 반면을 훑어보던 명운의 얼굴이 대국 당사자인 양포보다 더 심각하게 변하기 시작했다.

귀를 도려내는 건 눈앞의 이득에 불과했고, 중앙에 주력하는 건 얼핏 보기에는 그럴듯해 보이나 실패하면 허장성세가 될 공산이 컸다. 변을 지키게 되면 그 자체가 열 집 두터운 데다 그로 인해 백의 운석은 전반적으로 튼튼해진다. 어찌 보면 작아 보이는 그 수는 전반적으로 형세를 주도하는 수였다.

많은 전문기사들과의 비공식 대국에서도 절대 우위에 섰다는 괴력의 사나이 양포의 얼굴에 먹구름이 잔뜩 낀다. 허점을 찔린 흑이 뒤늦게 눈치를 챘지만 이미 엎질러진 물이었다. 답답하다. 갈수록 승부의 여지가 줄어든다. 평정을 잃거나 승부심이 약해지면 상대가 놓는 수는 두려워 보이고 자신의 수는 허약하게 보이는 법이다.

명운이 보기에 양포의 그날 바둑이 그런 경우에 속했다. 일단 예상치 않았던 타격을 입은 양포는 부동심을 잃었고 동삼의 착수는 점점 더 빛을 발했다. 백은 도처에서 전과를 올리며 흑의 여기저기를 흔들며 추궁했고, 장고에 장고를 거듭한 양포는 겨우겨우 고비를 넘기고 있었다.

동삼의 바둑은 지극히 평범하다가 어떨 땐 전혀 궤도를 달리했다. 속공으로 벼락처럼 몰아치는가 하면 어느새 느긋하게 지공으로 돌아서 있었다.

수읽기는 약하나 기리에 밝고 기리는 약하나 수읽기가 출중한 것이 일반적인 이치이거늘, 모든 면을 종합해볼 때 양포는 천부의 자질에다가 수읽기에 강한 고수의 면모를 동시에 지니고 있었다. 그러나 동삼은…….

명운은 고개를 절레절레 흔들었다.

새벽 네 시가 되어 통금 해제 사이렌이 울리자 명운은 대국장에서 빠져나왔다.

여관을 나온 명운은 코트깃을 올려 세우고 새벽길을 걸었다. 새벽바람은 차가웠다. 명운은 찬바람을 맞으며 걸어서 집으로 돌아왔다.

서재로 들어온 명운은 서가에서 벽송을 끄집어냈다.

벽송이 자신을 비웃고 있었다. 자신을 주인으로 섬기길 거부하는 것 같았다.

명운은 벽송을 눈에 잘 띄지 않는 문갑 옆 모퉁이 구석진 자리에 옮겨 놓았다. 한참을 우두커니 서 있던 명운은 미친 듯이 동삼과 양포의 바둑을 복기했다.

명운은 감각과 눈부신 행마에 있어서만큼은 동삼에게 자신해왔었다. 그러나 지난 밤 보여준 동삼의 확연한 변모는 다른 뜻을 시사해주었다. 결코 무너지지 않는 철옹성의 기운과, 그 옛날 아카기와의 대국에서 보여준 상대를 위축시키는 살기, 그리고 완벽에 가까운 수읽기는 익히 접해온 동삼의 모습이었다. 그러나 지금의 동삼은 달랐다.

꼭 집어 말할 수는 없지만 기예의 품격이 달랐다. 날카로운 듯하다가도 어느새 부드러워져 있고 화려한가 싶다가도 어느새 우둔하게 눌러 참았다. 한 번도 맡아본 적이 없는, 정체가 모호한 향기가 뿜어져나오고 있었다. 그야말로 초범한 경지를 더듬는 수들이었다.

별안간 명운은 가슴이 섬뜩했다. 얼핏 동삼의 기풍이 설숙 스승의 기운과 맞닿아 있다는 생각이 들었다.

거의 필사적인 심정으로 명운은 판 위에 놓인 동삼의 바둑을 노려보았다.

아니다. 그럴 리가 없다. 지금의 동삼 바둑만 해도 공전절후의 경계에 들어서 있거늘 만약 거기다가 설숙 스승의 그 초연함까지 가미된다면…….

명운은 상상조차 하기 싫었다.

치밀어오르는 질투와 절망으로 명운은 바둑판 위에 머리를 박았다. 후드득 후드득 돌들이 방바닥 위로 두서없이 떨어졌다.

도저히 동삼에게만은 자신을 가질 수가 없다. 국수라는 타이틀이 허울뿐인 껍데기로만 느껴졌다. 동삼을 떠올리기만 하면 자신은 그만 왜소해지고 만다.

술을 못 마시는 명운은 서재 문갑 위에 진열된 양주 한 병을 꺼내 마개를 땄다. 내방객들이 들여온 양주였다.

생전 처음 마셔보는 술을 명운은 겁 없이 함부로 들이켰다. 술병이 반쯤 비고 알코올의 기운이 몸속으로 몽롱하게 젖어들었다. 밀려오는 취기 속에서 비웃음 가득한 동삼의 얼굴이 불쑥 솟아올랐다.

'넌 이제 영원히 나를 따라잡을 수 없어. 그만 포기해.'

동삼이 낮게 속삭였다. 명운은 손 안에 든 술병을 온 힘을 다해 거머쥐었다.

'아니다. 난 널 이길 수 있다. 또다시 처음 바둑을 배우는 초심으로 돌아가면 될 게 아닌가.'

명운은 남은 술을 유리잔에 넘치도록 콸콸 들이부었다.

그날은 오랜만에 황판수가 주선한 내기바둑을 두는 날이었다. 아니 엄밀히 말해서 내기바둑이라기보다 지도대국의 성격이 강했다.

양포가 완전히 무너지고 내기바둑계는 명실상부하게 동삼에 의해 통일되었다. 더 이상 도전해오는 사람은 아무도 없었다. 한 사장 뒤를 이어 동삼의 전주가 된 유 사장을 통해 들어오는 승부 제의는 터무니없는 치수를 요구하는 게 대부분이었다. 이래저래 동삼은 뒷전에 앉아 남이 두는 바둑을 구경하는 일이 잦았다. 그러던 차에 전라도 군산(群山)의 한 갑부 아들이 김헌자 사범에게 청을 넣었고 황판수가 그날의 바둑을 주선했다. 정천명 5단까지 동석했는데 평소 친한 사람 몇몇과 어울리다 보니 분위기가 자못 화기애애해서 내기바둑이라기보다 친목회를 하는 느낌이었다.

"추 사범, 누가 찾아왔어."

황판수의 전언이다. 동삼이 바둑을 두다 말고 밖으로 나갔다. 여관 입구에 누가 서 있다. 동삼을 보자 반갑게 씩 웃는 모습, 박갑수였다.

박갑수의 행색은 괴이했다. 두루마기 가사장삼에 용꼬리처럼 끝이 배배 꼬인 지팡이까지 턱 짚고 있는 품새가 삿갓 하나 걸친다면 영락없는 산중거사다.

"오랜만일세."

박갑수가 특유의 능글맞은 웃음을 지으며 손을 내민다. 동삼이 그 손을 잡았다.

"모르는 척하지 않는 걸 보니 자넨 확실히 떠돌이 국수답군."

근처 허름한 술집으로 두 사람은 자리를 옮겼다.

"얼마 전 종로 전주여관에 투숙한 적이 있었지. 마침 그날따라 정명운 그 친구 국수전 도전기가 열리고 있었네. 우연히 마주쳤는데 그 친구 본 체 만 체 하더군. 원래 그런 성격이라는 건 알고 있었지만…… 바둑의 깊은 도를 습득한 내가 모처럼 없는 시간에 두어 수 가르쳐주려 했더니만 하늘 높은 줄 모르고……. 사람이 그래서는 안 되는데……"

박갑수가 쓴 입맛을 다셨다.

"그동안 어떻게 지냈나?"

동삼은 그래도 박갑수가 반갑다. 어쨌거나 한때는 한솥밥 먹고 한 스승 밑에서 같이 공부를 한 동문이 아닌가. 박갑수가 장광설을 늘어놓는다.

"내가 원래 동설 스승의 기질을 닮아 한 군데 느긋하게 붙박여 머무는 체질이 아니질 않는가. 여기저기 떠돌다가 계룡산에 터를 잡았네. 내 이 깊은 사상과 현란한 행마에 많은 사람이 감동을 받았지. 일탈교(一脫敎)라…… 교명(敎名)이 어떤가? 핍박받는 백성들을 위해 내 큰마음 먹고 종교 하나 창립했네. 이 어두운 세상에 내가 할 일이 무어 있겠는가. 바둑은 그만뒀네. 지하에 계신 우리 동설 스승이 알면 땅을 치고 통곡할 일이지만."

박갑수가 너털웃음을 웃는다. 하긴 박갑수는 타고난 품성으로 보아 입신양명이나 재화를 도모하는 체질이 아니었다. 동삼은 묵묵히 자신의 잔에 술을 부었다. 별안간 박갑수의 표정이 침중해진다.

"언젠가 자네에게 이 말을 해준다 하면서도 지금까지 전하지 못한 말이 있네."

"……."

"옛날 동설 스승님이 돌아가시기 전에 꼭 한 번 자네 아버지를 거론한 적이 있었네."

동삼이 박갑수를 바라보았다.

"알다시피 우리 동설 스승과 자네 선친은 여목도장의 같은 동문인 설숙 스승과 더불어 가장 촉망받던 제자가 아니었나. 내가 알기론 자네 선친이 도장에서 쫓겨난 것은 동설 스승 때문이었다고 그러더군. 동설 스승은 자네 선친 이야기를 하며 크게 후회하는 기색이었네. 사람이 인연만큼 살아야 하는데, 하시면서……. 스승은 당신의 과오가 평생 짐이 됐던 모양이었네."

박갑수가 소주를 유리잔에 부어 마신다.

동삼은 유리잔에 소주를 부어 마시는 박갑수를 보며 까닭 모를 연민이 일어났다.

"소식은 들었나?"

"……?"

"설숙 스승님께서 돌아가셨다네."

"……."

"나야 엄밀히 말해서 동설 스승님의 제자가 아닌가……. 최해수 형 혼자서 임종과 장례를 치렀다더군. 솔직히 너무한 것 아닌가?"

"……."

"한 사람은 만천하가 인정하는 국수요. 또 한 사람은 떠돌이 국수로 천하의 양대 기객을 제자로 두었으면서도 스승님의 말년이 어찌 그리 쓸쓸했으며 죽음 또한 어찌 그리 적적할 수 있는지……."

동삼은 술잔을 가만히 들고 있다.

"최해수 형을 만났더니 자네에겐 연락이 닿지 않았고 정명운 그 친구는 국수전 도전기 때문에 스승의 임종을 못 봤다더군. 임종을 못 보다니 그게 말이 되는가. 벽송을 물려받아 적통을 이은 자가 그까짓 국수전이 무어 그리 중요하다고……."

창밖에 비가 내리고 있었다.

"세상에 풀리지 않는 업이란 없는 법일세. 다 마음의 문제지……."

비가 선술집 함석 슬레이트 위에 후드득 떨어져 내린다.

"스승에 대해 맺힌 게 있다면 훌훌 털어버리게. 이젠 돌아가신 분이 아닌가."

창밖으로 보이는 흙길 위로 빗물이 쉴 사이 없이 동그란 파문을 만들어내다가 스러지곤 한다.

"부처님께서 말씀하시길, 일체유위법(一切有爲法) 여몽환포영(如夢幻泡影) 여로역여전(如露亦如電)이라 했네."

……겨울비였다.

"풀이하면 이 세상에 존재하는 모든 것은 다 꿈이고 헛것이고 물거품이고 그림자며 그리하여 이슬 같고 번개 같은 것이다!"

박갑수는 막소주를 유리잔에 한 잔 가득 부어 벌컥벌컥 마신 후 소금 한줌을 입 속에 탁 털어넣었다.

"잘 있게, 추 사범. 나는 도탄에 빠진 중생을 구제하러 떠나네."

박갑수는 쏟아지는 빗속으로 표표히 사라졌다.

"처사님께서 직접 설숙 스승의 임종을 전할 순 없었습니까?"

"스승님이 타계하신 후 나는 오랫동안 미루어왔던 일을 실행에 옮겼다네."

"무엇을 말입니까?"

해봉처사가 느슨하게 풀어진 승가사의 매듭을 단단히 맨다.

"언제부턴가 나는 불문에 들고자 했네. 전쟁의 참상을 겪으며 그 생각은 보다 구체화되었고 스승님이 타계함으로써 나는 나를 구속하는 마지막 굴레에서 벗어났다네. 그래서 중 아닌 중이 되어 이 산 저 산 흘러다니며 운수(雲水)의 길로 들어선 것이지."

열어젖힌 방문 밖으로 법당 외벽에 그려진 탱화 한 폭이 박 화백의 눈에 띈다. 막 비상하려는 극락조의 힘찬 날갯짓이 금방이라도 박차고 오를 듯 생생하다.

"경우야 어찌되었든 처사님께선 연장자의 도리로 동문들 결속에 앞장서야 하지 않았을까요?"

"그러기엔 그들에게 맺힌 한이 너무 컸다고 봐야겠지."

"한이라니요?"

"박갑수는 그렇게밖에 살 수 없었을 것이고, 명운이는 명운이대로 평생 벽송의 빈 껍질만 부여안고 몸부림쳤을 것이야. 동삼의 한이야 더 말할 것도 없고……."

괭…… 괭…….

둔중하게 울리는 징소리가 법당에서 흘러나온다.

스님의 저녁 예불이 시작된다.

"주사는 성씨가 뭐요?"

권 원장이 동삼에게 성씨를 물어보았다.

"추가요."

"추씨? 희성이구만."

동삼이 정처 없이 떠돌다가 대전에 온 지는 두어 달 전의 일이었다. 대전에 와서 우연히 도청 근처에 있는 이곳 유성(儒城)기원에 들렀다가 그길로 줄곧 머물게 된 것이다.

권(權) 원장은 특이한 사람이었다. 좋게 말해서 무골호인이요 흠을 잡자면 인정이 많고 돈에 욕심이 없어 현실적이지 못한 사람이었다. 바둑에는 별로 관심이 없는 노동자들이나 뜨내기들이 밤늦게 슬금슬금 기원으로 기어들어 잠자리를 해결하곤 했지만, 권 원장은 그들의 목적을 알면서도 아무런 제재를 가하지 않았고 기료조차 안 주고 아침이 되어 슬그머니 사라져버려도 그들을 탓하지 않고 오히려 모른 척했다.

게다가 권 원장은 바둑 손님들에게 기료 받는 일에도 신경이 둔감했고, 오히려 틈틈이 소주잔을 돌리기도 했으니 기원엔 손님이 끊일 날이 없었다. 말하자면 권 원장의 그런 점이 오히려 기원을 운영하는 데는 장점이 되어 유성기원은 대전에서 소문난 명물 기원이 되어버렸다. 이런저런 일로 기원은 항상 손님들로 득실거렸고, 그 결과 그리 궁색하지 않게 기원은 잘 운영되고 있었다.

"추씨라니까 생각나는 사람이 있네. 그 왜 추 사범이라고 원장님도 소문은 들었을 겁니다. 정말 바둑 하나는 기차게 둡디다."

옆에서 줄기차게 안주를 작살내던 토박이 방내기꾼 이필상(李必常)이 두 사람 사이에 끼어든다.

"그러고 보니 나도 들은 적이 있소. 근데 정말 그렇게 잘 두던가요?"

"그럼요. 신출귀몰, 한마디로 끝내줍디다. 내 아직 세상에 나와서 그렇게 바둑 잘 두는 사람 본 적이 없어요. 이양포하고 둘 때 보니 내기바둑의 황제라는 양포를 어린애 손목 비틀듯이 잡아 비틀어버립디다."

이필상이 자기가 직접 목격한 사실처럼 떠들어댔다. 얼마나 실감나게 이야기하는지 동삼조차 깜빡 넘어갈 지경이다. 다른 사람은 입을 딱 벌리고 열심히 듣는데 평소 이필상과 앙숙인(돈을 많이 잃었기 때문에) 송씨가 이필상의 말에 트집을 잡았다.

"자네 정도 기력으로 언감생심 그런 사람을 어떻게 안다고 함부로 지껄이나. 말이 되는 소리를 해."

"그런 소리 마. 우리가 바둑은 약하지만 고수들은 많이 안다고."

송씨는 오늘 이필상에게 다섯 판을 두어 3승 2패를 했다. 그런데 2패 중에 만방이 한 판 끼어 있어 판 수에서는 앞섰지만 돈은 송씨가 잃었다.

"추 사범이라는 사람을 본 적이 있다니까 묻는 건데 몇 살쯤 먹어 보이던가?"

송씨가 집요하게 계속 이필상을 추궁했다.

"글쎄, 30대 중반? 그쯤 보이던걸. 하지만 사람 얼굴만 보고야 그 사람 나이를 알 수 있나. 내 짐작보다 훨씬 많을지도 모르지."

이필상이 능글능글하게 송씨의 추궁을 피해갔다.

창가에서 동삼은 묵묵히 밖을 내다보았다. 통금이 다 된 거리를 사람들이 바삐 지나간다. 꽃샘추위 탓인지 하나같이 손을 바지 주머니나 코트 깊숙이 찔러 넣은 사람들뿐이다. 골목 끝에서 어떤 취객이 고성방가를 하고 있다. 어디선가 젊은 남녀 한 쌍이 골목 입구에서 나타나더니 취객을 피해 빙 둘러 간다. 골목 한켠에 붙어 있는 여관 앞에서 남자가 여자의 팔을 잡아끈다. 여자는 주위를 두리번거리더니 여관 안으로 남자를 따라 재빨리 들어간다. 그들이 들어가자마자 뚜- 하고 통금 사이렌이 울린다.

"원장님, 요즘 무슨 걱정이 있습니까?"

근간에 권 원장은 몹시 침울해 보였다. 이필상의 질문에 권 원장 얼굴이 눈에 띄게 흐려진다.

"아니오. 왜 무슨 일이 있는 것처럼 보이오?"

"그저…… 요즘 별실에서 큰 승부가 벌어지는 것 같아서. 내가 잘못 봤습니까?"

"바둑이야 늘 두는 것 아니오."

원장이 슬며시 비켜섰다.

"솔직히 한 말씀 드리지요. 별실에 들락거리는 친구들, 그 사람들 보통내기가 아닙니다."

"……."

그 점은 동삼도 짐작하고 있었다. 보름 전부터 기원 한구석 별실에선 수상쩍은 일이 벌어지고 있었다.

"원장님, 그러지 마시고 자초지종 이야기를 해보십시오. 누가 압니까, 무슨 도움이라도 될 수 있을는지."

이필상이 재차 권 원장을 채근했다. 원장이 기원 안을 휘 둘러본다. 대부분의 사람은 잠들어 있고 송씨도 어느 틈엔가 구석 자리에서 담요를 덮어쓰고 깊은 잠에 빠져 있다. 원장이 한숨을 쉬었다.

"알아서 뭐하겠소."

동삼은 물끄러미 이필상을 보았다. 교묘하게 은폐를 하고 있지만 이필상은 실상 대단한 바둑이다. 이필상의 능란한 위장술을 아무도 눈치 채지 못하고 있지만 동삼만은 그 사실을 안다. 이필상은 기원에서 3, 4급 정도의 기력으로 행세하고 있었다. 이필상의 앙숙 송씨는 자신이 주의를 기울이기만 하면 얼마든지 그를 이길 수 있다고 자신하지만 그것은 착각이다. 기실 이필상의 위장술은 대단한 수준이었다. 우연히 그 사실을 확인하지 못했다면 동삼도 깜빡 속아 넘어갔을 것이다. 정확하게 속단할 순 없으나 이필상의 기력은 웬만한 전문기사 이상의 수준이었다.

이필상이 고수라는 징후를 느낀 것은 며칠 전의 일이었다. 평소 그에게 꾸준히 봉노릇을 해온 송씨가 그날은 뜨내기 손님을 엮었다. 쌍방 간에 대마가 걸린 치열한 격전이 붙었을 때였다. 분명 정상적인 수순을 밟으면 송씨가 유리한 전투였다. 그러나 초중반에 워낙 판이 좋아 오랜만에 만방이라는 대어를 눈앞에 둔 송씨는 그만 실족을 했다. 송씨는 3급인 그의 수준에서 당연히 있을 수 있는 실수를 두어 번 저질렀고, 그 결과 다 잡아놓은 월척을 놓치고 오히려 다섯 방의 적잖은 대패를 당했다.

송씨가 처음 실수를 했을 때 옆에서 구경하던 이필상의 얼굴에는 뭐라 표현하기 어려운 실망의 빛이 보였다.

송씨의 두 번째 실수가 판 위에 떨어진 순간, 이필상은 자신도 모르게 중얼거렸다.

"치중은 뭐하러 하나. 그냥 내려서면 죽었는데."

맥이랍시고 치중한 송씨의 수는 이필상의 말마따나 착각이었다. 모양상 치중수가 첫눈에 보이긴 하나 치중수는 이적수로 상대를 쉽게 살려주는 수였다. 이필상이 거론한 일선에 내려서는 수야말로 대마를 잡을 수 있는 유일한 맥이었고 묘수였다. 어느 정도 고급 기력이면 젖히는 수 정도는 어떻게 둘 수 있지만 내려서는 수를 감각적으로 볼 정도면 동삼이 보기에 이필상은 대단한 고수였다.

평소 티격태격하는 호적수 송씨였지만, 송씨가 다른 사람에게 무참히 당하는 것이 속상해서 이필상은 부지불식간에 실력의 꼬리를 드러낸 것이다. 그리고 며칠 전 이필상은 오늘과 비슷한 술자리에서 원장에게 넌지시 충고했다.

"원장님, 마포 장이란 이름 들어본 적 있습니까?"

"마포 장이라니? 누군데?"

"아, 혹시 그 사람을 알고 있나 해서요. 모르면 그만이고."

이필상이 자신의 말을 흐지부지 끝내버린다. 그런데 후렴으로 따라붙는 그의 말이 묘했다.

"마포 장 그 사람 때문에 패가망신한 사람들이 많다더군요."

"무슨 소리요, 뜬금없이?"

"아닙니다. 아무튼 간에 요즈음 원장님이 묘하게 엮인 것 같아서……지금이라도 손 터는 게 낫지 않을까 싶어서요."

말이 채 끝나기도 전에 이필상은 일어나더니 기원 밖으로 나가버렸다.

동삼은 비로소 최근 원장을 엮은 사람의 정체를 알 수 있었다. 그들은 마포 장을 비롯한 그 사람의 수족이었다. 한 번도 본 적은 없으나 동삼은 마포 장의 소문을 전주였던 유 사장을 통해 얼핏 들은 기억이 있었다.

마포 장.

이양포와 거의 버금가는 실력을 가졌으면서도 삶의 궤적을 달리하는 의문의 사나이. 그 실력이면 정식 승부에서도 충분히 성적을 낼 수 있는데도 불구하고 사기바둑 아닌 사기바둑의 길을 가고 있는 사람. 그러나 마포 장은 엄밀히 분류하면 전문 사기바둑꾼이었다. 단지 승부에서 속임수를 쓰지 않을 뿐이었다.

그는 한번 목표를 정하면 꾸준히 은밀하게 상대를 공략했다. 먼저 자신의 하수인을 접근시켜 내기바둑을 벌인다. 몇 개월에 걸친 공방전 끝에 돈을 잃어 상대에게 맛을 들이게 하거나 상대편이 몸이 달 만큼 돈을 따낸다. 어느 쪽을 취하느냐는 상대 취향에 맞춰 결정한다. 어떤 식으로든 몸이 바싹 단 상대가 보다 큰 승부를 제의해올 때, 그때 마포 장이 등장하는 것이다.

상대편에서 어떤 선수를 들이대든 마포 장은 개의치 않았다. 그리고 마포 장은 철두철미하게 변신하여 자신이 마포 장이라는 사실을 숨긴다. 판돈은 점점 커지고 상대편이 완전히 알거지가 될 즈음 마지막으로 종탕을 치고 잠적해버린다. 당한 사람들은 대부분 자신이 마포 장에게 당했다는 사실을 모른다. 본명이 장도수(張度收)인 마포 장, 사람들은 그를 장막 속의 승부사라고 부르기도 했다.

"마포 장, 그 사람 말이야. 양포에게 선으로 두 번이나 이긴 부산의 손명박이를 엮어내어 호선으로 세 번 붙어 세 번 다 잡아냈다고 하더군. 덕분에 손명박이는 빈털터리가 됐고……. 아무튼 마포 장을 보고 사람들이 그런다더군. 양포를 상대할 수 있는 유일한 사람이라고. 물론 양포는 자네에게 날아갔지만."

유 사장은 기름을 발라 뒤로 넘긴 머리를 쓰다듬으며 마포 장에 대한 또 다른 이야기를 했다.

"사람들이 마포 장에게 물었다더군. 왜 정식으로 승부를 하지 그러고 다니느냐고. 그 사람이 뭐랬는 줄 아나?"

"……."

"자기가 세상을 살아오면서 가장 자신 없는 것이 바둑이라고 했다네. 자신이 생기면 그때는 누가 말리더라도 정식으로 승부판에 뛰어들겠다고."

마포 장의 말은 확실히 일리가 있었다. 사실 그 누가 완전하게 자신의 바둑을 확신할 수 있으랴.

그때 동삼은 신선한 충격을 받았다. 그러나 지금 와서 생각해보면 그 말은 교활한 말장난에 불과했다.

자신의 바둑에 완벽한 자신을 가질 수 있는 사람은 없다. 뒤집어 해석하면 마포 장은 평생 표면에 나서지 않고 자신에 비해 기력이 떨어지는 자들만 상대하겠다는 자기 나름의 속셈을 그런 식으로 둘러댄 것이었다.

그날 밤 동삼은 이필상의 말투에서 지금 원장이 곤경에 빠져 있고 그 원인이 마포 장 때문이라는 것을 어렵잖게 추측했다. 또한 마포 장을 확신하는 이필상도 분명 단순한 뜨내기 잔내기꾼이 아닌 것만은 분명했다.

"원장님, 툭 까놓고 얘기합시다. 원장님이 들이댄 대전 최고 바둑이라는 이동휘도 깨졌다는 게 사실입니까?"

이동휘(李東輝)는 일제시대 때부터 기명(碁名)을 떨치던 사람으로, 나이는 들었으나 그 수의 영역이 깊고 탁월해 충청도 지역에선 그의 적수를 찾아보기 힘들었다.

"또 한 번 얘기하지만 원장님, 지금이라도 손을 떼는 게 최선입니다."

"이미 늦었소."

비로소 사실을 털어놓는 원장의 얼굴이 침통하다.

"늦었다니요?"

"나 하나 선에서 끝낸다면 지금이라도 손을 털 수가 있지. 하지만 이 사장까지 엮여들어서……."

"이 사장이라면?"

"이 건물 주인이요. 나하고는 죽마고우 사이요."

"……."

"이동휘도 사실 이 사장이 데려왔소. 이미 이 사장 재산 상당 부분이 상대쪽에게 넘어갔소."

"그럼 도대체 얼마나 손실이 난 겁니까?"

"은행 돈하고 이것저것 합쳐 거의 500만 원에 가깝지."

500만 원이라는 말에 이필상은 제자리에서 펄쩍 뛰었다.

"500만 원이라니! 세상에 그런 거액을…… 집이 몇 채요!"

원장이 괴로워한다. 자포자기한 듯 더 이상 숨김이 없다.

"그러니까 내가 환장할 노릇이지. 술 마시지 않으면 잠을 못 이룬 지가 벌써 오래됐소."

"어쩌다가 그리 됐습니까?"

원장이 연신 한숨을 푹푹 내쉰다. 무골호인 권 원장이 털어놓는 사건의 내용은 이러했다.

3개월 전. 유성기원이 들어선 5층 건물 주인이요, 오랜 친구인 이 사장이 밤늦게 권 원장을 찾아왔다.

"밤늦게 웬일인가?"

"나도 술 한 잔 주게."

전작이 있는지 이 사장의 얼굴은 불그스레했다.

"좋지. 받게."

술잔을 비우고 잘게 찢은 오징어포를 씹던 권 원장이 이 사장에게 빈 술잔을 내밀었다. 술을 받는 이 사장의 손이 가늘게 떨렸다.

"집세 줄 날짜도 아닌데 늦은 시간에 웬일인가?"

"행여 이런 말 자네에게 부담이 갈까 싶어서 안 하려고 했지만……."

권 원장은 보증금도 없이 턱없이 싼값에 친구 건물에 세 들어 있었다. 이 사장 입장에서는 오히려 그런 점이 무엇을 부탁하기에 부담스러웠다. 그러나 이 사장이 어렵게 말문을 열었다.

"자네, 날 위해서 바둑 한 판 두어주게."

"바둑이라니."

"우연히 알게 된 사람인데, 까짓 돈 몇 푼 잃은 것은 또 그렇다고 치더라도 얼마나 약을 올리는지 내 그놈 손 좀 봐줘야 직성이 풀리겠네."

이 사장이 씩씩댄다. 이 사장도 상당한 수준의 바둑이기에 권 원장의 흥미가 동했다.

"얼마나 잃었는데."

"돈 잃은 게 문제가 아니라니까."

권 원장은 대전에서 손꼽히는 강자였다. 성격이 모질지 못해 큰 승부와는 체질상 맞지 않았지만 바둑은 상당한 고수였다.

"상대가 누구야?"

"그저 오다가다 만난 사인데 세상에 내 그런 새끼는 처음 봤어."

이 사장이 대뜸 상대방 욕을 한다.

"어쨌길래?"

"1·3·5(한 방, 세 방, 다섯 방 홀수로 계산하는 방내기)를 두는데 나이도 어린 놈이 바둑 한 판 지면 한 판 내내 욕을 해대는데, 이건 뭐 이겨놓고 더 당하는 기분이야."

"좋잖은 매너군."

"그건 또 아무것도 아냐. 자기가 이길 때는 또 어떻고. 어떻게나 드러내놓고 희희낙락하는지 성질 같아선 바둑판을 확 뒤엎어버리고 한방 먹이고 싶은 심정이라니깐."

"그래서?"

"흔들리지 말자, 흔들리지 말자, 수십 번 속으로 다짐해도 막상 약 올리는 소리를 듣다 보면 열받게 되고, 그렇게 되니 결과는 뻔한 것 아닌가."

"바둑은?"

"나하고 호선인데 그리 강한 것 같진 않아. 문제는 그놈의 주둥아리가 문제지."

이 사장의 의도는 단순했다. 자기보다 훨씬 상수인 권 원장은 실력으로도 상대를 손쉽게 누를 수 있을 뿐 아니라 어지간한 일로는 열받지 않는 권 원장의 성격이 문제의 사내에게 딱 적합한 상대라는 나름대로의 계산이었다.

"얼마를 잃었어?"

"한 20만 원."

"그렇게나 많이!"

다음 날 이 사장의 소개로 만난 사내의 매너는 한마디로 개판이었다. 처음 한 판을 두어 패하자 사내는 대뜸,

"참! 개 씹 같은 바둑이네!"

"아이고! 이 썩어죽을 후레아들놈의 바둑아!"

하며 무작스럽게 욕을 해댔다. 자신의 악수가 나올 때마다 별의별 희한한 욕을 거침없이 했다는 이 사장의 말이 틀린 말이 아니었다.

어지간히 사람 좋은 권 원장도 결국 열을 받게 되었다. 첫날의 대국에서 오기가 생긴 권 원장은 세 판을 두어 도합 열한 방을 이겼다.

"그때 한두 판으로 그만 끝을 냈어야 했는데……."

권 원장이 후회를 한다.

"어떻게 해서 계속 두게 되었습니까?"

이필상이 연탄불에 구운 노가리를 씹으며 물었다.

"이 친구 몇 판 지더니 판돈을 올리자는 거요. 이긴 건 차치하고 약이 올라 있던 참이라 그러마 했소."

"전형적인 수법이군요."

"글쎄, 나도 이 바닥에서 굴러먹은 지가 오래됐지만 그만 나도 모르게 그렇게 되었더랬소. 이 사장이 잃은 돈을 찾고 한 삼십 정도 더 올렸을 때 이 친구가 한 사람을 데려왔소. 누리끼리한 안색에 키만 멀대같이 삐쭉한

중년사내였소."

"요즘 별실에서 바둑 두는 그 친구 말입니까?"

"그렇소."

"그 친구가 마포 장이오."

"도대체 마포 장이 누구요?"

"조금 있다가 이야기해주리다. 아무튼 그래서요?"

"우리 쪽도 내가 이 사장 대신 들어선 처지라 그러라고 했소. 그게 사단
이었소. 목돈이 줄줄 빠져나가기 시작하더니…… 방내기도 해보고 판내
기도 해봤지만 속수무책이었소. 급기야는 발등에 불이 떨어진 이 사장이
이동휘뿐 아니라 조진명까지 들이대었지만 결과는 같았소."

"조진명까지! 하긴 아무리 천하의 조진명이라도 마포 장에겐 어렵겠
지."

"조진명을 아시오?"

이번에는 권 원장이 이필상을 의아한 듯이 바라보았다. 바둑 실력에
비해 이필상은 아는 사람이 너무 많았다. 조진명(趙振明)은 한수(漢水) 이
남에서 알아주는 내기바둑꾼이었다. 그가 한창 공부하던 시절, 한번은 바
둑책을 보던 중 어떤 묘수풀이 문제가 풀리지 않자 집안일을 모두 팽개치
고 그 문제에만 몰두했다. 드디어 사흘 만에 기어이 정답을 얻어낸 뒤 너
무나 기뻐서 한없이 웃어대자 그의 아내는 남편이 바둑 때문에 미쳐버린
줄 알고 통곡을 했다는 이야기가 전해진다.

"그래, 어쩔 작정입니까?"

권 원장의 얼굴이 비참하게 일그러진다.

"어떡하긴. 본전을 찾든지 아니면 완전히 빈털터리가 되든지 끝은 봐
야지."

"그런데 하나 의문이 있습니다. 원장님이 처음 말씀하신 바에 따르면

꼭 원장님 때문에 이 사장님이 얽힌 것 같은데, 사실은 이 사장님 때문에 원장님이 개입한 것 아닙니까?"

"그건 아니오. 한 100만 원 정도 잃었을 때 이 사장이 손을 털려고 했소. 내가 부득부득 우긴 탓에 이 사장도 끌려온 거요."

"이 사장님은 요즘 뭐합니까?"

"이 사장도 이판사판이오. 최악의 경우엔 이 건물과 저기 길 건너 시장통 가게 터까지 다 날릴 작정을 하고 있소."

이필상이 남은 한 방울의 술까지 알뜰하게 비운다. 이윽고 그는 결심한 듯 말을 꺼냈다.

"나하고 한번 붙여주십시오."

"당신하고?"

권 원장이 놀란다.

"내 다시 큰 내기는 두지 않을 거라 다짐했지만……."

이필상의 표정이 침통하다.

"도대체 당신 정체가 뭐요?"

"상대가 상대인지라 이긴다는 장담은 할 수 없습니다. 다만 최선을 다해 승부를 해보겠소."

이필상의 동문서답에 권 원장이 집요하게 물었다.

"대관절 당신 누구요?"

"……한때는 일본기원에서 바둑 공부를 한 적이 있었고 내기바둑깨나 두었던 인생 낙오자쯤으로 알아두십시오. 그저 한 세상 잊고 잔잔한 방내기나 두며 사는……."

이필상을 바라보는 권 원장의 눈이 경이롭다.

마포 장이든 누구든 다 나와도 상관없는 일. 동삼은 눈을 감았다. 감은 눈 위로 여러 사람의 얼굴이 두서없이 겹쳐진다. 최해수, 박갑수, 정명운…… 그들의 얼굴이 쓸고 지나간 빈 공간을 한 얼굴이 그득하게 메운다. 설숙 스승의 그 차가운 얼굴이, 유독 정명운을 편애하던 스승의 일그러진 모습이. 그토록 애지중지했던 정명운은 스승의 병이 위중함을 알면서도 국수전 도전기 때문에 스승의 임종을 보지 못했다고 했다.

벽송까지 물려준 스승의 자애는 그렇게 허망한 결과를 낳았고, 스승에게 버림받은 자신은 결국 흘러흘러 이 지방도시 기원 골방에서 얇은 모포 한 장을 이불 삼아 잠을 청하고 있다.

그러나 마음의 공백은 채워질 줄 모르고 깊고 허무한 고독이 한없이 자신을 잡고 놓아주질 않는다.

동삼은 모포를 머리 위까지 뒤집어썼다.

며칠 후 별실에서 이필상과 마포 장의 한 판 대국이 벌어졌다. 한 판에 100만 원이 걸린 큰 판이었다.

이필상은 자신이 자원해서 승부에 나선 만큼 한껏 신중하게 판을 짜나갔다. 누리끼리한 마포 장의 얼굴이 굳어 있었다. 이런 지방도시에서 생전 듣도 보도 못한 강자를 만나 의외로 피곤한 접전을 벌이다 보니 미상불 상대의 정체가 궁금했다.

쌍방 다 장고에 장고를 거듭하며 살얼음판을 딛는 심정으로 한 수 한 수를 착수했다. 오후가 한참 기울어질 때쯤 마포 장의 묘수가 연달아 판 위에 터졌다. 이필상이 혼신의 힘을 기울여 버텨보지만 승부는 조금씩 마포 장 쪽으로 기울어졌다. 엄밀히 말해서 이필상이 못 두어서라기보다 마포 장의 반면 운영이 이필상보다는 한 수 위였다.

이필상이 통한의 심정으로 반상을 쏘아보았다.

바로 이것이다. 선천적인 감각의 부족, 이것이 내 한계다. 바로 이 점 때문에 일본기원 연구생 시절 마지막 입단의 고비를 못 넘고 좌절했다. 바로 이 점 때문에 우여곡절 끝에 발을 디딘 내기바둑에서 김헌자에게 1승 2패의 열세를 보였고 참혹하게도 양포에겐 3전 전패를 당했다. 그리고 좌절과 절망 속에 세상을 떠돌았다. 꼴에 자존심은 있어서 차라리 쓰레기처럼 뒹굴자고 이 기원 저 기원 기웃거리며 잔잔한 3, 4급 방내기꾼 행세를 하곤 했었다. 도대체 기재란 무엇인가. 그것이 무엇이길래 이렇게 인생이 참혹해진단 말인가.

이필상의 눈에 눈물이 글썽인다. 승부에 져서라기보다는 자신에 대한 한탄이다.

애써 참으려 하지만 눈물은 볼을 타고 흘러내리고 그와 동시에 툭, 하고 이필상의 손에서 힘없이 돌이 떨어졌다. 바둑을 시작한 지 꼬박 하루 반나절 만의 투석이었다.

"졌소이다."

마포 장의 얼굴에 피곤한 기색이 어린다. 그에게도 이 승부는 힘겨웠으리라.

건물주인 이 사장이 고개를 떨구고 있는 이필상의 어깨를 툭툭 쳤다.

"애썼소."

그러고는 지갑에서 지폐 몇 장을 꺼내 이필상에게 쥐어주었다.

"목욕이라도 하고 푹 쉬시구랴."

이 사장이 이필상을 위로했다. 소실된 100만 원의 거액보다 패자의 눈물을 보고 같이 아파할 줄 아는 인간적인 전주다.

파장 후의 어수선하고 황막한 텅 빈 별실에서 권 원장이 우두커니 창밖 하늘을 보았다. 우중충한 하늘은 금방이라도 비를 뿌릴 듯 찌뿌등하다. 어디선가 굵은 빗방울 하나가 창문에 부딪혀 깨어진다. 연이어 후드득 후드득 굵은 빗방울들이 유리창을 두드린다. 하늘에서 우렛소리가 들리고 길을 가던 사람들이 황급히 흩어진다. 번쩍, 사지를 한껏 벌린 번갯불이 푸른 섬광을 발한다.

'그래, 이제 방법이 없다. 준모를 앞세우는 수밖에.'

10여 년의 적공(積功)은 한순간 자신의 판단 착오로 공허한 물거품이 되어버렸다.

권 원장은 입술을 질끈 깨문다. 그길로 권 원장은 쏟아지는 비를 맞으며 집으로 향했다.

그날 밤 기원에서는 작은 술자리가 있었다. 한때 이 기원에서 살다시피 했다는 심 사장이 낸 술이었다. 무려 3년 이상을 이 기원에서 방내기꾼으로 세월을 죽였던 심 사장은 5년 전 심기일전하여 맨손으로 곡물과 채소류 도매시장에 뛰어들었다. 방내기꾼 시절에 터득한 상대의 수심을 보는 안목은 장사에 큰 밑천이 되었다. 그때 갈고 닦은 솜씨를 십분 발휘하여 그는 그 계통에서 큰 성공을 거두었다.

큰돈을 번 후에도 심 사장은 심심하면 고향을 찾는 심정으로 기원을 찾아와 술잔을 돌리곤 했다. 그가 돈이 많다는 걸 간파한 내기꾼들이 은근슬쩍 전주라도 해볼 의향이 없느냐고 운을 떼어볼라치면 심 사장은 한마디로 그 제의를 묵살했다.

"당신은 아직 멀었어."

심 사장이 제의를 물리칠 때 단골로 사용하는 말이었다. 그러면서도 무엇이 멀었다는 건지, 실력이 멀었다는 건지, 승부사로서의 자질이 없다는 건지 한 번도 밝힌 적이 없다.

"작년 가을에 사두었던 고추로 이번에 한몫 봤다면서요."

송씨가 은근히 아부를 했다.

"한몫은 무슨, 그저 잔재미 좀 봤지."

"작년에 고추농사가 풍작이라 헐값으로 샀을 텐데."

"그래봤자 별로 남는 거 없어. 돈이란 돌고 돌아야 하는데 한 군데 푹 썩혀놨으니 겨울 한철 꽤 고전했지. 그나마 봄이라 제 값을 받은 거지."

"한 열 배는 튀겼지요?"

송씨가 침을 꿀꺽 삼키며 집요하게 캐묻는다.

"이 사람아, 술이나 빨게. 쓸데없는 데 신경 쓰지 말고."

심 사장이 단호하게 송씨의 말을 잘랐다. 송씨가 머쓱해하며 물러앉는데 송씨의 짝패 최씨가 송씨에게 약을 올린다.

"그나저나 송가야, 너 이때까지 그렇게 이필상이하고 바둑 두면서도 그 사람이 그렇게 고순 줄 몰랐나?"

"그렇게 감쪽같이 속이는데 내가 귀신도 아니고 어떻게 알겠냐."

송씨가 히죽이 웃는다. 송씨 표정엔 이필상을 미워하거나 원망하는 기색은 없다.

"묘수풀이 문제 내놓고 쏠쏠한 재미를 볼 때부터 알아봤어야 했는데."

최씨가 은근히 이필상을 씹는다. 이필상은 그동안 술값이 궁하면 묘수풀이 문제를 내어 꽤 재미를 봤다.

"덕분에 자네 바둑도 상당히 늘었잖은가."

송씨가 오히려 이필상을 감싼다.

"누구 얘긴가?"

심 사장이 궁금한지 끼어든다.

"이필상이라고 왜 눈썹이 굵다란 친구 있잖습니까."

"아, 그 사람! 그 사람이 그렇게 고순가?"

"한때는 알아주던 바둑이랍니다. 이번에 원장님 일에 개입하면서 정체가 드러났지요."

"원장 일이라니?"

"요새 원장하고 이 사장이 내기바둑에 완전히 엮였어요."

최씨가 권 원장 일을 자초지종 늘어놓았다. 이야기를 다 들은 심 사장이 혀를 끌끌 찬다.

　　　　　떠돌이 기객들

"지금이라도 손을 빼지, 상대가 그렇게 고수라는데."

"이미 그러기에도 늦은 모양이에요. 비장의 카드가 있으니 잘 되든 잘 못 되든 조만간 끝을 보겠지요."

"비장의 카드?"

"권 원장 아들 준모 말입니다."

순간 동삼은 흠칫했다. 준모라는 권 원장의 아들은 동삼도 만나본 적이 있다. 아버지와 달리 강단이 있고 기재도 탁월한 편이었다. 고등학교 1학년을 다니고 있었는데, 이미 제 아비의 바둑을 넘어선 지 오래고 근래에는 아버지를 두 점으로 접고 있었다. 원장이 심혈을 기울인 준재였다. 원장과 바둑을 두는 것을 한 번 본 적이 있는데 바둑이 끝나고 혼자 복기를 하고 있을 때 동삼이 꼭 한마디 해준 적이 있었다.

"편안하게 두어봐."

"무슨……?"

소년의 눈빛이 영롱하다.

"애써 모양을 갖추지 말라는 것이다."

동삼은 소년이 중앙으로 두 칸 뛴 수를 한 칸 낮추어 가만히 밀어 내렸다. 한참 바둑판을 응시하던 소년의 얼굴이 발갛게 상기되었다. 그리고 불가사의한 눈으로 동삼을 바라봤다. 기원에서 약한 1급으로 통하는 동삼의 어디에서 그렇게 평범한 듯싶으면서도 비범하고, 무딘가 하여 들여다보면 시퍼렇게 날이 선 날카로운 착점이 나오는지 의문의 기색이 역력했다. 그 일 이후로 권 원장은 동삼을 새삼스럽게 보는 눈치였다.

"이필상 그 사람 말을 빌리면 마포 장인가 뭔가 하는 그 치를 이기기 위해선 정상급 전문기사나 죽은 양포, 그리고 흔적도 없이 사라진 추 사범을 제외하고는 이긴다고 장담할 수 있는 사람이 없다더군요."

송씨가 답답한 심경을 토로한다.

"꿈같은 이야기군."

심 사장이 탄식을 하다 말고 묻는다.

"김헌자라면 어떨까?"

"글쎄요…… 왜 줄이라도 닿습니까?"

"까짓거 이리저리 수소문해보면 안 될까?"

"그럴 필요 없을 거예요. 준모가 나서면 모르긴 몰라도 승부가 될 겁니다. 장기전을 벌여야겠지만요."

"그래도 그 어린 소년을 그런 승부에 내몬다는 건 너무 가혹한 일이 아닌가?"

순간 창밖의 빗줄기를 바라보는 동삼의 미간이 흐려졌다.

다음 날 밤 이슥할 무렵, 일찌감치 퇴근했던 권 원장이 자정이 가까워서 기원으로 돌아왔다. 원장은 상당히 술에 취해 있었다. 기원 안에는 그날따라 야통하는 사람이 적었고, 그나마 모두 잠들어 있었다. 구석진 곳에서 동삼은 혼자 술을 마시고 있었다.

"혼자 무슨 맛으로 술을 마시는 거요. 나랑 같이 한잔 합시다."

권 원장이 맞은편 의자에 털썩 앉으며 봉지를 내민다. 봉지 안에는 소주와 안주가 가득했다.

"함께들 술 한잔 하려고 했더니 오늘따라 자는 사람뿐이군."

원장이 투덜대며 술병을 딴다. 한참 동안 두 사람은 말없이 술만 들이켰다. 소주 한 병이 비워지고 두 병째 병을 따며 원장이 비로소 입을 열었다.

"추 주사. 산다는 게 왜 이리 어려운지 모르겠소."

"……"

"아비라는 작자가 이제 코흘리개를 겨우 면한 자식새끼에게 못할 짓을 하지 않나……."

원장의 모습이 침통하다.

"추 주사, 오늘 내 푸념 좀 해야겠소. 들어주시구려."

"예."

"그러니까 30년 가까이 된 옛이야기요."

옛일을 더듬는 권 원장의 술 취한 얼굴이 가물가물하다.

"아버지는 고수였소. 기재가 있었는지 일정한 스승도 없이 이 사람 저 사람에게 바둑을 배웠는데도 무적의 고수였소. 그 당시 난 아버지가 지는 걸 한 번도 본 적이 없었소. 어린 마음이었지만 아버지는 나의 우상이었소. 내 비록 타고난 재주가 미흡해도 바둑을 보는 눈은 있었소. 촌구석 바둑이었지만 아버지가 마음먹어 이기지 못하는 상대가 없었지요. 그런 아버지가 꼭 한 번 좌절하는 것을 봤소. 내 나이 열일곱 때였소. 하루는 아버지가 새벽이 다 되어 집으로 돌아왔는데 나는 아버지의 그런 모습을 생전 처음 봤소. 마치 뭐랄까, 반쯤 넋이 나간 얼굴이었소. 이러지도 못하고 저러지도 못하고 눈치만 살피고 있는데 아버지께서 그러더군요. 냉수 한잔 떠오너라."

"냉수 한잔 떠오너라."

권오현(權悟賢)은 아들이 떠온 냉수 한 사발을 단숨에 벌컥벌컥 비웠다. 그제사 권오현은 숨이 조금 트이는지 아들을 내려다본다.

"바둑판을 가져오너라."

바둑판 위에 복기를 시작하며 권오현은 아들에게 단단히 일렀다.

"백의 바둑을 유념해 보거라. 이제 너는 진정한 고수의 바둑을 보게 될 것이다."

권오현은 신중한 자세로 바둑을 복기했다.

바둑을 보는 아들의 눈이 점점 커졌다. 세상에 이런 바둑이 있다니. 이

유려한 행마, 이 날카로운 공격, 목줄을 죄는 듯한 중압감, 그리고 귀신이 조화를 부리는 듯한 완벽한 마무리……. 아들은 소름이 오싹 돋았다.

먼동이 훤히 밝아올 즈음 권오현의 복기가 끝났다. 바둑판 앞에 석상처럼 앉아 있는 권오현의 이마에서 식은땀이 줄줄 흘러내린다.

"보았느냐?"

"예."

"고수의 바둑은 이렇다."

경악스러워하며 바둑을 보던 아들이 물었다.

"누구의 바둑입니까?"

"추평사…… 조선의 국수니라."

"추평사!"

"이 아비는 아무리 애를 써도 당대의 명인이 될 수 없다. 추평사란 사람이 존재해서가 아니라 그런 바둑의 경지를 넘볼 수 없기 때문이다."

권오현의 음성은 목이 잠겨 거칠거칠했다.

"너 또한 당대의 명인이 될 수 없다. 자질이 부족하기 때문이다."

아비의 말에 아들은 고개를 들지 못했다.

"죄송합니다."

"너를 나무라고자 하는 말이 아니다. 대승(大乘)의 경지는 천품과 스승이 합일되어야만 이룰 수 있다. 허나 이 아비는 불행히도 나를 일깨워줄 스승을 만나지 못했다. 나에게 하나만 약조해주겠느냐?"

"말씀하십시오."

"언젠가 나의 후손 중에 천품을 타고난 인재가 있거든 기필코 후대의 명인을 만들도록 해라. 너 정도가 되면 그 터를 닦는 데는 부족함이 없을 터."

"약속드리겠습니다. 아버님."

"선친과 그런 약속을 한 내가 이제 자식을 그런 길로 내몰다니…… 추주사, 사람 사는 게 도대체 뭐요?"

동삼은 눈을 감았다. 어린 시절 아버지를 따라 떠돌 때 늦은 밤에 웬 사람이 숙소를 찾아왔다. 그날 딱 한 번 아버지의 심사숙고하는 모습을 본 적이 있었다. 아버지에게 패하고 난 뒤 사내는 절을 하고 물러갔다. 그런데 그 사람이 권 원장의 선친이라니…… 인연이란 참으로 오묘한 것이라고 동삼은 생각했다.

어느새 권 원장은 술에 취해 꾸벅꾸벅 졸았다. 어두컴컴한 허공으로 염주 하나가 선명히 떠오른다.

유성기원에 오기 전 동삼은 대구의 한 기원에서 어느 기객의 죽음을 보았다. 밥보다 술을 즐겼던 기객은 동삼이 그 기원에 드나든 지 한 달 만에 기원에서 죽었다. 죽고 난 후 유품으로 지폐 몇 장과 피우다 남은 담배 한 갑 그리고 손때가 묻어 반질반질한 염주[短珠]가 나왔다. 기객은 죽는 순간까지 주머니 속 염주를 만지고 있었다. 그 염주가 갑자기 동삼의 눈앞에 오락가락한다.

새벽이 다 되도록 동삼은 잠을 이루지 못했다.

그다음 날 비장한 심정으로 기원을 들어서는 권 원장과 그의 아들 준모의 앞을 동삼이 막아섰다.

"그 승부는 나에게 맡겨주시오."

동삼의 말에 권 원장이 주춤했다. 진지하고 자신 있어 보이는 동삼의 제의에 권 원장은 한때 이 기원을 들락날락하던 한 떠돌이 내기꾼이 생각났다. 한 달에 한 번 꼴로 기원에 들러 잔돈을 뜯어가던 그는 옛날엔 알아주던 고수였다. 동삼이 기원에 온 지 며칠 후 월례행사로 찾아오던 그가 나타났다. 동삼을 발견하자 그는 매우 당황했다.

그날 그 내기꾼은 평소와는 달리 일찍 기원을 나갔다. 나가면서 그는 동삼에게 공손히 머리 숙여 인사했다. 그 내기꾼은 동삼보다 훨씬 연상이었다.

한참 동삼을 빤히 주시하던 권 원장이 이윽고 결심한 듯 자식에게 일렀다.

"돌아가거라."

준모는 또랑또랑한 눈으로 동삼을 바라보다 꾸벅 인사를 하고 집으로 돌아갔다. 권 원장도, 동삼도, 준모도 짐작치 못한 일이었지만, 그 순간이 준모의 일생 중 가장 중요한 분기점이었다. 후일 성공적으로 일본 유학을 마치고 돌아온 준모는 그 기량이 일취월장하여 훗날 한국바둑사에 한 획을 긋는 인물이 된다.

만일 그때 동삼이 준모 대신 나서지 않았다면, 어쩌면 준모는 내기바둑판을 전전하다 스러지는 이름 모를 야생화의 일생을 살았을는지도 모른다. 그런 그의 운명이 동삼의 개입으로 비껴 나간 것이었다.

승부에 걸린 액수는 500만 원으로 합의를 봤다. 이 사장과 권 원장은 동삼이 들어서자 다시 상황 정리를 했고, 그리고 장고 끝에 마지막으로 동삼에게 승부를 걸었던 것이다. 어차피 준모가 나서더라도 천하의 마포 장을 상대로 이긴다는 보장은 없었고, 신뢰가 가긴 하나 동삼 역시 그를 잡는다는 확신이 없었다.

권 원장의 판단으론 이미 마포 장을 상대로 본전을 찾기는 힘들었고, 이왕지사 이렇게 된 거 차라리 동삼을 믿고 한꺼번에 베팅하는 것이 적절하리라 생각했다. 그리고 이 사장과 만나 며칠 상의한 끝에 이 사장 건물을 담보로 거액 500만 원을 사채로 마련했던 것이다.

동삼과 마포 장의 바둑은 그런 복잡한 인간관계가 얽힌 가운데 시작되었다. 돌을 가려 흑을 잡은 동삼은 막상 대국이 개시되자 초반부터 한 치의 오차도 없이 줄기차게 마포 장을 밀어붙였다.

바둑을 두는 마포 장의 눈에 당황하는 기색이 역력했다. 상대가 누구든 개의치 않고 승부에 임했던 마포 장이었다. 언제나 자신감에 넘쳤던 마포 장은 태어나서 처음 바둑의 높은 벽을 실감하고 으스스한 공포를 느꼈다.

'끔찍하다. 세상에 무슨 이런 괴물 같은 놈이 있는가.'

마포 장은 대국 도중 흘깃흘깃 동삼을 훔쳐보았다.

'도대체 이놈이 누구란 말인가.'

권 원장이 500만 원을 제의했을 때 마포 장은 이 판을 마지막으로 이곳을 뜰 요량이었다.

마포 장의 계산으론 어떤 경우라도 자신이 대국에서 패하는 것은 논외였다. 그러나 생각지도 못한 일이 일어나면서 지금 상황은 거꾸로 덜미를 잡히는 꼴이 되어가고 있었다.

중반이 넘어서자 마포 장은 여기저기 승부수를 띄웠다. 그러나 그의 승부수는 동삼의 철저한 응수로 인해 속속들이 무산되고 바둑은 돌이킬 수 없는 지경에 도달하고 말았다. 마포 장은 진퇴양난에 빠져 어쩔 줄을 모른다. 마포 장의 머리가 다시 혼란에 빠진다.

'이상하다, 이 자의 바둑은 지금까지 자신이 상대한 수많은 바둑들과는 그 기운부터가 다르다. 양포와 대등한 실력으로 평가받았던 대승부사 손명박이와 힘겨운 승부를 할 때 느낀 알 수 없는 공포와 두려움과도 전혀 별개다. 도대체 수(手)의 행방이 모두 어디로 갔단 말인가, 정말 이 자는 누구란 말인가.'

마포 장은 도저히 믿기지 않는 듯 불리한 형태에서 안간힘을 써본다. 그러나 반전의 구도로 행마의 방향을 틀면 틀수록 판은 좁아진다.

'세상에 이런 일이…… 이렇게까지 우롱을 당할 수 있다니…….'

승패가 가까워지자 마포 장은 얼이 빠진 채 반상을 쳐다보았다.

장막 속의 인물로 떠돈 지 십 수 년 동안 단 한 번도 적수다운 적수를 만나지 못해 오만과 독선에 빠져 있던 마포 장은 완벽한 동삼의 바둑 앞에 쉽게 둥지를 틀었다.

마포 장은 승패를 떠나 습관적으로 몇 수를 반상 위에 놓아본다. 승패는 이미 자취를 감추었고 스스로의 패배를 확인하는 절차만 남아 있다.

동삼의 얼굴엔 아무런 감정이 없다. 패자의 곤혹스런 모습보다 이긴 자의 무덤덤함이 보기에 따라 더 이상하다.

이제 마포 장은 두는 걸 포기하고 하염없이 바둑판만 내려다보았다. 바둑을 둔 지 한나절, 흑을 쥔 동삼이 초반부터 숨 쉴 틈 없이 일사천리로 밀어붙여 바둑은 100여 수 만에 승부가 끝나 있었다. 10년이란 긴 세월 동안 한 번도 진 적이 없는 천하무적 마포 장의 바둑이 불과 몇 시간 만에 그 명성과 아성이 무너지고 있었다.

권 원장은 얼이 빠진 마포 장을 바라보며 마포 장 이상으로 온몸에 소름이 돋았다. 물론 한 가닥 기대는 했지만 이렇게까지 되리라고는 상상도 못했다. 설마 했던 일이 사실로 드러나자 권 원장은 이겼다는 안도보다 그간 마포 장에게 시달려온 고통이 일시에 풀리면서 허탈감이 밀려들었다.

바둑은 끝이 났다. 동삼의 불계승이었다.

이틀 후 늦은 밤.

기원 사람들이 모두 잠든 시각에 동삼은 몰래 기원을 빠져나왔다.

거리에는 어둠이 드문드문했다.

맞은편에서 이필상이 흐느적흐느적 걸어온다.

"추씨, 어딜 가시오?"

취기가 가득한 이필상이 몸을 제대로 가누지 못한다. 눈동자가 초점을 잃고 가물가물한다.

　동삼은 이필상과 작별하고 횡단보도 건너 역 쪽으로 걸어갔다. 뒤에서 술 취한 이필상의 목소리가 들려왔다.

　"잘 가시오, 추 사범."

대승(大乘)의 경지

　기원 안에 사람들이 둘러앉아 객담을 나누고 있다. 말투로 보아 여러 지방 사람들이 섞여 있었다.

　"삼청교육인지 뭔지 아무나 막 잡아가는 갑소."

　"잡아가서 봉체조를 시킨다두만."

　"봉체조가 뭐당가?"

　"봉 위에 군인을 태우고 들었다 내렸다 하는 건데 한 30분 하고 나면 아무 생각이 없다더군."

　"생각이 없다니?"

　"모처럼 운동을 하니 땀이 쫘악 흐르고 기분이 째진다는 뜻일세."

　"참 좋은 체조구마이."

　"자네 한번 해볼란가?"

　"글시."

　"가서 한번 하더라고, 체력 보강엔 그거 이상 없어라."

　"근데 도망가다 잡히면 몽둥이로 대번에 대가리를 때린다 카데."

　"대가리를! 왜 하필 대가리를 때리는가. 다른 부위도 적잖을 터인디."

　"자꾸 손대기가 미안해서 그러지라."

"생각이 깊은 사람들이구마이."

민수는 반상을 물끄러미 바라본다. 반상 위의 돌들이 소리 없이 아우성친다.

총칼을 앞세운 권력 앞에 세상은 침묵한 채 흘러가고 있었다. 엠 식스틴은 거리의 함성을 잠재워버렸고, 피 묻은 대자보는 오랜 민주의 열망을 외면하고 속절없이 바람에 날아가버렸다.

군복무를 마친 민수는 여전히 삶의 지표를 상실한 채 도시를 부유하고 있었다. 학교로 돌아가야 하건만 '정신의 부재(不在)'는 풀리지 않는 화두가 되어 자신을 압박했고, 학교에 파묻혀 모든 것을 잊어버리기에는 아직은 젊고 청춘인 삶이 너무 절망적이었다.

미국으로 간 민혜는 오래전 소식이 끊어졌다. 예상했던 일이기는 하나 그 과정에서 민수의 상처는 깊었다. 이러지도 저러지도 못하는 삶을 부여잡고 민수는 우왕좌왕 끊임없이 방황하고 있었다. 학교로 돌아가느냐 마느냐 그것이 민수의 절박함이었고, 민수에게 남은 과제였다.

50이 채 못 되어 보이는 여자가 기원 문을 열고 쫓아 들어왔다. 여자는 다짜고짜 바둑 삼매에 빠져 있는 그 비슷한 연령의 웬 사내에게 다가가서 고함을 지른다.

"일어나!"

"왜 이러시는가. 점잖지 못하게."

"어서 일어나!"

"어허 정말 왜 이러시는가. 사람들 보는데 창피하게."

"창피한 줄 아는 놈이 몇 날 며칠을 집에도 안 들어오고 여기서 이러구 있어!"

기원 원장이 나선다.

"진정하세요 아주머니. 사람이 야통 좀 했기로서니 말씀이 너무 지나

치시구만."

"지나치다니요. 아니 처자식 있는 놈이 한 달이 넘도록 집엘 안 들어오는데 그걸 말이라고 하세요!"

원장이 능청을 떤다.

"한 달이야 아무것도 아니지. 저기 지금 1년짜리 2년짜리가 수두룩해요. 저 사람들 봐서라도 아주머니가 참으세요."

"아니 이 양반이!"

여자가 원장을 노려보았다. 그 서슬에 원장이 객쩍어하며 사내를 같이 공박한다.

"이 묘수, 자네도 그래. 집에 못 들어가면 못 들어간다고 전화라도 해야지."

"전화했지. 통화중이더라고."

이 묘수라고 불리는 사내가 태연하게 착점을 한다. 마누라가 찾아와 지랄을 하든 말든 사내는 온통 바둑에 정신이 팔려 있다.

여자가 분을 삭이지 못하고 바둑판 앞으로 바짝 다가섰다.

"어서 못 일어나겠어!"

당장이라도 바둑판을 뒤엎을 기세다.

"계속 개털 되다가 모처럼 몇 방이라도 이겨볼라는데 정말 왜 이러시는가."

"개털이고 좆털이고 빨리 일어나!"

여자가 마침내 사내 멱살을 움켜쥐고 강제로 끌고 나갔다.

원장이 끌려가는 사내의 손을 꽉 쥐었다가 놓는다.

"웬 년이 대낮에 생사람을 개 끌고 가듯이 끌고 가는구만. 대명 천지에 어찌 이런 일이. 용기를 가지게 이 묘수. 기원 문은 항상 열려 있다네."

민수가 넋두리하는 원장을 쳐다본다. 돌아다니다 보면 간혹 재미있는

원장들이 있었다. 오래전 동남기원 원장이었던 장 원장이 불현듯 생각
난다.

1년 전인가, 제대 말년에 포상 휴가를 얻어 기원에 들렀더니 그사이 동
남기원에는 많은 변화가 있었다.

마공이 잡혀가고 송강이 떠난 후 해가 바뀌어 이 시인이 술로 쓰러졌
고 원장이 풍을 맞았다. 동남기원에는 어느덧 세대교체가 이루어지고 있
었고, 그 세대교체 후미에 있는 중간 보스인 충호가 대낮부터 술에 취해
세상을 한탄하고 있었다.

"박 사범, 잘 왔다. 니는 별일 없나? 하긴 군바리가 뭐 별일 있겠노. 너
거들은 군에 있으이 모를 끼다만 지금 세상이 개판이라꼬. 이런 이야기
어데 가서 함부로 하지도 못한다. 원장님은 결국 맞았다. 군바리들이 나
라를 잡고 난 뒤부터 갑자기 풍 맞는 사람들이 많이 생기더라꼬. 원장님
도 그 통에 안 맞았나. 우리 오촌 당숙도 맞았다꼬. 지금 도처에 풍 맞고
쓰러지는 사람이 하나둘이 아이라 카이."

충호는 장 원장의 최후를, 눈물을 머금고 상세하게 늘어놓았다.

장 원장이 맞은 풍은 다행스럽게 풍 중에서도 강도가 약한 편에 속하
는 경풍이었다. 수족이 일부만 마비되고 언어 소통은 어느 정도 가능했
다. 장 원장은 백전노장답게 그 위급한 중에도 결정타는 피한 것이었다.

기원을 떠나는 날 장 원장은 목발을 짚고 불편한 몸으로 고별사를 했다.

"나는 이제 간다 카이. 살다 살다 별일 다 당하고 간다 카이. 지금에사
실토하지만 기원을 하면서 하루도 편한 날이 없었다꼬. 그래도 난 그걸
전생의 업이라 여기고 그동안 여러분들을 위해 열심히 일했다꼬. 참말로
할 만큼 했구마. 그런데 이기 뭐꼬. 내가 아직 맞을 나이는 아이라 카이.
남들 다 피해가는 거 내 혼자 맞았다 카이. 50년 세월이 그거 한 방에 끝
나더라꼬. 허무하더라 카이. 자식 잘되마 뭐하노. 다 부질없다꼬. 맞는 순

간에 모든 기 끝난다 카이."

원장은 하늘이 꺼져라 한숨을 쉬고,

"이제 나는 진짜 간다 카이. 알고 보마 사람 사는 기 별거 아이라 카이. 우리끼리 하는 말로 아무것도 아이라 카이. 전부 잘 살아라 카이."

하더니, 원장은 울면서 기원을 떠났다.

"박 사범. 원장님 말마따나 세상이 허무하더라꼬. 원장님 가고 나이 재미도 없고. 요즘은 바둑도 잘 안 둔다. 기분이 이상하다 카이. 꼭 다음 차례가 내 차례 같기도 하고. 이래저래 걱정이라. 갈 때 가더라도 편 교수와 박 총알은 보내놓고 가야 될 낀데……."

충호는 대낮부터 독한 소주를 연거푸 마셨다.

옆 자리에서 바둑을 두는 삼보의 행마가 신중하다. 건너편 팔수는 독립군으로서 중고참이 되었건만 급수엔 큰 변동이 없고, 상대적으로 바둑 머리가 우수한 삼보는 어느 틈엔가 고수의 면모를 갖추었다.

"박 사범, 어떨 땐 술에 흠뻑 취하마 내가 꼭 이 세상 사람이 아닌 것 같다……. 물 같고…… 바람 같고…… 사람이란 기 우째 그렇겠노……."

생전 농밖에 모르던 충호의 입에서 얄궂은 말이 새어나온다.

장 원장이 떠난 뒤 확실히 충호는 많이 쇠퇴해 있었다. 성질이 꽉 하는 데가 있어서 그렇지 충호는 눈물이 많고 정이 깊은 사람이었다.

민수는 충호와 원장의 얼굴을 번갈아 떠올렸다. 한 사람은 집안의 형님처럼 자신을 따뜻하게 대해주었고, 한 사람은 자신의 바둑을 최초로 인정해준 사람이었다.

송강과 마공.

그들은 지금 어디서 무얼 하며 살아가고 있을까…….

민수는 판 위의 돌을 거두었다. 그래 최원식 선생님을 찾아가보자. 그분을 찾아가 괴로운 심정을 말해보리라. 그분이야말로 나의 영원한 스승

대승(大乘)의 경지

이 아닌가. 민수는 기료를 지불하고 기원을 나왔다. 밖으로 나온 민수는 청량리 시외버스 터미널로 급히 발길을 옮겼다.

최원식 선생님은 2년 전 대학으로 갔다. 춘천 신일대학에서 전임강사를 거쳐 지금은 조교수로 재직중이었다.

대학에 입학하던 해 한 번 찾아뵙고 몇 년 만의 만남이었다.

모처럼 만난 두 사제는 춘천 시내로 나와 술을 마셨다.

"여자를 사랑했습니다."

"잘되었구나."

"헤어졌습니다."

"그럴 수도 있겠구나."

"외롭습니다."

"그럴 것이다."

"선생님."

"말해보아라."

"세상이 답답합니다."

"그래서 이러구 다니는 거냐?"

"……."

"나약한 짓이다. 세상이 아무려면 어떠냐. 그럴수록 자신에게 매진해야지……. 자신을 다스리려 하지 마라. 그냥 내버려두어라. 혼탁한 시대라고 해서 영혼을 혹사시키는 건 그릇된 사고다. 용기를 가지고 네 갈 길을 가거라."

"이런 세상에서 무얼 한단 말입니까!"

"나치 독일하에서도 라벨은 불멸의 곡을 남겼고, 부패한 루이 왕조시대에 다비드는 역사에 길이 남을 위대한 작품을 그렸다. 그렇다면 그들이 헛된 작업을 했단 말이냐. 몇몇 위정자들의 세상이 아니질 않느냐. 남는 것은 정치나 제도가 아니라 인간의 고결한 의지와 문화다."

"하지만 선생님."

"외롭다고 했느냐?"

"……예."

"정말 그러하다면 무엇인들 못하겠느냐."

술집 밖 거리에서 최원식 선생이 말했다.

"내 숙소에서 자고 가거라."

"……가겠습니다."

강이 있는 곳에서 바람이 불어왔다. 젊은 날의 푸른 영혼과도 같은 바람은 몇 번이나 얼굴을 스치고 지나갔다. 눈을 감고 바람의 냄새를 맡아보지만 바람 냄새는 간 곳이 없고 강물의 비릿함만이 민수의 어두운 삶을 어루만져주었다. 보람된 삶을 잡으리라 애쓰는 일이 문짝을 다듬어내는 목수의 대패질보다 보잘것없고, 의미 있는 삶을 쟁취하기 위한 영혼의 고갈은 자칫 오도되어 자신을 더욱 목마르게 한다. 그렇듯이 비옥한 삶의 쓸모는 그 형식에서 한계가 있었고, 마음이 열려 있지 않을 때는 외레 혼란만 가중시킬 뿐이었다.

그래도 마음을 다져먹고 다시 가까이 가보지만 삶은 항상 텅 빈 가슴을 쳤고, 새로운 삶을 추적하다 보면 어느새 또 다른 삶이 처마 끝에 내려와 앉는다. 주변을 배회하는 그런 삶 속에서 민수가 끄집어낼 수 있는 삶의 이치란 진정 하잘것없는 것들이었고, 무위(無爲)라는 두 글자 속에 그의 혼곤한 의식은 깊게 깊게 침전되어갔다.

어두운 강 저편에서 다시 바람이 불어온다. 바람이 우우 소리를 지른다.

완벽한 수(手)를 흠모하던 날들이 얼마나 부질없는 오만이었나를 깨달았을 때, 그때 이미 승부의 시절은 가버리고 없었고, 외롭도록 보고 싶었던 여자는 기억 속에서 희미하게 잊혀져갔다. 그것이 이제껏 민수가 배운 삶의 방정식이었고 20대 약관에 터득한 사랑의 논리였다.

희극보다 비극에 강한 체질을 등에 업고 모난 세상을 한번 들어볼라치
면 세상은 쉽게 자신을 비웃고. 갈피를 잃은 고단한 삶은 또 한 번 제자리
에 주저앉는다. 아무리 몸부림쳐도 세상은 늘 그대로였고 인간의 뜻은 거
리에 버려진 휴지 조각에 불과했다.

미명의 강가에 강물이 흘러간다.

새벽이 가까워오도록 민수는 강물을 바라본다.

저 강물은 존재의 유무와는 아랑곳없이 백년이고 천년이고 흘러간다.

그래. 내 존재의 유무에 관계없이 나도 흘러가리라. 흘러 흘러 어디든
가보리라. 가서 직접 부딪히고 아픔을 겪어보리라. 그리하여 확신 없는
내일을 보상받고 비로소 새로운 삶을 만나보리라.

그 옛날 아버지가 그랬던 것처럼…….

바다에서 생을 마감한 그의 삶처럼…….

강이 밝아온다.

"1425호 통방이다. 관물 정리해서 나와."

간수가 문 앞에서 동삼을 불렀다. 형이 확정되어 기결수 감방으로 넘
어온 지 일주일 만의 통방이었다. 옆에서 누군가 측은하다는 듯이 중얼거
린다.

"일주일 만의 통방이라. 그 지긋지긋한 신고식을 또 해야 되겠군. 당신
도 되게 운이 없는 편이야."

동삼은 묵묵히 짐을 쌌다. 관물이라야 간단한 일용도구 외에 죄수복과
모포가 전부였다.

동삼은 감방에서 나와 간수를 따라 긴 낭하를 가로질러 2동 건물로 들
어섰다. 철창에 가로막힐 때마다 간수가 한 꾸러미 열쇠를 끄집어내 문을

딴다. 이윽고 한 감방 앞에서 간수가 발을 멈춘다.

19호. 감방 문 앞에는 그렇게 적혀 있었다.

"운 좋은 놈이군. 스님 감방으로 들어가다니. 들어가봐."

간수가 의미 모를 미소를 입가에 담고 동삼을 재촉했다. 동삼은 관물을 들고 방 안으로 들어섰다. 세 평도 채 못 돼 보이는 감방 안에는 10여 명의 죄수들이 앉아 있었다. 어둠침침한 방 한가운데 앉아 있던 한 사람이 벌떡 일어나더니 동삼 앞으로 다가온다. 최대포였다.

"어서 오게. 잘 왔어."

최대포가 동삼을 반긴다.

얼마 전 최대포와 동삼은 우연히 작업장에서 마주쳤다. 최대포는 간수에게 뇌물을 써서 1동에서 복역중인 동삼을 자신이 있는 방으로 빼돌렸던 것이다.

"그나저나 떠돌이 국수께서 난데없이 절도라니, 무슨 이런 해괴한 일이 있나?"

떠돌이 국수…….

동삼은 씁쓰름하다.

서울로 올라온 동삼은 그간 내기바둑을 두어 생긴 돈을 전부 옥화에게 주었다.

"술을 좋아해서 그렇지 나쁜 사람은 아니오."

옥화는 남편의 일로 미안해했다. 마지막으로 만난 옥화는 행복해 보였다.

그 후 동삼은 공사장에서 일을 했다. 육신을 혹사하는 일이 그나마 제일 마음이 편했다. 그러나 밤이 되어 혼자가 되면 속수무책 가슴을 저미는 공허와 주체할 수 없는 허무로 술에 취해 살았다.

그렇게 술과 거친 노동으로 세월을 보낼 때 같은 공사장 판에서 만난 한 동료가 동삼을 부추겼다.

"그 나이에 아직까지 혼자라니, 그러니까 매일 술만 퍼마시고 몸이나 축내지. 내 참한 색시 하나 소개시켜줄 테니 여자하고 살림이나 차려보시구랴."

그 사람의 소개로 동삼은 한 여자를 만나 살림을 차렸다. 그저 그렇고 그런 평범한 여자였다.

동삼은 그 여자에게도 정을 붙이지 못했다. 허구한 날 술로 세월을 보냈다.

어느 날 동삼이 밤늦게 술에 취해 돌아와보니 그 여자는 사라지고 없었다. 옆방에서 세 들어 사는 홀아비와 눈이 맞아 세간살이를 모조리 빼내 함께 도망가버렸다. 살림을 차린 지 석 달 만의 일이었다.

오다가다 만난 그 여자에게 동삼은 정도 미련도 없었다. 그 후에도 동삼은 여전히 공사판에 나갔다가 밤늦게 술 취해 돌아오는 생활을 반복했다.

이사한 지 몇 개월 후. 비가 와서 공사를 쉬고 있는 날 아침, 누가 동삼을 찾아왔다. 안면만 겨우 익힌 건넌방에 사는 강씨라는 사내였다.

"미안하지만 이 가방 며칠만 맡아주시구랴."

강이 손에 든 가방을 내밀었다. 가방이 꽤나 묵직했다. 귀중품이 들었는지 가방 지퍼엔 단단한 자물쇠가 걸려 있었다.

"방이 허술해서 문을 잠가도 안심할 수가 있어야지. 내 술 한잔 살 테니 좀 부탁합시다."

동삼은 별 생각 없이 강의 가방을 받아 방 한쪽 구석에 던져놓았다. 가방 안의 내용물엔 흥미도 없었다.

일주일 후 강은 밤늦게 술과 안주를 사들고 와 고맙다는 인사를 하고 가방을 찾아갔다.

그 후 그런 일이 몇 번인가 반복되었다. 강의 말로는 지방에 내려가는 일이 잦아 귀중품을 빈 방에 두고 갈 수가 없기에 부탁을 드린다는 것이었다. 동삼은 강의 말을 그대로 믿고 그가 지방에 내려갈 때마다 그의 가방을 맡아 보관해주었다.

어느 날 밤, 공사장에서 집으로 돌아오다가 동삼은 잠복하고 있던 형사들에게 체포됐다. 죄목은 절도죄였다. 강은 빈집털이 전문 절도꾼이었던 것이다. 마침 강의 가방이 동삼의 방에 있었기에 가방에서 나온 강이 훔친 물건은 꼼짝없는 증거가 되었다. 절도 공범으로 몰린 동삼은 초범인데도 불구하고 1심에서 징역 1년의 선고를 받았다.

동삼은 항소를 포기했다.

형이 확정된 동삼이 2개월간의 미결수 생활을 거쳐 기결수 감방으로 옮긴 것은 일주일 전의 일이었다.

"나야 사기바둑으로 다시 들어왔지. 이번엔 재수 없게 된통 걸렸어. 2년을 받았거든. 재범이라 정상 참작의 여지가 없었지."

최대포가 솔직하게 자신의 처지를 툭 털어놓는다.

"일이 꼬이느라고 그랬는지 피해자 삼촌이 경찰 고위 간부였어. 더럽게 걸린 거지. 한 1년 조금 더 남았네."

자신의 바둑을 보고 자신을 배려해주고 떠났던 최대포. 세상에 악인은 흔하지 않은가 보다.

"참, 그나저나 인사나 하시게. 이 감방 최고참이신 초성 스님."

최대포가 동삼의 귀에 대고 속삭인다.

"사형수야. 집행이 안 돼 10년 이상 저러구 있지."

한쪽 눈을 찡긋하더니 본래의 말투로 돌아온다.

"어쩌다가 한 번씩 염불을 하면 초성이 얼마나 구성진지 눈물을 흘리지 않는 사람이 없다네. 그래서 초성 스님으로 통하지."

대승(大乘)의 경지

동삼이 스님을 쳐다보았다. 50줄이 가까워 보이는 장년의 사내였다. 흉악범 특유의 잔인스러운 살기도 없고, 스님다운 대자대비함도 보이지 않는다. 그저 맑고 깊은 눈이 인상적이다.

"이 친구가 그 유명한 떠돌이 국수 추동삼이오. 국수전 3연패를 달성한 정명운쯤은 하루아침 해장거리지."

"에이, 설마."

누군가 최대포의 말을 걸고 나섰다. 구석 자리에 앉아 있는 눈매가 날카로운 청년이었다.

"봐라, 세철아."

"예."

"아무리 여기가 기강이 없기로서니 너, 감방장에게 너무 까분다."

사내가 빡빡 깎은 뒷머리를 쓰다듬으며 머쓱해한다. 말은 나무라지만 최대포 입가에는 웃음이 서려 있다.

그날부터 최대포는 바둑판과 바둑돌을 만들기 시작했다. 바둑판이라야 종이에 금을 그은 종이 바둑판이었고, 바둑돌은 먹다 남은 밥풀을 이기어 만들었다. 바짝 마른 밥풀로 만든 바둑알은 보기보다 매우 단단했다. 최대포는 꾸준히 그 작업을 했다.

감방 안 생활은 편했다. 다른 감방에 비하여 천국이란 말이 실감날 정도였다. 어떤 압박이나 기합도 없었고 스님과 감방장인 최대포의 통솔 아래 한 식구 같은 분위기였다.

바둑판과 바둑돌이 완성되던 그날, 뜻밖에 최해수가 교도소로 동삼을 찾아왔다. 회색 승가사를 걸친 최해수가 면회실에서 기다리고 있었다. 철창을 사이에 두고 두 사람이 마주 앉았다. 오랫동안 두 사람 사이엔 침묵이 흘렀다.

"면회 시간 다 되어갑니다."

말 한마디 없는 두 사람을 어이없이 바라보던 간수가 면회 시간을 상기시킨다. 마침내 최해수가 입을 열었다.

"벽송이 자네에게 그렇게 중요했던가?"

동삼의 입 언저리가 옆으로 비틀어진다.

사실 벽송은 상징적인 물건이었다. 중요한 건 스승의 자신에 대한 믿음과 애정이었다. 유독 자신에게만은 이해할 수 없이 냉담했던 스승이 아니었던가. 벽송을 물려받는다는 건 그런 스승의 인정을 받는 유일한 징표였다.

"자네가 떠나고 난 후 남은 여생 동안 스승의 유일한 소원을 자네는 알아야겠기에……."

최해수의 표정이 묘하다. 동삼은 최해수가 말하고자 하는 저의를 알 수 없다. 이윽고 결심한 듯 최해수가 가슴에 묻어두었던 말을 끄집어낸다.

"그것은 생전에 자네 바둑을 단 한 번만이라도 더 보았으면 하는 것이었네."

이게 무슨 말인가? 동삼에겐 최해수의 말이 얼핏 와 닿지 않는다. 실감할 수 없는 말에 동삼의 머릿속이 흐릿해진다.

"돌아가시기 직전까지 스승님께서는 자네 바둑만 복기하고 계셨네."

비통한 최해수의 음성이 고막을 울린다. 동삼의 얼굴에서 조금씩 조금씩 핏기가 가셨다.

최해수의 극진한 간병에도 불구하고 설숙은 기력을 회복하지 못한 채 자리에 드러누워 있었다.

읍내 한의원에선 뚜렷한 원인이 없는 노인의 숙환이라고 진단을 내렸다. 설숙은 고가의 안방에서 6개월간이나 죽음의 그림자에 시달렸다.

어느 햇볕이 잘 드는 늦가을 오후. 최해수가 스승의 방문을 열어보니 놀랍게도 스승은 자리에서 일어나 혼자 복기를 하고 있었다. 너무나 말라 보기조차 안쓰럽던 스승의 몸은 그날따라 모처럼 기력을 되찾은 듯 보였다.

"스승님……."

최해수가 감격에 겨워 스승을 불렀다.

"오늘따라 정신이 맑구나."

스승의 얼굴은 평화로웠다. 참으로 오랜만에 대하는 스승의 밝은 모습이었다. 왈칵 눈물이 쏟아질 것만 같아 최해수는 얼른 바둑판으로 시선을 돌렸다. 뜻밖에도 스승은 동삼과 아카기의 대국을 복기하고 있었다.

동삼은 도대체 스승에게 어떤 존재인가? 저렇게 곧 쓰러질 것 같은 몸으로 동삼의 바둑을 복기하는 그 깊은 속뜻은 무엇인가?

최해수는 의문에 찬 눈으로 스승을 바라봤다. 스승은 여전히 담백한 모습으로 차분히 한 수순도 틀리지 않게 바둑을 복기했다. 그런데…….

마지막 수를 놓은 스승은 이제까지의 삶이 한갓 꿈인 양 바둑판 위로 허물어졌다.

사흘 후 스승은 세상을 떠났다.

"스승의 마지막 유언은……."

동삼이 시뻘겋게 충혈된 눈으로 최해수를 노려보았다. 머릿속에서 쉴 사이 없이 범종이 운다.

"……자네 기보를 관 속에 넣어 묻어달라는 것이었네."

범종이 울부짖는다. 가슴속 깊숙한 곳으로부터 통곡하듯 범종이 울부짖는다. 범종은 산산이 부서져 바람에 흩어진다. 바람이 흩어진 그 자리에 동삼은 석불처럼 서 있다.

"스승이 일생 동안 가장 사랑했던 제자가 누구였는지 이제야 알겠나……."

세월이 지나간다. 그 세월 속으로 사람이 지나간다. 사람이 지나간 그 위로 또다시 세월이 지나간다. 세월이…… 사람이…… 세월이…….

"산다는 것은 참으로 무망스러운 일이어라……."

최해수가 돌아가고 동삼은 간수가 끌고 갈 때까지 철창 앞에 앉아 있었다.

감방으로 돌아오니 최대포가 싱글거리며 동삼의 코앞에 대뜸 바둑판과 바둑알을 내밀었다.

"드디어 다 만들었네. 자 슬슬 떠돌이 국수님께 한 수 배워볼까."

조잡한 종이 바둑판과 밥풀로 이긴 돌이 제법 그럴싸하다.

"다섯 점은 놓아야 하지 않을까? 추 사범."

최대포는 동삼의 동의 없이 판 위에 다섯 점을 놓는다.

동삼이 종이로 만든 바둑판을 멍하니 내려다보았다.

"뭐하는가. 빨리 두시게."

바둑판 앞에 고개를 숙인 채 동삼은 아무런 기척이 없다.

"……."

동삼의 눈에서 바둑판 위로 눈물이 한 방울 툭 떨어졌다.

"자네 팔진도(八陣圖)라고 들어봤나?"

초성 스님이 동삼에게 물었다.

이감된 지 어언 몇 달이 흘렀다. 동삼과 스님은 그동안 몇 마디 대화가 없었다. 말수가 적은 스님이 근 한 달 만에 동삼에게 끄집어낸 화제는 난데없이 팔진도였다.

"팔진도란 여덟 가지 모양으로 친 진법(陣法)을 말하네. 통상 천(天), 지(地), 풍(風), 운(雲), 용(龍), 호(虎), 조(鳥), 사(蛇)로 나타내나 병가에 따라

선 그 형상을 달리하네. 제갈공명은 동당(洞當), 중황(中黃), 용등(龍騰), 조상(鳥翔), 연횡(連衡), 악기(握奇), 호익(虎翼), 절충(折衝)이라 했으며, 손자(孫子)는 방(方), 원(圓), 빈(牝), 모(牡), 충방(衝方), 부저(不佇), 거륜(車輪), 안항(雁行)이라 했고, 오자(吳子)는 거상(車箱), 거륜(車輪), 곡진(曲陣) 등으로 썼네."

잠시 말을 끊고 스님은 그윽한 시선으로 동삼을 응시했다. 스님은 바둑판 위에 기묘한 형태로 돌들을 늘어놓았다.

"이것이 공명 선생의 동당의 원 형태일세."

연이어 스님은 또 한 형태의 그림을 바둑판 위에 늘어놓았다.

"이것이 중황이로세."

스님은 계속 제갈공명의 팔진도를 동삼에게 보여주었다.

"이것이 절충으로 팔진도의 마지막 형태이네."

"……."

"오랜 세월을 거치면서 공명의 팔진도는 상당 부분 훼손되거나 변질되어 내려왔네. 하지만 최소한 이것은 거의 원형에 가깝다고 말할 수 있지. 아니 원형 그 자체일 것이야."

동삼은 이해할 수 없는 얼굴로 난해한 팔진도를 내려다보았다.

"팔진도에는 우주가 녹아 있고 자연이 스며 있어 불가사의한 힘이 내포되어 있지. 가히 천지음양의 이치가 이 속에 숨 쉬고 있다고 봐도 무리가 없을 거네."

"……."

"나는 바둑을 잘 몰라. 하지만 문득 자네의 바둑 수련에 이게 도움이 될지도 모른다는 생각이 들더군. 그래서 일러주는 거야. 우연히 떠오른 사념이니 너무 매이지는 말게."

동삼은 모호한 시선으로 팔진도를 내려다보았다. 정체를 알 수 없는 무슨 괴물을 마주하여 서 있는 느낌이 들었다. 스님이 팔진도를 거두었다.

"내 오늘 자네에게 어떤 돌중의 이야기를 들려주지."

"......"

"한 스님이 있었네. 말하자면 선승이었지. 나이 열여섯에 선방에 들어 근 20년을 끊임없이 불도에 정진했다네. 오랜 수도생활 끝에 희미하게나마 화두의 끝 부분을 볼 수 있었네. 그런데 어느 날 스님은 덜컥 마(魔)에 걸려 꼬리가 잡히고 말았네. 오랜 세월 스님을 연모했던 마을 처녀가 욕망의 불길에 미쳐 스님 방으로 쳐들어온 거야. 한 걸음만 더, 한 걸음만 더 하며 구도에 목을 매던 그 스님은 미친 욕화의 불에 스스로를 불태워버렸네. 색의 경계란 그만큼 어려운 것이야."

"......"

"마란 놈은 항상 그렇게 불시에, 가장 극적인 순간에 나타나기 마련일세. 그 또한 오묘한 하늘의 섭리지……. 절정의 순간, 스님은 마군이로 추락하여 쾌락으로 몸부림치는 마물의 목을 졸랐지. 죽인 건 여인이 아니라 마물이었고 20년 세월을 싸워온 스스로의 화두였네."

스님의 입가에 냉소가 어린다.

"그때부터 그 돌중의 광태는 도를 더해갔네. 느닷없이 그 여인을 천도한다고 장작더미 위에 올려놓고 불을 질렀네. 타오르는 불길을 바라보며 돌중은 눈물을 줄줄 흘렸지."

동삼은 그 스님이 초성 스님 자신인 것을 직감했다.

"법정에서 돌중은 살인 및 사체 유기로 1심에서 사형을 선고받았네. 돌중은 스스로 항고를 포기하고 죽을 날만 기다렸네."

스님의 동공이 허공에 뜬다.

"이보시게."

"예."

대승(大乘)의 경지

"두려운 건 죽음이 아닐세. 두려운 건 업이야."

그 말을 끝으로 스님은 스르르 눈을 감았다.

얼마 후 스님은 형장의 이슬로 사라졌다. 동삼이 성탄절 특사로 가석방되기 보름 전의 일이었다.

"참, 나! 살다 살다 그런 사람 처음 봤당께. 나가 설마 뒤통수 맞을 거라곤 꿈에도 생각혀본 적이 없었는디."

"왜?"

"척 보니 호구더랑께. 당신도 알잖는가. 나가 하수들 손 모양 보면서 얼마나 피눈물 나게 연습했는지. 손가락 떨며 놓기, 착수헐라고 가다가 일부러 돌 떨구기, 착수하며 돌 튀기기. 그래도 입때까지 한 번도 들켜본 적이 없었는디 그걸 알아보는 놈이 있더란 말시."

"그래서 급수가 들켰단 말인가?"

"아니어라. 나가 8급이라 혔는디 자기는 4급이라 하더랑께. 막상 두어보니 4급? 짱짱한 유단자급이더란 말시."

"따져보지 그랬어?"

"아, 따져봤지. 그 양반 말이, 자기도 연습만 좀 하면 12급짜리처럼 둘 수도 있다 하질 않는 개비여. 할 말이 없었당께로."

"야! 그 사람 정말 귀신은 귀신이네! 자네의 그 완벽한 손을 눈치채다니!"

사람들이 박장대소한다.

"그건 아무것도 아니야. 소리만 듣고 쪽집게처럼 급수를 맞춰내는 사람을 본 적도 있는걸?"

"에이, 설마."

"정말이야. 내 친구 사무실에 갔다가 거기서 한 사람을 만났는데, 사장실 안에서 바둑 두는 소리만 듣고 한 사람은 6, 7급 정도? 또 한 사람은 2급 정도? 하면서 맞추는데 내가 깜짝 놀랐다니까."

건너편에서는 내기바둑이 한창이다. 후줄근한 복장의 두 사내가 바둑을 두고 있다. 텁수룩한 수염 하며 헝클어진 머리가 서로 닮은꼴이다. 콩 볶는 소리를 내며 귀에 착수하다 말고 한 사내가 돌연 손을 빼서 큰 곳으로 간다. 맞은편 사내가 곧바로 귀에 치중하며 손을 뺀 사내에게 화를 낸다.

"이 양반아! 손을 빼면 뺀다고 말이라도 하고 빼야지!"

손을 뺀 귀는 치중수로 죽어버렸다.

그때 기원 문이 삐걱 열리더니 텁수룩한 모습의 한 사내가 들어섰다. 원장은 사내를 보자 깜짝 놀란다.

"아니! 추 사범이 여긴 어쩐 일이오? 그동안 어디 있었소?"

"황판수를 찾아왔소."

동삼이 무덤덤하게 자신이 온 목적을 밝혔다.

"황판수씨? 여기 안 나온 지 오래됐소. 어디로 갔는지 알 수가 있어야지. 워낙 그런 사람이긴 하지만…… 들리는 소문엔 어디로 떴다는 말도 있고. 그나저나 그동안 어떻게 지냈소?"

"어디 알 만한 사람은 없소?"

"글쎄 누구 한 사람 특별히 친하게 지낸 사람이 없다 보니…… 아마 지방으로 원정 갔을 거요."

동삼이 선 자리에서 되돌아섰다.

거리에 눈이 내린다. 세모의 삭풍이 거리를 휩쓸며 지나간다. 연말을 맞아 시가지는 한창 한 해를 마무리짓는 사람들로 북적거렸다. 대부분 돌아갈 가정이 있고 식솔이 있다.

동삼은 바삐 스쳐지나가는 사람들 가운데 서 있었다. 어느 전파사 앞

고물 스피커에서 케케묵은 가요가 흘러나온다.

정이 많았던 사내. 평생을 승부와 더불어, 만질 수도 없고 잡을 수도 없는 승부의 환영을 좇아 끝없이 방황하던 사내 황판수. 언젠가 병으로 죽은 선배 화투꾼의 장지에 같이 간 적이 있었다. 하관시, 화투를 한 모 던져주며 황판수가 말했다.

"가는 길이 외로울 텐데 손맛이라도 보며 가시오."

가슴이 울컥 맺힌다. 떠돌아다니면서 좀체 그런 적이 없었는데 사람이 그리웠다. 황판수를 만나고 싶었다. 미치도록 그가 보고 싶었다. 그를 만나면 그와 술을 마시고, 밤새도록, 밤새도록…….

털모자를 깊숙이 눌러 쓰고 동삼은 무작정 발길을 옮겼다.

속리산 금각암은 자욱한 안개 속에 가리어져 있었다.

산 아래에다 동삼을 내려놓은 버스는 힘겹게 털털거리며 산굽이를 돌아갔다. 먼지를 뽀얗게 덮어쓴 낡은 가게에서 동삼은 금각암으로 향하는 길을 물었다.

"올라가다 보면 팻말이 보일 거요."

동삼은 산길을 오르기 시작했다.

마을에서 올려다볼 땐 산행이 수월해 보였는데, 막상 산길에 접어들자 의외로 산은 깊었고 길은 가팔랐다. 무엇보다 군데군데 쌓여 있는 눈 때문에 방향을 잡기가 힘이 들었다. 쓸다 말고 버려둔 눈길은 오르내리는 사람들 발자국으로 다져진 데다 차가운 겨울 날씨에 꽁꽁 얼어붙어 있어 그대로 빙판길이었다.

쉬엄쉬엄 올라가며 동삼은 산세를 둘러보았다.

올라가기 힘든 만큼 겨울산은 한겨울의 비경을 남김없이 보여주었다. 끊어질 듯 끊어질 듯 굽이굽이 이어지는 능선은 뿌연 안개구름 속으로 잦아들고, 진녹색과 적갈색을 푸근히 감싸안으며 하얗게 눈 덮인 산은 낮게 드리워진 하늘 아래 용트림하듯 넘실거리고 있었다.

오랜 풍상을 딛고 살아남은 소나무 가지 위에 쌓인 잔설이 계곡을 가로지르는 거친 바람에 눈가루를 뿌렸다. 흡사 눈보라를 헤치고 걸어가는 것만 같았다. 드문드문 네 활개를 벌리고 서 있는 적송의 암갈색 가지가 바람이 불 적마다 진저리를 치며 소리 내어 운다. 산허리 중간중간 뭉쳐 있는 흐린 구름이 산을 둘러싸고 있는 안개 속으로 파묻힌다.

금각암은 구름 속에 있었다. 두터운 눈모자를 눌러쓴 팻말을 따라 금각암 입구에 들어서자 지척을 분간할 수 없는 짙은 구름이 부지중에 동삼의 발목을 잡아챈다. 가파른 골짜기와 빙판길을 걷느라 지치기 시작할 즈음에야 안개 속에 가려진 고성(古城)처럼 종잡을 수 없던 암자 하나가 마치 환상인 양 동삼의 눈앞에 비밀스럽게 모습을 드러낸다.

경내는 적막했다. 암자는 범속한 일상의 모습을 벗어던지고 자연과 깊이 동화되어 있었다. 어디선가 한 줄기 향연(香煙)이 새어나온다.

해봉처사 최해수는 법당에서 헌향중이었다. 정성을 다해 향을 사르고 초에 불을 붙인 해봉처사는 부처님에게 백여덟 번의 오체투지를 올렸다.

동삼은 해봉처사의 경건한 분위기가 어쩐지 무상(無常)함으로 와 닿았다. 누구보다 불문과 어울리는 사람, 그러나 그 절묘한 배합이 오히려 한 줄기 비애로 고스란히 굴절되는 해봉처사. 그의 청정한 설법이 미풍을 타고 동삼의 가슴에 스며들었다.

"커다란 바다 위에 우주를 새기려면 우선 바다는 흔들리지 않아야 한다네. 파도가 한 점 없이 잠들어야 하네. 우리네 마음의 바다 역시 마찬가지일세. 무명(無明)의 바람이 그치고 번뇌의 물결이 쉬어야만 참마음의 도장을 새길 수가 있다네."

"번뇌라 했소이까……."

대승(大乘)의 경지

동삼의 말에서 진한 비감이 묻어났다. 그 말 속에는 진정한 번뇌의 본연과 맞닥뜨려 수천수만의 불면 속에 끝없이 유전(流轉)되었던, 가슴을 에어내는 통한이 깊게 침전되어 있었다.

해봉처사는 그윽하게 동삼을 바라봤다.

"삼라만상이 빠짐없이 투영되는 고요한 바다처럼, 흔들리지 않는 마음의 경지가 정각(正覺)이네. 그 지혜의 눈을 열기 위해서는 물듦도 고통도 없는 본연의 마음이 전제가 되어야 하네. 그래야 막힘도 다함도 없는 마음의 세계로 나아갈 수 있어."

산사의 밤은 고요했다. 이따금 멀리서 밤부엉이 우는 소리만 간간이 적막을 깰 뿐 암자 안은 잠긴 물처럼 적막했다.

온기가 있는 방에서 동삼은 이불을 깔고 누웠다. 오랫동안 잊고 있었던 법고 스님 생각이 났다. 스스로 돌중이라 입버릇처럼 되뇌던, 술 잘 먹고 시정잡배보다 더 욕설을 잘했던 법고 스님. 그러나 법고 스님만큼 진정한 스님이 어디 흔하랴. 울퉁불퉁한 맨머리에 부릅뜬 눈은 사천왕의 형상이었지만 그의 가슴은 늘 따사로웠다.

일평생 올곧게 살아왔던 스승은 죽음에 이르러서야 자신의 깊은 속을 내보였고, 증오와 턱없는 절규로 헛디딘 자신의 삶은 앙상히 뿌리가 파헤쳐진 나무등걸처럼 뒤엉켜 있었다.

나에게 남은 것은 무엇인가, 바둑인가, 범속한 삶인가. 바둑의 수는 내가 윗길인지 모르나 인간을 품는 따스한 마음이나 상대를 감싸는 도량은 해봉처사가 훨씬 심오한 것은 자명한 사실이다.

해봉처사 방에서 바둑돌 놓는 소리가 들린다.

"처사님, 어떡하면 바둑이 늘죠?"

"공부하는 스님이 그까짓 바둑은 늘어서 뭣하게."

"전 바둑이 좋습니다."

"가사장삼 벗어던지고 떠돌이 기객이라도 되겠다는 건가?"

"원, 처사님도. 그렇다고 부처님 곁을 어찌 떠납니까."

"그렇다면 바둑도 포기해야지."

"그렇게 어려워요?"

"글쎄⋯⋯."

동삼은 차츰 잠 속으로 빠져든다. 저 산 속에 서식하는 뭇 날짐승들이 밤이면 나래를 접듯.

고가는 고적했다.

오랜 기간 사람이 살지 않은 탓인지 서까래와 기둥은 군데군데 날카로운 들쥐의 이빨자국으로 쏠려 있었고 문창호지는 크고 작은 구멍으로 뺑 뚫린 채 하나같이 누렇게 빛이 바래 있었다. 장석이 떨어져나간 문짝은 바람이 불 적마다 덜컹거리며 인적이 끊긴 고가를 지키고 있었다. 얼기설기 잡목으로 얽어놓았던 삽짝은 반쯤 쓰러져 있었고, 뜰에 사람 키만큼 자란 무성한 잡초는 겨울바람에 말라 죽어 있었다. 처마 밑 고드름은 한 발이 넘게 누런 쇳물 빛으로 팔을 늘어뜨렸고, 녹이 슬어 구멍이 숭숭 뚫린 양철 물받이에는 눈 녹은 물이 한 방울 고드름 끝에 대롱대롱 매달려 있었다.

형편없이 쇠락해 있기는 해도 기물은 대체로 온전히 보존된 편이었다. 아마 고가를 떠나며 최해수가 걸어놓았을 게 분명한 자물쇠로 안채는 굳게 잠겨 있었다.

동삼은 자물쇠를 뜯어냈다. 그리고 벌겋게 녹슨 방문고리를 밀고 방 안으로 들어섰다. 서가에 진열된, 한지로 만든 고서적과 바둑책들이 오랜 세월 해묵은 먼지를 뿌옇게 덮어쓰고 스산하게 꽂혀 있었다. 서가 옆 문갑도 먼지를 덮어쓰고 있었다. 동삼은 문갑을 열었다. 낯익은 스승의 글

대승(大乘)의 경지

씨 한 점이 눈에 들어왔다.

應無所住, 而生其心(응무소주, 이생기심)

화선지 위에는 그런 글씨가 적혀 있었다. 세월이 많이 지나 화선지는 퇴색해 있었지만 글 첫머리의 두인(頭印)과 낙관만은 세월을 비껴갔는지 아직도 선명하게 붉은 기운을 내비치고 있었다.

혼신의 힘을 기울여 그 글씨를 쓰던 스승의 모습이 생각났다.

기도(棋道)에 대한 견해 차이로 한바탕 다투고 난 후의 일이었다. 몇 달이 지나도록 서로 말 한마디 없이 지낼 당시, 밥상을 들고 스승의 방에 들어갔다. 스승은 막 심(心)자를 끝내고 진땀을 흘리고 있었다.

'머무를 바 없이 마음을 낸다.'

생각해보면 그 글은 한평생 마음의 번뇌로 고뇌했던 스승의 사상이 담긴 글이었다. 그 글에서 스승이 뜻하는 바는 무엇이었을까, 스승은 그 글로써 무엇을 말하려 했던가. 당시에는 스승의 그 글이 속절없는 허망한 몸부림으로까지 비화되어 오히려 작위적인 행동으로 애써 해석하기도 했다.

육조(六祖) 혜능(慧能)은 이 여덟 자 글로 돈오(頓悟)의 깨달음을 얻었다.

비록 공문(空門)에서 쓰이는 말일지나 당시 스승의 심경을 나타내는 뜻으로 이 글보다 더 정확한 표현은 없었으리라. 뒤집어 이야기하면 승부에 속하지 않고 승부를 구하는, 스승의 의지가 이 글에 함축되어 묻어나고 있었다.

그 당시의 자신의 몰이해를 영탄(永歎)하며 동삼은 그 글을 다시 문갑 속에 밀어 넣었다.

집안의 오래 묵은 먼지를 걷어내고 급한 대로 이곳저곳 손질을 하고 나니 고가는 그런대로 흡족하리만큼 예스런 분위기를 재현해내고 있었다.

집안을 대충 손보고 동삼은 헛간에 남아 있는 장작을 팼다. 바짝 마른 장작을 도끼로 내리치니 장작은 시원스럽게 갈라졌다. 아궁이에 불을 때자 고가에는 이내 훈기가 돌았다.

저녁이 가까워졌을 무렵 동삼은 술과 제물을 들고 스승의 무덤을 찾았다.

스승의 무덤은 겨우내 내린 눈으로 덮여 있었다. 동삼은 무덤 위의 눈을 정성스레 치웠다. 눈을 치우고 나니 땅거미가 내리기 시작했다. 가져온 제물을 무덤 앞에 늘어놓고 동삼은 스승에게 술을 올렸다.

……스승님.

생각해보면 죽어 당신의 무덤 속까지 자신의 바둑을 가져간 스승이 아니던가. 한때는 스승이 야속하고 원망스러웠다. 단 한 번도 자신을 따뜻한 눈길로 대한 적이 없는 스승이었다. 그러나 그런 스승의 냉담함도 실은 자신의 바둑을 대승(大乘)의 경지에 올리고자 하는 한없는 애정의 채찍질이었다.

스승의 무덤에 절을 올리고 동삼은 우두커니 저물어가는 마을을 내려다보았다. 사람이 사는 마을은 조금씩 조금씩 어둠 속으로 잠기어들고 있었다. 날이 완전히 어두워질 때까지 동삼은 스승의 무덤 곁에 있었다.

보름달이 훤히 떠올랐다. 달빛을 따라 동삼은 내려가기 시작했다.

스승이 걸어오던 그날의 그 밤도 이렇게 밝았으리라. 평생 지게라고는 지어본 적이 없는 스승이 등에 지게를 지고 있었다.

동삼이 한창 바둑 공부에 열중해 있던 시절. 달 밝은 밤이면 스승은 가끔씩 출타했다가 돌아오곤 했다. 그런 날이면 으레 이상하게 헛간에 쌓아놓은 장작더미가 불어나 있었다. 처음에는 무심코 보았던 일들이 날을 거듭하며 되풀이되자 동삼은 스승에 대해 의구심을 가지게 되었다.

차츰 보름을 전후해 그런 일이 반복되는 것을 깨달은 동삼은 보름이 가까워지자 스승의 거동을 예의주시했다. 과연 스승은 지게에 땔감을 한 짐 지고 산에서 내려왔다. 밤에 해온 나무인 데다 일이 서툴러서 많은 양은 아니었지만 평생 일이라곤 해본 적이 없는 스승이 나무를 해오고 있었다. 동삼이 얼른 지게를 받으려 하자 스승은 싸늘하게 거부했다.

당시에는 스승의 그런 행동을 동삼은 자신에게 부양받아야 하는 스승의 부담감 혹은 자존심으로 해석했었다. 하지만 지금 생각해보니 그것은 공부에 몰두하는 자신을 위한 스승의 배려였고 말없는 가르침이었다. 자신을 보다 높은 곳으로 끌어올리기 위해 몸소 행한 실천이었다.

그 길고 추운 겨울밤만 해도 그랬다. 자신의 방에 불이 꺼지기 전에 스승의 방에 먼저 불이 꺼진 경우는 한 번도 없었다. 그때만 해도 그것이 자신에 대한 스승의 감시라고 생각했었다. 그러나 돌이켜보면 그것은 스승의 자신에 대한 끊임없는 관심이었고 한없는 애정이었다.

일본 기사들이 몰려와 도장이 풍비박산나던 시절, '너는 내 제자가 아니더란 말이냐.' 하며 쏘아보던 그 무서우리만큼 냉정했던 그 눈이…… 그 가슴 아픈 눈이…….

동삼은 길섶의 고목나무를 끌어안는다.

동삼의 머리 위로 달빛이 내려앉는다.

동삼은 비가 오나 눈이 오나 매일 스승의 무덤을 돌보고 텃밭을 가꾸어 농사를 지었다. 드문드문 소문을 듣고 동삼에게 바둑을 청해오는 사람이 있긴 했다. 동삼은 바둑을 두고자 사람이 찾아오면 상대방 실력의 고하를 막론하고 모두 상대해주었다. 그러나 워낙 벽촌이 되어서인지 그런 목적으로 고가를 찾는 사람은 드물었다.

고가에서 제일 먼저 사귄 사람은 열 살 난 종열이라는 아이였다. 스승의 무덤을 오르내릴 때 가끔씩 눈에 띄는 아이였다. 아이는 볼 때마다 등에 망태기를 지고 있었고 손에는 호미가 들려 있었다.

아이는 외톨이였다. 처음에는 무심코 보던 동삼이 항상 혼자 다니는 아이를 보자 조금씩 아이에게 관심이 쏠렸다. 어린아이가 망태기를 메고 꼴을 베는 모습이 조금은 측은했다.

그럭저럭 얼굴이 익자 아이는 고가 주위를 얼씬거리기 시작했다. 동삼이 밭일을 하고 있을 때면 불쑥 모습을 드러낸 뒤 한동안 주위를 서성이기도 했고, 때로는 삽짝 밖에서 안을 기웃거리기도 했다.

한번은 삽짝 밖에서 얼쩡거리는 아이를 동삼이 불렀다.

"얘야, 이리 들어와보렴."

동삼의 손짓에 아이가 쭈뼛거리며 들어온다.

"같이 놀 친구가 없느냐?"

아이는 대답이 없다. 그냥 고개만 끄덕인다.

"이름이 뭐냐?"

"종열."

아이의 음성은 맑았다.

"왜, 친구가 없니?"

"걔들은 날 상대해주지 않아요."

"왜?"

"우리 아버지가 소작농이라고 놀려요."

뒤에 알게 된 사실은, 종열이는 여섯 살 되던 해 어머니를 병으로 잃고 줄곧 경기도 평택에 있는 외가에 얹혀살았다. 그때까지 외지에서 떠돌아다니던 종열의 아버지가 어디서 여자 하나를 데리고 나타나 아이와 함께 이곳까지 소작농으로 흘러 들어왔던 것이다. 그런 면에서 볼 때 여러 모로 종열이는 이곳 토박이 아이들과는 이질적인 요소가 많았다.

"저, 아저씨. 하나 물어보고 싶은 게 있는데요?"

"물어봐."

"아저씨는 왜 이런 외딴 집에서 혼자 사시는 거예요?"

"아저씨는 옛날에 여기 살았단다."

"그럼 아저씨 집으로 돌아온 겁니까?"

"그래."

아이의 눈에 호기심이 반짝거린다.

"아저씨, 이건 바둑이지요?"

아이가 손으로 바둑판을 가리킨다.

"그래. 바둑을 아느냐?"

"이장님 집에서 몇 번 구경한 적이 있어요."

"두 집을 내야 산다는 건 아느냐?"

"예."

"단수는?"

"알아요."

"축도 아느냐?"

"예."

동삼은 슬기에 가득 찬 아이의 눈망울을 들여다본다.

"바둑을 배우고 싶으냐?"

"예."

"그럼 가르쳐주마."

불현듯 처음 바둑을 배울 때 법고 스님에게 둔하다고 머리를 쥐어박힌 일이 생각난다. 종열이와 비슷한 나이였다.

빨리 안 둔다고 스님이 재촉하는 바람에 엉겁결에 금방 따낸 패를 되따내자 스님이 고함을 버럭 질렀다.

"야! 임마. 이놈 이거 희한한 놈이네. 패는 금방 되따낼 수 없다고 몇 번을 말하던!"

스님은 얼굴이 빨개진 동삼의 머리에 꿀밤을 먹였다.

회돌이 축을 착각한 동삼의 돌을 무려 열 몇 개나 들어내며, 골이 난 동삼의 얼굴을 보고 스님이 약을 올렸다.

"다 그런 설움을 받아야 바둑이 느는 게다."

함지박만큼 벌리고 웃는 스님의 큰 입에 주먹이라도 들이밀고 싶은 심정이었다.

바둑에 진 벌로 주전자를 들고 5리가 넘는 산길을 내려가 부락에서 막걸리를 사오기도 했었다.

"스님, 호랑이가 나타나면 어떡해요?"

"이놈아, 호랑이를 만나면 법고 스님 심부름 가는 길이라고 해라. 그럼 호랑이가 길을 밝혀줄 것이다."

말은 그래놓고 법고 스님은 늘 산 아래 초입에서 기다렸다. 동삼이 술 주전자를 쥐고 쫄랑쫄랑 올라오면 물었다.

"그래, 호랑이는 만났더냐?"

"만났습니다."

"저런! 배고프다면서 잡아먹어야겠다고 하지 않던?"

"법고 스님 심부름 가는 길이라고 했더니 길을 밝혀주던걸요."

"하하하. 그놈 말하는 걸 보니 싹수가 있다."

"왜 오셨어요?"

그 말에는 대답 없이,

"이리 다오."

하고 스님은 주전자를 받아들었다. 산길을 올라가는 길에 스님은 목이 마르다며 한 주전자 가득한 막걸리를 다 비웠다. 그러곤 아쉬운 듯이 입맛을 다시며 물었다.

"주모가 술 주며 아무 말도 않더냐?"

"누가 마실 거냐고 물었어요."

"그래서?"

"스님이 마실 거라고 했지요."

"이 미련한 놈아. 스님이 술 마신다고 하면 어떡하느냐."

말은 그렇게 하면서도 스님의 얼굴은 태평스러웠다.

"자꾸 이렇게 곡차에 맛들이다가 그나마 중노릇도 못해먹는 게 아닌지 몰라……."

스님은 껄껄 웃었다.

산이 울리도록 시원하게 웃던 웃음소리, 빤히 바라보던 노루 새끼가 놀라 후다닥 도망쳤다.

다리가 아파서 쉬면 업어주곤 하던 법고 스님. 걸음을 장단 삼아 흥얼거리던 염불소리…….

30년이 다 된 까마득한 옛 기억이다. 그렇게 술 좋아하던 스님은 이제 가고 없다.

동삼은 틈틈이 아이를 가르쳤다. 대부분의 낮 시간은 스승의 무덤을 돌보는 일과 밭일을 하기에 시간이 넉넉지 않았지만 짬짬이 아이에게 바둑을 가르쳤다. 아이의 자질은 보통이었다. 머리는 뛰어난 편인데 바둑은 생각만큼 늘지 않았다. 그러나 아이는 바둑에 흥미를 가지고 나서부터 배우는 데 열성을 보였다.

아이는 거의 종일 동삼의 주위를 맴돌았다. 서툰 손길로 동삼의 밭일을 거들기도 했고, 어떤 때는 스승의 무덤에까지 하루 종일 동삼의 뒤를 졸졸 따라다녔다. 애들을 일러 보살의 화신이라고들 하더니……. 동삼은 아이의 천성이 투명한 유리처럼 맑고 깨끗하다고 생각했다.

동삼이 고가로 돌아온 지 1년이 넘어 봄이 되자 종열이는 근처 분교에 재입학을 했다. 쉬고 있던 학교를 다니고부터는 예전처럼 자주 들르지 못했지만 가끔씩 들를 때마다 그동안 겪었던 일에 대해 이야기보따리를 풀어놓았다. 아이의 때묻지 않은 천진무구함을 대하면서 동삼은 마음이 흐뭇했다.

그러던 중에 고수(鼓手) 노인을 알게 되었다.

고가를 끼고 조금 올라가면 물이 흐르는 계곡이 나오는데, 무당들 말을 빌리면 그 계곡은 영험이 있는 곳이라 했다. 게다가 물까지 흐르고 있어 산신에게 빌거나 용왕에게 빌거나 간에 드물게 있는 영소(靈所)라 했다. 자연 무당들의 발길이 끊이지 않고 1년 사철 열흘이 멀다 하고 굿판이 벌어졌다. 밤늦게 시작해서 새벽에 끝나는 패들도 있었고, 아침나절에 시작해서 해거름에 끝나는 패도 있었다.

정(鄭)씨 성을 쓰는 고수 노인도 그곳에서 굿을 하는 무당과 한패였다.

"여 누구 있능교?"

어느 날 저녁, 고수 노인은 고가로 들어섰다. 동삼이 나가보니 낯선 노인이었는데 손에 보따리를 하나 들고 있었다. 노인이 불쑥 동삼에게 보따리를 내밀었다.

"받으소."

동삼이 가만히 있자 노인은 그제사 찾아온 목적을 이야기했다.

"오늘 저 위에서 굿판이 안 있었능교? 제물이구마. 여 사람 사는 줄 모르고 만날 아랫동네에만 제물을 나눠줬다 아인교. 오늘 오다 보이 사람이 살길래 한번 와봤소. 신성한 제물잉께 꼬끄랍게 생각지 말고 퍼뜩 받으소."

원래 제물은 도로 가져가는 법 없어 나누어먹는 것이 상례였다. 노인은 반 강제로 동삼에게 보따리를 안긴 뒤 휘적휘적 사라졌다. 과연 보따리 안에는 고사떡과 고기, 유과, 과일 등이 가득 들어 있었다.

노인은 그 후로도 가끔씩 고가에 들러 제물을 나누어주었다. 노인의 오가는 횟수가 늘어나면서 동삼은 조금씩 노인에 대해 알게 되었다. 노인은 무당 굿판의 고수였다. 고향은 경북 안강(安康)이었고 지금은 10리 밖에 있는 면 소재지에 살고 있었다. 노인의 성씨가 정씨라는 것과 이곳에 흘러든 지 10년 정도 된다는 사실을 알게 된 것은 노인이 고가에 여러 번 드나들고 나서였다.

막소주 한 됫병을 들고 정 노인은 방 안으로 들어섰다.

"바둑 잘 두는교?"

"길만 조금 압니다."

정 노인은 손에 든 보따리와 술병을 바닥에 내려놓았다.

"길만 쪼께 안다 카는거 보이 대단한 고순갑제. 원래 그 카는 사람이 제일 무섭다 아인교."

보따리 안에서 제법 그럴듯한 고기와 건어물을 풀어놓으며 정 노인이 술을 청했다.

제법 취기가 오르자 정 노인은 자신의 지나온 과거를 동삼에게 털어놓았다.

"이것도 팔잔지…… 내 젊은 때는 허퍼도 북채 잡는 신세가 될 끼라고는 생각해본 적이 없었는데……."

정 노인이 소주를 한잔 쭉 들이켠 뒤 말을 이어나간다.

"보소, 추선상. 나도 한때는 원대한 꿈이 있는 청년이었소. 이조 백자의 그 은은한 광택을 재현해볼라꼬 날이면 날마다 도요에서 흙과 싸우고 가마 속의 불을 보며 밤을 지새웠구마. 고령(高靈) 저 아래쪽에 가마 협천(陝川)하고 맞닿은 곳에 쌍림(雙林)이라고 안 있능교. 거기서 팔자에도 없는 흙을 주물럭거릴 때였소. 아실랑가 몰라도 자기(瓷器)라는 기 한번 빠져들마 빼도 박도 못하는 거구마. 우째 한번 색깔이 잘 나오마 시상천지가 다 내 꺼 같고, 색깔이 잘 안 나오마 손목데기를 댕강 뿐질러뿌고 싶을 정도로 좌절과 절망, 뭐 그런 거 속에 빠져드는 기…… 사람 할 짓이 아이라요. 세월은 자꾸 흘러가고 속절없이 나이는 먹어가고 죽으라꼬 색깔은 안 나오고 이라지도 못하고 저라지도 못하고 멍하니 맥을 놓고 있는데 어디선가 징소리, 요령소리, 북소리 같은 게 요란하게 들려오더구마. 거기도 이런 계곡 비슷한 기 있었는데 가끔씩 굿판이 벌어졌소. 심심한데 구경이나 한번 해볼라꼬 간 기 고마 덜컥 덜미가 잡힛다 아인교."

정 노인이 나지막이 한숨을 쉰다.

"떡 가서 보이, 나중에 안 긴데 산바람 막는 굿이었구마. 산바람이라 카는 거는 묏자리를 잘못 써서 원혼들이 애꿎은 후손들을 해코지하는 긴데 그걸 막는 굿이라요. 아무튼 큰무당의 춤사위도 좋았지만서도 제일 마음이 끌리는 기 고수의 북장단이었구마. 얼메나 흥거운지 어깨춤이 절로 나드라 카이요. 그것도 운명인강. 한 판 굿을 처음부터 끝까지 안 봤겠능교. 도저히 발길이 떨어지지 않더구마."

정 노인의 눈이 먼 기억을 더듬는 듯 가늘어졌다.

"그렇게 흥겹게 한 판 굿을 구경하고 나이 다음 도자기가 한결 빛이 나두마. 그러나 그뿐이었소. 끊어진 백자의 비밀은 여전히 간 데 없고 그 절망에서 그나마 나를 구원해주는 기 가끔 있는 굿판이었구마. 어느 날 굿판에서 중간중간 쉴 때 큰무당이 날 떡 보더이 그제사 한마디하데요……. 팔자에 없는 불이나 조물락거리고 있으이 되는 기 있나! 빨리 정신 차리라! 그 카데요. 안 그케도 천장만장 가마에서 달라빼뿌고 싶은 마음이 하루에도 골백번이 더 나던 때였구마. 그질로 가마를 떠나 이 짓으로 평생을 보내고 안 있겠능교."

정 노인의 눈이 더욱 가늘어지며 흡사 몽환의 눈길이 되었다.

"내 이런 말 한다꼬 비웃지 마소. 지금도 북채를 들고 신명나게 뚜들기다 보마 어느샌가 내 넋은 넘실거리는 가마 속 불길을 넘나들고 있소. 가

　　　　　　대승(大乘)의 경지

마 속 불길만이겠능교. 팔만사천 번뇌를 벗어나 시방 삼세를 훨훨 날아다
닌다꼬요."

　술이 거나하게 오른 정 노인이 넋두리를 하며 일어섰다.

　"그 팔자나 이 팔자나 한세상 살다 가마 다 똑같은 긴데⋯⋯."

　그렇게 여운을 남기고 정 노인은 술에 취해 비틀거리며 삽짝 문을 밀
고 나갔다.

　"아저씨, 왜 자꾸 제 돌이 죽어요?"

　"자꾸 죽이다 보면 언젠가는 죽지 않는 법을 배우게 된다."

　"아저씨, 저기 한 번씩 들르는 정 노인이라고, 그 왜 북 치는 할아버지
있잖아요."

　정 노인을 못 본 지가 한 달이 넘었다.

　"왜?"

　"그 할아버지 며칠 전에 돌아가셨어요. 벌써 장례까지 다 치렀다는데요."

　동삼의 가슴에 찬바람이 훅 스며들었다.

　"어떻게 돌아가셨다던?"

　"술을 많이 마셔가지고 술병이 들었대요."

　"⋯⋯."

　북소리가 들린다.

　정 노인의 넋이 넘실거리는 가마 속 불을 넘나든다. 그 넋은 오탁예토
(汚濁穢土)를 벗어나 천상(天上)을 향해 훨훨 날아간다.

　잘 가시오. 정 노인⋯⋯.

　동삼이 고가로 돌아온 지 두 해째 나던 가을, 최해수와 정명운이 스승
의 기일(忌日)에 맞춰 고가에 나타났다.

정명운은 이미 국수 6연패의 찬란한 금자탑을 쌓고 있었다.

명운도 스승이 동삼의 바둑을 무덤 속으로 안고 들어갔다는 사실을 알고 있었다. 그 때문인지 명운이 동삼을 대하는 품새는 예전에 비해 달라진 게 없었다.

비록 벽송을 물려받아 공식적인 계승은 자신이 받았지만, 어쩐지 그것은 다 부질없이 생각되었다. 동삼에게서 모든 것을 소유한 자의 여유를 보자 과거의 기억이 새록새록 떠올라 다분히 심란하기도 했다.

스승의 제사가 끝나자 최해수가 뜻밖의 제안을 했다.

"천하의 두 명인이 모였으니 후학들을 위해 명국을 남겨야 하지 않겠는가."

명운이 긴장한다.

"스승님 앞에 예를 다하시게."

동삼은 부드럽다.

"하늘에 계신 스승께서도 두 사람의 바둑을 보고 싶어 할 것이네."

최해수가 스승까지 들먹이며 부추기자 두 사람의 가슴속에 서서히 투지가 살아나기 시작했다. 어떤 면에서 최해수의 그 말은 이 자리에서 누가 스승의 적통을 이어받았는가를 확실히 가리자는 말로 들렸다.

그리하여 젊은 시절 같이 기예를 연마했던, 스승이 만년을 보내고 임종한 그 고가에서 정 국수와 동삼의 마지막 바둑이 두어졌다.

당시 정명운은 국수위 등 여러 타이틀을 석권해가면서 최고 전성기를 맞고 있었다. 지난번 한·일 교류전에선 일본 중견 기사들을 상대로 5승 1패의 일방적인 우세를 보였다. 최해수의 생각엔 비록 동삼이 강하기는 하나 그동안 명운이 워낙 체계적으로 발전해 있어서 승부가 될 만하다는 게 그의 판단이었다.

그러나 막상 승부의 뚜껑을 열자 최해수는 이내 자신의 생각이 크게

대승(大乘)의 경지

잘못되었다는 것을 깨달았다. 각종 기전에서 단련된 명운의 바둑은 눈에 띌 만큼 향상되어 있었다. 하지만 동삼에겐 역시 미흡했다. 초반부터 동삼의 비범한 포석은 뭔가 모르게 명운을 압도했다. 그리고 중반에 접어들면서 동삼의 눈부신 반면 운영은 단연 압도적이었다.

동삼의 바둑은 필설로 형용키 어려운 미묘한 향기를 뿜고 있었다. 우둔하면서도 날카롭고, 화려한가 싶으면 어느새 고요했다. 치열과 초연이 조화를 이루었고, 기개와 겸양이 판을 흔들었다. 가다가 돌아보면 그의 행마는 어느새 흔적도 없이 사라졌다.

최해수의 가슴이 섬뜩했다.

그제서야 동삼이 내뿜는 미묘한 향기의 정체를 알 수 있었다. 불가사의하게도 동삼의 바둑엔 설숙 스승이 묻어나왔다. 걷잡을 수 없는 감동이 최해수의 가슴속으로 밀려들었다.

동삼은 덤덤하게 바둑판만 내려다보았다. 어떻게 보면 동삼의 표정은 이제 승부의 굴레를 벗어나 있었다.

하루 반이 지나 명운은 돌을 거두었다.

다음 날 최해수와 정명운은 고가를 떠났다.

"고수들의 바둑은 납득하기 어려울 정도로 일정한 틀 속에서 움직일 때가 있네. 한편으론 상상도 못할 방향으로 움직이기도 하지. 고수들은 항상 최선을 다해서, 모든 가능성을 읽은 후에야 움직이네. 일견 평범한 것처럼 보이는 수 밑바닥에는 짐작도 할 수 없는 수읽기와 치밀한 계산이 깔려 있다네."

박 화백은 뻔한 이야기를 끄집어내는 해봉처사의 저의가 궁금했다.

박 화백이 해봉처사에게 물었다.

"여목 스승을 비롯한 모든 분들이 저마다 바둑을 통하여 기예에 일가를 이루었지만, 엄밀히 보면 그 기풍은 조금씩 다르지 않을는지요?"

"당연한 말씀이네. 기풍과 방식의 차이는 분명히 있네. 자네, 돌의 생리를 아시는가?"

"……."

"돌의 생리란 묘하네. 건드리면 강해지네. 마치 해조류에 손이 닿으면 오므라드는 이치와 같은 법이지. 그래서 상대가 어떻게든 건드려주기만을 학수고대 기다리네. 스스로 보강하면 발이 느릴 뿐 아니라 오히려 약점이 생기기도 하지. 그래서 고수가 될수록 그 주위를 배회하며 쉽게 근접하질 않네. 그러다가 이젠 됐다 싶어 잡으러 가면 때로는 시체가 된 줄 알았던 돌이 벌떡 일어나 맞받아쳐오네. 돌의 생리는 그만큼 오묘한 것일세."

돌에 대한 해봉처사의 논리가 나름대로 명쾌하다.

"여목 대스승은 그 돌에 초연했네. 처음부터 끝까지 시종일관 그 돌을 거들떠보지 않았지. 결국 상대는 기다리다 기다리다 지쳐 스스로 자멸해 버리고 말지……. 설숙 스승은 멀리서 그 돌의 주위를 배회했네. 그리고 상대가 우왕좌왕 흐트러지면 그때는 오히려 몸을 돌려 유유자적 그곳을 떠나버리지. 결국 상대는 스스로 만든 약점에 의해 무너져버리네."

박 화백은 흥미진진하게 선대 명인들의 기풍에 대한 해봉처사의 이야기를 경청했다.

"추평사 선생은 정확하고 치밀한, 완벽한 수읽기로 단칼에 일도양단해 버리네. 상대는 그 완벽한 수읽기에 전율하다가 허무하게 목이 달아나버리지……. 동삼이라면 어떻겠나?"

박 화백은 바짝 긴장한다.

"동삼도 일단은 그 주위를 서성대지. 스스로를 어찌지 못하는 상대는 날로 허약해지네. 그러다가 숨도 못 쉬는 압박감에 결국 빈사지경에 이르게 되네. 그제사 동삼은 그 시신을 거두러 가네. 동삼이 갈 땐 시체가 다시 일어선다든지 하는 기적은 영원히 없다네."

동삼은 스승의 산소를 꼬박 3년간 돌보았다.

3년이 지나고 어느 화창하게 갠 봄날, 동삼은 마지막으로 스승의 산소에 올랐다.

봄기운을 받아 스승의 무덤에는 파릇파릇 잔디가 돋아났다. 볕이 내리쬐는 양지 바른 곳에 스승은 누워 있었다.

언제나 그렇듯 스승은 말이 없었다. 예나 지금이나 스승은 그저 침묵할 뿐이었다.

(무엇이오니까 스승님…….

무엇이 정녕 사람의 길이오니까.

흙을 빚어 부처를 만드오리까.

이 한 몸 바쳐 성불을 하오리까.

그러나 저는 돌아갑니다.

사람이 사는 곳으로 다시 돌아갑니다.

…….)

"아저씨, 떠나시는 겁니까?"

"그래."

"다시는 안 돌아오실 거지요?"

"……."

동삼은 아이에게 문갑 속에 있던 스승의 글씨를 내밀었다.

"이걸 잘 간직하도록 해라."

아이가 두 손으로 공손히 글씨를 받아들었다.

"잘 있거라."

"……예."

종열이가 서운해하자 동삼은 아이의 머리를 쓸어주었다.

"사람은 누구나 헤어진다."

동삼은 아이와 헤어져 삽짝 밖 동리 쪽으로 걸어갔다.

지난 세월 젊음과 열정을 다 쏟아 바친 곳, 고가는 한 줄기 미풍 속에 고요히 서 있었다.

동삼과 고가의 사이가 조금씩 멀어져갔다.

35 　 소록도(小鹿島)

"그렇게 해서 추동삼씨는 결국 고가를 떠났군요?"

"그렇다네."

"한 가지 의문점이 있습니다. 왜 추동삼씨는 말년을 그렇게 떠돌아다 녔습니까? 다시 전문기사가 되어 이름을 후세에 빛내거나, 하다못해 후 진양성이라도 고려했어야 하는 것 아닙니까?"

"그에게 그 일이 무슨 의미가 있었겠나. 인간 세상은 흐르는 물과 같아 서 역행하려 들면 오히려 스스로를 망치게 되지. 탁세(濁世)에 휩쓸리다 보면 초발심이 사그라들기 마련이라네. 동삼이 원한 것은 구도이지 후세 에 이름을 남기고자 하는 욕심이 아니었네."

"……"

"무욕(無慾)이 대욕(大慾)일세."

"……"

"무욕 뒤엔 무엇이 숨어 있을까……"

박 화백이 모호한 표정으로 해봉처사를 올려다보았다.

배가 녹동항 부두를 서서히 미끄러져 나간다.

동삼은 갑판 위에 서 있었다. 배는 짙푸른 바다를 헤치고 소록도로 향하고 있었다.

황판수.

일찍이 약관의 나이로 노름의 거친 세계에 발을 디딘 이후, 최단 시일에 장목, 통목, 나기목 등 비기(秘技)를 수습했고, 20대 중반 나이에 화투의 최고 기술이라 일컫는 천왕계(天王界)를 습득 구사하여 그 세계의 거목으로 수많은 화투꾼들에게 경원의 대상이 되었던 황판수. 그 황판수의 결혼이 내일이었다.

"이천!"

황판수의 눈이 재빨리 남은 화투장을 훑는다. 아홉 장. 역시 한 장은 김용택(金容宅)의 소매 속에 있다. 눈 빠른 황판수가 그걸 모를 리 없다. 황판수는 느긋하게 담배를 빼물며 자신의 패를 본다. 일땡. 하지만 황판수는 패를 엎었다. 김용택의 손엔 석 장이 있다. 섰다에서 손에 석 장이 있다는 건 칼자루를 쥔 거나 마찬가지다. 틀림없이 칠땡일 것이다.

"받고 사천!"

김용택이 사천 원을 화투판 위에 실었다. 그런데 이상하다. 소매에서 나와야 할 화투장이 나오지 않는다. 간혹 남은 화투장 수를 헤아리기에 어지간하면 소매에서 나와야 할 시기였다.

점점 대담해지는군…… 약이 올랐다는 건가?

"죽었어."

김용택의 상대가 패를 꺾는다.

"칠땡!"

"니기미! 장날마다 땡이고!"

경상도 출신 육군 소령이 투덜거리며 땡값을 주었다. 나머지 사람도 땡값을 내놓는다. 하지만 칠땡을 잡고도 별로 득을 보지 못한 김용택의 속은 더 달 것이다. 손님이 있어야 돈을 먹을 것 아닌가. 김용택의 눈이 흘 긋 황판수 앞의 돈에 머물렀다. 안 그런 척하지만 황판수의 돈을 바라보 는 김용택의 눈에 쌍심지가 돋아 있다.

미치겠지. 미칠 거야. 땡을 잡으면 죽고, 족보 잡으면 땡으로 돈을 먹어 가니…… 가뭄에 논물 줄듯이 돈이 빠질밖에……. 하지만 이 사람아, 시 골 노름방에서 그런 어설픈 잔재주로 다른 사람 호주머니를 털어먹는 게 그리 바람직한 일은 아닐세.

황판수가 김용택을 만난 것은 한 달 전쯤이었다. 이곳저곳 돌아다니다 가 포천에 들른 황판수가 지금 도박판에서 만난 사람이 김용택이었다. 황 판수가 나타나기 전만 해도 김용택은 승률이 제일 좋은 노름꾼이었다. 어 디서 배웠는지는 몰라도 섯다를 하는데 소매 속에 한 장을 숨기는 기술을 가지고 있으니 승률이 좋을 수밖에 없었다. 황판수가 보기에 김용택의 속 임수는 초급자 수준이었다. 소매 속이나 겨드랑이에 끼우는 재주는 화투 기술의 첫 단계에 불과했다.

황판수가 노름에 끼어들면서 판세는 완전히 역전되었다. 김용택은 그 동안 딴 돈뿐 아니라 이것저것 팔아서 노름 밑천을 대는 눈치였다. 수심 (水深)을 재보니 거의 바닥에 와 있었다.

화투 패가 다시 두 번 돌아갔다. 여전히 열아홉 장이 돌아간다. 황판수 오른쪽에 앉은 사내가 무심히 패를 섞는다. 황판수의 머리가 번개보다 빨 리 회전한다.

8, 4, 3, 장…… 걸렸다.

"기리!"

선을 잡은 텁석부리 사내가 섞은 화투를 황판수 앞에 내밀었다. 무심 한 척 황판수가 기리를 한다. 하지만 머릿속에서는 딴생각이다. 기리를 하고 거둬들이는 황판수 손바닥엔 지남철에 끌린 쇠처럼 화투 한 장이 붙어 있다.

김용택의 소매에 구 한 장…… 다시 구 한 장을 주면 구땡…….

"천!"

선이 일단 천 원을 지른다.

"받고 이천!"

김용택이다.

"나는 죽었어."

한 사람이 죽는다.

"도합 사천인가, 그럼 받고 팔천."

황판수가 돈을 지르는데 김용택의 얼굴에 회심의 미소가 흐른다.

"팔천 맞소? ……받고 만 육천."

경상도 육군 소령이다. 소령도 오땡이다.

"죽었어."

이번에는 선을 잡은 텁석부리가 죽는다.

"만 육천 받고 삼만 이천."

돈을 지르는 김용택의 소매에서 눈 깜빡할 새 화투장이 하나 나와 돈 밑에 섞인다. 아마 이번 판으로 결정지을 모양이다. 누가 화투장 남은 수를 헤아리기라도 하면 파투가 날 수도 있으니까……. 순식간에 돈이 수북이 쌓인다.

"삼만 이천에 육만 사천."

황판수가 에누리 없이 쳐올린다.

"쫑돈이구마."

오땡을 쥔 소령이 마지막 돈을 지른다. 소령의 머리에서 김이 무럭무럭 올라온다. 판이 워낙 커지니까 오땡도 안심 못하는 눈치다. 김용택이 판 위에 있는 자신의 남은 돈을 헤아린다.

"나도 막돈이오. 육만 사천에 사만 팔천 더. 이게 다요. 승부를 봅시다."

황판수가 머리를 끄덕끄덕하며 김용택이 마지막으로 밀어 넣은 사만 팔천을 화투판 위에 실었다.

"뭐요?"

긴장으로 김용택의 손이 바들바들 떨린다.

"허허, 왜 이러시나? 선부터 까야지."

"오땡!"

소령이 자신 없는 목소리로 자신의 패를 까 보인다. 김용택과 황판수의 눈이 마주친다. 김용택의 눈은 이글이글 타는 횃불이고 황판수의 눈은 잔잔한 호수다.

"구땡!"

구 두 장을 내놓고 김용택의 손이 돈 앞으로 간다.

"잠깐. 내 패나 보고 돈을 가져가든지 하쇼."

김용택의 손이 멈칫한다. 황판수가 손에 든 패를 한 장씩 내민다.

"이건 단풍이지……."

김용택의 얼굴이 노래진다.

"이것도 단풍이요."

바닥에 울긋불긋한 단풍 두 장이 기가 막히게 떨어진다. 김용택의 노랗던 얼굴이 파랗게 질린다.

그것으로 화투판은 끝이 났다. 사람들이 일어선다.

"잘 놀았소이다."

황판수가 수북이 쌓인 돈을 챙겨 넣는다. 넣다 말고 만 원짜리 수표 두 장을 집어 소령과 김용택 앞에 한 장씩 내민다.

"개평이요."

니글니글한 황판수의 목소리다. 김용택의 눈에 일순 날이 서다가 만다. 수표 한 장 받아든 김용택이 두말없이 방 밖으로 나갔다.

그날 밤, 김용택은 술에 취해 흐느적흐느적 집으로 돌아갔다.

"썹할! 나 같은 놈 만난 것부터가 재수 옴 붙었지."

김용택은 병든 아내의 모습을 머릿속에서 지워버리려 애쓰나 아내의 얼굴은 자꾸 되살아난다.

김용택은 길을 가다 말고 전봇대에 머리를 박았다.

그놈의 황판수……. 이제 남은 돈도 바닥이 났다. 개평으로 받은 돈 만 원이 전부다.

가슴에 천근만근 돌을 올려놓은 듯 답답하다. 애초에 노름으로 아내의 병수발을 하려 했던 게 잘못이었다. 처음에야 잘나갔지. 우족(牛足)에다가 황구(黃狗), 구렁이까지 병에 좋다는 것은 다 구해주었다. 그런 정성 탓인지 아내의 병은 한결 나아졌다. 읍내 병원 의사 말로는 이렇게 병이 진척을 보이면 1년 안에 결핵이 완치될 수 있다고 했다. 그런데 다 된 밥에 코를 빠뜨린 것이다. 황판수라는 뜨내기 때문에 모든 것이 도로아미타불이 되었다.

밤이 이슥해서야 집으로 돌아온 김용택은 잠이 든 아내의 얼굴을 보았다. 선이 고운 윤곽, 커다란 눈, 오똑하게 날이 선 콧날, 차려입고 나가면 포천 읍내가 훤해진다는 아내의 얼굴이다.

김용택은 아내 성부영(成富英)을 5년 전 서울에서 만났다. 이름만 그럴듯한 친구 무역회사에 소일 삼아 출퇴근하다가 은행원인 아내를 만났다. 죽자 살자 쫓아다닌 끝에 겨우 아내에게 결혼 승낙을 얻었지만 이번엔 처가 쪽에서 반대가 심했다. 장차 빙장이 될 아내의 아버지는 날건달 같은 자신에게 딸 주기를 한사코 거부했다. 김용택이 아내 아버지에게 수십 번 찾아가 허락을 구했지만 허사였다. 하는 수 없이 김용택은 아내를 꾀어내

교회에서 식을 올리고 도망치듯 포천 고향으로 돌아왔다. 고향엔 부모가 물려준 전답이 넉넉했기에 먹고사는 데는 큰 지장이 없었다.

그러나 김용택은 고향에 내려온 지 몇 달이 지나자 처음 생각과는 달리 농사일을 아내에게 맡기고 다시 서울과 포천을 왕래했다. 전에 다니던 친구의 무역회사 사무실을 같이 쓰며 친구 사업에 동참했고 고향에 있는 전답을 팔아 일부 투자를 하기도 했다.

하지만 사업은 신통찮았고, 서울을 오가며 김용택은 친구와 어울려 술과 여자로 방탕한 생활을 일삼았다. 그러다가 결혼생활 3년이 되던 해 아내는 병을 얻었다. 폐결핵이었다. 먹고사는 데는 지장이 없다지만 병원 약값과 때마다 좋은 음식을 갖다 대기에 그 살림으로는 한계가 있었다. 그동안 친구와 어울려 시골의 땅은 거의 팔아치웠고 남은 것이라야 논 두 마지기와 밭뙈기 서 마지기. 아내를 병수발하기에는 턱도 없는 밑천이었다.

김용택은 난감했다. 이미 수중의 돈은 바닥이 나버렸고, 그렇다고 자신만 믿고 따라온 아내를 못 본 척할 수도 없는 입장이었다. 그래서 궁여지책 끝에 그나마 몇 푼 남은 돈으로 시작한 게 노름이었다. 처음엔 연전연승, 서울에서 빈둥거릴 때 우연히 배운 노름 기술이 나름대로 통했다.

김용택은 꽤 큰돈을 챙겼고 아내의 병수발뿐 아니라 노름으로 돈을 벌어들여 그 돈으로 새로운 사업을 할 계획도 세웠다. 그러던 중 황판수라는 인물이 등장하자 김용택은 서서히 빛을 잃었고, 급기야 모든 것이 물거품이 되고 말았다.

일주일 동안 김용택은 죽어라고 술만 퍼마셨다. 아무리 생각에 생각을 거듭해보아도 뾰족한 방법이 없었다. 마침내 김용택은 황판수와 담판을 짓기 위해 황판수가 머무는 여관으로 찾아갔다. 술김에 김용택은 대뜸 시비조로 나갔다.

"보쇼. 당신 나하고 무슨 억하심정이 있어 그렇게 날 물고 늘어진 게요?"

"물고 늘어지다니, 거 무슨 소리요."

황판수가 슬쩍 뭉갠다.

"내가 바본 줄 아시오? 노름판을 떠돈 지 10년이 넘었소. 고의적으로 날 물고 늘어지지 않는 다음에야 어찌 나만 이렇게 됐소."

"그래서 어쩌자는 거요."

"반본전이나마 돌려주시오."

황판수가 기가 막혀 허허거리고 웃었다.

"당신 웃기는 사람이구만. 당신, 속임수로 남의 돈 따먹으면서 반본전 돌려준 적 있소?"

김용택은 뜨끔했다.

"툭 까놓고 얘기해서 당신 구라꾼(속임수꾼) 아니오?"

"그럼 당신도?"

"난 당신처럼 순진한 사람들 상대로 구라를 치지는 않아."

"……."

"구라꾼이 구라꾼에게 잃은 돈을 돌려달라. 당신 아직 멀었어. 그만 돌아가슈."

김용택은 꿀 먹은 벙어리가 되어 물러났다.

그날 밤. 김용택은 읍내 술집에서 고주망태가 되도록 술을 마셨다. 황판수의 비웃는 목소리. '난 당신처럼 순진한 사람들 상대로 구라치지 않아.' 그 목소리가 쉴 새 없이 김용택을 괴롭혔다. 아무리 입장이 어렵기로 황판수를 찾아가는 게 아니었다. 몰려드는 수치심으로 김용택은 급하게 술을 마셨다. 술기운이 오르자 김용택은 악에 받쳐 고래고래 소리를 질렀다.

"그래, 네 놈이 난다 긴다 하는 구라꾼이란 말이지. 황판수 이놈 두고 보자."

술에 취한 김용택은 비틀거리며 술집 밖으로 나갔다. 불행한 사건은 그날 일어났다.

술에 만취되어 집으로 가던 김용택은 읍내 다리 위에서 낙상했다. 인근 주민들이 근처 병원으로 옮겼으나 뇌에 손상을 입어 불가피하게 큰 병원으로 당장 이송을 해야 했다. 같은 노름패 일원인 조 소령이 소식을 듣고 급히 달려와 김용택을 군용 지프차에 싣고 의정부로 달렸다.

그러나 김용택은 병원에 도착하기도 전에 숨을 거두었다.

아내 성부영으로서는 청천 하늘에 날벼락이었다. 난폭한 면이 있었지만 자상한 면도 있는 남편이었다. 생전에 자식을 생산하지 못하는 자신에게 한마디 원망도 없던 사람이었다.

"쯧쯧…… 저 인물에 청상과부 신세라니……."

장례 때 문상을 온 한 아낙이 혀를 찼다.

"그러게, 남편이 노름으로 다 털리고 빈털터릴 텐데……."

아낙의 말에 성부영은 깜짝 놀랐다. 근래 들어 남편이 왜 그리 고주망태가 되도록 술을 마셨는지 언뜻 생각이 미쳤다. 남편이 밤늦게, 혹은 꼬박 밤을 새우고 들어오긴 했어도 노름을 한 줄은 몰랐다. 장례를 마치고 성부영은 남편 김용택이 노름을 한 여관엘 찾아갔다. 그곳에서 성부영은 비로소 일의 내막을 알게 되었다. 남편이 죽기 전 며칠 동안 술독에 빠져 산 이유가 노름 때문이란 것을 알았다. 그리고 거기서 불거져나온 이름이 황판수였다. 남편이 황판수의 사기도박에 걸려 가산을 탕진했다는 이야기도 들었다. 성부영의 머리에 황판수 이름이 깊게 새겨졌다. 하지만 여인이 된 몸으로 어찌해볼 방도가 없었다.

장례를 치른 후 보름쯤 지났을 때, 한 사내가 누가 볼세라 조심스럽게 성부영의 집으로 들어왔다. 거적때기로 얼굴을 깊숙이 덮어쓴 사내였다. 문둥이 이석범(李錫凡). 같은 포천 출신으로 어릴 적부터 죽은 남편과 같은 고향에서 자란 죽마고우였다. 워낙 유별나게 김용택과 이석범은 친했다. 그래서 김용택은 생전에 이석범이 불시에 찾아와도 아무런 내색 없이 술과 밥을 따뜻이 대접하곤 했다. 부모형제조차 꺼리는 나병환자를 박대하지 않았던 것이다.

"이 친구 있습니까?"

대답 대신 성부영은 왈칵 눈물을 쏟았다. 이석범은 성부영의 옷이 소복인 걸 깨닫는다. 대경실색을 한 이석범이 정색을 하고 물었다.

"무슨 일이오? 어떻게 된 거요? 난데없이 소복은 또 뭐고?"

성부영을 다그치는 이석범의 흉한 얼굴이 더욱 흉측하게 일그러진다.

성부영은 이석범에게 자초지종을 털어놓았다.

"……그러니까 모든 일의 시작이 황판수란 작자로부터 비롯됐군요."

독사같이 눈을 곤두세운 이석범이 성부영을 바라보았다. 성부영은 말 대신 눈물을 흘렸다. 이석범의 눈이 순간 흔들린다. 불빛 아래…… 눈이 벌겋게 부은 성부영은, 그러나 여전히 아름답다. 지그시 성부영을 보던 이석범이 벌떡 일어선다.

황황히 상가를 떠난 이석범은 그 즉시 친하게 지내는 몇몇 문둥이 동료를 불러모았다.

이석범은 옛날에 주먹깨나 쓰던 건달이었다. 그런 만큼 고집도 있고 의리도 있었다.

"그냥 둘 수 없지."

"맞아, 경우야 어떻든 사람이 죽었으니 죗값은 치러야지."

이야기를 들은 일행은 손쉽게 황판수 처리를 합의했다. 맨 처음에 선뜻 동의한 곽가의 희번덕거리는 눈빛을 이석범은 무심코 보아 넘겼다.

그날 밤 여관에서 잠을 자던 황판수는 한 무리 문둥이들에게 끌려갔다.

곽가는 한밤중에 성부영 집 담을 넘었다. 집안은 조용했다. 살금살금 안방으로 다가간 곽가는 문 밖에서 방 안 동정에 귀를 기울였다. 성부영은 깊은 잠에 빠져 있었다. 결심을 굳힌 곽은 소리 없이 문을 열었다. 봉창으로 스며드는 달빛 아래 잠든 여인의 얼굴이 훤히 보였다.

소문으로만 듣고도 욕심이 생기던 여인, 곽의 욕정이 활활 타오른다. 달빛 아래 드러난 여인의 얼굴은 보면 볼수록 절색이었다. 곽은 단참에 성부영을 덮쳤다.

곽은 기겁을 하며 깨어난 성부영의 입을 손으로 틀어막고 강제로 옷을 벗겼다. 희부연한 달빛 아래 드러난 추괴한 사내 얼굴을 보는 순간 성부영은 까무라칠 뻔했다. 어떻게 하든 당하지 않으려고 안간힘을 썼지만 속절없이 그녀는 유린당하고 말았다.

곽가는 난생 처음 가져보는 쾌감에 전율했다. 성부영은 얼굴만 아름다운 게 아니라 여자로서 완벽한 조건을 갖추고 있었다. 소리 죽여 흐느끼는 성부영을 두고 곽은 만족스럽게 그 집을 나갔다.

곽은 그 후에도 심심찮게 성부영의 집 담을 넘었다. 갈수록 대담해져서 방에 불을 훤히 켜고 겁에 질린 성부영의 아리따운 얼굴을 즐겨가며 겁탈했다.

이석범이 성부영을 다시 찾았을 때는 그녀가 이미 곽에게 여러 차례 욕을 보고 난 후였다.

단 한 번도 그런 적이 없었는데 성부영은 이석범을 피했다.

이석범은 자신을 피하는 성부영을 보며 힘겹게 말을 꺼냈다.

"황판수란 놈은 내가 알아서 처리를 했소."

성부영은 반응이 없다.

"무슨 일이 있었소?"

"……."

성부영의 입술이 울먹인다. 불현듯이 이석범의 가슴이 쿵쾅거린다.

"무슨 일이 있었는지 말씀해보시오."

한동안 입술만 꽉 깨물고 있던 성부영이 마지못해 말문을 연다.

"살아 있음이 구차스럽습니다."

"무슨 뜻이오?"

"일행 중 얼굴에 칼자국이 있는 사람이 있습니까?"

일순 이석범의 머릿속이 혼란스러워진다. 곽의 얼굴에 그어진 칼자국이 눈앞을 휙 지나간다. 이석범은 가슴이 철렁했다.

"있긴 있소이다만……."

갈피를 잡을 수 없어 자신도 모르게 말이 떨린다. 어금니를 질끈 깨문 성부영이,

"다, 남편 잃은 박복한 팔자 탓이겠지요."

하면서 흐느낀다.

"그럼…… 그럼……."

이석범의 피가 거꾸로 치솟았다.

"나가시오."

성부영의 목소리에 결기가 서린다. 휘청이는 걸음으로 성부영 집을 나온 이석범은 울면서 밤길을 걸었다. 친구의 여인이기에, 자신이 문둥이이기에 속마음을 한 오라기도 성부영에게 비친 적이 없었다. 그런데…….

이석범은 자기 몸을 제 손으로 갈갈이 찢어버리고 싶었다.

숙소로 돌아온 이석범은 품속에 낫을 숨기고 곽을 불러냈다.

"어이 곽, 나 좀 봐."

"왜?"

"잠깐만 좀 따라와."

이석범은 곽을 데리고 문둥이가 죽으면 쥐도 새도 모르게 버리는 숙소 부근 야산으로 데리고 갔다. 처음에는 무심코 따라오던 곽도 점점 긴장하는 눈치였다. 몸에서 도전적인 냄새가 물씬 풍겼다. 곽도 옛날에는 주먹깨나 쓰는 건달 출신이었다.

목적지에 도착한 이석범이 곽을 돌아봤다. 곽의 얼굴은 긴장으로 잔뜩 굳어 있었다. 이석범이 부드러운 음성으로 물었다.

"내 친구 여자 집 담을 넘었나?"

"무슨 말이야?"

곽이 한 발 물러섰다. 이석범이 더욱 부드럽게 말했다.

"이 사람아, 어차피 그럴 거면 왜 혼자 갔어? 나도 부르지."

달빛 아래 곽이 희미하게 웃었다. 얼굴의 칼자국도 따라 웃었다.

"어쩐지 자네는 꺼릴 것 같아서……."

말이 미처 끝나기도 전에 이석범의 낫이 허공을 가르며 무자비하게 곽의 가슴을 내리찍었다. 두 번, 세 번 연이어 내리찍었다. 곽은 덤벼볼 엄두조차 내지 못하고 피를 흘리며 쓰러졌다. 아무도 없는 죽음의 자리, 비명소리가 드세어도 누구 하나 달려올 사람이 없었다.

이석범은 미치광이처럼 계속 낫을 휘둘렀다. 곽의 몸뚱어리는 해질 대로 해졌다. 걸레가 된 처참한 시신을 안고 이석범은 짐승처럼 울부짖었다. 이윽고 낫을 던져버린 이석범은 양 무릎에 머리를 박고 오랫동안 울었다.

문둥이의 아픔은 문둥이만이 안다. 이제 머잖아 성부영의 그 아름다운 얼굴은 흉하게 일그러질 것이다.

이석범의 가슴이 메어온다.

한 번만…… 꼭 한 번만 더 그녀의 얼굴을 보자. 그리고 영원히 그녀 앞에 나타나지 않으리라.

며칠 후 이석범은 성부영의 집을 다시 찾았다.

"곽가 그놈은 내가 죽였소……. 조금이라도 위로가 되었으면 하오."

성부영은 실색을 하며 이석범을 보았다. 두 사람의 시선이 한가운데서 마주쳤다. 성부영이 으스스 몸을 떤다. 이석범의 눈이 타오른다. 익숙한 눈빛이다. 오래전부터 자신을 바라보던 눈빛이다. 척박함, 삭막함, 그리고 깊은 연민…… 그 밑바닥엔 정체 모를 설움이 가득했다. 그것은 사랑이었다. 허둥지둥 이석범의 눈길을 피하며 성부영은 자신도 모르게 이석범을 외면했다. 미묘한 파문이 가슴에 차오른다. 추악한 이석범의 얼굴이 어찌하여 따뜻하게 느껴지는지 자신도 이해할 수 없었다.

그제서야 간혹 마주친 이석범의 눈에 내비치던 그 쓸쓸함의 정체가 확실히 와 닿았다. 남편 김용택이 살아 있을 때도 그 사람의 눈빛은 항상 그랬다.

"곽가 그놈은 죽어 마땅한 놈이지만……. 사실 지나고 보니 황판수 그 사람에겐 몹쓸 짓을 했소. 죽을죄를 진 것도 아닌데 앞뒤 없이 너무 격분하여…… 그 사람에겐 지나쳤소."

이석범이 일어섰다. 두 사람의 눈이 다시 마주친다. 이석범의 눈에 물기가 묻어난다.

"다시는 오지 않을 것이오."

성부영의 눈이 파들파들 떨린다. 이석범이 작별을 고했다.

"잘 있으시오."

돌아서 가는 이석범을 성부영은 오랫동안 바라보았다.

그길로 사라진 이석범은 성부영 앞에 다시는 나타나지 않았다.

그 이듬해 겨울, 성부영의 몸에서 서서히 나병 증상이 나타날 무렵, 그녀의 집 근처 논바닥에서 얼어 죽은 한 문둥이의 시신이 발견되었다. 성부영은 늦은 밤을 틈타 망토를 뒤집어쓰고 그곳으로 갔다.

허허벌판에 버려진 시신은 가마니로 덮여 있었다. 성부영은 가만히 가마니를 들추었다.

이석범이었다. 엄동설한 바람은 살을 에듯 차다. 성부영은 얼어붙은 시신을 멍하니 바라보았다. 차가운 바람이 성 여인의 온몸을 때린다.

곽을 죽이고 세상을 떠돌던 이석범은 죽음에 이르러서야 사랑했던 여인 성부영을 찾아온 것이다.

성부영은 그길로 나환자촌에 스스로 걸어 들어갔다. 그 후 나환자 무리에 섞여 남으로 남으로 떠돌다가 그녀가 도착한 마지막 종착지는 유배의 섬 소록도였다. 거기서 그녀는 우연히 황판수의 이름을 듣게 되었다.

황판수는 동두천 내천리 나환자촌을 비롯해 몇 군데를 전전하다 1년 전 소록도에 와 있었다.

"이석범씨를 아시나요?"

황판수는 난데없는 성부영의 물음에 고요히 그녀를 바라보았다. 비록 나환자이긴 하나 그녀의 얼굴엔 아직도 숨길 수 없는 미태가 남아 있었다. 원래 나병 증상은 여러 가지가 있다. 반문(斑紋), 신경(神經), 결절(結節) 나병으로 구분되나 대부분은 그 증세가 복합적으로 나타난다. 성부영의 경우, 겉으로 드러나는 증상은 비교적 나은 편이었다.

"이젠 잊었소."

이미 희로애락을 모두 초탈한 황판수가 덤덤하게 말했다.

"그런데 그 사람은 왜 묻소?"

"그 사람, 4년 전 겨울에 얼어 죽었습니다."

"가련한 목숨이로고. 결국 그렇게 가고 말았구려."

황판수는 잘려나간 자신의 손가락을 내려다본다. 불현듯이 문둥이 무리에 끌려가서 곤욕을 치르던 그 완벽한 절망의 순간이 떠오른다.

그때 죽었어야 했던 것을…….

나병에 걸린 사람들의 절망은 상상을 초월한다. 자살을 기도해보지 않은 사람이 없다. 부모형제와도 완전히 연이 끊어지고, 인간 세상으로부터 철저히 외면당한다. 병보다 더 무서운 건 절망과 고독이다. 그래서 나환자들은 타인의 죽음에 눈물을 흘리지 않는다. 결국 다 그렇게 스러질 목숨이기에, 그저 담담히 보낼 뿐이다.

"김용택이란 사람을 아시는지요?"

"……아오."

"제가 그 사람의 미망인입니다."

황판수는 잠자코 말이 없다.

많은 세월이 흘렀지만 성부영은 황판수에게 일의 전말을 털어놓았다. 이야기를 끝까지 다 들은 황판수가 장탄식을 했다.

"참으로 기구한 운명이구려. 딱한 사람……. 그런 일이 있었다면 사실대로 말을 할 것이지. 하기사 이것도 다 운명인 것을……."

곡절이야 어찌됐든 자신의 나병에 결정적인 원인을 제공한 그녀였지만 황판수는 아무런 원망도 하지 않았다.

그때부터 두 사람은 자주 만났다. 만나서 가끔 이석범과 김용택의 이야기를 나누었다.

대하면 대할수록 성부영은 황판수에게 조금씩 빠져들었다. 황판수는 넓고 깊었다. 성부영은 차츰 잿더미 속에서 한 줌 불씨가 피어오르는 것을 느꼈다.

이미 인간으로서의 열정이 다 소진된 그녀였다. 그런 그녀의 가슴에 황판수의 너그러운 인품이 조용히 와 닿았다.

동삼이 나환자 휴게실에 들어서자 황판수가 바둑을 두다 말고 동삼을 반갑게 맞았다.

"얼굴이 많이 상했군. 요즘도 매일 술인가?"

오랜 세월을 딛고 두 사람은 마주 보며 웃었다.

"그렇잖아도 한 수 배우고 싶었는데 잘 왔어."

황판수가 뭉툭한 손으로 돌을 집어 한쪽 귀에 치중을 한다. 잘려나간 손가락으로 어찌 그리 절묘하게 바둑돌을 놓을 수 있는지 신기할 정도다. 마치 마술을 보는 것 같다. 황판수의 한 수에 상대는 쩔쩔맨다.

"못된 버릇은 여전하군."

동삼의 말에 황판수가 답한다.

"자네에게 배운 걸세."

"쓸데없는 것을 배웠군."

황판수가 다시 돌을 들고 착점하며,

"생불여사라…… 죽느니보다 못한 목숨 아닌가."

하자 동삼이 황판수의 말을 받았다.

"아닐세. 살다 보면 수가 생기는 법이지."

"어쨌든 천하의 추 명인께서 모처럼 나타났으니 오늘은 내가 제대로 한 수 배워야지."

동삼이 말을 바꾼다.

"기분은 어떤가?"

"그저 담담하네."

"늘그막에 결혼이라니."

"자네도 결혼을 하게. 오다가다 만난 여자 말고."

동삼은 황판수를 찾아 벌써 여러 번 이곳을 다녀갔다.

"단종대라고 들어봤나?"

"어떤 곳이야?"

"저기 저 뒤를 돌아가면 일제시대 때 쓰던 격리수용소의 흔적이 아직 남아 있네."

"……"

"왜놈들이 조선인 나환자들 씨를 말린다고 단종대에서 강제로 후손을 끊는 수술을 했지."

한국 땅 어디를 가나 일제의 참혹했던 수탈과 야만의 흔적은 곳곳에 남아 있었다.

"나환자들은 날이면 날마다 강제 노역에 시달리며 후손조차 남기지 못했네. 나병은 결코 유전이 아닌데 말야."

결혼식은 조촐하면서도 아름다웠다.

많은 나환자들이 진심으로 두 사람의 결혼을 축하해주었다. 소록도에서 사람들 삶에 가장 깊숙이 개입해 있는 간호사들과 의사들도 몇 명 참석했다. 신부 성부영의 모습은 아름다웠다.

결혼을 주재하는 목사의 기도소리가 교회 안에 낭랑하게 울려퍼졌다.

"오늘 여기 한 쌍의 부부가 주님 앞에 다시 태어납니다. 주께서는 여러분들께 고난과 역경을 주셨습니다. 그러나 그 고난과 역경 중에서도 이런 축복받는 자리를 마련해주신 것은 주께서 여기 계신 모든 자식들을 진실로 사랑하기 때문입니다. 그 사랑이야말로 주님의 진정한 은총인 것입니다."

목사가 두 손을 들어올렸다.

"우리 모두 기도합시다. 우리의 마음속에 주님이 계실 때 주께서는 우리에게 평화와 안식을 내릴 것이며, 우리의 마음속에 사랑이 있을 때 주께서는 우리를 천국의 문으로 인도하실 것입니다. 변함없는 주님의 은총이 이들 부부와 늘 함께하기를 간절히 바랍니다. 아멘."

목사의 긴 설교가 끝나고 잔치가 벌어졌다. 굽이굽이 인생의 산마루를 돌아 이제 황판수의 아내가 된 성부영은 황판수 옆에 다소곳이 앉아 있었다.

눈이 내리고 있었다. 남해안에서는 좀체 구경하기 힘든 광경이라 했다.

아름다운 섬 소록도가 내리는 눈에 조용히 덮이고 있었다. 생긴 모습이 어린 사슴을 닮았다 하여 소록도라 했다.

선착장의 배가 서서히 발동을 건다.

황판수는 눈이 내리는 하늘을 무심히 바라보고 있었다.

"눈이 어찌 저리 흴까."

황판수가 중얼거린다.

눈이 두 사람 위로 펄펄 휘날린다.

"바깥 생각은 안 나나?"

"골치 아픈 세상, 무얼 그리 생각나겠나…… 이젠 다 잊었어……. 난 이곳이 좋네. 주님에게 기도를 드리면서 마음의 평화를 찾았네."

사람들이 배 위로 하나둘 올라타기 시작한다. 황판수는 호주머니를 뒤적이더니 순금 가락지 하나를 꺼내 동삼에게 내밀었다. 조각 하나 없는 둥그런 구식 가락지였다.

"받게."

"……."

"옛날 집을 나올 때 훔쳐온 내 어머니 가락지일세."

"이걸 왜 나에게 주는가?"

"여러 번 전당포를 들락거렸던 가락지일세. 신기하게도 그 가락지를 끼고 승부를 하면 한 번도 진 적이 없었어. 승부를 하다가 수세에 몰리면 나는 그 가락지를 돌리며 염원했지. 그러면 다시 운이 되돌아오곤 했네."

승부라, 동삼의 가슴에 잔잔한 파장이 인다.

황판수가 손을 앞으로 내밀었다. 뭉툭하게 잘린 손이 보인다.

"이 손을 보게. 난 이제 더 이상 승부를 할 수가 없네. 그나마 낄 손가락조차 없으니 나에겐 필요 없는 물건이지."

동삼이 잠자코 반지를 받아 넣었다.

"이젠 홀가분하군. 늘 그게 마음에 걸렸는데."

황판수는 무거운 짐을 벗은 것처럼 정말 개운해했다.

뱃고동소리가 선착장에 길게 울려퍼진다. 눈발은 조금씩 가늘어지고 바다는 한 점 흔들림 없이 잔잔하다.

동삼이 천천히 뱃전에 올랐다. 황판수는 그 자리에 서 있고, 동삼은 갑판 위에서 황판수를 건너다보았다.

"잘 가게, 추 사범."

배가 미끄러진다. 화투장 하나로 일세를 풍미했던 흘러간 승부사 황판수. 어두운 시대를 물처럼 떠돌았던 진정한 승부사 황판수의 두 눈에 눈물이 가득 괸다.

배는 황판수의 시야에서 점차 멀어져갔다.

황판수의 뺨에 한 줄기 눈물이 흘러내린다.

3년이 지난 후 성부영은 황판수가 지켜보는 가운데 임종했다.

결혼 후 1년 만에 그녀는 시력을 잃었고, 다시 2년 만에 세상을 떠났다.

임종을 앞두고 비몽사몽간에 성부영은 꼭 한 번 이석범을 찾았다.

"세상에 머무는 건 잠깐 쉬어가는 것이야…… 편히 가게나."

아내를 보내는 황판수는 아무런 여한이 없었다.

그녀의 육신은 한줌 뼛가루로 화해 만령당(萬靈堂)에 안치됐다.

만령당을 내려가는데 그날따라 한록비(恨鹿碑)에 새겨진 어느 시인의 시구가 가슴에 사무쳤다.

……

어두운 역사의 수레바퀴 속에서
사람 되어 한세상 살고도
고향 산천자락, 부모형제 품에 눕지 못하고
…….

36 풍장(風葬)

호텔 연회장은 밀려드는 축하객으로 부산스러웠다. 정 국수는 호텔 입구에서 손님을 맞았다. 하객들은 한결같이 정 국수를 찾아가 악수를 청하며 그의 업적을 치하했다.

"정말 축하드립니다. 큰일을 해냈습니다."

"어서 오십시오."

정 국수는 정중한 자세로 일일이 손님들과 악수를 나누었다. 그리고 자신의 국수전 10연패의 위업을 축하해주러 온 사람들에게 고마움을 표했다.

그때 정 국수 앞에 동삼이 나타났다. 동삼을 본 정 국수는 깜짝 놀랐다.

"옛 친구가 출세를 했는데 내 술 한잔 안 얻어먹을 수 있나."

동삼이 정 국수의 손을 잡았다.

"잘 왔네. 들어가시게."

정 국수는 어색한 웃음을 지으며 화사한 한복 차림의 여자에게 동삼의 안내를 부탁했다.

동삼은 홀 안으로 들어섰다. 연회장 안은 무지개를 잘게 부숴놓은 듯한 샹들리에 불빛으로 휘황찬란했다. 넓은 연회장이 꽉 찰 정도로 하객들

이 북적거렸고, 홀 전면 한중간엔 '축 정명운, 국수 10기 연패'라는 현수막
이 걸려 있었다. 축하객들은 남녀노소 가릴 것 없이 하나같이 정장 차림
이거나 단정한 한복 차림이었다. 동삼의 남루한 옷차림이 다른 사람들 눈
에는 이방인처럼 보였다. 동삼은 개의치 않고 태평스럽게 술을 마시고 음
식을 먹었다.

홀 안에 설치된 스피커에서 사회자 목소리가 울려나왔다.

"오늘 정명운 국수의 국수전 10연패 축하연에 참석한 여러 귀빈들께
다시 한 번 감사드립니다. 곧이어 전문기사님들이 참가하는 기념대국이
시작되겠습니다."

홀 한가운데 미리 준비된 바둑판이 하나 놓여 있었다. 원로기사를 선
두로 양쪽에서 한 사람이 한 수씩 놓고 돌아가는 릴레이식 바둑이 시작되
었다.

바둑이 한창 진행중일 때 정 국수가 동삼에게 다가와 술을 한 잔 권했
다. 동삼이 정국수를 보고 빙그레 웃었다.

"10연패라…… 영원히 명예국수로 남는다며? 그래 역사에 남을 국수
가 된 기분이 어떤가?"

정 국수가 얼굴을 붉혔다.

"놀리지 말게. 자네는 그동안 무얼 하며 지냈나."

"여기저기 돌아다녔어."

사회를 보던 사람이 정 국수에게 다가왔다.

"정 국수님, 한 수 놓으시죠."

정 국수가 잠시 머뭇거렸다.

"추 사범이 한 수 놓지."

"나 같은 사람이 자격이 있나."

"자넨 떠돌이 국수가 아닌가."

거듭된 정 국수의 권고에 동삼은 마지못해 바둑판 앞으로 나갔다. 동삼은 묵묵히 바둑판을 내려다보았다. 이미 중반전 가까이 진행된 바둑이었다. 동삼은 가만히 바둑판 앞에 마련된 의자에 앉았다.

사람들은 숨을 죽이고 동삼을 지켜보았다. 축하연에 전혀 어울리지 않는 사내가, 그것도 정 국수의 간곡한 권유를 받고 자리에 오르자 미상불 그의 착수가 궁금했다.

정 국수는 그런 동삼의 모습이 뜻밖이었다. 평소 거의 말이 없고 예전 같으면 이런 자리에 나올 리도 없는 동삼이었다. 자신이 청한다고 앞으로 나설 동삼은 더욱 아니었다. 확실히 동삼은 변해 있었다. 보다 넓고 보다 유연하게 변해 있었다. 정 국수는 동삼을 보며 묘한 상실감을 느꼈다. 자신을 둘러싸고 있는 찬사가 왠지 덧없이 생각되기도 한다. 메마른 바람이 부는 언덕, 그 언덕에서 바라보는 능선은 아득하기만 하다. 정 국수는 막연한 심정으로 동삼을 쳐다보았다.

바둑판 앞에서 잠시 동안 눈을 감고 있던 동삼이 돌을 들어 한 수 착수했다. 정 국수는 어떤 수인가 싶어 반상을 보았다. 평범하게 중앙으로 한 칸 뛴 수였다. 너무나 평범해서 무어라 평할 수 없는 착점이었다. 그렇다고 전혀 나무랄 수도 없는 한 수였다.

"평상(平常)이 곧 도(道)이다."

정 국수는 불현듯이 조주(趙州)선사의 스승 남천(南泉)승의 말이 떠올랐다.

동삼이 나갈 때 정 국수는 입구까지 전송했다.

"잘 가시게."

정 국수가 마지막으로 본 동삼의 모습은 평온했다.

그들은 악수를 하고 헤어졌다.

동삼은 여기저기 떠돌아다녔다. 때로는 눈에 띄는 아무 기원에나 올라

풍장(風葬)

가 하급자들이 두는 바둑을 진지하게 구경하기도 했으며, 바둑을 청해오는 사람은 누구든 마다 않고 다 상대해주었다. 동삼이 예전에 천하제일 기객이라는 것을 알아보는 사람은 이제 아무도 없었다.

최대포는 청량리 부근의 한 변두리 기원에서 오갈 데 없는 몸을 의탁하고 있었다.

"옥화 말일세."

인적이 끊긴 거리는 가로등 불빛만이 훤하다. 잎이 다 떨어진 가로수 나무가 앙상하다.

"신세가 가련하게 됐더군. 자네가 준 돈으로 큰 식당을 했었는데 살 만하자 젊은 여자와 눈이 맞은 남편이 그걸 팔아치우고 잠적해버렸다네. 무슨 그런 팔자가 다 있는지…… 다시 대폿집을 차렸다네."

최대포의 얼굴이 많이 늙었다.

"이따금씩 들르면 자네 소식을 묻더군."

동삼이 최대포의 잔에 술을 따라주었다.

"불쌍한 여자."

메마른 최대포의 손등에 거뭇거뭇한 검버섯이 피어 있다. 술잔을 든 최대포의 손이 조금씩 떨렸다.

"바둑은 한 번씩 두나?"

"예."

"그 바닥도 이젠 많이 변했지?"

"……"

"자네도 늙어가는군. 이마에 주름이 보여……. 우리가 처음 만났을 때가…… 마포에 있던 동명관이었던가……. 자넨 바둑은 잘 뒀지만 영락없는 신출내기 소년이었지……. 벌써 오래되었어……. 덧없는 세월이었네…… 나 같은 사람 만나지 않았으면…… 그 실력이면 잘될 수 있었을 텐데…….”

최대포는 소주를 병째 나발을 불었다. 부스스한 백발, 이마에는 깊은 주름이 파여 있었다. 무대 조명처럼 난로 주위를 밝힌 형광등 불빛 아래 최대포의 지난 삶이 내려앉아 있었다.

술에 취한 최대포는 의자에 등을 기댄 채 난롯가에서 잠이 들었다. 동삼은 그의 옆에 앉아 잠든 최대포를 지켜보았다.

모든 것이 꿈같다. 그와 만나고 헤어졌던 지난 세월이 한바탕 꿈같이 느껴졌다.

동삼은 최대포가 부어놓은 술잔을 천천히 들었다.

아침 일찍 최대포가 눈을 떴을 때 동삼의 모습은 없었고 빈 소주병 옆에 지폐 몇 장이 놓여 있었다.

“안색이 안 좋아.”

해봉처사의 말에 동삼은 아무런 반응이 없다.

“무슨 바람이 불어 여기까지 오셨나?”

“…….”

해봉처사가 녹차를 달여 동삼 앞에 내놓는다.

“사는 건 어떤가?”

“늘 그렇지요.”

“바둑은 계속 두시나?”

“그런 셈이지요.”

“여전히 돌아다니고?”

“예.”

“운수객이군.”

"옛날 생각 안 나오?"

"바둑 두는 일이나 부처님 모시는 일이나 그게 그거 아닌가…… 산이 너무 편하고 좋아."

"……"

"자네도 그만 떠돌아다니고 여기 있게."

"절에서 아무나 받아줍니까?"

"부처가 사람 가리는 거 봤나."

해봉처사와 동삼은 같이 웃었다.

"황판수란 친구가 있습니다."

"황판수?"

"몹쓸 병을 얻어 소록도에 있는데 근방을 지나는 일이 있으면 들러주십시오."

"알겠네."

"가겠습니다."

"바둑이나 한 수 배워주고 쉬어가지."

"또 오겠습니다."

산에서 내려가는 길에 동삼은 산자락에 핀 진달래꽃을 보았다. 꽃이 하늘하늘 바람에 흔들린다.

어린 시절 어머니 품에 안겨 듣던 정원의 슬픈 새소리. 한복을 곱게 차려입은 어머니 모습은 꼭 진달래 꽃잎같이 화사했다. 봄기운을 온몸으로 받아들이는 그 아름답고 여린 꽃이…… 어머니가 되었다.

내려가는 동삼의 뒷모습을 해봉처사는 먼발치에서 바라보았다. 산모퉁이를 돌아서는 동삼의 모습이 완전히 사라진다. 봄기운이 파릇하게 내비친 산길을 메마른 바람이 스친다. 쓰르륵 쓰르륵 어디선가 산새소리가 들린다.

벌써 여러 차례 동삼은 그런 식으로 불쑥 찾아왔다가 표연히 사라지곤 했다. 때로는 열흘, 한 달씩 머물기도 했다.

바람 부는 행길가에 동삼은 서 있었다. 하루 종일 잔뜩 흐려 있던 하늘에서 조금씩 눈발이 비치기 시작한다.

옥화의 선술집 유리창에 뿌연 김이 서려 있었다.

다닥다닥 붙은 길가 나지막한 슬레이트 지붕 위로 제법 눈이 쌓여갈 즈음, 가게 문이 드르륵 열렸다. 청색 몸뻬에 회색 털 스웨터를 입은 한 여인이 가게에서 나와 길 건너편 구멍가게로 걸어간다. 옥화였다.

구멍가게에서 물건을 산 옥화는 좁은 도로를 가로질러 다시 가게 안으로 들어갔다. 문 앞에 쳐져 있는 주렴을 젖히고 들어가는 그녀의 여린 어깨가 어쩐지 무거워 보인다.

젊어 한때 뭇 한량들의 가슴을 설레게 했던 그녀의 미색은 어느덧 간 곳이 없고 남아 있는 건 세파에 시달린 질곡의 삶이었다.

동삼은 한동안 옥화가 들어간 낡고 퇴락한 가게를 바라보았다. 꼭 한 번 밖으로 나온 옥화는 더 이상 기척이 없다.

헤어질 때 두 번이나 자신에게 흰 털목도리를 건네주었던 여자. 추운 것을 유난히 싫어했던 여자. 거칠고 투박한 성미 깊숙한 곳에 따스한 인정을 품고 살았던 그 여자 옥화. 동삼의 얼굴에 흐릿한 기억이 그려진다. 어디선가 퇴색한 낙엽이 동삼의 발 아래로 굴러갔다. 낙엽은 내리는 눈 속에 금세 파묻힌다. 눈발이 차츰 굵어질 때까지 동삼은 그곳에 서 있었다.

소도시를 끼고 흐르는 강을 따라 쌓아올린 방천(防川)가에 동삼은 앉아 있었다.

방천 저 끝에서부터 낙조가 내려오고 있었다. 방천가에는 스산한 바람이 불었다. 어디선가 찝찔한 갯벌 냄새가 묻어오는 것 같았다. 동삼은 곧 어둠이 내릴 저녁 하늘을 올려다보았다.

그날도 이렇게 노을이 지는 날이었던가…….

고가에는 그날 바람이 몹시 불었다. 바람이 산등성이를 타고 내려와 마당을 쓸고 지나갔다. 설숙 스승은 옷자락을 바람에 펄럭이며 석양을 바라보고 있었다.

"스승님. 세월이 너무 빠르지 않습니까?"

동삼이 석양을 보며 불쑥 스승에게 물었다. 그러나 동삼의 그 말은 스승에게 물은 것이 아니라 스스로의 마음을 드러낸 것이었다. 한참 후 스승이 말했다.

"세월이 흐르는 게 아니고 인세(人世)가 흐르는 것이다."

먼 곳을 바라보는 스승의 얼굴은 참으로 무상했다.

초성 스님…….

새벽에 눈을 떴을 때 스님이 앉아 있었다. 감방 안 철창 사이로 손바닥만한 미명의 하늘을 올려다보는 스님의 모습이 섬뜩하도록 아름다웠다. 어둠 속에서 스님의 가라앉은 음성이 들려왔다.

"생(生)은 사(死)를 보지 못하고 사는 생을 보지 못한다."

"……."

"살아 있는 동안 그 누구도 죽음을 생각지 않으며 죽음으로써 모든 것은 소멸된다."

오랜만에 스님은 그 낭랑한 음성으로 한 차례 염불을 했다. 일출의 장엄함과 스님의 염불이 혼연히 일치되어갔다. 어느덧 스님의 아름다운 얼굴에 빛과 그늘의 휘장이 드리워졌다.

스님은 그날 형장의 이슬로 사라졌다.

떠나면서 스님은 옛 도반의 천도를 거부했다. 평생 회색빛 가사 장삼을 가슴에 품고 살았던 스님이 왜 마지막 순간에 천도를 거부했는지 모를 일이었다. 모든 것을 거부하고 스님은 홀로 먼길을 떠났다.

낙조 위로 서서히 짙은 어둠이 내리고 있었다.

동삼은 품속에서 빛이 바랜, 오래된 기보를 한 장 끄집어냈다. 언젠가 설숙 스승이 건네준 아버지 추평사의 마지막 대국이었다. 동삼은 기보를 흘러가는 개천 물 위에 가만히 띄운다. 기보는 개천을 따라 역수(驛水)가 되어 정처 없이 어디론가 떠내려간다.

동삼은 축대에 기대어 흘러가는 개천을 하염없이 바라보았다.

"동삼은 1년에 한 번 정도 나를 찾아왔었다네."

"그럼 추동삼 선생은 말년에 바둑을 떠나 있었습니까?"

"그렇지는 않다네. 한 번씩 찾아오면 통상 보름이나 한 달 가까이 머물렀는데, 전혀 기척이 없어 방문을 열어보면 빈 바둑판을 앞에 놓고 묵묵히 그걸 바라보고 있었네. 확실치는 않으나 동삼은 마지막까지 생사번뇌의 기도(棋道)를 강하게 갈구했다는 생각이 드네."

"추동삼 선생은 그 후 어떻게 되었습니까?"

"그렇게 10여 년의 세월이 지난 후 내가 연락을 받고 달려갔을 때 그는 이미 죽고 난 뒤였네. 어느 겨울날 방천다리 밑에서 시신으로 발견되었지. 시립병원에서 행려병자로 처리됐다네."

"그것으로 그만입니까?"

"그렇다네."

"천하의 명인이 그렇게 죽었단 말입니까?"

박 화백은 기가 막혔다.

"죽음이란 누구에게나 평등한 것일세."

해봉처사의 모습은 비 개인 맑은 공기 속에 서 있는 한 그루 청정한 노송(老松)이었다.

"하지만 그건 너무하지 않습니까."

"생로병사일세."

"그렇게 돌아가시고 그것으로 그만입니까. 남은 건 아무것도 없습니까?"

"그의 유품이 하나 있었지."

"유품이요!"

"바로 이것이네."

해봉처사가 조그만 물건을 하나 꺼냈다. 밋밋한 가락지였다. 소록도에서 추동삼 선생이 황판수에게 받은 가락지. 황판수가 어머니 곁을 떠나면서 훔쳐왔다는, 승부에 영험이 있다던 그 가락지였다.

박 화백은 그 가락지를 보자 불현듯이 자신이 그토록 만나고자 애썼던 추동삼 선생도 범용한 인간으로서 평생 승부의 굴레에서 벗어나지 못한 게 아닐까 하는 생각이 들었다.

그러나…… 박 화백은 고개를 흔든다. 그 가락지는 삶의 가락지이자 그가 돌아가고 싶은 고향이었으리라. 그는 삶의 마지막에 가서 어디론가 돌아가야 했건만 마땅히 돌아갈 곳이 없었으리라. 스승이 누워 계신 곁으로 돌아갈 수도 없었고, 객사한 친부의 곁으로 갈 수도 없었다.

그의 마지막 삶은 부생(浮生)이었다.

결국 추동삼씨는 이 세상 사람이 아니었다.

문득 벽송이 떠올랐다. 주인 없는 그 바둑판이.

"처사님. 벽송은 어떡합니까?"

"……."

"어떻게……."

박 화백의 거듭된 질문에 해봉처사는 끝까지 한마디 대꾸가 없다. 눈을 지그시 감고 염주만 돌린다.

　사흘 밤낮에 걸친 긴 이야기는 그렇게 끝이 났다.

　해봉처사 최해수는 회한에 젖어 아득한 창공에 흘러가는 구름만 바라
보았다.

　박 화백도 먼 하늘을 본다.

　높고 높은 하늘은 끝이 없다.

37 　　　　귀천(歸天)

수로암을 떠나 서울로 온 지 어언 달포가량이 지났다.

서울에 와서 박 화백은 외부와의 연락을 두절한 채 두문불출 집안에만 틀어박혀 있었다. 마음이 답답할 땐 간혹 집 근처 도봉산에 올라가는 것이 유일한 외출이었다. 걸어서 15분 가까이에 있는 산은 겨울철이 되어 사람들의 발길이 뜸해졌고, 여름 한철 장사를 하던 산 아래 식당들도 대부분 문이 닫혀 있었다.

박 화백은 동네 가게에 들러 막걸리를 몇 통 구입한 후 터벅터벅 산을 향해 걸어갔다. 산 입구에 도착해서 2, 30분간 산 위로 올라가면 바람이 드세어지고, 비록 대도시 속에 웅크리고 있는 산이긴 하나 산에서만 느낄 수 있는 서늘한 기운이 몸에 와 닿는다. 박 화백은 적막한 산길에 걸터앉아 사가지고 온 막걸리를 마시기 시작했다.

한 잔, 두 잔······.

점차 술기운이 달아오르고 어느새 해가 떨어진다. 해가 지는 산 아래를 굽어보면 그럴 때마다 박 화백의 머릿속에는 어김없이 얼굴들이 나타난다.

여목, 설숙, 평사, 동삼······.

박 화백은 그들을 떠올리며 심한 상실감에 빠져든다.

혹시 나는 주위의 찬사와 상혼에 연루된 사람들의 부추김으로 진정 지켜나가야 할 것을 망각한 채 살아온 것은 아닐까. 화려한 명성으로 채색된 몰가치한 껍데기를 예술이란 미명하에 허울 좋은 포장으로 굳게 봉인하고 진정한 예술가로서의 길을 외면해왔던 건 아닐까. 그리하여 나 스스로 자신을 합리화시키고 자신의 예술세계마저 오도하며 살아온 게 아닐까.

박 화백은 고통스럽다. 그들이 갈구하던 삶과 자신이 추구하고자 했던 삶은 근본적으로 달랐고, 그들의 치열했던 삶을 생각하면 박 화백은 한없이 자신이 왜소해짐을 느낀다.

보름 전, 전에 나가던 대학에서 연락이 왔다. 신학기부터 다시 나와 강의를 하라는 것이었다. 박 화백은 그러마 하고 선뜻 대답을 할 수가 없었다. 지난여름에 준비했던 개인전은 이제 완전히 포기했다.

쉬고 싶었다. 모든 것에서 벗어나 진실로 자신을 돌아보고 싶었다.

그리고 무엇보다 큰 문제는 벽송이었다. 해봉처사와 헤어져 집으로 돌아온 박 화백은 벽송의 처리 문제를 놓고 그날부터 지난 달포 동안 매일 밤, 잠 한숨 이루지 못하고 고민을 했다.

정 국수는 죽음에 이르러서야 벽송의 진정한 주인으로 추동삼씨를 인정했고, 해봉처사는 그 긴 이야기를 마치고 난 후 벽송에 대해선 끝내 한마디 말이 없었다. 사실 박 화백은 해봉처사가 벽송에 대해 어떤 말이든 해온다면 그의 뜻을 따를 생각이었다. 그러나 해봉처사는 결코 벽송을 거론하지 않았으며 박 화백의 마음을 아는지 모르는지 오불관언 입을 닫아버리고 말았다.

박 화백은 해봉처사의 마음을 헤아려보았다.

결국 그 역시 한 치도 벽송의 곁을 떠나지 못했던 것이다. 그가 벽송에 대해 어떤 식으로든지 자신의 뜻을 표출하면, 그 순간 그도 벽송이라는 거대한 굴레에 갇혀버릴 것이었다. 평생을 마음 한구석에서 자신을 붙들고 놓아주지 않았던 번뇌의 고리가 끈질기게 그를 괴롭혀왔던 것이다. 긴 세월 부처님 곁에서 살았건만, 칠순이 넘어 도인의 풍모를 갖춘 그였지만 벽송 앞에서는 그도 한갓 평범한 인간일 뿐이었다.

난감했다. 생각하면 할수록 벽송 문제는 어찌해볼 뾰족한 방도가 없었다. 그렇다고 해서 더 이상 벽송을 자신의 집에 그대로 둘 수만도 없는 노릇이었다.

박 화백은 서재로 갔다.

서재 한가운데 삼베보에 덮인 벽송이 있다. 박 화백은 다가가서 삼베보를 벗겼다. 명반 벽송이 모습을 드러내자 박 화백은 다시 깊은 고뇌에 빠진다.

어떻게 할 것인가…… 이 반(盤)을 어떻게 해야 좋단 말인가…….

정 국수는 왜 이다지도 어려운 당부를 자신에게 했는지…….

설령 정 국수 자신이 벽송을 끝까지 간직했다손 치더라도 정 국수 역시 벽송 처리가 고통스러웠으리라. 벽송으로 인한 추동삼씨와의 갈등은 차치하고라도 마땅히 대를 이어 벽송을 물려줄 만한 사람도 없었을 것이다. 과연 어떤 당대의 기객이 있어 이 천하의 명반 벽송을 물려받겠는가.

박 화백은 정신을 가다듬고 보다 현실적으로 벽송 문제에 접근했다. 현실적으로 처리한다면 전혀 방법이 없는 것도 아니다. 쉽게 생각해서 박물관이나 한일기원에 맡겨버리면 간단했다. 박물관에 보관하여 두고두고 사람들에게 벽송의 위대함을 설파하든지 한일기원에 맡겨 많은 바둑인들에게 벽송의 뜻을 길이길이 되새기도록 하면 될 것이다. 그것도 나름대로 전혀 의미가 없지는 않을 것이다.

그러나 박 화백 생각으로는 박물관이나 한일기원은 왠지 벽송이 가야 할 곳이 아닌 것 같았다. 벽송이 가기에는 이미 그곳들은 너무 세속화되어 있었고, 벽송이 박물관이나 한일기원에 덩그러니 놓여 있는 것은 상상만 해도 가슴이 답답하고 미칠 지경이었다.

박 화백은 벽송을 앞에 놓고 갈팡질팡 갈피를 잡지 못했다. 어느 틈에 벽송의 반면 위에 달빛이 내려와 은은히 부서진다.

며칠 후 이른 새벽.

박 화백은 생각다 못해 벽송을 차에 싣고 해봉처사가 있는 함백산 수로암으로 향했다.

결국 박 화백이 최후로 내린 결론은 해봉처사였다. 생각해보면 벽송과 인연의 끈을 잡고 있는 유일한 생존자는 해봉처사밖에 없었다. 설숙의 장제자인 해봉처사 최해수야말로 어쨌거나 벽송의 거처를 책임질 수 있는 마지막 인물이었다. 그가 벽송에 대해 어떤 생각을 가지고 있든 간에 박화백은 벽송 처리를 해봉처사에게 맡길 요량이었다. 지금 자신 입장에서는 벽송을 일단 그에게 넘기는 수밖에 달리 선택의 여지가 없었다.

차가 산 아래 장암사에 도착했을 때 시계는 오후 세 시를 넘어가고 있었다. 박 화백은 곧바로 벽송을 등에 지고 수로암을 향해 발길을 옮겼다. 한겨울이었으나 온몸이 땀으로 범벅이 되고 몇 번씩이나 쉬어가야 할 만큼 힘든 산행이었다. 지칠 대로 지친 박 화백이 겨우 수로암에 이르렀을 때는 이미 하루해가 저물고 날은 어두워졌다.

땀을 닦을 겨를도 없이 급한 마음에 벽송을 등에 진 채 박 화백은 암자에 들어섰다.

암자는 조용했다. 어두워졌다고는 하나 아직 잠자리에 들기엔 이른 시간이련만 방마다 불이 꺼져 있었다. 박 화백은 해봉처사가 있는 맨 끝방으로 다가갔다.

"처사님."

기척이 없다.

"처사님."

"……."

박 화백이 소리를 죽여 방문을 열었다. 어두컴컴한 방 안엔 아무도 없었다. 방 한구석엔 이불이 차곡차곡 개켜져 있었다. 박 화백은 등에 진 벽송을 방 안에 조심스레 내려놓고 경내로 걸어 나왔다. 해봉처사뿐 아니라 스님의 모습도 보이지 않고 어린 동자승 모습도 찾아볼 수가 없다.

박 화백은 법당으로 가서 문을 열어보았다. 텅 빈 법당 안에는 향불이 피어오르고 있었고 금동불상이 미소를 머금고 있었다. 박 화백은 다시 암자 주위를 살펴보았다. 도무지 사람들의 기척이 없고 암자는 텅 비어 있는 것만 같다. 박 화백은 우물가에 쪼그리고 앉아 담배를 꼬나물었다.

도대체 어디로들 갔단 말인가. 암자를 비워두고 모두 탁발이라도 떠났단 말인가…….

그때 어디선가 '타닥 타닥' 하는 소리가 들려왔다. 소리가 나는 곳은 법당 뒷길 산으로 올라가는 방향이었다. 박 화백은 담배를 비벼 끄고 소리나는 쪽으로 서둘러 몸을 움직였다. 암자 뒷길로 해서 조금 걸어가니 산길로 접어드는 부근에 꽤 큰 공터가 보인다. 어둠 속에서 희끄무레한 물체가 눈앞에 나타났다. 젊은 스님과 동자승이었다.

스님은 장작을 쌓고 있었고 동자승은 옆에서 스님이 하는 거동을 지켜보고 있었다. '타닥 타닥' 하는 소리는 스님이 장작을 쟁이는 소리였다.

"스님!"

스님이 돌아본다.

"이 늦은 밤에 뭐하십니까?"

스님은 대꾸가 없다.

"해봉처사님께선 어디 출타중이신가요?"

"그분은 이제 안 계십니다."

스님의 말에 박 화백의 가슴이 철렁했다.

"왜요? 이 암자를 떠나셨나요?"

"그렇습니다. 먼 곳으로 가셨습니다."

"먼 곳으로…… 어디로 가셨단 말입니까?"

"생전에 선업(善業)을 많이 지어서 좋은 곳으로 갔을 겝니다."

생전이라니. 박 화백은 멍해졌다. 그제서야 가만히 살펴보니 스님이 장작을 쌓아올린 나뭇단 위에는 송목(松木)으로 만든 관이 놓여 있었다. 관 속에는 흰 천으로 둘둘 만, 얼핏 보아 죽은 사람의 시신이 틀림없어 보이는 물체가 보였다.

그렇다면 해봉처사께서…….

장작을 쌓아올리는 것으로 보아 다비를 할 모양이었다.

박 화백은 온몸의 힘이 쭉 빠졌다. 이렇게 되면 벽송과 관련된 마지막 생존자인 해봉처사 최해수 선생마저 마침내 열반에 들었고, 이제 벽송과 조금이라도 연관이 있는 사람은 모두 이 세상 사람이 아니라는 이야기가 된다.

"언제 돌아가셨습니까?"

"이틀 전에 입적하셨지요."

"고령이시긴 하나 건강했잖습니까?"

"원래 높으신 분들은 그렇게 떠나시곤 한답니다."

"……."

"어쨌거나 잘 오셨습니다. 시주께서 오셔서 이 추운 겨울 처사님 가시는 길이 덜 외롭겠습니다."

동자승은 말똥말똥한 눈으로 두 사람을 지켜보고, 스님은 장작을 계속 간추려 해봉처사의 다비를 준비했다. 얼굴만 내놓고 흰 천에 싸인 해봉처사의 시신은 뻣뻣하게 굳어 있었고, 눈을 감고 있는 그의 얼굴은 죽은 지 이틀이 지났건만 흡사 동안의 소년처럼 꿈을 꾸듯 깊은 잠에 빠져 있는 것 같았다.

영혼이 맑은 사람이 죽으면 원래 모습을 되찾는다더니…….

박 화백은 해봉처사의 얼굴을 한참 동안 바라보다가 벽송을 놓아둔 그의 방으로 돌아왔다.

해봉처사에게 벽송을 맡기고 자신은 벽송으로부터 해방되고자 했던 박 화백의 의중은 해봉처사의 죽음으로 수포로 돌아갔다.

이제 어쩐단 말인가…… 이 벽송을 어찌한단 말인가…….

고뇌에 젖어 있는 박 화백의 시선에 서안 위에 놓인, 해봉처사가 생전에 지니고 있던 염주가 들어왔다. 박 화백은 해봉처사의 염주를 무심코 손으로 집어들었다.

딸그락.

방바닥에 뭔가가 떨어졌다. 가락지였다. 염주 사이에 끼여 있던 가락지는 황판수가 추동삼에게, 그리고 추동삼이 죽자 해봉처사가 간직하고 있던 승부의 영험과 고향의 의미를 지닌 승부사들의 유품이었다. 박 화백은 가락지를 집어들었다. 손때가 묻어 반질반질한 구식 금가락지였다. 박 화백은 가락지를 유심히 바라보았다…….

결국 그런 것인가, 태어남 그 자체가 승부이고 인간은 그 승부의 땅에서 살다가 죽어서야 승부의 강을 건너 피안(彼岸)으로 가는 것인가…….

박 화백은 가락지를 품속에 넣으려다 말고 해봉처사의 염주 밑에 다시 놓아두었다.

밤이 깊어 산문 밖에서 스님의 염불소리가 들려오기 시작한다.

달포 전, 이곳에서 며칠 밤을 새워가며 자신에게 그 긴 이야기를 들려주던 모습이 눈에 선한데 그분은 이제 이 세상 사람이 아니다. 생사의 이치가 불변이라 하나 가슴 밑바닥에서 비애 같은 것이 자꾸 치밀어 올라온다.

박 화백은 방문을 열었다. 밤바람이 차갑게 방 안으로 밀려든다. 박 화백은 벽송을 둘러싼 보자기를 풀었다. 보자기를 풀자 삼베보로 덮은 벽송이 나타난다. 벽송 위로 한기가 스며든다. 박 화백은 추위도 잊은 채 벽송을 무심히 지켜보았다.

결국 모두가 죽었다. 이 벽송에 얽힌 숱한 사람들이 세상을 떠났다. 사람이 산다는 것은 무엇일까. 그것은 참으로 불가사의하고 심오하다. 태어나서 늙고 병들어 죽는 것이 자연의 법칙이라 하나 사람의 일생 그 과정이 너무 오묘하다. 저 벽송을 남기고 사라진 사람들이 모두 어디로 갔단 말인가.

혜안과 망상이 마주치고 적요와 혼란이 뒤섞인다. 멀리 산속에서 불여귀조(不如歸鳥)의 애끓는 울음소리가 들린다.

지심귀명례 지장원찬 이십삼존제위여래불
지심귀명례 유명교주 지장보살마하살

산문 밖 한 곳이 불길에 일렁거린다. 다비 거식이 시작되고 있었다. 박 화백은 벽송에 덮인 삼베보를 벗겼다. 벽송의 고고한 자태가 눈부시다. 달빛이 반면에 와 닿자 벽송은 한결 심오한 기운을 뿜어낸다. 적막을 깨고 천도를 비원하는 스님의 독송이 바람을 타고 흐른다.

지장대성위신력 항하사겁설난진
견문첨례일념간 이익인천무량사

해봉처사는 먼 곳으로 가고 있었다. 그가 살아온 모든 속세의 인연을 뒤로한 채 그는 속세를 떠나 사람이면 누구나 한 번은 가야 할 먼 곳으로 가고 있었다.

어머니는 죽어 고향 앞바다로 돌아가기를 간절히 원했다. 한사코 아버지 곁으로 가고자 하는 그녀의 유지를 받들어 박 화백은 어머니 시신을 화장했다.

어머니의 유골을 실은 조각배가 바다 한가운데로 천천히 나아갔다. 등대섬을 돌아드는 어귀에서 세찬 바람이 뱃전으로 불어왔다. 유골함을 열자 하얀 뼛가루가 바람에 으스스 날아갔다. 어머니의 한 생애가 눈꽃처럼 바다 위에 흩어졌다. 살아생전 가슴에 두었던 사람을 찾아 어머니는 그렇게 마지막 길을 떠났다.

산문 밖에서 목탁소리가 드세어지고 불길이 점차 거세진다. 벽송 속으로 많은 사람들의 얼굴이 지나간다.

여목, 설숙, 평사……

벽송을 남겨놓고 그들은 모두 갔다. 그들이 가고 없는 세상에 지금 이 벽송이 무슨 의미가 있을까. 과연 벽송이 존재할 수 있을까. 이 세상이 진실로 벽송이 존재할 만한 가치가 있는 세상일까. 오히려 벽송이 있어 탐욕과 그릇된 가치관만 후세에 조장하는 게 아닐까. 벽송의 본래 모습은 변질되고 벽송의 겉껍데기만 남아 후세 사람들을 홀리고 이웃을 속이는 것이 아닐까.

갑자기 눈앞이 흐려지고 정신이 몽롱하다. 벽송의 반면이 뒤틀린다. 뒤틀린 반면이 박 화백의 머릿속에서 어지럽게 맴돈다.

진리와 구도의 반(盤)이 아닌 사행(射倖)과 애욕(愛慾)의 반으로 벽송은 살아남아 긴 세월 슬픔에 젖으리라. 그리하여 두고두고 오욕과 모멸의 날들을 보내리라. 이 혼탁한 세상에 휩쓸려 숱한 명인들의 숨결이 숨 쉬고 있는 시대의 명반은 마침내 검고 메마른 사반(死盤)이 되어 탁세(濁世)의 유물로 전락하고 말리라.

이제 스님의 염불은 절정을 향해 치닫고 있었다.

성취여시공덕장엄 우사리불 피불국토 상작천악

황금위지 주야육시 천우만다라화 기토중생

또다시 벽송 위로 그들의 얼굴이 지나간다. 혼을 부르는 염불소리와 그들의 얼굴이 일체가 되어 박 화백 뇌리 속에 더욱 깊숙이 파고든다. 갑자기 온몸의 피가 거꾸로 치솟고 가슴이 터질 것만 같다.

상이청단 각이의극 성중묘화 공양타방 십만억불

박 화백은 벼락을 맞은 사람처럼 아찔해졌다.

그럴 수는 없다.

이 세상에 더 이상 벽송의 주인은 없다.

벽송을 구(求)하는 세상은 어쩌면 영원히 없을는지도 모른다.

그래.

이제 벽송을 놓아주어야 한다.

이 척박한 세상으로부터 벽송을 놓아주어야 한다.

벽송을 돌려주자.

벽송을 그들에게 돌려주자.

벽송을…….

박 화백은 바닥에 있는 삼베보를 집어 허겁지겁 벽송 위에 덮었다. 박 화백은 이미 제정신이 아니었다. 박 화백은 부들부들 떨리는 손으로 벽송을 가슴에 안았다. 그리고 비틀거리며 밖으로 뛰쳐나갔다.

생사열반상공화 이사명연무분별 십불보현대인경

불길이 활활 타올랐다. 스님과 동자승이 그 주위를 돌고 있었다.

박 화백은 달려와 벽송을 가슴에 안은 채 숨을 헐떡거렸다.

박 화백은 이미 정신을 놓친 듯 스스로를 주체하지 못하고 눈을 부릅 뜬 채 맹렬히 타오르는 불길을 노려보았다.

박 화백의 심장이 쿵쾅쿵쾅 정신없이 뛰었다.

불길은 더욱 거칠게 타오른다. 불길의 뜨거운 기운이 벽송을 안고 있는 박 화백의 가슴속으로 세차게 파고들었다.

박 화백 마음속에서도 불길이 타오른다. 거역할 수 없는 그 무엇이 박 화백 내부에서 미친 듯이 몸부림친다. 박 화백은 눈을 감고 벽송을 불길 속으로 던졌다.

우보익생만허공 중생수기득이익 시고행자환본제

벽송 주위로 불길이 모여드는가 싶더니 삽시간에 그 불길은 반면을 그슬리며 벽송 위로 번졌다. 불길은 이내 피어올라 주위를 밝히고 밤하늘에 찬연히 불타오른다.

벽송이 타고 있었다.

타오르는 불길 속에서 벽송은 한 점 흔들림 없이 고고하다. 파란의 세월을 견디어온 시대의 거목답게 벽송은 장엄한 최후를 맞았다. 몸체로 불이 옮겨붙자 갑자기 불길은 속도를 내며 허공을 향해 맹렬히 뻗어나간다. 불티가 사방천지에 흩어지며 거대한 불길은 세상을 집어삼킬 듯 천지를 불태우고 하늘로 치솟는다.

여목의 웅혼(雄魂)이 타고 있었다. 설숙의 심혼(心魂)이 타고 있었다. 평사의 슬픔[悲]이 타고 정 국수의 고뇌[痛]가 타고 있었다.

아아! 동삼의 혼백(魂魄)이 타고 있었다.

박 화백의 눈에서 한 줄기 눈물이 흘러내렸다. 잠 못 이루던 밤 꽃잎으로 지던 날들이 한 줄기 눈물이 되어 흘러내린다. 박 화백의 눈물 속으로 벽송의 불길이 넘실넘실 춤을 춘다. 벽송은 최후의 정염을 불태우며 마지막 남은 기운을 쏟아냈다.

수만 가지 번뇌로 세상을 떠돌다 잊혀져간 기객들의 애환이 꺼져가는 벽송의 넋이 되어 허공으로 날아간다. 심오한 기운을 동반한 벽송의 넋은 훨훨 날아 달 밝은 밤 공산(空山)을 넘어간다.

이제 벽송은 세속의 인연에서 벗어나 떠날 채비를 서두르고 있었다.

천년의 반(盤)이 그 여명(黎明)을 다하고 있었다.

꺼져가는 벽송의 몸체에서 마지막으로 생명의 불꽃이 솟아오른다.

마침내 벽송의 형상이 불길 속에서 비틀거린다.

한 왕조(王朝)가 무너지고 한 시대가 무너진다.

한 역사가 무너지고 아아! 명반 벽송이 무너진다.

제행(諸行)이 무상(無常)이로다.

이것이야말로 생멸(生滅)의 법(法)일진대

생멸(生滅)이 멸(滅)로 그치니

아아! 적멸(寂滅)이로세.

새벽이 가까워올 무렵 다비는 끝이 났다.

이틀 후 박 화백은 그곳을 떠났다.

〈끝〉